Heike Franke

Eine Liebe in der Bourgogne

atb aufbau taschenbuch

Heike Franke, geboren 1966, arbeitete nach dem Studium der Politischen Wissenschaften zunächst in England und kehrte später wieder in ihre Heimatstadt Berlin zurück, wo sie heute lebt. Die Inspirationen für ihre Geschichten sammelt sie auf ihren Reisen.
Mehr zur Autorin unter www.heike-franke.com

Die Publizistin Johanna verliert ihren Job im Wahlkampfteam des Bürgermeisters und gilt fortan in der Branche als gebranntes Kind. Obwohl alles andere als eine Kennerin, nimmt sie aus Geldnot eine Stelle in einer Weinhandlung an. Prompt wird sie in die Bourgogne geschickt, wo sie Luc Béjart begegnet, dem Sohn einer alteingesessenen Weindynastie. Erst hadert sie mit der traditionellen Welt der Winzer, durch Luc und seine Schwester lernt Johanna die alte Weinlandschaft, ihre Aromen wie ihre Gebräuche aber schon bald kennen und schätzen. Luc und sie entdecken ihre Gefühle füreinander, doch ihre Welten scheinen zu verschieden. Zudem ist Luc mit der Erbin eines berühmten Weinguts verlobt. Als dann das Familienunternehmen der Béjarts durch chinesische Produktpiraten in Bedrängnis gerät, weiß Johanna, wie sie Luc helfen kann, und die beiden kommen sich wieder näher …

Für Caroline

PROLOG

Drei Monate zuvor

Der schnittige Moderator der Abendschau schenkte der Kamera ein hollywoodreifes Lächeln. Johanna seufzte aus tiefstem Herzen, am liebsten hätte sie den Fernseher ausgeschaltet. Sie trank ihr Glas in einem Zug leer und schenkte dann schwungvoll nach. Für eins neunundneunzig schmeckte der Merlot richtig gut, jedenfalls nach drei Vierteln der Flasche. Sie zog die Beine an und fixierte den Bildschirm wie das Kaninchen die Python.

»Wie fühlt es sich denn an, Herr Hampel«, fragte der Moderator zuckrig, »nach so vielen Jahren, und vor allem so unerwartet, das Amt des Regierenden Bürgermeisters zu verlieren? In den Umfragen lagen Sie ja bis kurz vor der Wahl vorn.«

Jetzt wurde es spannend. Johanna hob das Glas und prostete dem Fernseher zu. Wenn sie schon vor aller Augen unterging, dann wenigstens mit einem Tusch.

In der oberen Ecke des Bildschirms erschien ein Diagramm. Der dunkelrote Balken auf der linken Seite reichte bis zu einer rekordverdächtigen Dreiundsechzig-Prozent-Marke. Der hellere daneben schaffte es gerade einmal auf mickrige vierundzwanzig Prozent. Hellrot stand für dieses Jahr, dunkel für die Wahl davor. Auf Hampels Stirn glitzerten Schweißtropfen, unbarmherzig eingefangen von der Kamera, die nun in die Totale zoomte. Der geschlagene Politiker schluckte und stützte die Hände auf die glänzende Fläche vor sich, als wolle er gleich darüberspringen. »Ich habe mit meiner Politik viel bewegt, da macht man sich eben auch Feinde.« Hampels Gesichtsmuskeln schienen zu erstarren, sein Lächeln wirkte einstudiert. »Und selbst jemand mit meiner Erfahrung ist nicht vor den Fehlern schlechter Mitarbeiter gefeit.« Er winkte ab. »Aber die Konsequenzen trage natürlich ich.

Ich sehe dieses Wahlergebnis als einen Rückschlag, mehr nicht. Rom ist schließlich auch nicht an einem Tag erbaut worden.«

Ein feines Rinnsal Schweiß bahnte sich den Weg von der Schläfe am Haaransatz entlang. Johanna hielt die Luft an. Wie weit würde Hampel gehen? Würde er ihren Namen nennen? Sie beruflich für immer vernichten?

»Sie meinen die Enthüllungen über Ihre Trennung?«

Hampel starrte wie versteinert in die Kamera. Komm schon, sag es, dachte Johanna und hatte plötzlich das Gefühl, als würden sogar ihre Gedanken schon lallen. Sprich es aus – es war alles nur die Schuld dieser jungen Frau, die meinte, mit einem Master in Medien und politischer Kommunikation könnte sie Pressesprecherin des Regierenden Bürgermeisters werden. Die blöd genug war, ohne jede Rücksprache einen Tag vor der Wahl diesem Schmierfink von der *B. Z.* zu bestätigen, dass Hampels Frau sich von ihm getrennt hatte, weil er einen Fehltritt begangen hatte. Was diesen das Amt gekostet hatte, denn der Pressefuzzi hatte natürlich nichts Besseres zu tun gehabt, als sofort eine ganze Horde Volontäre auf Recherche zu schicken. Und am nächsten Morgen konnte die ganze Republik lesen, dass Hampel mit der besten Freundin seiner minderjährigen Tochter eine heiße Kissenschlacht veranstaltet hatte.

»Nicht einmal ›kein Kommentar‹?« Der Moderator lächelte milde.

Johanna starrte das Glas an. Leer. Sie trank den Rest aus der Flasche. Morgen würde sie dafür bezahlen. Doch wen kümmerte das? Hampel hatte zwar ihren Namen nicht genannt, und dennoch: Jetzt wusste jeder in der Branche, was passiert war. Ihre Karriere konnte sie ein für alle Mal begraben.

1

Die Sonne schien erbarmungslos auf kahles Geäst, als gälte es, den Winter auszutreiben, noch bevor er richtig begonnen hatte, denn schon der Dezember war ungewöhnlich warm gewesen. Doch so viel Licht wollte diesem Januartag einfach nicht stehen. Es fiel durch das Fenster hinein, das so makellos streifenfrei geputzt war, wie Johanna es selbst nie hinbekam. Davor fuhr die U-Bahn auf der Hochtrasse, in diesem dreckigen Orange, das so typisch Berlin war.

»Also, Frau Keppler«, sagte Doktor Knobloch mit dünner Stimme, die wie Quecksilber aus seiner Nase zu rinnen schien, »ich kann Ihrer Argumentation nicht folgen.« Johanna sah auf ihre Hände, schob mit Daumen und Ringfinger die Haut über dem Zeigefinger hin und her, sah zu, wie sie dadurch langsam rot wurde. »Ich soll Ihnen also glauben, dass Sie in der Situation mit Hampel völlig überfordert waren, Ihnen aber gleichzeitig die Stelle in unserer Presseabteilung geben?«

Alles hatte sie verbockt, dachte Johanna. Und sie bekäme keine Chance, aufzuklären, was wirklich passiert war. »Es war mein erster richtiger Job«, setzte sie hilflos an.

Knobloch schüttelte den Kopf. »Das ist mir zu wenig.«

Was sollte sie sagen? Dass sie dumm gewesen war, unfassbar naiv, und ihrer Kollegin geglaubt hatte, dass Hampel sein Okay gegeben hatte, die Anfrage der *B. Z.* zu bestätigen? Dass die Kuh vermutlich nur ihren Job wollte oder von wer weiß wem bezahlt wurde, um Hampel reinzureiten? Das würde Knobloch doch nie glauben, und sie konnte nichts beweisen, gar nichts.

»Also, Frau Keppler«, Knobloch lehnte sich vor, faltete die Hände auf dem Tisch und legte die Stirn in Falten, »warum hängen Sie nicht noch ein Aufbaustudium bei mir an der Quadriga-Hochschule dran? Vier Semester politische Kommunikation und Politikmanagement, das ist das, was Ihnen fehlt, glauben Sie mir.« Sein Tonfall war nun ein gutmütiges Brummen.

Daher wehte der Wind also. »Das kann ich mir nicht leisten.« Johanna hasste sich dafür, wie zart ihre Stimme klang.

»Na, na.« Knobloch gefiel sich offenbar in seiner Rolle als gutmütiger Doktorvater. »Da lässt sich doch mit einem Kredit was machen. Und vielleicht finde ich ja auch noch einen kleinen Nebenjob für Sie, dann geht es alles leichter.«

Johanna konnte kaum an sich halten. Sie hatte ihren Master glänzend abgeschlossen. Was sie brauchte, war ein Job – und keine weitere Lehrzeit bei diesem arroganten Schnösel, durch die sie sich für den Rest ihres Lebens verschulden würde. »Das kommt nicht in Frage, danke, nein.«

Knobloch stand auf. »Wie Sie meinen, Frau Keppler.« Die Quecksilberstimme war noch eine Spur dünnflüssiger als zu Beginn. Er streckte ihr seine knochige Hand entgegen. »Es ist ja Ihre Zukunft.«

Unschlüssig stand Johanna in der Mitte des kleinen Zimmers, das sie bewohnte, seit sie zum Studieren nach Berlin gekommen war. Sie konnte sich noch lebhaft erinnern, wie schwer es damals gewesen war, überhaupt eine Bleibe zu finden. Der Wohnungsmarkt war leergefegt gewesen wie die Regale eines amerikanischen Supermarktes vor einem Hurrikan. Das Zimmer hatte sie nur bekommen, weil sämtliche Mitbewerber bei der Besichtigung Reißaus genommen hatten. Nicht vor ihr, nein. Vermutlich auch vor der Gegend, schließlich war das Märkische Viertel im Berliner Norden nicht gerade beliebt bei Studenten, hauptsächlich jedoch vor der Vermieterin.

Lucie Goldmann war – speziell. Ihre Wohnung war zugestellt mit alten Möbeln und Skulpturen kopulierender Figuren. Ständig klimperten Windspiele, wenn man nur eine Tür öffnete, und je nach Gemütslage waberten die Schwaden glimmender Räucherstäbchen durch die Räume. Johanna hatte sich daran gewöhnt, an Sandelholz, Orange oder auch Lavendel. Aber den Geruch von Weihrauch, der sie immer dann empfing, wenn Lucie besonders unangenehme Kunden gehabt hatte, würde sie nie ausstehen können.

Seit mehr als vier Jahren wohnte sie nun hier. Es gab ein Bett, einen Schrank, einen Schreibtisch, eine Stehlampe, ein paar Regale an der Wand. All ihre Habseligkeiten waren verteilt auf nicht einmal zwanzig Quadratmeter mit Blick auf triste Hochhausfassaden, darüber der Himmel, über den dann und wann ein Flugzeug zog.

Nicht, dass Johanna sich hier nicht wohl fühlte, aber als sie den Job im Wahlkampfteam bekommen hatte, hatte sie ihre Zukunft als Sprecherin des Bürgermeisters zum Greifen nahe vor sich gesehen. Strahlend und frisch an Hampels Seite im schicken Designerkostüm. Morgens wäre sie in ihrer exklusiven Wohnung in Prenzlauer Berg aufgestanden, um im Sommer auf der Dachterrasse zu frühstücken, während Berlin ihr zu Füßen gelegen hätte. Und jetzt? Jetzt säße sie auf unbestimmte Zeit hier fest und bekam keinen Job, nicht einmal einen schlechtbezahlten.

»Pizza?« Lucie Goldmann steckte den Kopf durch die halbgeöffnete Tür, und das Lächeln erstarb in ihrem alterslosen Gesicht. »Johanna? Was ist los?«, fragte sie.

Kaum mehr als vier Jahre kannten sie sich, und Lucie konnte in Johannas Gesichtszügen lesen wie in einem Buch.

»Wieder nichts.«

Lucie lehnte sich gegen den Türrahmen und schürzte die Lippen. »Na und?« Sie stemmte die linke Hand in die Hüfte und holte tief Luft. »Das wird schon noch. Du bist zu ungeduldig.«

Sie schüttelte unwirsch den Kopf. »Hast mich schon angesteckt mit dieser Unsitte.«

Johanna trat an das nackte Fenster. »Weißt du«, die Worte klangen blechern, »diese ganze Tristesse da draußen, das passt irgendwie.« Sie lehnte den Kopf an die Scheibe, und die Kälte floss in ihre Stirn, ergriff Besitz von ihrer Haut. »Ich hab alles falsch gemacht. Aber es ist nicht fair, dass ich dafür bis in alle Ewigkeit zahlen muss.«

»Das wirst du nicht«, gab Lucie resolut zurück. »Wir machen alle Fehler, ein ganzes Leben lang. Denkst du etwa, ich bin so alt geworden und hätte nicht eine ganze Bibliothek voller Geschichten in meinem Leben gesammelt, die ich bereuen würde? Aber den Kopf hängen zu lassen, in deinem Alter, das wäre unverzeihlich.« Sie schob ihre Brille auf der Nase hoch. »Du wirst noch vieles falsch machen und noch viel mehr richtig. Und jetzt packst du dich mal am Schopf, Johanna, denn das hier, das bist doch nicht du.«

Wie schnell war weggefegt gewesen, was sie mit der ganzen Plackerei aufgebaut hatte. Die langen Arbeitstage und durchgemachten Wochenenden, der Verzicht darauf, sich wie ihre Kommilitonen ins Berliner Nachtleben zu stürzen, Freunde zu finden – alles zurückgestellt für eine Karriere, mit der sie eine gewaltige Bruchlandung hingelegt hatte. Ein Ja am falschen Fleck zum falschen Menschen, und alles war vorbei. Sie war wieder auf null, eventuell sogar noch eine Stufe tiefer. Und nun alles noch einmal von vorn. »Ich bin es so leid.« Johanna sah Lucie an. »Bewerbungen über Bewerbungen. Und die meisten antworten nicht mal. Ich sollte stattdessen endlich das Zimmer hier streichen. Das würde mich auf andere Gedanken bringen. Vielleicht kommt mir dann auch eine bessere Idee.«

»Essen hilft gegen fast alles, aber Farbgestank vernebelt die Sinne, auch meine, und ich brauche die jeden Tag«, ließ Lucie nicht locker. »Ich hab extra Pizza gemacht für dich und eine Flasche Rotwein gekauft, und zwar einen besseren als diesen Fusel, den du in letzter Zeit immer getrunken hast. Und abgesehen davon hatte ich auch einen anstrengenden Tag.«

Johanna seufzte. »Okay, okay.« Sie folgte Lucie in die große Küche, in der es köstlich roch, und setzte sich an den gedeckten Tisch. »Also sag schon, was war so anstrengend?«

Lucie goss Wein in bauchige Gläser. »Meine letzte Kundin.« Es klang wie ein Stoßseufzer. »Kommt zu mir, um sich ihre Blockaden lösen zu lassen, und steht dann mitten in der Klangschalenmeditation mit den Worten auf, sie könne das nicht aushalten. *Mittendrin!*«

Johanna musste lachen. Es war nicht das erste Mal, dass Lucies Direktheit eine ihrer Kundinnen vertrieb. »Vermutlich hast du zu heftig angefangen? Und ihr etwas über ihre Blockaden gesagt, das sie nicht hören wollte? Wo sie herkommen, zum Beispiel?«

»Ach, die soll sich nicht so anstellen.« Lucie nahm das Pizzablech aus dem Ofen und knallte es auf den Herd. »Bin ich eine Therapeutin oder ein Wunschkonzert?«

»Na ja …«

»Jetzt fang du nicht auch noch an!« Lucie zerteilte die Pizza, als würde sie der unliebsamen Kundin den Hals durchschneiden. »Ich weiß, meine Liebe, du hörst ja auch nie auf mich, obwohl du es längst besser wissen solltest.« Sie schob ein großes Stück Pizza auf einen Teller und reichte ihn Johanna. »Hab ich dir nicht gesagt, der Job bei Hampel bringt dir Ärger und Blockaden ein? Aber du musstest es ja trotzdem machen. Ich bin ja nur die esoterisch Durchgeknallte.«

2

Der Himmel hing schwer über den sanften Hügeln der Bourgogne. Die gräuliche Wolkendecke schien dick und träge, es waren keine Strukturen darin zu erkennen. Im fahlen Licht wirkten die kahlen Weinreben grau und tot, wie sie da Reihe für Reihe aus der braunroten Erde ragten, die toten Triebe des letzten Jahres noch in die Führungsdrähte verknotet. Ein eisiger Wind fauchte ungebrochen von den Hängen herab und trug den Geruch von Schnee mit sich.

Es gab nichts zu tun zu dieser Jahreszeit in den Weinbergen, die meisten Winzer der Region waren irgendwo auf dieser Welt an einem sonnigen, warmen Ort und verbrachten ihren einzigen Urlaub des Jahres. Es war die Zeit, in der man Kraft tanken konnte für die kommenden langen Monate, in denen Wetter und Mond das Leben bestimmten.

Luc Béjart hatte kalte Füße in den Gummistiefeln, aber das bemerkte er kaum noch. Es gehörte zu seinem Leben, seit er denken konnte. Schon als Kind hatte er wie alle anderen hier gelernt, dass man in die Weinberge nicht mit normalen Schuhen ging. Zu feucht und schwer war die dunkle Erde, klebte an jedem Schuh, wie mit Sekundenkleber vermischt, um dann im Warmen abzufallen und sich im ganzen Haus zu verteilen.

»Und?«, fragte er seinen älteren Bruder Stéphane, der zwei Schritte entfernt hockte, mit vor Kälte roten Händen an einem Weinstock entlangstrich, den Blick fest auf die Pflanze geheftet.

»Schwer zu sagen«, gab Stéphane zurück. »Es ist einfach zu kalt. Zu lange zu kalt.« Er wandte den Kopf und sah Luc in die Augen. »Die alten Reben werden das vermutlich überstehen. Ihre Wurzeln reichen tief genug in die Erde. Aber die jungen, die wir im letzten Jahr erst gepflanzt haben, die verdursten uns, wenn es nicht bald taut.« Er fuhr mit der Hand noch einmal an einer Rebe entlang, stand dann langsam auf und schüttelte dabei den Kopf. »Knochentrocken. Vermutlich ist sogar der Frost drin.«

Luc vergrub die Hände in den Taschen seiner dicken Jacke. »Nach zwei Jahren mit schlechtem Wetter, in denen uns der Hagel viele Trauben genommen hat, kommt jetzt auch noch der Frost.« Er ließ den Blick über die schier endlos sich wölbenden Hänge streifen. »Wenn das so weitergeht ...«

Stéphane zündete sich eine Zigarette an. »Wir können das verkraften, aber die kleinen Weingüter, die haben ein echtes Problem.«

»Wenn wir dieses Jahr wieder eine schlechte Ernte haben, haben wir bald nichts mehr zu verkaufen«, wandte Luc ein. »Meine Importeure vertrauen darauf, dass ich ihnen jedes Jahr eine bestimmte Menge an Wein liefere. Wenn wir das nicht garantieren können, werden sie in Kalifornien, Südafrika oder Australien kaufen.«

»Noch wissen wir nicht, wie sich das Wetter entwickelt und welche Schäden der Frost wirklich verursacht«, beschwichtigte Stéphane und ging langsam Richtung Straße. »Solange es früh genug wärmer wird, können wir junge Pflanzen nachsetzen. Die bringen zwar keinen großen Ertrag, können aber das Gröbste auffangen.«

»Mag sein.« Luc war nicht überzeugt. Er fand seinen Bruder meist zu zögerlich. Stéphane handelte immer erst, wenn das Kind längst im Brunnen ertrunken war. »Ich sollte mit ein paar kleinen Weingütern sprechen. Wenn ich mehr Weine im Vertrieb anbieten kann, haben wir alle etwas davon.«

»Du weißt genau, dass die Familie das nicht will.« Stéphane öffnete die Tür seines SUV. Ein Schwall warmer Luft kam den beiden Männern entgegen.

»Das ist absurd.« Luc nahm seine Schuhe aus dem Wagen und tauschte sie gegen die Gummistiefel ein.

Stéphane tat es ihm gleich. »Wieso absurd? Du weißt genau, dass du es kaum schaffen kannst, unsere Familie und noch andere Weinhäuser gleichermaßen gründlich und engagiert zu vertreten. Wer zu viel will, hat nachher gar nichts.« Stéphane öffnete den Kofferraum und warf die Gummistiefel in die Plastikwanne darin. »Außerdem werden dir doch die Gascons den Vertrieb ihrer Weine geben, wenn du Élodie heiratest, oder?«

Luc schwang sich auf den Beifahrersitz. »Sicher.« Er zog die Tür zu und spürte, wie ihn die Wärme angenehm umfing. Er dachte an das kleine, luxuriöse Weingut der Gascons, das den teuersten Weißwein der Welt auf den Markt brachte. Er dachte auch an die uralte Familienfehde zwischen den Gascons und den Béjarts, die zwar längst Geschichte, aber noch nicht zu Grabe getragen worden war. Seine Verbindung mit Élodie, der schönen und einzigen Tochter des Hauses, sollte den Zwist endgültig für alle sichtbar beenden und die Allianz der Familien besiegeln.

Außerdem war es Tradition, dass alter Wein alten Wein heiratete. Ein Muss, damit die Familie ihre Position in der Weinwelt auf Dauer halten konnte.

Stéphane ließ den Motor an. »Fahren wir nach Beaune?« Er tippte auf das Ziffernblatt seiner Uhr. »Lass uns was essen gehen und die Sorge um die Reben für einen Moment vergessen. Im Augenblick können wir nicht viel tun, und es macht keinen Sinn, sich jetzt schon um etwas zu sorgen, das hoffentlich gar nicht eintritt.«

3

Johanna saß auf ihrer Matratze, eingewickelt in die Bettdecke, das Kopfkissen gegen die Wand geknüllt. Der Tag hatte nicht besser angefangen als der davor. Nur Ablehnungen auf ihre Bewerbungen zu erhalten setzte ihr mehr zu, als sie geglaubt hätte. Langsam wusste sie nicht mehr, was sie noch anstellen sollte, um einen Job zu bekommen.

Vor dem Fenster hing der Himmel tief über trostlosen Hochhäusern, deren bunte Fassaden kaum mehr als ein verzweifelter Versuch waren, etwas vorzugeben, das sie nicht waren. Dieser soziale Wohnungsbau, den man einst hoffnungsvoll ins Grün gestellt hatte, barg Potential für eine ordentliche Depression in sich. Da half auch der Blick auf viel freies Feld, den ehemaligen Mauerstreifen in Pankow-Rosenthal, nichts.

Sie könnte einfach hier sitzen bleiben, bis Lucie sie rausschmiss, oder, anders als die meisten ihrer Nachbarn hier, dem Schicksal eine vor den Latz knallen.

Johanna stellte die leere Kaffeetasse auf dem Boden ab und stand auf. Herrgott, das hier war ein Stolperstein, vielleicht ein Berg, der im Weg stand. Aber es war nicht das Ende. Der Tag hatte gerade erst begonnen.

»Lucie?« Sie trat in die Diele und lauschte. Nichts. »Lucie?«

»Was gibt es?« Ihre Mitbewohnerin steckte ihren Kopf aus dem kleinen Zimmer heraus, das sie als Büro nutzte. »Ich sitze über dieser elenden Buchhaltung.«

»Ich muss hier raus«, sagte Johanna und verschränkte die Arme vor der Brust, »sonst werde ich noch verrückt.«

»Na ja, das Büro läuft ja nicht weg. Hast du was Bestimmtes vor?«

Johanna dachte einen Moment lang nach. So viele Möglichkeiten gab es zurzeit nicht, dafür sorgte schon ihre angespannte finanzielle Lage. »Wie wäre es mit einkaufen und kochen?«

Lucie verzog das Gesicht. »Oh, du kennst meine Hassliebe zu Supermärkten.«

»Ich kann doch einkaufen gehen, du machst derweil deine Buchhaltung weiter, und dann kochen wir zusammen. Was hältst du davon?«

Lucie nickte. »Das ist ein Deal.«

»Hattest du einen Plan, was für ein Essen es werden soll, als du das alles hier eingekauft hast?« Lucie öffnete die Rotweinflasche. »Hol mal Gläser.«

Johanna stand unschlüssig vor dem Berg von Lebensmitteln, die sich auf der Arbeitsfläche stapelten. »Nicht wirklich«, gab sie zu und reichte Lucie zwei bauchige Weingläser. »Sieht aus, als hätte ich eine Hungersnot befürchtet, oder?« Sie musste kichern.

»Entweder das, oder du hattest deinen Kopf nicht dabei.«

Johanna nahm das Glas entgegen und trank einen großen Schluck. Eigentlich hatte sie sich fest vorgenommen, nichts davon zu erzählen, aber jetzt lagen ihr die Worte auf der Zunge und kitzelten so sehr, dass sie rausmussten. »Ich habe Jens getroffen.«

»Wen?«

»Jens, Lucie, *den* Jens.« Johanna trank das halbe Glas in einem Zug leer. Es gab gar nicht genug Alkohol, um diese Wut wegzuspülen.

Lucie runzelte die Augenbrauen. »Den Jens, mit dem du drei Monate zusammen warst? Und dann nach vier Monaten noch mal drei Monate? Und nach weiteren zwei Monaten noch mal drei? Den Drei-Monats-Jens?«

»Genau den Jens.« Johanna nahm die Flasche und schenkte sich nach. »Verräter-Jens. Ausgerechnet der muss mir heute über den Weg laufen. Zwischen Porree und Paprika. Super gelaunt und ganz vergnügt mit seiner neuesten Flamme.«

»Man könnte meinen, du liebst ihn noch.«

»Den? Niemals. Den könntest du mir auf den Bauch binden, ich würde schreiend wegrennen.«

»Dafür regst du dich ziemlich auf«, stellte Lucie gelassen fest und begann, die Lebensmittel zu sortieren. »Wir können ein schönes Curry daraus machen.«

»Kokosmilch ist so ziemlich das Einzige, was ich nicht gekauft habe.«

»Hab ich im Schrank.« Lucie packte Paprika, Porree, Champignons, Möhren und Aubergine auf eine Seite. Dann legte sie noch eine Mango dazu und platzierte die Ananas dahinter. »Mit Reis und Hühnchen. Hühnchen ist im Tiefkühlschrank, glaube ich.«

Johanna kramte eine Ingwerknolle unter Nudelpackungen und einer Tüte Reis hervor und legte sie zum Gemüse. »Haben wir noch Chilischoten?«

»Ich schätze, wir müssen uns mit getrockneten Flocken behelfen.« Lucie drehte den Wasserhahn auf und begann, das Gemüse zu waschen.

»Okay, vielleicht hab ich ihn geliebt«, gab Johanna zu, »aber nur ganz kurz.«

Lucie gluckste. »Deshalb bist du auch zweimal wieder zu ihm zurückgegangen? Weil er dir eigentlich egal war?«

Johanna nahm das schärfste Messer aus dem Block und fing an, auf der roten Paprika herumzuhacken. »Ach komm, du weißt ganz genau, wie charmant Jens sein kann. Er hat mich einfach eingelullt mit seinem ganzen Süßholzgeraspel.«

»Du musst deshalb nicht die Paprika zu Brei verarbeiten.« Lucie zog ihr das Schneidebrett unter den Händen weg und füllte die Streifen in eine Schale. »Hier, schäl lieber die Möhren.« Dann begann sie, die Aubergine in Würfel zu schneiden. »Ich glaube, Jens hat dir mehr zugesetzt, als du wahrhaben willst. Nach ihm hast du keinen Freund mehr gehabt. Jedenfalls keinen, von dem ich wüsste.«

»Ist das ein Wunder? Wenn es nach Jens gegangen wäre, hätte ich ihm bis ans Ende aller Tage die Steigbügel für seine Karriere gehalten, dabei nett ausgesehen und seine dreckige Wäsche gewaschen.« Möhrenschalen segelten in dünnen Streifen zu Boden. »Nee, nee, nicht mit mir.« Sie knallte die Möhre ins Spülbecken und nahm die zweite. »Ich brauche keinen Mann.«

»Aha.« Lucie wusch die Möhre ab und schüttelte den Kopf. »Sind ja auch alle so wie Jens. Ist klar.«

Johanna hielt inne und sah Lucie an. »Ich will mehr. Viel mehr, als er mir geben wollte«, sagte sie schließlich und hatte das Gefühl, sie könnte all ihre Wut in weißen Rauch aufgehen sehen. Männer! Machten alle einen auf ach so modern, aber damit war es vorbei, sobald eine Frau ihren Weg ging und auch noch drohte, sie zu überholen. »Ich will nicht so ein bisschen arbeiten, bis der Richtige daherkommt und dann die nächsten zwanzig Jahre abgehetzt zwischen Job, Kind und Herd verbringen. Ich möchte etwas bewegen. Ich dachte, mit dem Job bei Hampel wäre ich auf genau dem richtigen Weg. Ich will nicht helfen, irgendein Produkt zu kommunizieren, sondern Werte, eine Zukunft.«

Lucie drehte den Wasserhahn zu. Es wurde still in der Küche. »Das ist ein großes Ziel.« Sie legte den Kopf schief und sah aus, als machte sie sich Sorgen.

»Ich weiß. Aber wofür sind wir auf der Welt, wenn nicht, um etwas besser zu machen?« Johanna bückte sich und sammelte die hinabgefallenen Möhrenschalen auf. »Ich möchte, wenn ich mal alt bin, zurückblicken können und sagen, ich hab ein bisschen dazu beigetragen, dass es etwas besser zugeht auf dieser Welt.«

»Dann solltest du vielleicht wirklich in die Politik gehen.«

Johanna schüttelte vehement den Kopf. »Auf gar keinen Fall.«

»Wieso nicht?«

»Ich hab gelernt, wie man etwas perfekt kommuniziert, wie man mit Medien umgeht, etwas publik macht, Menschen überzeugt und bewegt. Ich kann die richtige politische Idee erkennen, oder zumindest das, was ich für den richtigen Weg halte, aber ich kann das nicht entwickeln.«

»Du bist also das Sprachrohr?«

»So in etwa. Kommunikation ist meine Stärke, nicht Diplomatie.«

»Und ich dachte immer, dass gerade Diplomaten die Meister im Kommunizieren sind?« Lucie zog die Augenbrauen hoch. »Egal, ich glaube, an deiner Diplomatie solltest du auf jeden Fall feilen.«

»Ich weiß.« Johanna winkte ab und verzog das Gesicht zu einem Grinsen. »Was Hampel betrifft, war ich eher der Elefant im Porzellanladen.«

4

Élodie Gascon riss ihre dunklen Augen auf, was diese noch mehr aussehen ließ wie die eines Rehs. Sie hielt den Kopf ein wenig gesenkt und blickte durch lange, geschwungene Wimpern zu Luc auf. »Wir werden nicht im Schloss wohnen?«

»Welches Schloss?« Luc war irritiert. Teils von ihrer dramatischen Reaktion, teils davon, dass er sich überhaupt hatte überzeugen lassen, sie hierher auf die Baustelle mitzunehmen, die genau genommen noch nicht einmal eine Baustelle war. Es gab einen Bauwagen und eine Grube. Mehr nicht.

»Im Schloss deiner Eltern.« Sie zog einen Schmollmund.

Luc hatte immer mehr das Gefühl, dass sie aneinander vorbeiredeten. »Meine Eltern haben kein Schloss. Was soll das, Élodie?«

Thibault Mercier, Lucs bester Freund seit der Schulzeit, hielt mit quietschenden Reifen, sprang aus dem Wagen und kam auf sie zu. »Élodie«, begrüßte er zunächst die junge Frau mit zwei in die Luft gehauchten Wangenküssen, dann umarmte er Luc. »Entschuldigt, dass ich zu spät bin. Ich musste mich noch um eine Havarie auf der Baustelle vom Krankenhausanbau kümmern.«

»Wir sind gerade erst angekommen«, winkte Luc ab.

»Ich möchte aber im Schloss wohnen«, quengelte Élodie. »Wie konntest du überhaupt hier ein Stück Land kaufen? Hier wohnt doch niemand, und wer würde das auch wollen?«

Luc schloss für einen Moment die Augen. Er hatte das Gefühl, als könne er das Blut in seinen Adern kochen fühlen. »Élodie«, sagte er betont ruhig, »wenn du dich umsiehst, dann wirst du feststellen, dass hier einige Häuser stehen und dass man von diesem Hang einen wunderbaren Blick auf Beaune hat. Der Südhang ist perfekt, das Grundstück sehr weitläufig, und das Haus, das Thibault für uns entworfen hat, wird Luxus pur sein.«

»Aber …«, versuchte sie es erneut, doch Luc ließ sie nicht ausreden.

»Ich werde ganz gewiss nicht im Haus meiner Eltern wohnen. Ich weiß nicht, wie du überhaupt auf diese Idee gekommen bist, aber ich hoffe, dass das nun ein für alle Mal geklärt ist und dass du meinen Wunsch, unabhängig von unseren Eltern zu leben, teilst.«

Élodie verschränkte die Arme vor der Brust und drehte sich um. Wie ein bockiges Kind trat sie nach kleinen Steinen in der Erde.

Luc ignorierte das und wandte sich seinem Freund zu. »Hast du die Pläne eingereicht?«

Thibault nickte und zog ein paar Papiere aus seiner Jackentasche. »Hier, die Kopien sind für dich. Die Baugenehmigung ist nur noch eine Formsache. Ich habe mit allen zuständigen Ämtern gesprochen. Sobald dieser elende Frost ein Ende hat, können wir mit dem Bau beginnen.«

»Das sind ja endlich mal gute Nachrichten.« Luc hatte Probleme befürchtet, denn das Haus, das er plante, entsprach nicht ganz dem Stil derer der Nachbarn. Es hatte klarere Formen, deutlich mehr Glasflächen und ein Pultdach. Das Bauamt von Beaune konnte in solchen Fragen schwierig werden, auch wenn sie sich hier oben nicht im Einzugsgebiet der Touristen und schon gar nicht im historischen Stadtkern befanden.

Thibault lachte. »Du hast nicht wirklich geglaubt, dass dir hier jemand Probleme macht, oder?« Er schüttelte den Kopf. »Komm schon, Luc, du bist ein Béjart.«

»Können wir jetzt gehen?«, fragte Élodie. »Mir ist kalt.«

»Gleich.« Irgendetwas musste Luc sich einfallen lassen. Wenn sie sich für den Rest seines Lebens auch so aufführte, würde er verrückt.

»Dann setze ich mich schon mal ins Auto.« Élodie stapfte davon, als wäre es eine Zumutung, auch nur eine Sekunde länger hier oben zu verweilen. Dabei hatte sie darauf bestanden, mitzukommen.

Thibault machte ein paar Schritte auf einen alten Brunnen zu. »Den würde ich an deiner Stelle stehen lassen. Ist sehr dekorativ im Garten. Wir können auch sehen, ob wir ihn wieder in Betrieb nehmen können.«

Luc beugte sich über den Rand und guckte in die Tiefe. Stockdunkel war es da unten. Man konnte nicht sehen, wie weit es hinabging. »Zu gefährlich mit Kindern«, stellte er fest.

Thibault zuckte die Schultern. »Wir können einen Holzdeckel daraufmontieren, den Kinder nicht bewegt bekommen.« Er wandte sich Luc zu. »Bist du sicher, dass sie die Richtige für dich ist?« Er hob abwehrend die Hände, noch ehe Luc etwas sagen konnte. »Ich weiß, es geht mich nichts an. Aber als dein Freund kann ich mir einfach nicht vorstellen, dass du ausgerechnet mit Élodie glücklich wirst. Ihr scheint mir wirklich gar nicht zusammenzupassen.«

»Sie ist nicht immer so«, verteidigte Luc seine Verlobte. »Vielleicht hätte ich tatsächlich vorher länger mit ihr über meine Pläne sprechen sollen. Aber ich hatte gedacht, es würde ihr hier gefallen. Ich bin gar nicht auf die Idee gekommen, dass sie denken könnte, wir bleiben im Haus meiner Eltern.« Er sah zu ihr hinüber, wie sie im Wagen saß und auf ihrem Handy herumtippte. Vermutlich chattete sie wieder mit einer ihrer Freundinnen, was überhaupt ihre Lieblingsbeschäftigung zu sein schien. »Wenn das Haus erst einmal Gestalt annimmt, wird sie es schon mögen. Ich zeige ihr heute Abend die Pläne.«

»Wie du meinst.« Thibault schien nicht überzeugt. »Noch können wir alles ändern.«

»Ich spreche mit ihr.« Luc wandte sich zum Gehen. »Schließlich soll Élodie sich auch wohl fühlen. Ich gebe dir dann Bescheid. Im Notfall müssen wir tatsächlich die Planung für den Innenausbau noch einmal überdenken.«

Am Abend begann es erneut zu schneien. Winzige Flocken segelten zunächst vereinzelt zu Boden, dann kam Wind auf und brachte große, nasse Schneekristalle mit sich, die die Hügel rund um Beaune in kürzester Zeit in eine Winterlandschaft verwandelten. Als es schließlich aufhörte und der fast volle Mond durch die Wolkendecke brach, wirkte die historische Altstadt wie die Kulisse eines Märchens.

Élodie hatte sich bei Luc untergehakt, und die beiden gingen schweigend durch den frischen Schnee, der unter ihren Füßen herrlich knirschte. Kaum ein Mensch war in den schmalen Gassen unterwegs, und das Licht, das aus den Fenstern fiel, malte unwirkliche Schatten an die Hausfassaden.

»Vielleicht hast du ja recht«, durchbrach Élodie die Stille mit ihrer melodisch warmen Stimme.

»Womit?«

»Damit, nicht bei deinen Eltern zu wohnen.«

Luc war froh, dass sie das Thema von sich aus ansprach. Schon der gemeinsame Restaurantbesuch war ausgesprochen harmonisch verlaufen. Sie hatten sich bestens unterhalten, und Élodie hatte nichts von ihrem unangenehmen Verhalten gezeigt, das sie dann und wann aus heiterem Himmel an den Tag legte. Im Gegenteil, an diesem Abend war sie verständnisvoll und interessiert auf alles eingegangen, wovon Luc gesprochen hatte. Sogar das Smartphone war in der Handtasche geblieben. »Allerdings«, pflichtete er ihr bei. »Ich mag meine Eltern sehr, aber ein wenig räumlicher Abstand hat noch nie geschadet.«

»Wirst du dein Büro in Beaune behalten, oder planst du, im Haus eins einzurichten?«

Darüber hatte Luc noch gar nicht nachgedacht. Trotzdem fiel ihm die Antwort nicht schwer. »Ich möchte auf lange Sicht mehr Weingüter vertreten, auch international. Dafür werde ich über kurz oder lang Leute einstellen müssen. Ich möchte nicht, dass meine Angestellten dann bei mir zu Hause ein und ausgehen.«

»Bei uns«, wandte Élodie ein und drückte sich etwas fester an ihn.

»Du hast recht, bei uns.« Luc nahm ihre Hand und legte den anderen Arm um ihre Schultern. Wie zart und zerbrechlich sie sich anfühlte. »Soll ich dich nach Hause bringen, oder kommst du mit zu mir?«

Élodie zögerte, und er konnte nicht sagen, ob sie wirklich überlegte oder ob sie nur mit ihm spielte. In dieser Hinsicht verstand er nicht, was in ihr vorging. Sie waren verlobt, und dennoch war sie zurückhaltend wie eine Jungfrau. Manchmal hatte er gar das Gefühl, dass sie seine körperliche Nähe nicht wollte. Vielleicht war sie aber auch nur schüchtern, denn wenn sie erst einmal im Bett waren, schien sie auf eine Weise unersättlich, die ihm schon fast unheimlich war.

»*Oh, là, là,* wen haben wir denn da?« Plötzlich stand Coco, Lucs jüngere Schwester, vor ihnen. Sie sah aus wie ein Gespenst, das sich in der Farbe vertan hat, verhüllt in einen langen schwarzen Mantel, eine große Kapuze tief ins Gesicht gezogen. »Sind die Turteltauben auf dem Weg zu einem Stelldichein?« Coco lachte trocken und begrüßte ihren Bruder mit Wangenkuss, was sie bei Élodie unterließ, wie immer.

»Und, Corinne«, sagte Élodie spitz und nannte die angehende Schwägerin bei ihrem Vornamen, mit dem sie sonst niemand ansprach, »was treibt dich so spät noch aus dem Haus?«

Coco zog eine Flasche Richebourg Grand Cru aus der Tasche. »Ich hatte nichts mehr zu trinken. Stellt euch das vor.« Sie zog theatralisch beide Augenbrauen hoch. »Da musste ich tatsächlich nachts noch in den Weinkeller.«

»Ich hoffe nur, du hast nicht wieder vergessen, die Alarmanlage einzuschalten.« Luc konnte sich den Kommentar nicht verkneifen, auch wenn er genau wusste, dass das nur ein einziges Mal vorgekommen war. Und das nur, weil Coco einen Anruf aus dem Krankenhaus erhalten hatte, in dem ihr mitgeteilt wurde, dass ihr Freund mit dem Auto von der Straße abgekommen und gegen einen Baum geschleudert worden war und nun im Sterben lag. Es war nicht fair, ihr das Versäumnis vorzuwerfen, aber ihre stets feindselige Art Élodie gegenüber war auch nicht gerade angemessen.

Coco warf ihrem Bruder einen giftigen Blick zu. »Schlechte Laune?«

»Es ist kalt, lass uns gehen«, wandte Élodie sich an Luc und sah dann kurz zu Coco. »Einen schönen Abend noch.« Sie versuchte nicht einmal mehr, ihre Ablehnung zu verhehlen.

Coco küsste Luc auf die Wange und raunte ihm dabei »Vergifte dich nicht, wenn du sie küsst« ins Ohr. Dann ging sie mit hocherhobenem Haupt an beiden vorbei, hob zum Gruß noch einmal die Flasche und verschwand in einer dunklen Gasse.

5

Johanna schlenderte langsam den Gehweg entlang. Sie hatte Zeit und weder ein Ziel noch jemanden, der irgendwo auf sie wartete. Es war der erste sonnige Tag seit langem, und so ignorierte sie tapfer den bissigen Wind, der Papierfetzen den Kurfürstendamm entlangtrieb.

Nach vorn geneigt gingen die Leute, die Schultern hochgezogen, den Kopf gesenkt. Großstadtindianer hatte ein Kommilitone die Berliner immer genannt, sie wusste bis heute nicht, aus welchem Grund und warum sie ihn das nie gefragt hatte. Ein Kaffee täte jetzt gut. Etwas, an dem sie ihre Hände und die Seele wärmen könnte und das ihr einen Grund gäbe, ein wenig zu verharren und aus dem Fenster auf das Treiben zu schauen, das einfach so weiterging, während ihr Leben stillzustehen schien.

Der Tauentzien eignete sich nicht dafür. Da gab es nur Warenhäuser, Filialen der einschlägigen Bekleidungsketten, Schuhgeschäfte, Ramschläden und die Gedächtniskirche. Letztere war in eine Art Schlafrock gewickelt, hinter dem wohl saniert wurde, was das Zeug hielt.

Vielleicht sollte sie einfach umkehren und am Ludwigkirchplatz in eines der Bistros gehen? Geld ausgeben, das sie nicht hatte?

Allein die Vorstellung, wie sie da sitzen würde wie in Wahlkampfzeiten bei den regelmäßigen Strategiemeetings, die Hampel gern hier in seinem alten Kiez abgehalten hatte, zurückschlüpfen könnte in dieses Gefühl, zu den Erfolgreichen zu gehören, war so verlockend, dass sie sich wie von selbst umdrehte und begann, den Weg zurückzumarschieren, den sie gerade gekommen war. Beschwingt fühlte sich jeder Schritt an, und es war egal, ob es nur eine Illusion war. Für den Moment war es gut, und das allein zählte.

Der eisige Wind kam nun von vorn und traf mit solcher Wucht auf ihre Stirn, dass Johanna Kopfschmerzen bekam. Sie war froh, in die Uhlandstraße abbiegen zu können, und musste einen Moment lang stehen bleiben, um sich die Nase zu putzen. Ihr Gesicht fühlte sich wie schockgefroren an, als könnte etwas abbrechen, wenn sie zu stark ins Taschentuch schnaubte.

Sie wollte gerade weitergehen, da fiel ihr auf, vor welchem Geschäft sie angehalten hatte. Es war jene feinsortierte Weinhandlung, in der sie für den Bürgermeister und seine Frau eingekauft hatten. Von außen wirkte der Laden recht unscheinbar. Das Schaufenster gab keinerlei Anlass zur Vermutung, dass man von dem kleinen Geschäft aus über den Hinterhof zu einem großen Ausstellungsraum gelangte, in dem nicht nur erlesene Weine feilgeboten wurden, sondern zudem eine knarzende Treppe in ein großes Kellergewölbe führte, in dem wahre Schätze lagerten und edle Weine bei Kerzenschein verkostet wurden. Schon der Name des Ladens, Le Sang des Vignes, ließ echte Weinkenner wissen, dass sie hier in den richtigen Händen waren, denn wer wusste schon, dass man den Wein das Blut des Weinbergs nannte?

Johanna wollte sich gerade abwenden, da sah sie den Zettel, der neben der Tür angebracht war. Ein einfaches DIN-A4-Blatt, mit Tesafilm an die Scheibe geklebt. *Hilfe für Verkauf und Büro gesucht*, hatte jemand mit der Hand in großer Schrift geschrieben, die Buchstaben gleichmäßig geschwungen, *bitte im Laden melden*.

Johanna zögerte. Nein, das war bestimmt keine gute Idee. Und überhaupt, sie hatte weder von Verkauf noch von klassischen Bürotätigkeiten eine Ahnung. Sie schüttelte den Kopf, dass sie überhaupt über so etwas nachdachte, und wandte sich ab. Ein paar Schritte entfernt blieb sie stehen. Vielleicht aber, dachte sie, konnte man aus diesem Laden etwas machen, ihm eine frische Internetpräsenz verpassen, eine gutgepflegte Facebookseite, ein Google+-Profil, witzige Tweets und sogar einen Blog über Weinbau, Sorten, Verkostungen und wer weiß, was sonst noch in dem Laden lief? Das roch nach einer echten Herausforderung. Sie musste nur den Fuß in die Tür bekommen.

Kühn schien der Gedanke, doch er erfüllte sie mit diesem Flattern im Bauch, das sie immer befiel, wenn sie Möglichkeiten entdeckte, an die andere nicht einmal zu denken wagten. Was hatte sie schon zu verlieren? Und wer wusste, was am Ende aus einem solchen Aushilfsjob werden konnte?

Johanna trat in den Laden. Ein angenehmer Geruch nach Eichenholz stieg ihr in die Nase. Die dunklen Dielen knarrten unter ihren Schritten. Sie sah sich um und hatte beinahe das Gefühl, nach einer langen Reise zurückzukehren.

Die vollgestopften Regale, all die Weinflaschen, Karaffen und Gläser, die gestapelten Weinkisten in der Ecke, in denen Flaschen in Holzwolle gebettet lagen, das alles hatte sie schon bei ihrem ersten Besuch fasziniert. Die uralte Korkmaschine, ein paar Flaschen und Gläser darauf drapiert, der rustikale Verkaufstresen mit der alten Registrierkasse, alles hier schien Geschichten zu erzählen. Und es war eine Schande, dass davon kaum jemand wusste.

»Kann ich Ihnen helfen?« Der alte Mann lächelte sie an und stützte die Hände auf den Tresen.

»Der Zettel …«, Johanna räusperte sich. »Sie suchen eine Aushilfe?«

Der Mann lächelte noch etwas breiter, falls das überhaupt möglich war. »In der Tat«, sagte er und kam hinter dem Tresen hervor. »Warten Sie einen kleinen Moment, ich hole die Chefin.« Er nickte ihr zu und verschwand durch die Hintertür.

Johannas Mut schrumpfte auf einmal und verkam zu einem Klumpen in ihrem Magen. Was tat sie denn hier? Dachte sie wirklich auch nur eine Sekunde, sie könnte in einer Weinhandlung arbeiten und dem verstaubten Etablissement mit modernen Kommunikationsstrategien zu Leibe rücken? Das war absurd. Sie sollte gehen, und zwar sofort, noch ehe diese Chefin kam und Fragen stellte, die sie nicht würde beantworten können.

Doch dann dachte Johanna an das leere Konto – und an die Worte von Knobloch. Es war an der Zeit, dass sie ihren Stolz fraß und der Realität ins Gesicht blickte. Ihr Studienabschluss war zurzeit keinen Pfifferling wert.

Der alte Mann kehrte zurück und zwinkerte ihr zu. Hinter ihm erschien eine große Blonde und musterte sie von oben bis unten. Schließlich streckte ihr die Frau die Hand entgegen. »Cornelia Sommer. Sie suchen einen Job?«

Sie ergriff die Hand und legte so viel Entschlossenheit in ihre Stimme, wie sie nur konnte. »Johanna Keppler. Ja, ich brauche einen Job. Dringend.«

Sommer neigte den Kopf, stemmte die Hände in die Hüften und fixierte Johanna mit ihrem flaschengrünen Blick. »Was können Sie denn?«

»Nichts«, antwortete Johanna mit dem Mut einer Verzweifelten, »nichts, was ich hier brauchen werde, aber ich kann alles lernen.«

Für einen Moment guckte Sommer irritiert, dann brach sie in schallendes Gelächter aus. »Wissen Sie was?«, sagte sie schließlich. »Ich mag ehrliche Leute.« Sie wies mit der offenen Hand auf den alten Mann, der wieder seinen Platz hinter dem Tresen eingenommen hatte. »Das ist Gustav Sommer, mein Vater und ein begnadeter Verkäufer. Er wird Ihnen alles beibringen. Was wissen Sie über Wein?«

Johanna zuckte die Schultern. »Ich trinke gern welchen. Und ich weiß, wo ich Fachbücher herbekomme und wie ich schnell daraus lerne.«

»Sprechen Sie Französisch?«

Johanna nickte.

Sommer zog die Augenbrauen hoch. »Verhandlungssicher?«

»Ich denke schon. Ich habe ein Jahr in Paris studiert.«

»So? Und wann können Sie anfangen?«

Johanna war nicht klar, ob das hieß, dass sie den Job hatte. »Morgen?«

Sommer hielt ihr die Hand hin. »Das klingt gut. In der Probezeit werden Sie hier nicht reich, aber Sie können davon Ihre Miete zahlen, meine ich. Danach sehen wir weiter, je nachdem, wie Sie sich machen. Morgen früh pünktlich um zehn hier?«

Johanna schlug ein. »Abgemacht. Aber ich warne Sie, ich habe wirklich keine Ahnung.«

Sommer lächelte. »Sie sprechen Französisch. Sie sind ehrlich. Und Sie machen mir den Eindruck einer ambitionierten jungen Frau, die sich ausdrücken kann und weiß, was sie will. Glauben Sie mir, ich kann einschätzen, was ich tue.«

Johannas Kopf fühlte sich plötzlich leicht an, wie mit Helium gefüllt. Sie konnte es gar nicht fassen. Sie hatte einen Job, ein geregeltes Einkommen. Da war er, der Silberstreif an ihrem ganz privaten Horizont.

»Danke.«

Am nächsten Morgen war Johanna so überpünktlich, dass sie eine geschlagene halbe Stunde den Kurfürstendamm auf und ab wanderte, bevor sie Punkt zehn durch die Tür des Le Sang des Vignes trat, mit einem flauen Gefühl im Bauch und weichen Knien.

Als spürte er ihre Nervosität, empfing Gustav Sommer sie besonders herzlich. »Willkommen in unserem kleinen Team«, strahlte er, schüttelte ihre Hand und bedeutete ihr dann mit einer Geste, ihm zu folgen. »Furchtbar kalt heute Morgen, nicht wahr? Ihren Mantel bringen wir nach hinten ins Büro. Und dann trinken Sie erst einmal einen Kaffee und kommen an.«

Johanna spürte ein Flattern im Magen, jetzt deutlicher als zuvor. Gustav Sommer hatte es nicht verdient, dass sie ihn enttäuschte, aber was wäre, wenn sie alles verkehrt machte? Es war ihm deutlich anzusehen, wie sehr er sich über ihre Anwesenheit freute. Kein Wunder, er war schätzungsweise um die siebzig. Jeden Tag im Laden zu stehen, von früh bis spät, musste sehr anstrengend für ihn sein. Und jetzt kam sie, Johanna, eine vermeintliche Hilfe für ihn, die sich vermutlich als das Gegenteil entpuppte.

»Nun, nun«, beruhigte er sie, als könne er ihre Gedanken lesen. »Machen Sie sich nicht so viele Sorgen, wir kochen hier auch nur mit Wasser.« Er öffnete die Tür zum Büro und ließ sie eintreten. »Das lernen Sie schon alles, ist gar nicht so schwierig.«

Sie musste nur ein Stück Zuversicht zu fassen bekommen, damit es ihr bei den ersten Schritten auf diesem fremden Terrain half. Sie holte tief Luft und hängte ihren Mantel an den Haken, zumindest für die nächsten Stunden.

Das helle Schellen der alten Türglocke ließ auf Kundschaft schließen. »Nehmen Sie sich einen Kaffee«, wies Gustav Sommer auf die Maschine, die man durch die Tür in der angrenzenden kleinen Küche sah. »Ich kümmere mich um den Laden.«

Johanna stellte etwas unschlüssig ihre Tasche auf dem Boden ab und trat in die Küche. Alles war blitzblank. Auf der Arbeitsfläche aus schwarzem Granit konnte man das eigene Spiegelbild betrachten. In den Regalen darüber leuchteten weiße Porzellantassen im Sonnenlicht, das durch das Fenster hineinfiel, und auf Hochglanz polierte Gläser funkelten verführerisch. Unter dem Fenster standen zwei Stühle und ein Bistrotisch, eine bauchige Vase mit roséfarbenen Tulpen darauf.

»Guten Morgen.«

Johanna fuhr herum. »Oh, guten Morgen.«

Cornelia Sommer streckte ihr mit einem Lächeln die Hand

entgegen. »Willkommen.« Dann zog sie ihren schweren Mantel aus und hängte ihn auf. »Wenn Sie schon dabei sind, machen Sie mir doch auch einen Kaffee, bitte. Schwarz, ohne alles, wie meine Seele.« Sie lachte vergnügt. »Und dann fangen wir beide damit an, dass Sie unsere Weine kennenlernen.«

»Wie war es?« Lucie stellte eine Schale mit dampfender Linsensuppe vor Johanna auf den Tisch. »Als was arbeitest du da eigentlich?«

Ja, als was eigentlich? Johanna hatte Mühe, diese Frage zu beantworten. Ihr erster Arbeitstag lag hinter ihr, das Aufgabenfeld mehr als nebulös, und noch hatte sich niemand die Mühe gemacht, mit ihr zu besprechen, was genau ihre Stellenbeschreibung beinhaltete. Sofern es überhaupt eine gab, was sie ehrlich gesagt nicht glaubte. »So eine Art Mädchen für alles?«

Lucie sog hörbar die Luft ein. »Aha.« Es klang eher nach einer Frage als nach einer Feststellung. »Wie muss ich mir das vorstellen?«

»Ich weiß es nicht«, gab Johanna mit einem Seufzen zu und blickte aus dem Fenster. In der Wohnung gegenüber war Licht an, wie immer, zu jeder Tages- und Nachtzeit. »Ich schätze, ich werde Kunden bedienen, Wein verkaufen und irgendwelchen Bürokram erledigen. Vielleicht später auch bei Weinverkostungen helfen. Heute habe ich jedenfalls den ganzen Tag damit zugebracht, alles Mögliche über verschiedene Weine zu lesen. Mir schwirrt vielleicht der Kopf.«

»Lesen?« Lucie machte den Eindruck, als käme sie nicht mehr mit.

»Na ja, ich muss doch erst wissen, welcher Wein wie schmeckt, ehe ich Kunden etwas empfehlen kann.«

»Aha. Und da hilft Lesen?«

Johanna konnte ihre Skepsis gut verstehen. »Ich hoffe. Ich

kann mich ja schlecht durch den ganzen Bestand trinken.« Sie musste kichern.

Auch Lucie gluckste. »Ist aber auch eine schöne Vorstellung, oder? Bezahltes Besäufnis. Apropos, bezahlen die wenigstens ordentlich?«

»Weiß nicht, kenne mich ja in der Branche nicht aus.« Darüber müsste sie mit Frau Sommer noch einmal in Ruhe reden. »Wird jedenfalls kein Vergleich zu dem sein, was ich als Assistentin im Wahlkampfteam hatte. Aber das war ja auch kaum zu erwarten.« Nach allen Abzügen bliebe ihr vermutlich nicht viel, aber wenigstens hatte sie jetzt wieder eine Perspektive.

Lucie nahm sich ebenfalls eine Schale Suppe und setzte sich zu ihr. »Weißt du was?«, sagte sie vergnügt. »Ich bin froh, wenn du noch eine Weile hier wohnen bleibst.«

Die erste Woche im Le Sang des Vignes verging wie im Flug, und am Freitagnachmittag hatte sie das Gefühl, schon ewig hier zu arbeiten. In Johannas Kopf tobte ein Sturm. Namen von Weingütern, Jahrgänge und ihre Besonderheiten, Mischungen von Aromen je nach Wein und Jahr, all das verschwamm zu einer Masse, die in ihren Hirnwindungen klebte und das Denken derart verlangsamte, dass sie nicht einmal mehr sicher sein konnte, um welchen Wochentag es sich handelte.

Noch vor wenigen Tagen hatte sie gedacht, zumindest über ein gewisses Basiswissen in puncto Wein zu verfügen. Lächerliche Hochstapelei. Nichts, aber auch rein gar nichts hatte sie gewusst, und sie war nicht sicher, ob sich das in den letzten Tagen tatsächlich verändert hatte. Vielleicht in der Theorie, schon möglich, aber praktisch?

Die Flasche wog schwer in ihrer Tasche, die sie in der vollen U-Bahn, eingequetscht zwischen einem Pärchen, das leise zischend stritt, und einer Horde Touristen, mit nach Hause nahm. Einen

Rotwein aus Nuits-Saint-Georges hatte Cornelia Sommer ihr zum Feierabend in die Hand gedrückt. Johanna hatte noch nie von diesem Ort gehört. Ein Blick aufs Etikett hatte verraten, dass er irgendwo in der französischen Bourgogne lag, einem Weingebiet, das Sommer für den Import noch erschließen wollte. Der berühmte Richebourg und auch der Montrachet kamen von dort und waren in Berlin bisher nicht zu bekommen. Johanna war noch nicht eingeweiht, warum es so schwierig war, dort Geschäftspartner zu finden, aber dass dem so war, das hatte sie verstanden. Es schien ihr unerklärlich, schließlich wollte doch jeder Weinbauer sein Produkt an den Mann bringen, oder? Auf jeden Fall fesselten sie diese Geschichten aus der Welt des Weines. Als tauchte man die Zehen in unbekannte Gewässer, von denen man nicht wusste, was man darin zu erwarten hatte.

Die Weine aus diesem Gebiet jedenfalls mussten etwas ganz Besonderes sein, so etwas wie ein Geheimtipp. Sommer schien geradezu erpicht darauf, dort endlich einen Fuß in die Tür zu bekommen, und plante demnächst eine Reise in die Bourgogne. Sie verwandte viel Zeit auf die Planung und das Knüpfen von Kontakten, soviel hatte Johanna mitbekommen.

Sie drückte die Tasche mit der Weinflasche noch fester gegen ihre Brust, unsicher, ob sie sie wirklich heute Abend öffnen sollte. Johanna hatte so viel gelesen und gehört über Aromen, Geschmacksnuancen, Tannine und das Fehlen von Sulfaten, aber sie traute sich nicht zu, das auch zu schmecken. Wie hielt man auseinander, ob es auf der Zunge oder am Gaumen nach Holz oder Erde schmeckte? Ob das fruchtige Aroma von Brom- oder Erdbeeren kam? Ob es eher Moder oder doch Herbstlaub war? Könnte sie wirklich Vanille ausmachen, wenn nur ein Hauch davon vorhanden war? Würde die Ahnung von Banane im Schluck Rotwein sie nicht so sehr erstaunen, dass sie jeden anderen Geschmack gar nicht mehr wahrnehmen würde? Und konnte man lernen, all das zu schmecken, oder musste man mit dieser Gabe geboren sein?

Im Moment war es nur verwirrend. Sie hatte das Gefühl, bis unter die Schädeldecke mit theoretischem Wissen abgefüllt zu sein, das sie nicht anzuwenden vermochte. Vielleicht half es ja, die Flasche zu öffnen und den Wein zu probieren. Gut möglich, dass es ihr die ein oder andere Erkenntnis verschaffen konnte, im Zweifelsfall auch die, dass sie, Johanna, in dieser Weinwelt keinen Platz fände.

6

Anne Béjart wirkte schmal hinter dem schweren Schreibtisch aus Eichenholz. Man sah ihr die siebenundfünfzig Jahre ebenso wenig an wie die drei Kinder und die jahrzehntelange Leitung des Weingutes. Selbst Tochter einer eher unbedeutenden Weinfamilie, hatte sie Michel Béjart vor siebenunddreißig Jahren geheiratet und nur wenig später an der Seite ihrer Schwiegermutter nach und nach die Führung übernommen. So wollte es die Tradition. Die Frauen agierten im Hintergrund, waren jedoch die eigentlichen Herrscherinnen.

Umso mehr ärgerte es Anne, dass ihre einzige Tochter das Leben als Spiel zu sehen schien. Aber sie hatte längst aufgegeben, dagegen anzugehen. Immerhin, noch blieb ihr die Hoffnung, dass Coco sich doch in ihre Rolle fügte. Im Grunde musste sie. Wer sollte es sonst tun?

Luc war ein Diplomat und ein guter Geschäftsmann und somit bestens geeignet, den internationalen Vertrieb zu machen. Stéphane hatte den Sinn für Geschmack und die »Nase« seines Vaters geerbt, vor allem aber hatte er das Gespür, wie man die unterschiedlichen Reben zu einem einzigartigen Wein kombinierte, eine standesgemäße Hochzeit zwischen den unterschiedlichen Rebsorten arrangierte. Und das konnte man nicht lernen, das brachte man mit oder eben nicht.

Stéphane musste draußen sein, in den Weinbergen und nach der Ernte in der Kellerei, dort war sein Platz, so wie Luc reisen und verhandeln musste. Er verfügte über das Talent, in jeder Situation die richtigen Worte zu finden, wusste, wie man den Händlern die Weine der Familie schmackhaft machte. Das Ziehen der Fäden im Hintergrund, mit einer ruhigen Hand, die selbst in schwierigen

Zeiten keine Schwächen zeigte, das war Aufgabe der grauen Eminenzen – der Frauen. Und Anne fühlte sich bereit, diesen nervenzehrenden Job einer Jüngeren zu übergeben.

Doch offenbar musste das warten. Stéphanes Frau Cécile entwarf lieber hässlichen Schmuck, den niemand kaufte, und Élodie Gascon traute Anne, wenn sie ehrlich war, im Grunde nicht mal das kleine Einmaleins zu. Aber Élodie brachte einen berühmten Weißwein in die Familie, die Flasche im Verkauf um die zehntausend Euro. Dazu noch ein paar edle Pinot-Noir-Weinberge. Da musste sie nicht rechnen können.

»Ich halte es für eine gute Idee, wenn wir unabhängiger von China werden«, sagte Anne, lehnte sich zurück und bemühte sich, im Gesicht ihres Sohnes zu lesen.

»Genau deshalb kümmere ich mich ja verstärkt um die USA.« Luc nahm sich einen Café und setzte sich auf einen der beiden Stühle vor dem Schreibtisch seiner Mutter. »Ich versuche, mehr Importeure dort zu gewinnen. Vermutlich sollte ich demnächst mal wieder hinfliegen.«

Anne schob die Tastatur zur Seite und fischte ein Blatt Papier von einem Stapel. »Hast du schon einmal von einer Weinhandlung in Berlin gehört, die sich Le Sang des Vignes nennt?« Sie reichte ihm den Zettel. »Das ist der Ausdruck der E-Mail, die sie mir geschickt haben. Die Inhaberin möchte uns besuchen. Sie fragt eine Verkostung an.« Anne sah einen Augenblick aus dem Fenster, beobachtete, wie die hereinbrechende Dunkelheit sich daranmachte, die sanften, schier endlos sich wölbenden Hügel zu verschlucken. Die im Winterschlaf liegenden Weinstöcke verschmolzen im diffusen Licht mit der Erde.

»Nie gehört.« Luc sah auf und zuckte mit den Schultern. »Mamie wird das nicht wollen.«

Anne winkte ab. »Auch deine Großmutter muss irgendwann ihren Krieg beenden.« Sie nahm das Blatt und legte es zurück auf den Schreibtisch. »Es gibt keinen Grund, weiterhin keinen Wein nach Deutschland zu verkaufen.«

»Wenn du ihr das klarmachen kannst ...«

Anne stand schwungvoll auf. »Ich muss ihr gar nichts klarmachen. Ich kann mich nicht einmal erinnern, wann ich sie zum letzten Mal hier im Büro gesehen habe.« Sie zog ihre Jacke an und nahm ihre Tasche. »Ich leite dir die Mail von den Berlinern nachher weiter. Am besten, du machst dann selbst einen Termin mit ihnen.«

Luc hielt seiner Mutter die Tür auf. Ein Schwall eisiger Luft fauchte herein. »Wenn dieser Frost nicht bald aufhört, haben wir ein Problem.«

»Ich weiß.« Anne schloss ab. »Stéphane und Michel haben gestern den ganzen Abend debattiert, was wir tun sollen. Dabei wissen wir noch nicht einmal, ob und wie viele Pflanzen gestorben sind. Aber ich gebe euch recht, es könnte zu einem Problem werden.« Mit schnellen Schritten ging sie die steinerne Treppe hinab. »Sei mir nicht böse, Luc, aber wir bekommen noch Besuch. Dein Onkel kommt zum Essen.« Sie küsste ihren Sohn links und rechts auf die Wange. »Gib mir Bescheid, wann die Berliner kommen, ja?« Dann schritt sie eilig über das alte Kopfsteinpflaster zum Haupthaus hinüber.

7

Johanna blickte auf die Hausfassaden gegenüber, graue Silhouetten, scharfkantig, unverrückbar starr.

Cornelia Sommer war heute Morgen wie ein Tornado ins Le Sang des Vignes gefegt, im Gesicht ein Strahlen, als hätte sie über Nacht den Jackpot geknackt. Und so war es wohl auch, denn die Franzosen hatten einem Besuch zugestimmt. Sommer hatte noch nicht den Fuß in der Tür, aber immerhin einen Zeh. Und um das ganze Le Sang des Vignes hineinzubekommen, hatte sie die kühne Idee, ausgerechnet Johanna mit nach Frankreich zu nehmen. Wirklich hervorragend.

Komplett ahnungslos, wie sie war, sollte Johanna die Dolmetscherin spielen. Dabei beherrschte sie noch nicht einmal die Hälfte der Fachbegriffe aus der Weinwelt auf Deutsch, wusste kaum, was sie bedeuteten, und brachte immer wieder alles durcheinander. Und dann sollte sie übersetzen? In der Bourgogne? Ausgerechnet dort, wo Sommer seit Jahren kämpfte, auch nur guten Tag sagen zu dürfen? Das konnte nur schiefgehen. Und wenn Johanna an diesem Punkt in ihrem Leben eines nicht gebrauchen konnte, dann war es das nächste berufliche Waterloo.

Aber es sah nicht so aus, als hätte sie eine Wahl. »Papperlapapp« hatte Sommer einfach auf jedes ihrer Argumente entgegnet, und es waren viele gewesen, das würde sich alles finden. Soso. Johanna glaubte einiges, unter Umständen sogar an den Weihnachtsmann, aber dass *das* gelingen konnte? Nein, niemals.

Und ein Unglück kam ja selten allein. Ein dämliches Sprichwort, doch das Ärgerliche an solchen Phrasen war, dass sie mit schöner Regelmäßigkeit der Realität entsprachen. In diesem speziellen Fall wurde die Misere dadurch noch vergrößert, dass Johannas Frankreichreise genau am Geburtstag ihrer Mutter stattfinden sollte.

Es war die Wahl zwischen Pest und Cholera. Entweder müsste sie ihren Job riskieren oder Ärger mit den Eltern. Und irgendwie war dieser Job nun wirklich nicht das, wofür man die eigene Mutter hängenließ, oder?

Andererseits war es wenigstens ein Job, und zwar einer, mit dem sie ihren Lebensunterhalt bestritt. Von der Zufriedenheit ihrer Mutter konnte sie wohl kaum die Miete bezahlen und etwas zu essen kaufen.

Was für ein Dilemma. Erst recht, wenn sie in Betracht zog, wie viele der letzten Geburtstage ihrer Mutter sie versäumt hatte. Immer war irgendetwas gewesen: der Abgabetermin für eine wichtige Hausarbeit an der Uni, das Referat mit der Seminargruppe, der Gastvortrag von diesem Professor, den alle für einen Guru hielten und der sich dann als übler Plattitüdenreißer entpuppt hatte, und schließlich der Schneesturm letztes Jahr, der die Bahnstrecke nach Rostock tagelang lahmgelegt hatte. So gesehen war es für Johanna an der Zeit, endlich mal wieder mit Anwesenheit zu glänzen.

Vielleicht sollte sie alles noch einmal überdenken. Sollte einfach mal zu ihren Eltern fahren, das Leben dort mit neuen Augen betrachten. Sich vorstellen, wie es wohl wäre, dort zu leben, doch noch das kleine Hotel und das Restaurant von ihnen zu übernehmen. Objektiv betrachtet war das alte Haus mit dem Reetdach eigentlich ein Schmuckstück.

Und es war allemal besser, als in einer Weinhandlung zu versauern. Sommer hatte ihre Idee mit der Homepage und Social-Media-Strategie zwar nicht komplett abgebürstet, war aber auch nicht begeistert gewesen. Dass sie am Ende gesagt hatte, sie würde darüber nachdenken, schien Johanna vor allem ein Mittel zu sein, das Thema vom Tisch zu bekommen.

Schweren Herzens drehte sie das Telefon in den Händen hin und her. Sie sah schon die hocherfreuten Gesichter ihrer Eltern vor sich. Johanna holte tief Luft und wählte.

»Zur Seeschnecke, guten Abend.« Die Stimme ihrer Mutter klang ganz nach Business, und Johanna spürte diesen altbekannten Stich. Ihre Mutter hatte nicht aufs Display gesehen, nicht darauf geachtet, welche Nummer erschien, nicht auf den Anruf ihrer Tochter gewartet, der längst überfällig war. »Was können wir für Sie tun?«

»Ich bin's.«

»Ach, Johanna.« Klang da schon ein verhaltener Vorwurf an? »Alles in Ordnung?« Im Hintergrund war Stimmengemurmel vernehmbar. »Ist gerade ganz schlecht«, fuhr ihre Mutter fort und klang abgelenkt. »Du weißt doch, abends brennt im Restaurant die Luft.«

»Jetzt im Januar?«

»Wir haben immer Saison«, gab ihre Mutter schnippisch zurück. »Du solltest das wissen.« Das Stimmengewirr kam in Wellen durch den Hörer, mal laut wie sturmgepeitschte See, mal leise wie das sanfte Rollen der Wogen bei Ebbe. »Außerdem sehen wir uns doch am Wochenende, dann haben wir Zeit zum Reden.«

»Ich weiß nicht, ob ich komme.« Sie hatte plötzlich das dringende Gefühl, über ihre Entscheidung noch einmal in Ruhe nachdenken zu müssen.

»Wie? Schon wieder nicht?« In der Stimme der Mutter schwang Unglaube. »Wie soll ich das verstehen?«

»Ich hab diesen neuen Job, und ...«

»Aber du musst doch nicht am Wochenende arbeiten«, fiel ihre Mutter ihr ins Wort. »Was soll der Unsinn also?«

»Ich muss auf eine Dienstreise. Nach Frankreich.« Am anderen Ende der Leitung war es plötzlich sehr still. Johanna wusste selbst nicht, warum sie nicht mehr erzählte, ihrer Mutter nicht erklären konnte, in welchem Dilemma sie sich befand. Die Worte steckten irgendwie in ihrem Hals fest.

»Was ist das denn für eine Arbeit?« Jetzt klang ihre Mutter skeptisch.

Lucie, fiel Johanna ein. Lucie, die immer behauptete, dass alles im Dreierpack käme, egal ob Glück oder Unglück, Angenehmes oder Unangenehmes. »In einer Weinhandlung«, sie räusperte sich, »ich arbeite in einer Weinhandlung.«

»Als was?« Ihre Mutter schien atemlos, wie nach einem Sprint.

Johanna schloss die Augen. So ging das nicht. Sie unterdrückte den Wunsch, sich erneut zu räuspern. »Es ist eine sehr exklusive Weinhandlung mit Verkostungen. Die Berliner Prominenz ist dort Kunde ...«

»Und du machst da was, bitte?« Ihre Mutter ließ nicht locker.

»Ich habe gerade erst angefangen.« Zu defensiv, Johanna konnte es deutlich hören und wusste doch nicht, wie sie die Kurve kriegen sollte. »Ich muss noch sehen, was ich genau ...«

»Verstehe ich das richtig, Johanna, du jobbst in einer Weinhandlung als Verkäuferin? Nachdem du im Wahlkampfteam des Bürgermeisters warst?«

»Des ehemaligen Bürgermeisters ...«

»Lenk nicht ab!« Ihre Mutter kochte. Obwohl sie ihre Stimme weder erhob noch zu schreien anfing, war es nicht zu überhören. »Wenn es das ist, was du aus deiner Zukunft machen wolltest, dann verstehe ich nicht, wozu du unbedingt studieren musstest.«

Da war es wieder, das altbekannte Thema, der immer gleiche Vorwurf. »Mama, fang bitte nicht wieder damit an.«

»Wirklich, Johanna. Warum hast du nicht die Hotelfachfrau-Ausbildung gemacht? Du könntest aus unserer Pension richtig was machen. Wein kannst du auch hier verkaufen, wenn dir das solchen Spaß macht.«

Sie wusste nicht, was in diesem Moment mehr weh tat. Dass

ihre Mutter diesen Anspruch an sie nicht aufgeben konnte oder dass sie offenbar nicht verstand, wie hart Johanna das Scheitern in ihrem ersten Job getroffen hatte. »Das war immer nur dein Traum, Mama«, kämpfte Johanna gegen die bittere Enttäuschung, »niemals meiner.«

»Ach so, aber Wein für Fremde verkaufen, das ist deine Traumkarriere?«

»Ich besuche euch, wenn ich zurück bin. Grüß Papa. Mach's gut.« Johanna legte auf und wischte die Tränen weg.

8

Der Aéroport Lyon-Saint-Exupéry wirkte wie das Tor zu einer Metropole. Ein leerer, schier endloser Gang, weit wie eine Halle, führte vom Terminal zum Parkplatz und zum Shuttle-Zug nach Lyon. Das Dach spannte sich in hohen Bögen darüber, eine Konstruktion aus Stahl und Glas, wie die dreidimensionale Grafik eines Insekts unter einem milchigen Winterhimmel. Am Ende der Halle führte eine Rolltreppe nach unten. Die große Glasfront gab den Blick frei auf eine kahle Landschaft.

»Was täte ich nur ohne Sie?«, seufzte Sommer, während Johanna an einem Automaten die Tickets für den Shuttle-Zug zog. »Diese Sprache liegt mir einfach nicht. Ich habe es versucht, wirklich, glauben Sie mir, ernsthaft versucht.« Sie klang ein wenig atemlos. »Volkshochschulkurse, Intensivseminare bei Berlitz, sogar einen Privatlehrer habe ich engagiert. Aber es ist wie verhext, ich kriege diese Sprache nicht in meinen Schädel. Wie haben Sie es nur geschafft, in Paris zu studieren?«

Johanna zuckte die Schultern. »Ich hatte Französisch als erste Fremdsprache. Es fiel mir immer leicht.«

»Beneidenswert.« Sommer blieb stehen und fixierte den Zug. »Sieht eher aus wie eine Straßenbahn. Na dann.« Sie stieg ein.

Keine dreißig Minuten später hielt der Zug zwischen dem Bahnhof Lyon-Part-Dieu und den Hochhäusern des Centre Commercial. Hier ließ kaum etwas erahnen, dass Lyon über einen wunderschönen historischen Stadtkern verfügte. Stattdessen sah es aus wie in einem der Vororte von Paris.

Johanna und Cornelia Sommer zogen ihre Rollkoffer holpernd über die Schienen, überquerten die schmale Straße, in der Taxis auf Kundschaft warteten, und betraten die Bahnhofshalle.

Drinnen herrschte hektische Betriebsamkeit. Es war ein einziges Gewusel von Menschen, schwer beladen mit Taschen, Koffern, Snowboards und Skiern, die daran erinnerten, dass die französischen Alpen nur einen Steinwurf entfernt lagen. Johanna musste bei dem Anblick daran denken, wie sie im Flugzeug aus dem Fenster auf all die schneebedeckten Berge und in Täler gesehen hatte, die sich unter einer gleißenden Sonne erstreckt hatten und von deren Existenz man hier in der Stadt nicht einmal mehr eine Ahnung hatte.

Doch für derlei Überlegungen war in diesem Chaos kein Raum. Geschäfte, Cafés und Schnellrestaurants reihten sich links und rechts der Bahnhofshalle, in deren Mitte Wartebereiche nur unzureichend mit Glaswänden vor den zugigen Böen geschützt waren. Menschen standen in Trauben vor den riesigen Anzeigetafeln. Alle paar Meter führten Rolltreppen auf die einzelnen Bahnsteige. Die Luft hatte einen ganz eigenen, undefinierbaren Geruch, und Johanna fror in ihrer dicken Jacke.

»Das ist ja furchtbar hier«, stellte Cornelia Sommer fest. »Was fangen wir an diesem Ort nur mit unserer Zeit an?« Sie fühlte sich offenkundig unwohl.

So schlimm war es nun auch wieder nicht, dachte Johanna und wusste nicht recht, was sie von ihrer Chefin halten sollte. War die toughe Geschäftsfrau etwa in der Mördergrube ihres Herzens eine Luxuszicke? »Also ich würde ganz gern einen Kaffee trinken«, schlug sie vor.

»Gute Idee.« Sommer schien erleichtert. »Und wir sollten etwas essen. Dieses belegte Schwarzbrot war eine Zumutung, die ich der Lufthansa nie zugetraut hätte.«

»Sollen wir das hier nehmen?« Johanna wies auf das Café direkt vor ihnen, das aussah wie ein Schnellrestaurant für Schokocroissants und Kaffee in Pappbechern.

»Grundgütiger, nein!« Cornelia Sommers Augen wurden vor

Entrüstung groß wie Untertassen. »Frau Keppler, ich denke, Sie haben in Frankreich studiert?«

»Ja, wieso?« Johanna verstand nicht, worauf sie hinauswollte.

»Und da haben Sie nichts über französische Lebensart gelernt? In einem ganzen Jahr in Paris nicht?«

»Ich hatte kein Geld. Von meinem Stipendium konnte ich gerade so die Miete bezahlen, da hatte ich kaum Gelegenheit, über kulinarische Vorlieben nachzudenken.«

»Gut.« Sommer schien erleichtert. »Das ist eine Erklärung. Dann haben wir wohl etwas nachzuholen.« Sie lachte. »Ich glaube, wir sind ein gutes Team. Sie mit Ihren Sprachkenntnissen, ich mit meinem Doktor im Sündigen.« Sie sah sich um und marschierte dann zielstrebig auf eines der kleinen Restaurants zu. »Und schauen Sie in Gottes Namen auf der Karte nicht auf den Preis«, warf sie Johanna über die Schulter zu.

Der Zug war kaum zur Hälfte gefüllt, obwohl sein Ziel Paris war. Die dunkelblau gemusterten Polster wirkten verschmutzt, aber vielleicht kam das Johanna nur so vor, weil es so muffig roch.

Vor dem Fenster zog die winterlich tote Landschaft vorbei. Graubraune Erde, kahle Büsche und Bäume, sogar die Häuser wirkten farblos. Aber der Charme lauerte hinter jedem der sanften Hügel. Man konnte ahnen, wie saftig das Grün im Sommer war, wie Abendsonne das Land in goldrote Töne tauchen konnte und Blumen in den Gärten üppige Farbakzente zaubern würden.

Dann und wann waren sie durch Gewerbegebiete gerollt, hatten Dörfer und Kleinstädte passiert, an vielen leeren Bahnhöfen gehalten. Fahrgäste waren ein- und ausgestiegen, Cornelia Sommer war eingeschlafen. Niemand hatte die Fahrkarten kontrolliert.

Die nächste Station war Beaune.

Johanna weckte vorsichtig ihre Chefin. »Wir sind gleich da.«

Cornelia Sommer räkelte und streckte sich. »Na endlich«, gähnte sie. »Wird auch Zeit.«

Der Zug begann seine Fahrt zu verlangsamen.

Johanna zog ihre Jacke über und folgte Sommer, begleitet vom schrillen Kreischen der Bremsen, zur Tür. Der Zug hielt an einem Provinzbahnhof. Der leere Bahnsteig, das kleine Gebäude, alles schien so verlassen, als wären sie in einer Geisterstadt gelandet.

»Madame Sommer et Madame Keppler?« Der Mann, der ihnen aus dem Bahnhofsgebäude entgegenkam, trug eine Uniform mit Gehrock und Zylinder. »Bienvenue à Beaune.« Wie selbstverständlich nahm er ihre Koffer. »Bitte folgen Sie mir. Ich hoffe, die Reise war nicht zu anstrengend?« Sein französischer Akzent hing schwer in jedem seiner langsam gesprochenen Worte. »Aber es ist nicht weit zum Hotel.«

Der Van, in den er ihre Koffer lud, trug das Logo des Hôtel Belle Époque, goldene Buchstaben auf schwarzem Lack. Die Lederpolster waren angenehm warm, und Johanna dachte, dass sie es nie für möglich gehalten hätte, dass so ein Van an allen Plätzen Sitzheizung haben könnte.

Die Fahrt war kurz und führte sie an die Stadtmauer, hinter der sich die historische Altstadt duckte. Kopfsteinpflaster glänzte feucht, der Gehweg direkt vor dem Hotel bestand aus kleinen länglichen hellroten Steinen. Das alte Gemäuer des ehemaligen Weinhandelshauses schien aus Sandstein zu sein. Ein Holzdach säumte die Außenwand wie eine Markise, die von alten Balken gestützt und deren Halt zusätzlich durch in den Boden gerammte Holzbohlen gesichert werden musste.

In der Lobby machte das Hotel seinem Namen alle Ehre. Stühle und Tische der Belle Époque standen auf alten Teppichen. Die Rezeption erschien wie aus einer anderen Zeit. Am beeindruckendsten jedoch waren die Glasarbeiten in den Fenstern. Kunstvolle Blüten- und Pflanzenelemente waren meisterlich in das Glas geschliffen, und Johanna konnte sich gut vorstellen, wie wunderschön es aussehen musste, wenn die Sonne darauffiel.

Als sie in ihr Zimmer geführt wurde, blieb ihr für einen Moment die Luft weg. Ihre Füße versanken im dicken Teppich. Alle Wände strahlten in einem warmen Grün. Die Decke war durchzogen von alten Balken aus dunklem Holz. Sämtliche Möbel schienen aus einem Schloss gestohlen zu sein. Im Bad stand eine Wanne mitten im Raum. Auch hier gab es feine Glasarbeiten in den Fenstern, die einen herrlichen Blick auf die Dächer der Altstadt freigaben.

Johanna ließ sich rücklings auf das Bett fallen und versank in den weichen Kissen. Allein dieser Moment war die ganze Reise wert. Sie hoffte nur, sie würde Cornelia Sommer nicht enttäuschen.

Schnell setzte sie sich auf und zog das Büchlein aus der Tasche, über dem sie schon seit Tagen brütete. Weinvokabular für Anfänger. Brachte in ihrem Fall nur leider nichts, denn all die Adjektive, mit denen man Wein beschrieb, klangen für sie so absurd, dass sie sich kaum vorstellen konnte, sie zu gebrauchen, schon gar nicht im Französischen.

Wie zum Beispiel »fleischig« – was genau sollte sie sich darunter bitte vorstellen? Und was würde der französische Weinkenner dann sagen, der Wein sei *charnu* oder eher er wies einen *goût de viande* auf? Und übersetzte man robust jetzt mit *robuste* oder *vigoreux*? Laut dem Wörterbuch konnte Wein sogar tief sein, aber was hieß das jetzt auf Französisch? *Profond*? *Épais*? *Foncé*? Oder *bas*?

Johanna warf das Buch aufs Bett. Sie war erledigt. Das konnte nur schiefgehen. Sommer schmiss mit diesen Vokabeln um sich, bei denen sie schon auf Deutsch Schwierigkeiten hatte zu folgen, und das sollte sie auch noch übersetzen? Die Franzosen kringelten sich bestimmt vor Lachen. Keine drei Sätze, und alle würden wissen, dass sie keine Ahnung hatte. Okay, damit konnte man ja vielleicht noch leben. Aber was, wenn die dachten, sie übersetzte alles richtig und Sommer wäre die Dilettantin? Das wäre das Aus für die Mission Bourgogne.

9

Luc hörte Élodie kaum zu. Er hatte noch eine halbe Stunde, ehe diese Berliner auftauchen würden, und sein Büro sah aus wie ein Krisengebiet nach einem Taifun. Der große Schreibtisch war übersät mit Papieren und Ordnern. Man konnte nicht einmal mehr einen Stift finden, erst recht nicht die Preisliste, die er gestern Abend ausgedruckt hatte, bevor der Drucker wegen Tintenmangels jeden weiteren Dienst versagt hatte. Sogar der Stehtisch war völlig zugemüllt mit was auch immer. Genervt nahm Luc seine Jacke von einem der Barstühle und warf sie über das Treppengeländer. Dann hielt er Élodie ihren Mantel hin. »Ich muss mich jetzt wirklich auf meinen Besuch vorbereiten.«

Sie zog einen Schmollmund. »Störe ich etwa?«

»Élodie ...« Seine Geduld hing an einem sehr dünnen Faden. »Ich muss arbeiten.«

Sie riss mit einer schwungvollen Bewegung ihre Tasche vom Tisch und schenkte den diversen Papieren, die zu Boden segelten, keinen Blick. »Wie du meinst.« Ohne ein weiteres Wort rauschte sie zur Tür hinaus, stieg in ihren Wagen und fuhr mit durchdrehenden Reifen davon.

Luc sammelte die Papiere vom Boden ein und brühte eine Kanne frischen Kaffee auf. Dann machte er sich daran, Ordnung auf seinem Schreibtisch zu schaffen, was bedeutete, die diversen Papiere auf Stapel zu verteilen und so wenigstens eine minimale Fläche freizuräumen. Glücklicherweise kam dabei die Preisliste wieder zu Tage.

Bis zur verabredeten Zeit gelang es ihm gerade so, sein Büro in einen halbwegs ansehnlichen Ort zu verwandeln. Schließlich stellte er sogar noch rasch die Mappe mit Informationsmaterial über das Weingut zusammen, die er neuen Interessenten stets gab. Sie war aus dicker, strukturierter tiefroter Pappe und mit dem Familienlogo versehen. Seine Mutter hatte sie entworfen und das Material ausgesucht. Er sortierte die achtseitige Broschüre über die Geschichte ihres Weinhauses und Angaben über Auszeichnungen, die ihre Weine gewonnen hatten. Ganz nach hinten legte er die Preisliste.

Just in diesem Moment hielt ein Taxi vor der Tür. Zwei Frauen stiegen aus, eine hochgewachsen, etwa Mitte fünfzig und elegant gekleidet, die andere war vielleicht ein paar Jahre jünger als er, relativ klein und wirkte trotz der kurzen aschblonden Haare sehr feminin. Er ging zur Tür und hielt sie offen. »*Bienvenue*«, begrüßte er die Frauen.

Die Ältere streckte ihm die Hand entgegen. »*Bonjour, Monsieur Béjart.* Cornelia Sommer.« Ihr Händedruck ließ darauf schließen, dass sie eine Frau war, die nicht lange fackelte. »Johanna Keppler.« Sie wies mit der Hand auf die Jüngere.

»*Enchanté.*« Luc sah in auffallend dunkelblaue Augen.

»Wir freuen uns, Sie kennenzulernen«, sagte die junge Frau in erstaunlich gutem Französisch. »Meine Chefin spricht leider kein Französisch.« Ihr Lächeln war offen und sympathisch. »Ich werde daher dolmetschen.«

Luc bot den Frauen Kaffee an. Zu seinem Erstaunen lehnte Sommer mit der Begründung ab, dass sie vor einer Verkostung lieber darauf verzichte. Er hatte es also offenbar mit jemandem zu tun, der etwas von Wein verstand. Das würde die Angelegenheit leichter machen.

Nach etwas Small Talk ging er dazu über, den Frauen Fragen über ihr Geschäft und ihre Vertriebswege zu stellen. Es war das Standardprogramm, das ihm half, ein Gefühl dafür zu bekommen, welche Art von Geschäftsbeziehung möglich war. Auch in diesem Fall war Sommer eine Überraschung. Auf die Frage, wie viel Wein sie plane abzunehmen, antwortete sie mit hochgezogener Braue, das könne sie erst nach der Verkostung sagen. »Dann sollten wir am besten in die Weinkellerei hinübergehen«, sagte Luc und half den Damen in die Mäntel. »Sie ist gleich um die Ecke.« Keine der beiden trug Parfum, fiel ihm auf. Sommer war ganz eindeutig keine Anfängerin, denn die machten stets den Fehler, ihre Geruchs- und Geschmackssinne vor einer Verkostung mit Duftwässerchen zu verwirren.

Jetzt wurde es ernst. Johanna fühlte sich seltsam eingeschüchtert von ihrem Gastgeber, und das war ein ziemlich unbekanntes Gefühl. Luc Béjart entsprach mit seiner großen, stattlichen Figur und seinen Haaren in einem hellen Braunton zwar nicht unbedingt ihrem Bild von einem typischen Franzosen. Aber das war es nicht. Er war freundlich, wenngleich recht reserviert. Etwas Distanziertes umgab ihn, das jeden auf Abstand zu halten schien. Jede seiner Bewegungen und seine Körperhaltung zeugten von einer Selbstsicherheit, die man nicht antrainieren konnte, die so natürlich und doch ungewöhnlich erschien. Woher nahm er das wohl? Johanna hatte etwas Ähnliches noch nie an einem Menschen gespürt.

Sie sah auf seinen breiten Rücken, mit dem er den Blick auf das Touchpad neben dem schweren Eisentor versperrte. Dahinter öffnete sich ein Hof, auf dem gut und gern ein LKW wenden konnte, vor einem alten, unspektakulär wirkenden Gebäude. »Gesichert wie Fort Knox«, sagte sie.

»Wir haben mit schöner Regelmäßigkeit Einbruchsversuche.« Seine Augen waren dunkel wie stille Seen in der Nacht und mindestens ebenso unergründlich. »Das gesamte Gelände und auch das Gebäude sind mit einer Alarmanlage versehen und werden mit Videokameras überwacht. Jeder Alarm landet bei mir und direkt bei der Polizei.« Das schwere Tor glitt lautlos zur Seite.

»Aber wäre es nicht ein ziemlicher Aufwand, hier einzubrechen?« Das Kopfsteinpflaster unter ihren Füßen war uneben und vermutlich uralt. »Ich meine, man müsste ja mit einem LKW kommen, wenn man Wein stehlen will.«

Luc nahm die Treppe, die seitlich der Laderampe hochführte, mit großen Schritten und schloss auf. »Alles schon vorgekommen.« Er hielt Johanna und Cornelia Sommer die Tür auf. »Und dann gibt es noch Leute, die gar nichts stehlen wollen, sondern im Keller gern ein bisschen Chemie in den Fässern verteilen. *Das* würde uns weit mehr schaden, denn gut gemacht, fällt es nicht auf und kommt erst zum Tragen, wenn der Wein getrunken wird.«

»Verstehe.« Johanna sah sich um und war erstaunt. »Die Reputation wäre auf ewig dahin.« Sie standen in einem großen Raum, der so gar nichts Magisches hatte. Es war kühl, und in der Luft lag ein kaum wahrnehmbarer Kellergeruch. Vor ihnen thronte ein altes Fass mit einer hölzernen Verkorkungsapparatur aus längst vergangenen Zeiten. Auf dem Deckel lag eine dicke Glasscheibe, darauf stand eine Weinflasche, die das Label von Michel Béjart trug. Daneben lagen zwei dickbauchige Rotweingläser, die Stiele so verkantet, dass sie nicht herunterrollen konnten. Rechter Hand befand sich eine Art Fließband mit einer Vorrichtung, die aussah, als würden damit die Flaschen maschinell verkorkt.

»Wir füllen noch von Hand ab.« Luc Béjart war offenbar ihrem Blick gefolgt. »Das Verkorken und das Aufbringen der Label übernehmen aber Maschinen. Jeder Winzer hat ein eigenes Logo, jeder Wein ein individuelles Label. Das Etikettieren ist daher trotz Maschine zeitaufwendig. Wenn Sie mir folgen würden, bitte.« Er ging auf die Treppe zu, die nach oben führte. »Ich stelle Ihnen zunächst zwei Weißweine vor, ehe wir in den Weinkeller zu den Roten gehen.«

Johanna übersetzte für Cornelia Sommer und folgte ihr die Treppe hinauf. Mit jedem Schritt wurde es etwas wärmer. Oben angekommen, geleitete Luc Béjart sie in einen kleinen Raum, dessen Atmosphäre Johanna sofort gefangen nahm.

Die Fenster waren tief ins Mauerwerk eingelassen. Auf den breiten Simsen reihten sich Weinflaschen verschiedener Formen. In einer Ecke befand sich ein Tisch, auf dem drei Weingläser standen. Gegenüber war eine kleine Küchenzeile. Es war wohlig warm in dem Raum, die Sonne fiel durch die Fenster und malte breite helle Streifen auf das Parkett.

»Das ist wunderschön.« Johanna ging zu einer mannshohen halbrunden Skulptur in der anderen Ecke, um sie genauer zu betrachten.

»Das ist die Rinde einer Korkeiche. Daraus werden unsere Weinkorken gefertigt«, klärte Luc sie auf. »Ein befreundeter Künstler meiner Schwester hat die Farben aufgebracht. Sie symbolisieren die unterschiedlichen Geschmacksnuancen, die man in unseren Weinen findet.«

Cornelia Sommer war inzwischen neben Johanna getreten. »Sehr außergewöhnlich. Was hat er gesagt?«

Johanna erklärte es ihr und betrachtete dabei die Farbverläufe, die von einem fast schwarzen Braun bis hin zu hellem Orange reichten. Es war eine faszinierende Idee, Geschmack in Farben auszudrücken, fand sie und hätte den Künstler gern kennengelernt.

Luc nahm eine Flasche aus dem großen Kühlschrank und schenkte Weißwein in die beiden Gläser. Die helle Flüssigkeit schillerte golden und war so klar wie das Wasser eines Bergbachs. »Das hier ist ein Chardonnay aus dem vorletzten Jahr.« Er stellte die Flasche so auf den Tisch, dass Sommer und Johanna das Etikett lesen konnten. »Ich stelle Ihnen heute die Weine vor, die einen Überblick über unsere Bandbreite geben und im Moment im Verkauf sind, also alle aus dem vorletzten Jahr, bis auf ein oder zwei sehr hochpreisige Rote. Selbstverständlich bekommen Sie eine Mappe mit, in der Preise, Jahrgänge und die Charaktere der einzelnen Weine beschrieben sind. Aber das Procedere kennen Sie sicher?«

»Natürlich.« Cornelia Sommer griff nach dem Glas.

»Gibt es nicht große Unterschiede zwischen den Jahrgängen?« Kaum war Johanna die Frage herausgerutscht, befürchtete sie auch schon, damit gezeigt zu haben, wie wenig sie wusste.

Aber Luc lächelte sie verständnisvoll an. »Die Unterschiede entstehen eher durch die Differenzen in der Zusammensetzung der Erde. Die wechselt in der Bourgogne in extrem kurzen Abständen. Ein Weinhang besteht daher fast immer aus sehr vielen kleinen Parzellen, auf denen jeweils andere Rebsorten wachsen. Und je nach Wetter sind die Jahrgänge dann mal ein wenig besser, mal nicht ganz so ausgereift.«

Cornelia Sommer betrachtete den Wein im Glas zunächst genau und nahm dann einen Schluck. Man konnte ihr deutlich ansehen, wie sie ihn im Mund hin und her bewegte. »Äpfel«, stellte sie schließlich fest, »sehr saftige Äpfel. Aber das ist noch etwas anderes.« Sie nahm noch einen Schluck, machte eigenartige Geräusche und spukte dann in den großen trichterartigen Behälter, den Luc neben den Tisch gestellt hatte. »Banane«, triumphierte sie.

Johanna war verloren. Alles, was sie schmecken konnte, war Weißwein. Kalt, etwas säuerlich, fast ein bisschen bitter und doch sanft – wie guter Weißwein eben schmeckte. Wie zum Teufel machte man diese Früchte darin aus?

Die Antwort auf diese Frage erschloss sich ihr auch nicht beim Verkosten des folgenden Chablis und erst recht nicht beim Aligoté, den Sommer mit einem mineralischen Duft von Grapefruit und Geschmacksnuancen von reifen Trauben, grünen Äpfeln, frischen Zitrusfrüchten und einem Hauch von schwarzen Johannisbeeren beschrieb.

Johanna übersetzte, kostete, übersetzte und fühlte sich wie eine Taubstumme zwischen Opernsängern. Sie hörte nicht einmal das Orchester, geschweige denn einzelne Instrumente, verstand jedoch sehr wohl, dass ihre Chefin offenbar einen sehr feinen Geschmack hatte und damit zunehmend Luc Béjarts Anerkennung fand.

Nie in ihrem Leben hatte sie sich je so unwissend, gar dumm gefühlt. Das hier war eine fremde Welt, und sie konnte nicht sagen, ob die zwei nur nicht merkten, dass sie schon lange nicht mehr mitkam, oder ob sie einfach die Größe hatten, es sie nicht spüren zu lassen. Und dabei klang all das so interessant, dass sie zutiefst bedauerte, nichts von diesen Geschmacksexplosionen auf der Zunge zu spüren, von denen Sommer in einem fort sprach.

»Kann man das lernen?«, fragte sie ihre Chefin dann auf dem Weg nach unten.

Sommer drehte sich halb zu ihr um. »Das Schmecken?«

Johanna nickte.

»Natürlich. Und das werden Sie müssen, wenn Sie mehr für mich tun wollen als übersetzen.«

Das Kellergewölbe war schlicht und imposant zugleich. Reihenweise lagerten Fässer auf flachen Balken. Zwischen den Reihen waren die Gänge betoniert, doch unter den Fässern schien blanke Erde zu sein.

Der riesige Keller bestand aus mehreren langen, durch einen Gang miteinander verbundenen Räumen. Nackte Glühbirnen warfen Licht auf die Fässer aus hellem Holz, die oben jeweils eine mit einem großen Korken verschlossene Öffnung hatten, um die herum das Holz rot verfärbt war.

In der kühlen Luft schwebte ein Kellergeruch, der anders war als alle Aromen, die Johanna kannte. Etwas feucht, aber nicht muffig, eine Mischung aus Erde, Stein und Holz, die irgendwie alt roch – als ob Luft alt riechen könnte. Aber das war es, anders konnte sie es nicht beschreiben. Es war, als röche man Geschichte, und genauso fühlte es sich an. Johanna meinte geradezu, sie spüren zu können, die Geheimnisse und Geschichten um Freude und Angst, Verlust und Gewinn, die sich zwischen diesen Mauern abgespielt haben mochten.

Ehrfurcht überkam sie. Hier unten stand die Zeit still und schritt doch voran. Hier wurde nichts vergessen, aber alles vergeben – hoffentlich.

Luc Béjart nahm den Korken aus einem der Fässer. Dann versenkte er die Spitze eines großen, geschwungenen gläsernen Gegenstandes im Fass, der bald mit rotem Wein gefüllt war. Luc presste den Daumen hinten auf die Öffnung des eigenartigen Teils und hob es wieder raus. Wie selbstverständlich hielt Cornelia Sommer ihm ihr Glas entgegen. Er nahm den Daumen ein wenig hoch, und der Wein ergoss sich ins Glas. »Das ist ein sehr simpler Pinot Noir«, sagte er, »leicht und dennoch sehr ausgewogen. Nicht zu vergleichen mit einem Richebourg, bei weitem nicht so komplex, aber mit Esprit.«

Sommer nahm einen Schluck, ließ ihn lange im Mund kreisen und machte dabei wieder diese komischen Geräusche. Wäre sie ein Kind, hätte sie von ihren Eltern mächtig Ärger für diese Vorführung bekommen, dachte Johanna. Es war eine Art Gurgeln und Schmatzen mit geschlossenen Lippen, als würde sie versuchen, den Wein in ihrem Mund blubbern zu lassen. Dann spuckte Cornelia Sommer ihn zwischen die Kiesel, die vor den Fässern den Übergang vom Beton zur Erde bildeten. »Damit könnten wir vielleicht eine neue Käuferschicht in Berlin für uns erschließen, die jüngeren Leute«, sagte sie und sah dabei über die Fässer hinweg, als müsste sie nachdenken.

Johanna gab auf. Sie hatte das Gefühl, dass es pure Verschwendung war, wenn sie auch nur einen weiteren der edlen Tropfen in den Mund nahm. Lieber blieb sie beim Übersetzen. Sie selbst konnte Sommers Zuversicht, dass sie das Schmecken lernen würde, beim besten Willen nicht teilen.

Nach knapp zwei Stunden verabschiedeten sich Cornelia Sommer und Johanna von Luc Béjart im strahlenden Sonnenschein vor der Weinkellerei. »Wir schicken Ihnen unsere Bestellung dann per E-Mail, wenn das okay ist«, übersetzte Johanna, was ihre Chefin gerade gesagt hatte.

»Das ist völlig in Ordnung«, antwortete Luc mit einem Lächeln, das freundlich und dennoch distanziert wirkte. »Bei der ersten Bestellung bestehen wir immer auf Vorkasse. Ich hoffe, Sie haben Verständnis dafür.«

Johanna wusste bereits, dass das gängige Praxis war, und stimmte daher ohne Umschweife zu.

»Fragen Sie ihn, ob es hier in der Gegend eine Sommelier-Schulung gibt, zu der wir Sie schicken können«, wies Sommer Johanna an.

Luc Béjart dachte einen Moment nach, bevor er antwortete. »Gewiss, das wird kein Problem sein.« Dabei schien er zu zögern, als gingen ihm Gedanken durch den Kopf, die er für sich behalten wollte oder erst sortieren musste. »Ich maile Ihnen einen Vorschlag.«

Sommer verabschiedete sich und ging voraus, wobei sie auf ihrem Handy herumtippte. Johanna gab Luc Béjart die Hand. *»On vous remercie pour tout. Au revoir.«*

Er sah ihr für einen Moment in die Augen und hielt ihre Hand länger fest, als nötig gewesen wäre. »Ich hoffe, wir sehen uns bald wieder.« In seiner Stimme schwang ein Unterton, der Johanna traf wie ein kaum fühlbarer Lufthauch.

10

Luc blickte aus dem Fenster. In der Ferne reckte sich der Kirchturm von Pommard in den mit Wolken verhangenen Himmel, geschützt und halb versteckt zwischen den Häusern, die eng um die Kirche herumstanden, als müssten sie sie wärmen. Zwischen dem alten Anwesen seiner Großmutter und dem Dorf lagen nichts als endlose Reihen von Weinreben und die Straße, die sich durch die Felder wand.

Die niedrigen Mauern, die Pflanzen und Erde davor bewahrten, davongetragen zu werden, waren ihm einst unendlich hoch vorgekommen. Er war noch nicht einmal zur Schule gegangen, hatte in kurzen Hosen mit den anderen Jungs Verstecken gespielt. Wie gern wäre er damals auf die Mäuerchen gestiegen, um die anderen besser erspähen zu können. Heute war es für ihn nicht mehr als ein kleiner Sprung, aber damals war er einfach nicht hochgekommen.

Mehr als seine halbe Kindheit hatte Luc hier in Pommard verbracht, zusammen mit seinen Geschwistern, in der strengen, wenn auch liebevollen Obhut der Großmutter. Im Sommer hatten sie auf der Terrasse gegessen und für die Schule gelernt. Und sie waren im Garten herumgetobt, bis es dunkel wurde. Im Winter hatten sie im Wohnzimmer auf dem Boden gehockt und der Großmutter gelauscht, die Geschichten vorgelesen hatte. Das Knistern und Knacken des Holzes im offenen Kamin, das Tanzen des Lichtes, das die Flammen warfen, all das war der Stoff, aus dem seine schönsten Erinnerungen gewebt waren.

Auch heute brannte ein Feuer im Kamin und füllte den Raum mit unsteter Wärme. Cathérine Béjart saß in ihrem Sessel, kerzengerade und mit jener Eleganz, die ihr selbst ihr hohes Alter nicht zu nehmen vermochte. Sie war immer eine kleine Frau gewesen, aber jetzt, mit sechsundachtzig, war sie zierlicher und schmaler denn je. Dennoch wirkte sie nicht zerbrechlich und hatte eine starke Präsenz.

»Sei so gut, Luc, und nimm Platz«, sagte Cathérine Béjart mit ihrer angenehmen Stimme. »Du machst mich ganz nervös.«

»Entschuldige, Mamie.« Immer noch nannte er sie beim Kosenamen seiner Kindheit. Er konnte sich nicht vorstellen, sie mit dem formelleren Grand-mére anzusprechen, wie es seine Geschwister taten. Luc setzte sich in den Sessel ihr gegenüber und wäre am liebsten sofort wieder aufgestanden.

»Also, was ist es, das dich so nervös macht?«

»Nichts. Wieso?«

»Aha.« Cathérine Béjart strich ihre Hose glatt, obgleich sie keine Falten warf, und sah dann wieder zu ihm auf. »So?«

Draußen begann es zu schneien. Winzige Flocken tanzten vor dem Fenster im Wind. »Neulich war eine Weinhändlerin aus Berlin bei mir.« Mit Absicht vermied er es, das Wort Deutschland in den Mund zu nehmen. »Sie verstand sehr viel von Wein.«

»Eine Deutsche?« Cathérine gab ein Geräusch von sich, das, obschon kaum hörbar, einem verächtlichen Schnauben nahekam.

»Sie hatte eine junge Angestellte dabei«, ging Luc über die Bemerkung seiner Großmutter hinweg, »die noch viel lernen muss. Sie hat mich gefragt, wen wir für eine Sommelier-Schulung empfehlen können. Ich dachte an Thierry, aber wenn du ...«

»Verkaufst du an die Deutsche?«, fiel Cathérine ihm ins Wort.

»Sie hat noch nicht geordert.«

»Aber du rechnest damit.«

»Mamie!« Luc unterdrückte einen Stoßseufzer. »Der Krieg ist lange vorbei.«

»Ich weiß«, gab sie scharf zurück, »aber vergiss nie, was sie uns angetan haben.«

Luc legte seine Hand über die ihre. Wie weich ihre Haut sich über die deutlich fühlbaren Knochen spannte. »Weder Madame Sommer noch irgendwer aus ihrer Familie hat versucht, dir dein Land und Haus zu nehmen. Die, die das getan haben, sind tot. Und es ist ihnen nie gelungen.«

Cathérine saß ganz still, allein ihre Nasenflügel bebten leicht. »Aber warum ist es ihnen nicht gelungen?« Ihre Stimme war zu einem heiseren Flüstern verkommen, hatte jegliche Wärme eingebüßt. »Ich musste diese Soldaten bedienen und mit ihnen Haus, Tisch und Bett teilen, genau wie meine Mutter. Ich musste mit ansehen, was sie mit meiner kleinen Schwester gemacht haben. Denkst du, so etwas kann man vergessen?«

»Natürlich nicht, Mamie.« Luc schüttelte den Kopf. »Das sollst du doch auch gar nicht. Aber wenn wir uns aus der Abhängigkeit von den Chinesen befreien wollen, müssen wir in Betracht ziehen, auch an Deutsche zu verkaufen.«

»Ich weiß.« Mit einem Ruck zog sie ihre Hand unter seiner hervor und strich ihm über die Wange, wie sie es während seiner Kindheit immer getan hatte, wenn er traurig war oder sich weh getan hatte. »Aber wir müssen uns deshalb nicht mit ihnen anfreunden.« Sie stand auf, ging zum Kamin hinüber und legte ein Scheit Holz nach. »Wieso willst du sie denn zu Thierry schicken? Coco kann ihr viel besser alles über unsere Weine beibringen.«

Luc hätte alles Mögliche erwartet, nur das nicht. »Ich dachte ... Ich meine, wenn Coco das übernimmt, dann ... dann wäre diese junge Frau für eine Woche bei uns in der Familie.«

Cathérine setzte sich wieder und sah ihn an, als wollte sie ihn herausfordern. »Wenn du sicherstellen willst, dass sie wirklich eine Expertin wird, fragst du Coco. Thierry ist gut, aber niemand kann so gut erklären wie Coco. Und wenn du ehrlich bist, dann weißt du das selbst.«

»Aber Coco …«

»Ich weiß Luc, Coco ist schwierig, und es bleibt abzuwarten, wie sie mit der Deutschen klarkommt. Aber hier geht es ums Geschäft. Das muss ich dir doch nicht erklären, oder?«

»Nein, du hast recht, ich dachte nur … Ich wollte dich nicht in Konflikte …«

»Mach dir nicht so viele Gedanken, Luc. Ich kann das mittlerweile trennen, das Vergangene und das Geschäftliche.« Sie sah an ihm vorbei, als stünde noch jemand hinter ihm. »Was ist mit Élodie Gascon?«

»Was soll mit ihr sein?« Es irritierte ihn, dass seine Großmutter mit diesem Thema anfing. Er vermutete schon länger, dass sie über die Verbindung nicht begeistert war, was er jedoch nicht verstand. Bisher war es in ihrer Familiengeschichte immer darum gegangen, dass alter Wein alten Wein heiratete. Und gerade Élodie war ein Glücksgriff. Jeder andere Winzersohn war grün vor Neid, dass er sie geangelt hatte – und damit den berühmten Montrachet.

»Es ist vernünftig, sie zu heiraten. Ich frage mich nur, seit wann du vernünftig bist.«

»Mamie, ich …«

»Liebst du sie?«

»Also, Mamie …«

»Aha. Warum heiratest du sie dann?«

»Weil, also … Natürlich liebe ich sie.«

Cathérine sah ihm fest in die Augen und schwieg mit einer Beharrlichkeit, die ihm unheimlich war.

Luc sah auf die Uhr. »Mamie«, er stand langsam auf, »es ist spät, ich muss zurück ins Büro. Ich hab noch eine Menge zu tun.« Er küsste sie links und rechts auf die Wange. »Sei mir nicht böse, aber ich muss los.«

»Lass dich nicht aufhalten«, sagte sie, und man konnte hören, dass sie es genau so meinte. Sie brachte ihn zur Tür. »Ich hoffe, du kommst am Sonntag zum Mittag?«

»Selbstverständlich.« Es gab nur sehr wenig, was Luc davon abhalten konnte, sonntags mit seiner Großmutter zu Mittag zu essen.

//

Johanna rührte lustlos im Kochtopf und drehte die Temperatur herunter. Die Tomatensuppe sah aus wie blubbernde Lava kurz vor der Eruption. »Das ist doch alles Mist!«, sagte sie und knallte den Kochlöffel ins Spülbecken. »Anstatt meine Energie in die Suche nach einem vernünftigen Job zu stecken, schreibe ich Lieferscheine und Rechnungen und nehme Bestellungen auf.« Sie schob den Topf auf eine unbeheizte Stelle auf dem Ceranfeld. »Und jetzt soll ich auch noch für eine Woche zu diesen Franzosen.« Sie nahm einen Teller aus dem Schrank und gab der Tür einen heftigen Stoß. »Soll ich mich darüber auch noch freuen?«

Lucie Goldmann lehnte im Türrahmen und runzelte die Stirn. »Seit eurem ersten Besuch dort bist du unausstehlich. Merkst du das eigentlich?«

»Ist das ein Wunder?« Johanna konnte das Blut in ihren Ohren rauschen hören. Ein reißender Strom aus Wut und Enttäuschung und unhaltbarer Hoffnung. »Anstatt in einer Agentur spannende Kampagnen zu entwickeln, verkaufe ich Weinflaschen, von denen ich keine Ahnung habe.« Sie ließ Suppe auf den Teller klatschen. Dicke rote Tropfen verteilten sich über Arbeitsfläche, Wandfliesen und Fußboden wie Blutspritzer. »Tag für Tag erinnert mich alles, was ich tue, daran, dass es nicht das ist, was ich will.«

»Manchmal muss man ein weites Stück mit vielen Umwegen hinter sich bringen, ehe man dort ankommt, wo man hinwill.« Lucie sprach leise, als hätte sie es mit einem Kind zu tun, das es zu besänftigen galt. »Und manchmal merken wir erst unterwegs, dass wir uns geirrt haben. Ein anderes Mal verstehen wir am Ziel, warum es gut für uns war, dass das Leben etwas anderes für uns vorgesehen hat, als wir uns gedacht hatten.«

»Bleib mir vom Leib mit deinen Weisheiten.« Das Letzte, was Johanna jetzt hören wollte, war, dass ausgerechnet Lucie auch noch damit anfing, ihr weiszumachen, dass sie den falschen Beruf gewählt hätte. »Wenn ich diesen Mist hören will, rufe ich meine Mutter an.«

Lucie verschränkte die Arme vor der Brust, sah Johanna an und schwieg. Kein Muskel regte sich in ihren feinen Gesichtszügen, und ihre Augen wirkten, als wären Wolken an einem eben noch sonnigen Himmel aufgezogen.

»Tut mir leid!« Wie eine schuldbewusste Vierjährige floh Johanna in Lucies Arme und presste sich an sie. »Ich weiß ja, du meinst es gut. Ich bin nur so ...«

Einen langen Moment standen die beiden Frauen so, wie Mutter und Tochter, die sie nicht waren, und die Ältere streichelte tröstend der Jüngeren den Rücken. Unausgesprochen seit Jahren, dass sie sich gefunden hatten, weil eine die andere brauchte, aus Gründen, die unterschiedlicher nicht sein konnten. Lucie betonte gern, dass das Universum ihr damals diese junge Frau vor die Tür gestellt hatte, die so verzweifelt eher ein Zuhause suchte als ein Zimmer. Johanna tat dies stets mit einem Kopfschütteln ab und sprach von dem unglaublichen Glück, das sie einfach hatten, sich so gut zu verstehen.

»Schon gut«, sagte Lucie schließlich sanft, »deine Suppe wird ganz kalt«, und schob sie vorsichtig von sich.

»Ich bin so unhöflich manchmal.« Johanna wischte sich mit dem Handrücken Tränen aus den Augen. »Und ich hasse mich dafür. Möchtest du mitessen? Ich hab gar nicht so viel Hunger, für mich allein ist das bestimmt zu viel.«

Lucie schüttelte den Kopf. »Danke. Ich hab vorhin gegessen. Nach der letzten Kundin heute. Du weißt ja, wie mich diese Arbeit auslaugt. Aber ich leiste dir gern Gesellschaft.« Sie nahm sich ein Glas Wasser und setzte sich an den Küchentisch. »Wann fährst du denn nach Frankreich?«

»Am Montag. Und Freitag komme ich zurück.« Johanna merkte beim ersten Löffel, wie hungrig sie wirklich war, und aß hastig.

Lucie lehnte sich zurück und sah nachdenklich aus dem Fenster. »Das wird alles verändern.«

»Diese Reise? Quatsch.« Sie stand auf und füllte den Rest Suppe aus dem Topf auf ihren Teller.

»Ich spüre das.« Lucie sagte das so, als könnte keine Macht der Welt es in Frage stellen.

Zögerlich löffelte Johanna ihre Suppe. Sie glaubte nicht an diesen Unsinn, Vorahnungen und all den Kram. Trotzdem musste sie zugeben, dass Lucie schon so manches hatte kommen sehen, das zunächst völlig abwegig geschienen hatte. »Und was ist es dieses Mal?« Johanna schabte den letzten Rest Suppe zusammen, dann schob sie den leeren Teller zur Seite, stützte die Ellenbogen auf dem Tisch auf, verschränkte die Hände wie zum Gebet und legte ihr Kinn darauf ab. »Sag schon.« Sie mochte es nicht zugeben, doch neugierig war sie schon, was Lucie über ihren weiteren Weg vermutete.

Lucie schob die Unterlippe vor. »Die Reise ist nur der Anfang. Mehr sage ich nicht.«

»Weil du gar nichts weißt«, wandte Johanna ein und sah sich bestätigt in ihrem Zweifel. »Du tust nur so.«

Lucie schüttelte den Kopf. »Wieso sollte ich das tun?« Sie lehnte sich zurück, als müsste sie aus größerer Entfernung auf Johanna blicken. »Wenn ich dir jetzt verrate, was ich denke, beeinflusst das vielleicht dein Schicksal. Weil du dann anders reagierst. Das wäre falsch.«

Johanna stand auf und begann, das schmutzige Geschirr in

die Spülmaschine zu räumen. »Das ist doch alles totaler Blödsinn.«

»Wir werden ja sehen.« Lucie nahm ein Blatt Papier. Sie grinste verschmitzt. »Ich schreibe jetzt einfach auf, was ich weiß. Dann packen wir den Zettel in einen Briefumschlag, verschließen ihn und heben ihn auf. Nächstes Jahr um diese Zeit lesen wir ihn zusammen. Und dann kommst du mir mit deinem Unglauben nicht mehr davon.«

12

Johanna hatte schlecht geschlafen. Das Loft, wie die Béjarts das Apartment nannten, in dem sie sie einquartiert hatten, war in einem alten Gebäudekomplex in Beaunes Altstadt und gehörte Lucs Mutter. Sie hatte es sehr geschmackvoll eingerichtet, es fehlte an nichts. Im Erdgeschoss befand sich das Wohnzimmer mit Kamin, das auf den Innenhof hinausging, das Schlafzimmer erreichte man über eine alte Holztreppe. Die Decken mit ihren dicken Balken, die mit grobkörnigem Putz versehenen Wände und die schmalen, nicht sonderlich hohen Türen verdeutlichten, zu welcher Zeit das Haus gebaut worden war.

Durch die Fenster hatte die ganze Nacht das fahle orangefarbene Licht der Straßenlaternen geleuchtet. Eisregen hatte aufs Dach getrommelt, und das Haus war so alt, dass es überall knarrte und knackte.

Fremd und unheimlich war es Johanna gewesen, und sie hatte keine Ruhe gefunden. Erst recht nicht bei dem Gedanken, dass von der Küche aus eine Art Terrassentür zur Straße hinausführte. Ihr wäre wohler gewesen, wenn es auch dort jene Fensterläden aus Holz gäbe wie sonst überall, die man von innen verriegeln konnte.

Zerschlagen und nicht sicher, ob ihre Unruhe nicht auch damit zusammenhing, dass sie hier war, um Dinge zu lernen, die sie verunsicherten, war sie um sieben aus dem Bett gekrochen und hatte eine Ewigkeit geduscht, in der Hoffnung, dass das heiße Wasser ihre Anspannung vertreiben würde.

Beim Inspizieren des Kühlschranks hatte sie festgestellt, dass jemand Tee, Kaffee, Butter, Marmelade und Brot für sie bereitgestellt hatte. Sie hatte kurz die Nase zum Fenster hinausgestreckt und dann beschlossen, dass sie gut auf frische Croissants verzichten konnte. Denn draußen war es so eisig kalt, wie sie es in dieser Gegend für unmöglich gehalten hätte.

Es war ungewohnt, ganz allein in einer Wohnung zu sein. Sie kannte das kaum. Ihre gesamte Schulzeit hatte sie im Internat verbracht, die Ferien bei den Eltern, und zum Studieren war sie bei Lucie eingezogen. Wenn sie genau darüber nachdachte, hatte sie noch nie allein gewohnt. Außer wenn Lucie verreiste, was allerdings nur einmal im Jahr vorkam und daher kaum zählte.

Aber immerhin gab es hier WLAN, und sie hatte ihr Notebook dabei. Schnell schrieb sie Lucie eine E-Mail.

»Café?« Luc Béjart sah Johanna zu, wie sie ihre dicke Jacke auszog und dann unschlüssig in der Mitte seines Büros stehen blieb. »Die können Sie einfach über das Treppengeländer werfen.« Er goss ihr eine Tasse ein, ohne auf ihre Zustimmung zu warten. »Milch? Zucker?«

»Schwarz, danke.«

»Haben Sie gut geschlafen?« Er reichte ihr die Tasse und nahm einen Hauch Japanischer Rose wahr.

»Ja, danke.« Johanna schlang die Hände um die Tasse.

»Es ist hoffentlich warm genug im Loft?« Luc trank kleine Schlucke. Wie lang und feingliedrig ihre Finger waren. »Spielen Sie Klavier?«, konnte er sich nicht zurückhalten zu fragen.

Johanna sah irritiert aus. »Klavier? Nein, wieso?«

»Ihre Finger.« Er schob das Kinn ein wenig vor und nickte in Richtung ihrer Hände.

Johanna lächelte. »Das ist ein Klischee – lange Finger gleich Pianospieler.« Dann sah sie sich um. »Irgendwie hätte ich gedacht, dass Ihr Büro auf dem Weingut ist. Das hat mich schon bei unserem ersten Besuch gewundert.«

Luc lehnte sich gegen die Spüle und schaute aus dem Fenster. Keine Spur von Coco. Zum ersten Mal empfand er eine leise Freude über ihre notorische Unpünktlichkeit. »War es auch. Zuerst.« Er wandte den Blick wieder Johanna zu. »Aber das war unpraktisch. Das Haus meiner Eltern steht in Pommard, einem Dorf zirka fünfzehn Minuten von hier mit dem Auto entfernt. Und meine Großmutter wohnt im alten Familienanwesen direkt in den Weinhängen bei Pommard. Mein erstes Büro war im Haus meiner Mutter. Aber alle Besucher und Geschäftspartner sind stets in Beaune untergebracht. Die Weinkellerei ist hier, wie Sie wissen, und alles Mögliche andere, worauf ich bei meiner täglichen Arbeit angewiesen bin, ist hier in der Stadt. Es ist praktischer, auch das Büro hier zu haben.«

»Füllen Sie den Wein für jede Bestellung extra ab?«

»Genau. Ich habe täglich in der Kellerei zu tun.« Es war angenehm, mit ihr zu plaudern, ganz anders als mit den meisten seiner Kunden. Sie sprach gar nicht von sich. »Als ich noch von Pommard aus gearbeitet habe, habe ich täglich fast mehr Zeit im Auto verbracht als alles andere. Aber sagen Sie, wie sind Sie eigentlich zu diesem Job gekommen?«

Sie lachte. »Oje, merkt man so deutlich, dass ich keine Ahnung habe?«

Ihre Ehrlichkeit war entwaffnend. »So würde ich das jetzt nicht sagen.« Luc trat zu ihr an den Tisch und setzte sich halb auf den freien Barhocker, halb stand er. »Es kommt allerdings nicht jeden Tag vor, dass uns ein Neukunde erst einmal eine Angestellte schickt, damit wir ihr das nötige Wissen über unsere Weine vermitteln.«

»Ich bin eigentlich Kommunikationsexpertin. Aber im Moment ist es schwer, in meiner Branche einen Job zu finden. So bin ich zu diesem hier gekommen.«

Sie schien ein wenig unruhig auf ihrem Barhocker hin und her zu rücken. Luc konnte nicht sagen, ob es an ihm, der Situation oder an seiner Frage lag. »So unpassend ist das doch gar nicht.«

Johanna neigte den Kopf. »Inwiefern?«

»An zielgerichteter Kommunikation mangelt es bei uns auf jeden Fall. Daher lasse ich gerade eine Homepage für uns entwerfen und plane, einen Blog über Wein zu betreiben, auf Englisch, um den internationalen Markt zu erreichen. Außerdem habe ich angefangen, Facebook und Twitter zu nutzen. Aber das ist totales Neuland für uns. Ich mache bestimmt einen Haufen Fehler.«

Johanna winkte ab. »Solange man authentisch bleibt, kann man gar nicht viel falsch machen.«

»Sie sagen das, als wäre es ganz simpel.«

»Ist es auch. Man muss nur wissen, welches Ziel man hat, was man der Welt mitteilen will, und dann ehrlich und man selbst sein.«

Luc musste grinsen. »Wenn das so ist, dann kann ich Ihnen ja am Donnerstag mal die ersten Entwürfe zeigen, und Sie sagen mir, was ich besser machen kann?«

»Gern.«

Die Tür ging auf, und Coco brauste mit einem Schwall eisiger Luft ins Büro. »Sorry, Leute«, sie schloss die Tür hinter sich und schob die große Kapuze über ihre schwarzen Haare, die zu einer wilden Kurzhaarfrisur gestylt waren. »Ich bin zu spät.« Mit einer lässig fließenden Bewegung streifte sie den langen schwarzen Mantel ab, warf ihn schwungvoll auf Lucs Schreibtisch und streckte Johanna die Hand entgegen. »Corinne Béjart, aber nenn mich einfach Coco.«

Johanna schüttelte die Hand der jungen Frau und kam aus dem Staunen kaum mehr heraus. Unterschiedlicher konnten Geschwister nicht sein. Luc ruhte in sich und schien wie ein Fels in der Brandung. Coco war eher der Taifun, der übers Meer gezogen kam. Sie verströmte eine unglaubliche Energie, gepaart mit einer Selbstsicherheit, die selbst die Lucs noch übertraf. Und sie sah nicht aus wie eine von hier. Die amazonenhaften Haare, die schlanke Statur, die hellgrünen Augen, dazu die hautenge Lederhose und der schwarze Kaschmirpulli, der auffällige Schmuck – alles in allem ähnelte Coco Béjart eher einem Rockstar als der Tochter einer alten Weindynastie. Und irgendwie konnte Johanna noch nicht entscheiden, ob sie sie leiden konnte.

»Du bist also Johanna?«

Sie hatte das Gefühl, als werde sie gemustert und bewertet, das Ergebnis teilte ihr jedoch niemand mit. »Vielen Dank, dass Sie sich die Zeit nehmen für mich.« Das vertraute Du wollte ihr nicht über die Lippen.

Coco lachte kehlig. »Ich hoffe, wir haben auch Spaß. An mir soll's nicht liegen.« Sie goss sich einen Kaffee ein und trank die Tasse in einem Zug leer.

»Machst du die Tour bis Nuits-Saint-Georges mit ihr, Coco?«, mischte Luc sich ein.

Coco bedachte ihren Bruder mit einem genervten Seitenblick und wandte sich dann Johanna zu. »Brüder! Trauen einem nichts zu.« Sie seufzte.

Johanna war zunehmend verwirrt. Sie konnte Coco überhaupt nicht einschätzen. Irgendwie traute sie ihr alles zu.

»Überlass sie einfach meiner Obhut, Bruderherz.« Sie strich im Vorbeigehen Luc mit Zeige- und Mittelfinger über Wange und Kinn. »Du bekommst sie heil zurück, keine Bange.« Coco lachte verschmitzt. »Na los, Johanna, worauf wartest du?« Sie schlüpfte in den Mantel, ging zur Tür und blies ihrem Bruder eine Kusshand zu. »Bis später, Luc.«

Johanna zog ihren Mantel über und verabschiedete sich hastig von Luc.

»Keine Angst«, raunte er ihr zu, »Coco ist eigentlich ganz okay, man muss sie nur kennenlernen.«

Sie verkniff sich jeden weiteren Kommentar und stieg mit

einer Mischung aus Neugier und Unbehagen in den Ferrari, der sie vor der Tür erwartete.

Johanna war flau im Magen. Seit nunmehr drei Stunden röhrte Coco sie in ihrer roten Höllenmaschine über einsame schmale Straßen, die sich durch Weinhänge wanden. Jede Bodenwelle verpasste ihr einen Tritt in den Rücken, dass Johanna das Gefühl hatte, gleich abzuheben und über das nächstbeste Mäuerchen direkt in die ewigen Jagdgründe zu fliegen. Hinter jeder scharfen Kehre vermutete sie ein entgegenkommendes Auto, in das sie sich frontal hineinbohren würden. Dazu noch schwirrte ihr der Kopf von all den Namen der Weingüter, die Coco ihr um die Ohren knallte. Das konnte sich kein Mensch merken. Nur die berühmten waren hängengeblieben, wie Chambertin, Clos de Vougeot, Échezeaux und natürlich Romanée-Conti. »Können wir mal kurz anhalten, bitte?«

Coco warf ihr einen Seitenblick zu und riss gleichzeitig das Lenkrad herum, so dass die Flunder haarscharf an einer Mauer vorbeischlitterte, bevor sie zum Stehen kam. »Wir sind fast da.«

Johanna war nicht sicher, ob sie sich nicht doch lieber übergeben wollte. Noch eine solche Kurve, und sie konnte für nichts mehr garantieren. »Ich brauche ein bisschen frische Luft«, presste sie hervor. Ihr ganzer Körper war verspannt, so sehr krallte sie sich in den Sitz.

»Wenn das alles ist.«

Das Fenster auf Johannas Seite glitt mit einem vergnügten Surren herunter. Kalte Luft strömte ein, floss an Johanna herab über ihre Beine und sammelte sich zu ihren Füßen. Sie atmete tief ein, das tat gut.

Coco fuhr weiter und nahm eine weitere scharfe Kurve mit Schwung. Weit und breit war kein Haus zu sehen, nicht einmal ein Verschlag. Ein einsamer Baum stand dekorativ am Straßenrand, die Krone eine beeindruckende Halbkugel aus kahlen Ästen. Dann hielt Coco unvermittelt mitten auf der Straße an, stoppte den Motor und stieg aus. »Siehst du, wie unterschiedlich die Erde hier auf kleinstem Raum ist, wie deutlich sich die Beschaffenheit verändert? Mal ist sie lehmiger, mal sandiger. Und auch die enthaltenen Mineralien wechseln oft.« Sie setzte sich auf die Motorhaube und wies mit der Hand auf die Weinhänge. »Da drüben ist die Erde tief dunkelbraun. Ein paar Meter weiter wird sie fast grau, und dort drüben ist sie eher rot.«

Johanna folgte ihr mit den Augen. In der Tat, sie hatte noch nie einen Ort gesehen, an dem die Farbe der Erde so schnell wechselte. »Und was bedeutet das?«

»Der Geschmack des Weines, die einzelnen Noten darin sind von der Erde, in der die Reben wachsen, abhängig. Da in der Bourgogne die Zusammensetzung immer nur auf einem sehr begrenzten Areal gleichbleibt, gibt es sehr viele verschiedene Geschmacksnoten in den Trauben. Und ein erstklassiger Winzer hat ein besonderes Gespür dafür, welche Reben er miteinander vermählen kann, um einen neuen exzellenten Wein zu bekommen, obgleich natürlich die hochwertigsten Weine, also die Grand Crus, nur aus einer einzigen, erstklassigen Rebsorte gewonnen werden.«

»Die Einzigartigkeit ist also nicht die perfekte Kombination der Trauben im Fass, sondern schon die Vermählung der Reben?«

Coco nickte. »So könnte man es ausdrücken.«

»Und in eurer Familie ...«

»... hat mein Vater dieses Talent an meinen Bruder Stéphane vererbt.« Coco zeigte auf einen breiten Pfad zwischen zwei Weinfeldern. »Siehst du den Pflug dahinten? Damit bearbeiten wir die Erde.«

»Kein Traktor?«

»Nein.« Coco ging langsam zu den Reben neben der Straße und hockte sich hin. »Nein, wir machen das wie unsere Vorfahren. Wir spannen Pferde vor den Pflug. Traktoren stören den Geist im Berg.« Sie sagte das so lässig, dass es kein bisschen eigenartig klang. »Zu viele Vibrationen. Da wird dem Geist ungemütlich.« Sie tastete vorsichtig an einer Pflanze herum. »Merde.«

»Warum ist dieses weiße Stück Plastik da unten um den Stamm gewickelt?« Nannte man das überhaupt Stamm?

»Das hier sind junge Pflanzen, die wir gerade erst gesetzt haben. Hasen knabbern gern daran.«

»Und der Kunststoff soll davor schützen?«

»Genau. Aber siehst du das hier?« Sie zeigte auf eine Stelle, wo das Plastik kaputtgegangen zu sein schien. »Durch den langen, harten Winter sind die Hasen offenbar so ausgehungert, dass sie sogar das Plastik anfressen, um an die Pflanzen zu kommen.« Sie schob die Manschette ein Stück zur Seite. »Siehst du?«

Johanna hockte sich daneben. »Tatsächlich. Und nun?«

Coco zuckte die Schultern. »Da kann man nichts machen. Vielleicht können wir den Schutz noch höher ziehen, so dass sie schlechter drankommen. Aber im Grunde zeigt das nur, wie schlimm der Winter war.« Sie stand auf und ging zum Auto zurück. »Wir stehen hier übrigens mitten in den Hängen, die den Richebourg Grand Cru hergeben. Siehst du das Tor dort?«

Ein Stück die Straße hinunter öffnete sich die Mauer. Ein schmiedeeisernes Tor gab den Blick frei auf die dahinterliegenden Weinstöcke.

»Das sind meine. Hab ich zum Achtzehnten bekommen.«

»Kümmerst du dich auch darum?«

Coco lachte. »*Mais non*! Das überlasse ich lieber Stéphane, der versteht mehr davon als ich.«

In der Ferne zogen Rauchschwaden wie dicke Wolken über den Weinhang. »Brennt es da drüben?«

»Schau dir die Reben genau an. Was siehst du?«

Johanna beugte sich noch einmal hinab. »Viele dürre Ästchen. Wie Wildwuchs.«

»Genau. Das sind die toten Triebe des letzten Jahres. Die werden um diese Jahreszeit geschnitten. Und das Schnittgut verbrennen wir.«

»Direkt auf den Feldern? Ist das nicht gefährlich? Könnten nicht durch Funkenflug die Weinstöcke in Brand geraten?«

Coco schüttelte den Kopf und öffnete die Wagentür. »Weinstöcke sind so voller Wasser, dass sie nicht brennen. Das Schnittgut kommt in eine Art große Trommel. Darin verkohlt es, wobei es nicht richtig brennt. Deshalb auch der dicke Qualm.« Sie stieg in den Wagen und zog die Tür zu.

Johanna ließ sich auf den Beifahrersitz gleiten und schnallte sich an, während der Wagen mit einem Donnergrollen ansprang. Alles vibrierte, als säße sie direkt auf einem großen Lautsprecher, durch den satte Bässe rollten. »Du arbeitest gar nicht im Weingeschäft, weißt aber so viel darüber. Wie kommt das?«

Coco lachte. »Hey, was denkst du – bei der Familie, in der ich groß geworden bin?« Sie wandte den Kopf und sah Johanna in die Augen. »Man kann hier nicht aufwachsen, ohne alles über Wein zu erfahren. Der Wein ist unser Leben.«

13

Johanna nutzte den freien Vormittag für einen Spaziergang durch die Altstadt von Beaune. Das Kopfsteinpflaster glänzte noch feucht von der Nacht, wie poliert.

Die alten Häuser, die kleinen Geschäfte mit ihren Auslagen in den Schaufenstern, die winzigen Cafés, all das ließ einen erahnen, wie gemütlich es in den Wohnungen sein musste. Alles war so herrlich erhalten und gepflegt wie kleine Schätze, die es zu bewahren galt. Kein Vergleich zu Berlin, wo alles dreckig und hässlich war und sich niemand darum zu scheren schien, die Altbauten herzurichten. Es musste etwas Besonderes sein, hier zu leben.

Ein Schaufenster auf der anderen Seite der Gasse fiel ihr ins Auge. Sie ging hinüber und blieb davor stehen. Feinstes Nougat in verschiedenen Sorten war zu Türmen und Pyramiden gestapelt. Dazwischen lagen frische Rosenblätter.

Johanna konnte nicht widerstehen. Schwungvoll stieß sie die Tür auf und trat ein. Der feine Geruch, der ihr entgegenschlug, war mehr als Verführung.

»*Bonjour, madame.*« Die ältere Dame hinter dem Verkaufstresen lächelte einladend.

»*Bonjour.*« Johanna trat näher. »Ich würde gern ein wenig Nougat kaufen. Können Sie mir vielleicht eine oder zwei Sorten empfehlen, die besonders ungewöhnlich sind?«

Die Dame legte mit einer glänzenden Zange verschiedene kleine Bruchstücke auf einen Teller und reichte ihn Johanna. »Das sind unsere Spezialitäten. Nougat mit Rosenblättern, mit Trauben und mit verschiedenen Nüssen und Cranberrys. Probieren Sie.«

Es schmeckte alles herrlich. Sie konnte sich beim besten Willen nicht entscheiden. Also nahm sie von jeder Sorte etwas. Es kostete sie zwar ein kleines Vermögen, aber sie war sicher, dass es das wert war.

Nachdem sie sich bei der netten Dame bedankt und das Geschäft mit ihren Schätzen verlassen hatte, schlenderte sie weiter durch die schmalen Gassen. Dieses Beaune hatte einen ganz besonderen Charme. Wie herrlich musste es hier im Frühling und Sommer sein. Und alles war so ruhig, nicht so hektisch wie zu Hause.

Auf einmal stand sie vor einem Schild, das zum Weinmuseum wies. Das war doch eine gute Idee. Sie hoffte, dass es geöffnet war.

»Und was hast du heute Vormittag gemacht?« Coco öffnete eine Flasche Rotwein und goss ihn in die bauchigen Gläser.

»Ich bin in Beaune umhergelaufen.« Johanna fühlte sich wohler als beim ersten Mal, als sie mit ihrer Chefin hier in der Weinkellerei oben im Verkostungsraum gewesen war. Coco gab ihr nicht das Gefühl, unter Beobachtung zu stehen. Vielleicht lag es aber auch nur daran, dass sie nicht für sie arbeitete. »Ich habe mir das Weinmuseum angesehen.«

»Gut.« Coco schob ihr ein Glas hin. »Dann weißt du ja schon ein bisschen mehr darüber, welche Rolle der Wein für das Leben der Menschen hier spielt.«

»Da bin ich mir nicht so sicher.«

»Ach.« Coco machte eine abwehrende Handbewegung. »Okay, fangen wir an. Um einen Wein zu beurteilen, beginnt man immer damit, ihn erst einmal optisch zu prüfen. Was fällt dir auf?«

Johanna sah von oben in das Glas. »Das Rot ist satt, aber heller als zum Beispiel bei einem Bordeaux. Und er funkelt sehr.«

»Siehst du?« Coco lächelte. »Du weißt mehr über Wein, als du denkst.« Sie hob das Glas ins Licht. »Die Farbe hängt von der

Weinsorte, dem Reifegrad und Jahrgang, aber auch von den Bodenverhältnissen und vom Alter ab. Es klingt wie ein Widerspruch, aber sie sagt erst mal nicht so viel über die Qualität. Du musst auf jeden Fall darauf achten, ob der Wein klar oder trübe ist.«

»Trübe ist nicht gut?«

»Genau. Trübe bedeutet, dass der Wein jede Menge Schwebstoffe enthält, meistens Verunreinigungen.« Sie hielt das Glas schräg und zeigte mit dem Finger auf die Flüssigkeit. »Erkennst du die verschiedenen Flüssigkeitsschichten? Alle sind klar, und die Farbe ist überall gleich. Das spricht für eine sehr gute Qualität.«

»Ich dachte, man schwenkt den Wein?«

Coco lachte. »Wenn du meinst, wie einen Cognac, dann – nein. Man gibt dem Wein einen Schwenk, aber wir rühren nicht um.« Sie machte mit einer knappen Handbewegung vor, was sie meinte. »Siehst du?«

Johanna wusste nicht recht, was genau sie sehen sollte. »Nichts, oder?« Doch es war kein Problem, ihre Ahnungslosigkeit Coco gegenüber zuzugeben. Die junge Französin hatte so gar nichts Lehrerhaftes oder Arrogantes.

»Nichts ist total gut. Nichts bedeutet keine Schlieren.«

»Wie bei einer Ölspur?«

»So in etwa.«

»Was wieder auf Verunreinigungen schließen lassen würde?«

»Du hast es erfasst.« Sie stellte das Glas zurück auf den Tisch. »Jetzt halt mal deine Nase darüber, und sag mir, was du riechst.«

Johanna nahm das Glas und hielt es dicht unter ihre Nase.

»Lass dir Zeit, Johanna. Denk bloß nicht, du würdest jede Nuance sofort erkennen.«

»Ich finde, er riecht in erster Linie kräftig.« Johanna sog langsam die Luft ein. Es war ein bisschen, als könnte sie den Geruch des Weines fühlen, als verteilte er sich in ihrer Nase. Sie meinte, ein leises Kitzeln zu spüren. »Fruchtig und würzig zugleich.« Sie schloss die Augen, um sich ganz auf die Aromen konzentrieren zu können. »Da ist noch irgendwas anderes. Aber …«

»Etwas, was du für abwegig hältst, oder? Sag's einfach. Nur Mut.«

Johanna war nicht sicher, was sie davon halten sollte. Was sie da roch, konnte doch gar nicht sein – nicht in einem Wein. Aber Coco machte es ihr leicht. »Nüsse? Oder spinne ich jetzt?« Sie schlug die Augen auf und stellte verwundert fest, dass Coco breit grinste.

»Ich wusste, du hast Talent.«

Johanna musste lachen. »O ja, klar. Dieser Eindruck wird sich beim Schmecken gleich relativieren.«

»Das warten wir noch ab. Ich setze all meine Hoffnungen in dich.«

Johanna rollte die Augen. »Ich fürchte, ich werde die Enttäuschung des Tages für dich sein.« Theatralisch hob sie die Schultern und ließ sie dann mit einem Stoßseufzer fallen. »Was erwartest du auch vom Erzfeind?«

Coco zog die Augenbrauen zusammen. »Du hast recht. Wie konnte ich das nur vergessen?« Sie lachte und holte vom Tresen der kleinen Küchenzeile drei weitere Flaschen herüber. »Die hatte ich vorhin schon geöffnet, um sie atmen zu lassen.« Dann nickte sie Johanna zu. »Du musst schon einen Schluck nehmen, sonst wirst du nichts schmecken.«

»Tatsächlich?« Johanna grinste und griff nach dem Glas.

»Nimm einen kleinen Schluck, etwa einen Esslöffel. Lass ihn nicht über deine ganze Zunge rollen, sondern verteil ihn gleichmäßig im Mund.«

Jetzt kam der schwierige Teil. Wie stellte man das an? Sie versuchte, es genau so zu machen, wie Coco es beschrieben hatte. Der Wein fühlte sich kühl, samtig und leicht in ihrem Mund an.

»Versuch, den Wein zu kauen und dabei die Luft einzusaugen«, gab Coco weitere Anweisungen. »Wenn du ihn nun ausspuckst, kann er abdampfen und sich der Geschmack dadurch intensivieren.«

Johanna beugte sich über das trichterförmige große Gefäß, das neben dem Tisch stand, und spuckte hinein. »Abdampfen?«

»Wie soll ich das erklären? Wenn du den Wein ausspuckst, stößt du gleichzeitig Atem aus. Dadurch löst sich die Luft, und die Aromen bleiben übrig.«

»Ich dachte, man solle ihn schlucken? Wegen des Abgangs?«

Coco schüttelte den Kopf. »Erst, wenn man den Geschmack beurteilt hat. Und auch dann nur den letzten Schluck, wenn überhaupt. Aber jetzt sag mir, was du geschmeckt hast.«

Johanna versuchte, sich an alles zu erinnern. Es war gar nicht so einfach, die verschiedenen Aromen einzuordnen, die auch jetzt noch an ihrem Gaumen aufzuglühen schienen, wenn sie sich konzentrierte. »Also, da waren Brombeeren. Und Apfel. Anders als ich erwartet hatte, habe ich kaum Nuss geschmeckt, dafür Erde. Und kann es sein, dass ein wenig Pfeffer dabei war?«

Coco nickte anerkennend. »Ich sag doch, du hast Talent.« Sie stellte ein neues Glas vor Johanna und goss aus einer der anderen Flaschen ein. »Probier den hier. Wieder erst genau anschauen.« Sie schob das Glas über den Tisch zu Johanna. »Das ist ein typischer Wein aus der Bourgogne, einer der berühmten. Ein sehr komplizierter.«

Johanna ergriff das Glas und sah hinein. Der Wein war von tiefroter Farbe, und an seiner Oberfläche funkelte er wie ein künstlicher Sternenhimmel. Es stieg ein würziger Geruch auf, der von einer langen Geschichte zu erzählen schien, als hielte man ein Glas aus vergangenen Zeiten in der Hand. Sie nahm einen Schluck und kaute darauf herum, wie Coco es ihr geraten hatte. Der Geschmack war überwältigend: fruchtige Beeren, Säure, die zwar bitter, aber angenehm war, dann schmeckte sie erdige Nuancen, etwas Rauchiges, das sie an Holz erinnerte, und schließlich einen Hauch Vanille, gefangen in einem Aroma von vermoderndem Herbstlaub. Das alles und mehr schien auf ihrer Zunge zu tanzen und sie mitzunehmen auf eine Reise durch Zeit und Raum. Nur widerwillig spuckte Johanna den Schluck aus und wurde prompt entschädigt. All die Aromen schienen noch einmal zurückzukommen, diesmal mit Wucht. »Unglaublich.« Sie fühlte sich ein wenig atemlos und leicht im Kopf, obwohl sie nicht einen Tropfen getrunken hatte. »Was ist das?«

In Cocos Gesicht breitete sich ganz langsam ein Lächeln aus, das schließlich auch ihre Augen zum Strahlen brachte. »*Das*, meine Liebe, ist ein Richebourg Grand Cru.« Sie stellte die Flasche vor Johanna auf den Tisch und drehte sie, bis Johanna das Label erkennen konnte.

Diese traute ihren Augen kaum. Das konnte doch nicht, nein, sie irrte sich bestimmt. Das war unmöglich. Johanna zog die Flasche zu sich herüber und starrte auf das Etikett. Das von Schwertern gehaltene Wappen, die gotisch anmutende Schrift auf cremeweißem Papier, das alles sah aus wie … Hektisch kramte sie in ihrer Tasche und zog das Handy hervor.

»Was ist los?«, fragte Coco verwirrt.

Johanna hob nur die Hand und blätterte mit der anderen durch ihre Kontakte. Sie wollte nichts sagen, bevor sie nicht sicher war, dass sie sich nicht irrte.

»Johanna, jetzt erklär doch …«

Sie hielt sich das Telefon ans Ohr und wartete auf das Freizeichen. Es kam ihr wie eine Ewigkeit vor, ehe das vertraute Tuten erklang. »Warte«, flüsterte sie Coco zu, als am anderen Ende abgenommen wurde.

»Frau Sommer? Johanna hier.«

»Oh, das ist schön, dass Sie sich melden. Wie ist es denn in Frankreich?«

Johanna hatte gerade keinen Sinn für Small Talk. »Alles bestens. Sagen Sie, haben Sie noch eine Flasche von diesem chinesischen Rotwein?«

»Der, den uns dieser dubiose Händler aus Hongkong geschickt hat? Ich glaube schon. Wieso?« Sommer klang mindestens so irritiert, wie Coco dreinschaute.

»Können Sie ein Foto von dem Etikett machen und mir per E-Mail schicken?«

»Jetzt?«

»Ja, jetzt. Am besten sofort.«

»Also, ich weiß nicht, Frau Keppler, muss das wirklich jetzt sein? Ich wollte gerade zum Friseur, und Gustav ist allein im Laden und ...«

»Es ist wirklich wichtig, Frau Sommer.«

»Na, es wird schon nicht um Leben und Tod gehen.«

»Frau Sommer«, es fiel Johanna schwer, ruhig zu bleiben, »Sie wollen hier einen Fuß in die Tür bekommen, oder?« Hoffentlich verstand Coco wirklich kein Deutsch.

»Ja, aber ...«

»Dann mailen Sie mir jetzt das Foto«, ließ Johanna ihre Chefin nicht zum Zuge kommen. »Ich verspreche Ihnen, dann haben Sie nicht nur einen Fuß in der Tür, sondern einen Stein im Brett, und zwar einen Hinkelstein.«

»Also gut«, lenkte Sommer ein, »geben Sie mir fünf Minuten.«

»Was zum Henker ist los?«, wollte Coco wissen, kaum dass Johanna aufgelegt hatte.

»Habt ihr hier WLAN?«, überging Johanna die Frage.

»Selbstverständlich. Wieso?«

»Weißt du das Passwort? Dann gib es hier bitte ein.« Johanna hielt ihr das Handy hin. »Ich bekomme gleich eine E-Mail. Dann kann ich dir alles erklären.«

Coco gab Johanna das Telefon zurück. »Da bin ich aber gespannt.«

Ein kurzer Klopfton kündigte den Eingang der Mail an. Johanna öffnete sie und lud den Anhang herunter. Dann hielt sie das Telefon neben die Flasche. »Schau dir das an«, sagte sie zu Coco.

»Das glaub ich nicht!« Die Französin nahm ihr das Handy aus der Hand und starrte ungläubig darauf. »Abgesehen davon, dass Richebourg ohne o geschrieben ist, sieht es haargenau wie unser Wappen aus.«

»Die Farben sind ein kleines bisschen anders. Glaube ich jedenfalls.«

»Könnte aber auch täuschen. Ist schließlich nur ein Foto.« Coco gab ihr das Handy zurück. »Woher habt ihr die Flasche?«

Johanna erklärte es ihr. »Ich kann versuchen, meine Chefin zu überreden, dass sie sie euch schickt.«

»Du musst sie nicht überreden, Johanna, wir zahlen jeden Preis dafür, aber wir müssen diese Flasche haben. Das ist ein Plagiat.«

»Wie kann so was sein?«

Coco fuhr sich besorgt durch die kurzen Haare. »Ich schätze, die Chinesen haben unseren Richebourg gesehen. Wir verkaufen ihn auch nach China. Und dann haben sie wohl das Etikett kopiert.«

»Aber wozu?«

»Die Chinesen wollen ins Weingeschäft. Aber das Zeug, das sie produzieren, schmeckt furchtbar. Wie Benzin. Ich weiß nicht, worum genau es hier geht.« Sie begann, auf und ab zu gehen. »Vermutlich denken sie, mit diesem Etikett und diesem Namen können sie mehr von ihrer Brühe verkaufen.« Sie blieb stehen und zog ihr Handy aus der Hosentasche. »Wir müssen rausfinden, was da läuft. Und was wir tun können.« Sie tippte auf dem Handy herum. »Kannst du mir das Foto weiterleiten?«

Johanna nickte.

»Luc?« Coco hielt Johannas Blick fest. »Ich glaube, wir haben ein echtes Problem mit den Chinesen.«

Luc Béjart saß hinter seinem Schreibtisch und verglich das Label auf dem Foto mit dem auf der Flasche. Die feinen Unterschiede waren auf den ersten Blick kaum auszumachen, genau genommen nicht einmal auf den zweiten. Aber sie waren da. Er sah auf. »Wir haben die Marke schützen lassen. Es sollte also eigentlich kein allzu großes Problem sein. Wir müssen diesen Chinesen nur eins auf die Mütze geben.«

»Hoffen wir, dass es so einfach wird.« Coco klang nicht sonderlich überzeugt.

»Vielen Dank auf jeden Fall, dass Sie uns gleich Bescheid gesagt haben«, wandte sich Luc an Johanna, deren Engagement in dieser Angelegenheit ihn überrascht hatte. Sie hatte doch gar nichts davon, dennoch hatte sie sofort reagiert und einigen Aufwand betrieben. Sie hatte sogar dafür gesorgt, dass Madame Sommer ihnen die besagte Flasche per Overnight-Kurier schicken ließ. Vielleicht steckte mehr in ihr, als man auf den ersten Blick erkennen konnte?

»Das war doch selbstverständlich«, wiegelte Johanna ab.

Er mochte ihre Art. Sie war auf eine angenehme Weise zurückhaltend, aber dennoch spürte man, dass sie genau wusste, was sie wollte, und das auch durchzusetzen vermochte.

»Gibst du diese Sache direkt an unseren Anwalt weiter?«, wollte Coco wissen.

Luc schüttelte den Kopf. »Wenn die Flasche morgen bei uns ist, werde ich erst einmal im Internet recherchieren. Mal schauen, was ich über diesen Winzer in China herausfinden kann. Dann spreche ich mit Maman und Stéphane. Wir müssen gemeinsam entscheiden, was wir tun. Ich schätze, ich fahre morgen zum Déjeuner nach Pommard. Wirst du auch kommen?«

Coco zuckte die Schultern und nickte in Richtung Johanna, die auf einem der Barhocker am Stehtisch saß. »Ich wollte mit ihr eigentlich noch nach Dijon, ein bisschen shoppen.«

»Fahrt doch am Vormittag«, schlug Luc vor. »Dann kannst du nach Pommard kommen, wenn ihr zurück seid.«

»Okay.« Sie stand langsam auf. »Oder was denkst du, Johanna?«

»Für mich ist das in Ordnung.«

»Ich würde Sie gern morgen Abend zum Essen einladen.« Luc kam die Idee spontan. Es war einfach so ein Gefühl, der Wunsch, sich bei ihr zu bedanken. Oder waren es ihre Augen? Das Unbekannte, das darin zu schwimmen schien? »Zum Dank und zum Abschied. Damit Sie uns in guter Erinnerung behalten.«

14

Das Licht der Kerzen warf unruhige Schatten an die unverputzten Wände aus Sandstein, als huschten verzerrte Gestalten hin und her. Das Restaurant bot an schweren Holztischen nur wenigen Gästen Platz. Die Karte war ebenso übersichtlich, auch wenn jedes der Gerichte darauf einem das Wasser im Munde zusammenlaufen ließ.

Die Wärme tat gut. Johanna war durchgefroren, denn Luc hatte sie zu Fuß abgeholt und ihr erklärt, dass sie sich einen Spaziergang durch das nächtliche Beaune nicht entgehen lassen sollte. Und er hatte recht. Die schmalen Gassen, in denen sich die Häuser aneinanderduckten, das grobe Kopfsteinpflaster, die alten Laternen mit ihrem goldgelben Licht, das alles katapultierte einen gerade in der Dunkelheit ins Mittelalter. Hinter jeder Ecke hatte Johanna erwartet, Gestalten in langen Mänteln in Hauseingängen verschwinden zu sehen, die Kapuzen tief ins Gesicht gezogen. Doch auch Pferdekutschen waren ihr nicht begegnet, egal wie sehr sie gedacht hatte, welche zu sehen. Stattdessen hatten sie nur wenige Menschen durch die Gassen hetzen sehen.

»Die Auswahl des Weines überlasse ich lieber Ihnen«, sagte sie zu Luc, nachdem sie bei der jungen Kellnerin ihre Bestellung aufgegeben hatte.

»Und, wie war es in Dijon?«, fragte er, als sie wieder unter sich waren.

»Oh, schön.« Johanna musste lächeln bei der Erinnerung an den Tag. »Ihre Schwester hat mich davon abgehalten, Senf zu kaufen.«

»Recht hat sie.« Er schob die kleine Vase mit der einzelnen weißen Rosenblüte zur Seite, als wollte er den Weg zwischen ihnen frei räumen. »Der Dijon-Senf ist zwar weltberühmt, aber nur wenige wissen, dass die Moutarde de Bourgogne, die man in Beaune bekommt, ebenso traditionsreich und viel eleganter ist.«

»Ich habe welche gekauft, heute Nachmittag.«

»Sie verstehen sich gut mit Coco?« In dem gedämpften Licht wirkten seine Augen noch dunkler als sonst.

Johanna war froh, dass in diesem Moment die Kellnerin mit dem Wein kam. Seine Frage hatte eine unerwartete Saite in ihr zum Klingen gebracht – einen melancholischen Ton, geboren aus der Gewissheit, dass sie sich mit Coco unter anderen Umständen angefreundet hätte. Aber so wie die Dinge lagen, trennten sie Welten, und Johanna glaubte nicht, dass sie in dieser hier jemals mehr als eine Besucherin sein konnte.

»Hat sich wegen des Labels etwas Neues ergeben?«, wechselte sie das Thema.

»Wir haben beschlossen, die Angelegenheit unserem Anwalt zu übergeben.« Er schien zu zögern, doch dann hob er ihr sein Glas entgegen. »Auf unsere gute Zusammenarbeit.«

Johanna stieß mit ihm an. Die Gläser gaben einen vollen Ton von sich, und für die Länge eines Wimpernschlags verspürte sie so etwas wie Sehnsucht danach, in diesem Augenblick gefangen zu bleiben. Ein Gefühl, das ebenso schnell zu verblassen schien, wie es Farbe angenommen hatte. Schon nach dem ersten Schluck hatte es sich so verflüchtigt, dass sie nicht in der Lage war zu sagen, ob sie es sich nur eingebildet hatte.

Während des Essens sprachen sie darüber, wie Johanna zu ihrem Job gekommen war. Sie konnte sich nicht erklären, woher Lucs Interesse an ihrer Geschichte rührte. Er stellte ihr viele Fragen und kam doch selbst nicht aus seiner Deckung hervor. Und sie war nicht jemand, der andere drängte. Johanna wartete immer darauf, dass Menschen ihr Dinge von allein erzählten, was sie auch früher oder später taten.

Dennoch gab es eine Sache, die sie sehr interessierte, und jetzt war womöglich der Zeitpunkt, an dem sie auf eine aufrichtige Antwort hoffen konnte. »Darf ich eine Frage stellen, auch wenn sie vielleicht etwas privat ist?« Sie hörte auf, in ihrem Espresso zu rühren, und konnte sich doch nicht entschließen, den Löffel auf der Untertasse abzulegen.

Luc sah sie verwundert, aber neugierig an. Er sagte nichts, drückte jedoch seine Zustimmung mit einem Kopfnicken aus.

Johanna wertete das als Jein und machte sich auf eine ausweichende Antwort gefasst. »Ich weiß von meiner Chefin, dass sie lange und immer wieder versucht hat, Kontakt zu den Weingütern in Beaune aufzunehmen. Aber keins der Häuser war bereit, sie zu empfangen. Warum Sie?«

Luc stellte seine Espressotasse ab. »Sie haben gesehen, wie klein die Weinhänge hier sind. Die Weine dieser Region sind weltberühmt, aber wir produzieren keine großen Quantitäten. Wir beliefern Importeure weltweit. Das schlechte Wetter der letzten Jahre hat uns zugesetzt.« Er strich sich durch die Haare und lehnte sich zurück. »Ich will damit sagen, dass wir es eigentlich nicht nötig haben, neue Importeure zu finden. In den letzten zwei Jahren musste ich meinen Stammkunden schon erklären, warum ich ihnen nicht die gewohnte Menge liefern konnte – einfach nur, um in der Lage zu sein, überhaupt alle Kunden zu versorgen.«

»Das leuchtet mir ein, aber warum haben Sie dann jetzt mit uns einen Termin gemacht?«, ließ Johanna nicht locker. »Das Wetter war doch auch im letzten Jahr nicht ideal, die Ernte zwar qualitativ gut, aber quantitativ eine Katastrophe – sagt Coco.«

Er sah sie schweigend an. Es war nicht einfach, seinem intensiven Blick standzuhalten, doch Johanna ließ sich nicht so leicht einschüchtern. Sie ahnte, dass er irgendetwas mit sich auszumachen schien. Es lag in der Luft zwischen ihnen wie der Hauch eines fast verflogenen Geruchs.

»In der Vergangenheit war unser Hauptmarkt China«, sagte er schließlich und hatte seine Stimme so weit abgesenkt, dass sie sich anstrengen musste, ihn zu verstehen. »Unter den reichen Chinesen ist es ein Statussymbol, einen Weinkeller zu besitzen, aus dem die teuersten Weine der Welt hervorgezaubert werden. Mein Eindruck ist, dass es dabei weniger um den Geschmack geht als darum, das Gegenüber zu beeindrucken.«

»Eine Art Kräftemessen?«

»So in etwa.« Er beugte sich näher zu ihr. »Ich will aus der Abhängigkeit heraus, in die wir uns da begeben haben. Das geht jedoch nur, wenn ich in anderen Ländern zuverlässige Importeure finde und dauerhaft gute Geschäftsbeziehungen aufbaue. Der Markt hat sich sehr verändert. Heute sind es beispielsweise die USA, die verstärkt unsere Weine nachfragen. Das verträgt sich aber nicht gut mit unseren Traditionen hier.«

»Weil die USA als kulturlos gelten, sind sie kein gerngesehener Partner?«

»Genau.«

»Und Tradition ist alles. Das habe ich verstanden.« Johanna schob ihre leere Tasse ein Stück von sich weg. »Es ist vermutlich sehr schwer, hier etwas zu verändern.«

»Kann sein.« Er schien auf einmal nachdenklich zu sein.

»Und dann sind wir Deutschen immer noch ein Spezialproblem.« Sie konnte kaum glauben, dass sie das gesagt hatte.

»Ja und nein. Etliche Winzer aus der Region verkaufen seit Jahren nach Deutschland.«

»Aber Ihren Richebourg bekommt man nicht. Und den Montrachet der Gascons auch nicht.« Sie fürchtete, einen Schritt zu weit gegangen zu sein.

»Das hat familiäre Gründe.« Sein Gesicht wirkte plötzlich verschlossen. Die Augen verloren ihren Glanz, als hätte jemand die Vorhänge zugezogen.

»Es tut mir leid. Ich wollte nicht …«

»Schon gut.« Luc winkte ab und sah an Johanna vorbei, als stünden Antworten auf nicht gestellte Fragen hinter ihr an der Wand. »Nichts war jemals einfach hier. Man bildet Allianzen, aber die sind anfällig für Verrat. Am Ende geht es immer um Geld, Ansehen und Macht. Da bleibt nicht viel Platz für anderes.«

»Und Freundschaften?«

Er lachte kurz auf. Es klang bitter. »Wie wollen Sie je wissen, ob jemand nicht nur Ihr Freund ist, weil er sich dadurch einen Vorteil erhofft?«

»Das muss furchtbar sein.« Johanna hatte das Gefühl, einen unerlaubten Blick hinter eine schillernde Fassade zu werfen und nichts als Düsternis zu sehen. Er tat ihr plötzlich leid.

»Schon in der Schule wusste ich, dass die meisten sich nur mit mir anfreunden wollten, weil ich ein Béjart bin.«

»Ich kann nicht glauben, dass Kinder so berechnend sein sollen.«

Er schüttelte den Kopf. »Sind sie auch nicht. Aber sie tun, was ihre Eltern ihnen sagen. Und wenn die ihnen lange genug erzählen: ›Der Luc ist ein netter Junge, triff dich doch mal mit dem.‹, dann machen sie das.«

»Das klingt nach einer einsamen Kindheit.«

»War es auch. Aber man lernt, damit umzugehen. Und am Ende bleibt man nicht einsam, denn auf die Familie kann man sich immer verlassen.«

»Das heißt, Sie haben gar keine Freunde?« Johanna konnte sich das beim besten Willen nicht vorstellen, nicht hier, in dieser Kleinstadt, wo jeder jeden seit Buddelkistentagen zu kennen schien.

»O doch.« Er lachte, und sein Gesicht wurde lebendig. »Es gab einen Jungen, der sich überhaupt nicht um mich kümmerte. Erst dachte ich, der tut nur so, ein ganz Schlauer. Aber dann hab ich gemerkt, dass er mich gar nicht wahrnahm, den interessierte ich wirklich nicht.«

»Und mit dem haben Sie sich angefreundet?« Johanna fühlte sich seltsam erleichtert.

»Ja. Thibault und ich sind bis heute enge Freunde. Er ist Architekt geworden und entwirft beeindruckende Bauten. Er hat es geschafft, in seiner Arbeit Tradition und Moderne zu vereinen. Und damit ist er mir einen großen Schritt voraus.« Luc sah auf die Uhr. »Ganz schön spät. Möchten Sie noch etwas trinken, oder sollen wir aufbrechen?«

Johanna hob abwehrend die Hände. »Wir müssen wohl beide morgen früh raus.« Es war vernünftig, hier Schluss zu machen, das wusste sie. Was jedoch nicht hieß, dass ihr das auch gefiel. »Es war ein tolles Essen. Vielen Dank.«

Draußen traf sie die Kälte mit nasser Hand. Die Luft war so feucht, dass das Licht der Laternen sich im Nebel verlor. Das Kopfsteinpflaster glänzte, wie mit Klarlack überzogen, und die Lichtreflexe tanzten darauf. Kein Mensch war zu sehen. Nur eine Katze stolzierte mit senkrecht gestrecktem Schwanz und hocherhobenen Kopfes mitten auf der Straße, als gehörte die nächtliche Stadt ihr allein.

Obwohl das nächtliche Beaune Johanna frösteln ließ, war es bezaubernd. Man wähnte sich in einer anderen Zeit, in der die Menschen noch Muße hatten. Die Dunkelheit, nur vom spärlichen Licht der wenigen Laternen durchbrochen, schien Geheimnisse zu verbergen, die es zu entdecken galt. Alles atmete Geschichte, jeder Pflasterstein, jede Hauswand. Irgendwie war sie traurig, morgen nach Berlin zurückzukehren. Sie hätte lieber den Geschichten gelauscht, die diese Stadt zu erzählen hatte.

Eine Weile gingen sie schweigend nebeneinander her. Seine Schritte waren kaum zu hören, ihre knallten durchdringend in der

Stille der Nacht, zurückgeworfen von den Hauswänden. Wäre sie allein gewesen, sie hätte sich gegruselt. Aber neben diesem Mann, der aus einer fremden Welt kam und sie in seiner Gelassenheit auf merkwürdige Weise anzog, fühlte sie sich sicher.

Die Gasse mündete auf einen Platz. Aus keinem Fenster der Gebäude ringsherum fiel Helligkeit. Nur der Mond, der durch die Wolken brach, warf sein Licht auf das für die Gegend typisch buntgemusterte Dach der Hospices de Beaune, eines ehemaligen Hospitals aus dem 15. Jahrhundert, in dem sich nun ein Hotel und Veranstaltungsräume sowie ein Museum befanden.

»Ich werde im Sommer heiraten«, beendete Luc jäh das Schweigen.

Johanna fühlte einen eigenartigen Stich in der Magengegend. »Wie wunderbar.« Warum erzählte er ihr das? Und wieso ausgerechnet hier und jetzt?

»Die Tochter der Gascons.«

Johanna warf ihm einen verstohlenen Seitenblick zu, er sah jedoch geradeaus, als wäre sie gar nicht da.

»Damit wird der wertvollste Weißwein der Welt zu unserer Familie gehören.« Es klang, als dachte er laut vor sich hin.

»Ist das eine Vernunft- oder eine Liebesheirat? Oder beides?«

Luc atmete geräuschvoll aus. »Wir sollen hier getraut werden.« Er wies auf die Kirche, die sich vor ihnen in den Himmel reckte. »Notre-Dame. Hier haben alle Mitglieder meiner Familie geheiratet.«

»Als ich in Paris studiert habe, hatte ich irgendwie immer die Vorstellung, dass ich mal in Sacré-Cœur heiraten würde.« Sie gluckste. »Ich weiß gar nicht, wie ich mir das einreden konnte. Ich bin noch nicht einmal katholisch.«

Luc fiel in ihr Lachen ein. »Das wäre in der Tat ein Problem. Ich glaube nicht, dass daraus etwas wird. Es sei denn, Sie konvertieren.«

»Schwierig«, gab sie zu bedenken, »ich bin in gar keiner Kirche.« Wie kam es nur, dass sie plötzlich über so etwas Privates wie Heiraten sprachen? Oder war das gar nichts Besonderes? Ihr schwirrte der Kopf.

»Man kann jederzeit eintreten. Für eine katholische Trauung müssten Sie sich allerdings langsam beeilen. Da müssen Sie vorher noch zur Kommunion gehen und …«

»Bloß nicht«, fiel sie ihm ins Wort. »Allein die Vorstellung, dass ich dann immer alles beichten müsste …«

»Gibt es denn da so viel?«

»Ich weiß nicht. Vielleicht.« Sie blieb vor der Tür zum Loft stehen und kramte den Schlüssel aus ihrer Handtasche. »Es war wirklich ein schöner Abend. Vielen Dank.« Auf einmal fühlte sie sich ganz verunsichert. Er stand so dicht vor ihr, und seine Augen waren ganz schwarz. Vielleicht hatte sie ein Glas zu viel von diesem Wein getrunken? Aber sie fühlte sich gar nicht schwerelos, und irgendwie doch, aber sicher nicht vom Alkohol.

»Lassen Sie mich das machen.« Er nahm ihr den Schlüssel aus der Hand.

Hatte Johanna jemals eine fremde Berührung so intensiv wahrgenommen? Seine Haut hatte die ihre kaum gestreift, trotzdem war es, als träfen sie Tausende kleiner Nadeln. Alles, was sie denken konnte, war nur, dass sie sterben musste, wenn er sie jetzt nicht küsste.

Die Tür sprang mit einem leisen Klacken auf. Warme Luft strömte hinaus, schien durch sie hindurchzufließen. Sie waren gefangen in diesem Moment, der nicht sein durfte. Es ging ihm genauso, sie konnte es in seinen Augen lesen, am Zucken seiner Kiefermuskeln erkennen. »Sie sollten jetzt …«

Jedes weitere Wort blieb Johanna im Hals stecken, als er sie an sich zog. Seine Lippen waren warm. Sie schmeckte bitteren Kaffee, einen Hauch Wein und die Süße des Verbotenen, und sie konnte es nicht verhindern, dass ihr Körper seinem entgegendrängte.

Eine dünne Stimme in ihrem Kopf kämpfte um Beachtung, wollte sie zur Vernunft bringen, als Luc sie in die Wohnung schob und die Tür hinter ihnen ins Schloss fiel. Doch da hatten seine Hände schon den Weg unter ihren Pullover gefunden. Johanna hatte das Gefühl, als brannte ihre Haut an jeder Stelle, an der er sie berührte. Sie wollte mehr, alles und das sofort.

Sie schafften es nicht bis nach oben ins Schlafzimmer, schafften es nicht einmal, einander auszuziehen. Es war wie ein Rausch, wie ertrinken und fliegen zugleich.

Keuchend glitt Luc von Johanna. Sie waren unten auf der Couch gelandet. Was war nur in ihn gefahren? Und wie sollte er ihr das erklären? »Das war unglaublich. Aber ich ... Es hätte nie ...«

»... passieren dürfen?«, beendete sie den Satz für ihn und setzte sich langsam auf.

Gott, war sie schön, dachte er. Jetzt erst recht, die Wangen gerötet, die Lippen leicht geschwollen, die Augen glänzender denn je. Wussten Frauen überhaupt, wie unwiderstehlich sie direkt nach der Liebe aussahen? Er bezweifelte es.

»Ich kann tun, was ich will.«

Wollte sie ihn wissen lassen, dass sie keinen Freund hatte?

»Aber du ...«

Er sollte gehen und vergessen, was geschehen war. Die Gedanken wirbelten in seinem Kopf, während er zusah, wie sie ihren Mantel auszog, über einen Stuhl warf und wie selbstverständlich nur mit Pullover und Socken bekleidet in die Küche ging und den Kühlschrank öffnete.

»Ich hab nur Wasser. Willst du ein Glas?«

Wider besseres Wissen zog er seine Jacke und die Schuhe aus. Niemand musste davon erfahren. Und es war eh zu spät, er konnte es nicht rückgängig machen. Er nahm das Glas von ihr entgegen und musste sich beherrschen, sie nicht gleich wieder zu küssen.

»Mach dir keine Sorgen, Luc, ich werde niemandem etwas erzählen.« Sie sah ihn an. »Ich verschwinde morgen von hier, und vermutlich sehen wir uns nie wieder.« Es klang, als wäre es nur ein Abenteuer für sie.

Und das war es ja auch. Luc schob das Bild von Élodie zur Seite, das sich in seinem Kopf festsetzen wollte.

Sicher, das, was passiert war, war nicht in Ordnung, aber was hatte es überhaupt zu bedeuten?

Vermutlich hatte Johanna recht, und er sähe sie nie wieder. In diesem Moment wurde ihm bewusst, dass er es ewig bedauern würde, wenn er dem Verlangen, das so deutlich in ihren Augen schillerte, nicht nachkäme.

Luc legte seine Hände auf ihre Hüften und zog sie an sich. »Du machst mich verrückt«, raunte er ihr ins Ohr und küsste sie auf den Mund.

Selbst wenn er es gewollt hätte, er konnte ihr nicht widerstehen. Es war alles so selbstverständlich, so leicht mit ihr. Eine einzige Berührung, und sie schien in Feuer aufzugehen. Wie sie ihre Lippen öffnete, sich an ihn presste, ihre Hände über seinen Körper wandern ließ und ihm mit jeder Bewegung ihrer Hüften zu verstehen gab, dass sie ihn wollte.

Es war ein Tanz, eine Aufforderung. Jede ihrer Bewegungen war eine Verheißung, ein Versprechen von Lust und Ekstase. Wie sollte er dazu nein sagen? Nein, im Gegenteil, er wollte sie besitzen, zumindest diese eine Nacht lang.

15

Die Schrift verschwamm vor Johannas Augen, sie hörte das Papier rascheln, die dumpfen Geräusche aus dem Verkaufsraum, roch den frischen Kaffeeduft, aber nichts von alldem drang zu ihr durch. Sie war eine Insel, inmitten der Betriebsamkeit eines Arbeitstages.

Hätte ihr vorher jemand erzählt, wie entspannend es sein konnte, die Ablage zu erledigen, sie hätte ihn schlicht für verrückt erklärt. Ablage? So etwas Langweiliges? Das war etwas für Hirnlose. Und wenn man noch eins hatte, dann schrumpfte es dabei, trocknete ein und zerfiel schließlich zu Staub.

Irrtum. Ablage machen war etwas Herrliches. Nichts lenkte die Gedankenströme ab, während man Rechnungen und Lieferscheine abheftete. Man konnte ganz woanders sein, unter Palmen am Strand oder auf einer duftenden Blumenwiese, und denken, woran man wollte. Alles war erlaubt. Ablage machen war die Lizenz zum Tagträumen. Und wenn sie könnte, würde Johanna auf der Stelle im Hauptberuf Ablegerin werden. Jedenfalls tausendmal lieber als Weinverkäuferin.

Diese besserwisserischen Kunden im Laden waren die Hölle. Tussis, die im Pelz und mit süffisantem Grinsen vor ihr standen. Pensionierte Studienräte mit frankophiler Obsession, aber leider ohne Geschmacksnerven, oder schlimmer noch, fünfzigjährige Männer mit gefärbten Haaren und fünfundzwanzigjähriger Blondine am Arm, die etwas von »süffig im Abgang« faselten. Süffig? Echte Experten waren das. Die verstanden noch weniger als sie von edlen Tropfen.

Sie klappte den Ordner zu und erschrak über den Knall, der ihre Kaffeetasse ins Schwanken brachte. Okay, es half nichts, sie musste sich endlich eingestehen, dass sie schlechte Laune hatte. Miserable, um ehrlich zu sein. Und zwar seit sie aus Beaune zurück war.

Was hatte sie sich denn gedacht? Johanna stellte den Ordner ins Regal, nahm einen anderen heraus und begann, Briefe und ausgedruckte E-Mails abzulegen.

Sie hatte nicht ernsthaft damit gerechnet, dass Luc sich bei ihr melden würde. Oder etwa doch? Sie war immerhin keine fünfzehn mehr. Das war ein Abenteuer gewesen, ein Flirt, der ein bisschen zu weit gegangen und außer Kontrolle geraten war. So etwas kam schon mal vor, war nicht der Rede wert.

Sie hielt inne und starrte auf den Bildschirm vor sich. Wie durch Nebelschwaden spiegelte sich ihr Gesicht auf dem Monitor, auf dem das Mail-Postfach sie daran zu erinnern schien, dass Luc keinen Gedanken an sie verschwendete.

Das musste aufhören. Sie konnte sich ja selbst nicht mehr ertragen. Es war ein One-Night-Stand gewesen, der Abschluss eines schönen Abends, nicht weniger, nicht mehr.

Er war verlobt, so gut wie verheiratet. Er lebte in einem anderen Land, ach was, in einer anderen Welt. Sie beide verband rein gar nichts. Er war mit seiner Scholle in der französischen Provinz verbunden, sie war ein moderner Medienmensch. Sie passte da nicht hin, das war kein Platz für sie. Und sie wollte dort auch gar nicht hin, verdammt.

Diese ganzen blöden Traditionen, alter Wein heiratet alten Wein – wer glaubte denn noch an so was? Die vermoderte Rollenverteilung konnte ihr gestohlen bleiben. Jawohl.

16

Luc reichte das Schreiben des Rechtsanwalts an seine Mutter. »Es ist unser Fehler. Wir hätten die Logos nicht nur in Schwarzweiß, sondern auch in Farbe schützen lassen müssen.«

»Das ist doch Wahnsinn.« Sein Bruder schob beim Aufstehen seinen Stuhl mit solcher Wucht rückwärts, dass er gegen die Wand krachte.

»Stéphane!« Anne Béjart sah ihn tadelnd an. »Reiß dich zusammen, das bringt doch nichts.«

»Was können wir jetzt tun?« Michel hatte bisher geschwiegen. Es war typisch für ihn, immer erst einmal zuzuhören und abzuwägen, ehe er etwas sagte. »Es geht den Chinesen doch sicher um Geld, oder?«

Luc sah seinen Vater an. Er wirkte gealtert. Die letzten vom Wetter und anderen Sorgen gebeutelten Jahre hatten Spuren hinterlassen, die sich nun ausweiteten, als wären die neuerlichen Sorgen ein Traktor, der jede Furche in seinem Gesicht vertiefte. Es war Zeit, dass er nicht mehr so viel Last auf seinen Schultern tragen musste. »Vermutlich, ja.«

»Aber noch wissen wir das nicht genau.« Anne stand auf, ging in die an ihr Büro angrenzende Küche und kam mit der Kaffeekanne zurück. »Wie finden wir es heraus?«

»Ich werde erst mal versuchen, im Internet etwas über diesen Li herauszufinden. Dann schreiben wir ihn an und weisen ihn darauf hin, dass er unser Logo unerlaubt verwendet.« Luc schob seine leere Tasse zu seiner Mutter herüber. »Mal sehen, wie er reagiert.«

»Das bringt doch nichts!«, brauste Stéphane auf. »Wir müssen dem gleich …«

»Wir müssen erst mehr wissen«, fiel Michel seinem Sohn ins Wort, »Luc hat recht.«

»Coco hatte die Idee, andere Winzer anzusprechen und nachzufragen, ob ihnen Ähnliches passiert ist.« Luc hob abwehrend die Arme. »Ich weiß, wenn wir die Einzigen sind, schwächt das unsere Position ungemein. Aber ich glaube das nicht, daher möchte ich einen Versuch riskieren. Wenn wir Verbündete finden, könnten wir auch mehr gegen die Plagiatoren ausrichten.«

Ungemütliches Schweigen breitete sich im Raum aus. Als hätte jemand alle Fenster und Türen geschlossen. Die Luft schien dünn und schwer zugleich.

»Noch nie haben die Winzer der Bourgogne sich zusammengetan«, sprach Michel schließlich leise aus, was jedem von ihnen durch den Kopf ging. »Nicht einmal im Krieg.«

»Aber es gab auch noch nie eine solche Situation«, verteidigte Luc Cocos Vorschlag, den er selbst für gewagt hielt. »Es geht nicht bloß um uns – sondern um das Ansehen der *Vins de Bourgogne*, um die Reputation unserer Weine. Wenn die Chinesen ihren Fusel mit unserem Logo verkaufen, wer auf der Welt wird den Unterschied erkennen? Als Nächstes wird es heißen, die Weine aus der Bourgogne schmecken wie Benzin, es wird wohl am vielen Hagel und Regen liegen, wer weiß, was die Franzosen in ihren Wein kippen, um ihn zu strecken.« Er lehnte sich vor. »Die Konsequenzen sind nicht absehbar.«

»Was für ein Schreckensszenario.« Anne stand auf und setzte sich gleich wieder. »Glaubst du wirklich, dass das passieren könnte?«

Luc zuckte die Schultern. »Natürlich kann ich das nicht mit Bestimmtheit sagen. Aber es könnte sein. Im Moment kann man überall darüber lesen, dass der sogenannte zweite Markt zum Problem wird. Importeure kaufen von Winzern und verkaufen dann an andere Großhändler. Am Ende weiß niemand mehr, welcher

Großhändler und welcher Importeur mit welchem Winzer zusammenarbeitet.«

»Wahrscheinlicher ist allerdings, dass sie einfach nur Geld wollen«, wandte Stéphane ein.

»Ich bin da nicht so sicher«, gab Michel zu bedenken. »Wenn sie nur Geld wollten, würden sie uns dann nicht direkt ansprechen?«

»Das weiß man nicht«, antwortete Luc. »Ich jedenfalls habe keine Ahnung, wie die Chinesen ticken. Ich möchte nur nicht noch mehr Überraschungen erleben. Daher würde ich lieber bei den anderen Winzern nachfragen, ob sie ein ähnliches Problem haben.«

»Und Coco will das machen?«, fragte Anne.

Luc nickte. »Sie meint, sie könnte erst mal bei den Familien anfangen, zu deren Töchtern sie noch aus der Schule Kontakt hat. Inoffiziell sozusagen.«

Michel legte die Hände auf den Tisch und stand auf. »Das klingt nach einem guten Plan.«

Es war spät geworden. Lucs Augen brannten fast so sehr wie das Loch in seinem Bauch. Er hatte zu lange auf den Bildschirm gestarrt und konnte sich kaum erinnern, wann er das letzte Mal etwas gegessen hatte. Aber so war das eben in Krisenzeiten, da sah man nicht auf die Uhr und stellte alles zurück. So war es schon immer gewesen, so würde es bleiben. Wenn die Domaine in Gefahr war, tat man, was nötig war.

Das Klingeln des Telefons durchschnitt die Stille, die nur vom leisen Rauschen des Computers gestört wurde. Es war ungewöhnlich, dass um diese Zeit noch jemand im Büro anrief, denn seine Importeure aus anderen Zeitzonen wählten immer gleich die Mobilnummer.

Luc sah auf das Display und war versucht, nicht dranzugehen.

Nur die Gewissheit, dass es zwecklos wäre, weil Élodie es dann gleich auf dem Handy probieren würde, hielt ihn davon ab. »*Ça va, chérie?*« Er klickte auf den nächsten Link, den Google in einer langen Liste von Suchergebnissen ausgespuckt hatte.

»Sitzt du tatsächlich immer noch im Büro?«

Er unterdrückte den Impuls, nein zu sagen. Sie regte sich schnell auf, wenn man sie ein wenig hochnahm, und eine feuerspuckende Élodie war so ziemlich das Letzte, was er jetzt gebrauchen konnte. »Ich recherchiere über diesen Li, den Chinesen.«

»Du hast unsere Verabredung vergessen.«

Auch dieser Treffer hatte nichts mit dem Li zu tun, den Luc suchte. Er klickte zurück, bis er wieder auf der Seite mit den Suchergebnissen war. »Nicht vergessen«, sagte er in Gedanken, »ich hab dir eine SMS geschickt, vor Stunden.« Er klickte auf einen anderen Treffer, nur um festzustellen, dass es sich bei diesem Li um einen Akupunkteur handelte, der dem Bild auf seiner Homepage zufolge mindestens neunzig Jahre alt war.

»Du hättest anrufen können«, beharrte Élodie trotzig. »Vielleicht gucke ich gar nicht nach den SMS. Vielleicht habe ich ewig auf dich gewartet.«

Luc schloss für einen Moment die Augen. Hinter seinen Lidern tanzten rote und gelbe Lichtflecken. »Ich bitte dich, du liest deine SMS morgens noch vor dem Aufstehen.«

»Man könnte meinen, unsere Hochzeit ist dir nicht wichtig.«

Hochzeit? Luc war nicht klar, wo der Zusammenhang war. »Élodie, wirklich, im Moment habe ich keine Nerven für deine Spielchen. Du weißt genau, ich muss diese Sache mit dem Chinesen klären.« Er überflog die Treffer auf der nächsten Seite mit Suchergebnissen. Es gab einfach zu viele Lis in China, und die weiteren Stichworte, die er hatte, grenzten die Auswahl nicht genug ein. So kam er nicht weiter.

»Und ich muss die Einladungen schreiben.«

»Wieso das denn? Es ist Februar, und die Hochzeit soll im Juni stattfinden.«

»Ich weiß nicht, was du denkst, Luc. Die Leute müssen planen. Es muss so vieles organisiert werden. Das geht doch nicht von einem Tag auf den anderen. Wir feiern schließlich keine Armenhochzeit. Also, kann ich morgen auf dich zählen?«

Für einen Augenblick hatte er das Gefühl, als öffnete sich eine Tür einen Spaltbreit und ließe ihn einen Blick erhaschen auf das Leben, das vor ihm lag. Auf gesellschaftliche Konventionen und Zwänge, auf Anlässe, die gebührend beachtet werden mussten, auf all das, was die Welt der Familie Gascon ausmachte, nicht jedoch die seine. Er hörte eine Stimme, die ihm weismachen wollte, dass er seine Gummistiefel für immer gegen Lackschuhe tauschen musste. Er sah Jeans und Wetterjacke gegen Anzüge ausgewechselt werden, endlose Abende an Tafeln, vergeudet in Small Talk mit Pariser oder gar New Yorker High Society. Es war wie ein eisiger Windstoß, aus dem plötzlich Johanna auftauchte – mit von Tatendrang geröteten Wangen und Glanz in den Augen –, ein Bild, das in Flammen aufging und ebenso schnell verpuffte, wie es erschienen war.

Luc fuhr sich mit der Hand über die Augen. Es war wirklich Zeit, Feierabend zu machen. Dass er offenbar drauf und dran war, seine Herkunft, seine Pflichten zu verleugnen, war ein untrügliches Zeichen für Erschöpfung. Er wusste doch genau, wie sehr all das gesellschaftliche Drumherum dazugehörte, wie sehr es ihm nutzen würde. Und dass gerade die Verbindung zweier mächtiger Familien wie der Béjarts und der Gascons auf dem immer stärker umkämpften Weltmarkt einen erheblichen Vorteil bedeutete. Hatte er nicht seit frühester Kindheit gelernt, dass ein Béjart seine eigenen Interessen hinter denen der Familie zurückstellte? Und worüber wollte er sich überhaupt beschweren? Élodie war schön, reich und die begehrteste aller Winzertöchter. Sie bewegte sich elegant auf jedem gesellschaftlichen Parkett, kannte ihren Platz und die Anforderungen, die an eine Frau ihrer Position gestellt wurden. Er konnte sich keine bessere Ehefrau wünschen.

»Ich rufe dich morgen an«, sagte er zu Élodie und löschte das Licht der Schreibtischlampe.

17

Gustav Sommer wirkte ausgelaugt, das Gesicht grau und sein typisches Lächeln in Sorgenfalten vergraben. »Gut, dass Sie da sind«, sagte er mit einem Stoßseufzer.

Reflexartig schaute Johanna auf die Uhr. Sie war früh dran, daran konnte es nicht liegen. Schnell schritt sie durch den Laden in den Bürobereich. »Ist irgendwas passiert?«, warf sie dem alten Mann über die Schulter zu.

»Cornelia ist im Krankenhaus.«

Johanna stoppte mitten in der Bewegung. »Krankenhaus?«

Gustav Sommer verzog das Gesicht zu einem bemühten Lächeln. »Sie hat sich einen komplizierten Beinbruch zugezogen.«

»Na, Gott sei Dank.« Johanna atmete auf. Einen Moment lang hatte sie ihre Chefin blutüberströmt und halb tot in einer Notaufnahme gesehen. Warum auch immer, bei dem Wort Krankenhaus spukten ihr sofort Horrorbilder durch den Kopf. Erleichtert hängte sie ihren Mantel auf den Bügel an der Garderobe. »Moment.« Sie drehte sich zu Sommer um. »Und die Wine Trophy?«

Das Läuten der Türglocke kündigte Kundschaft an. Der Alte wandte sich um. »Sie sollen sie anrufen«, sagte er im Gehen. »Die Nummer habe ich auf einen Zettel auf Ihrem Schreibtisch geschrieben.«

Johanna ging in die Küche, um sich einen Kaffee zu holen. Die Wine-Trophy, dieses große Event in Paris, von dem in der Weinwelt so viel Aufhebens gemacht wurde und über die Einladung dazu sich Cornelia Sommer so gefreut hatte, dachte Johanna und sah zu, wie die schwarze Brühe unter Schnaufen und Zischen in die Tasse tropfte. Es sei eine große Anerkennung, hatte sie Johanna erklärt, in diese Jury berufen zu werden, die jährlich die besten Weine kürte. Nicht auszudenken, wie enttäuscht sie sein musste.

Johanna setzte sich an ihren Schreibtisch, trank ein paar Schlucke und wählte die Nummer. Es ertönte ein dreimaliges Freizeichen, dann wurde abgenommen.

»Sommer?«

»Hallo, Frau Sommer, Johanna Keppler hier. Ich hab's gerade gehört. Was ist denn …«

»Gut, dass Sie anrufen«, fiel ihr die Chefin ins Wort. »Sie müssen für mich nach Paris fahren.«

»Was?« Mehr brachte Johanna nicht heraus.

»Was denken Sie denn, Frau Keppler? Dass wir die Wine-Trophy einfach so absagen können? Wegen eines lächerlichen Beinbruchs?«

»Ja, aber …«

»Papperlapapp, Sie fahren.«

»Aber …«

»Jetzt hören Sie auf mit diesem ewigen ›Aber‹. Schließlich gilt die Einladung dem Le Sang des Vignes und nicht nur der Person Cornelia Sommer. Sie fahren.«

»Das kann ich doch aber nicht.« In ihre Atemnot mischte sich Verzweiflung. »Wie soll ich denn diese ganzen Weine beurteilen? Ich hab doch überhaupt keine Ahnung.«

»Frau Keppler, reißen Sie sich zusammen. Sie bewerten anonym. Nach Geschmack. Wählen Sie einfach die Weine aus, die Sie am leckersten finden. Es ist völlig egal, ob Sie Ahnung haben oder nicht. Keiner wird danach fragen oder es merken.«

»Und wenn die anderen Jurymitglieder sich mit mir unterhalten? Wie soll ich da als Expertin bestehen?«

»Ich bitte Sie – Sie waren gerade eine Woche in der Bourgogne, einer der traditionsreichsten Weinlandschaften der Welt. Sie werden doch wohl schöne Fachbegriffe gelernt haben, mit denen Sie um sich werfen können?«

Es hatte keinen Sinn. Sommer hatte sich etwas in den Kopf gesetzt, und aus der Nummer kam Johanna nicht mehr raus, nicht lebendig jedenfalls. »Meinen Sie nicht, dass vielleicht doch Sie selbst fahren können?«

»Kindchen. Es ist ein komplizierter Bruch. Ich werde morgen operiert. Wie bitte soll ich da in drei Tagen nach Paris fliegen?« Cornelia Sommer schnaubte ins Telefon. Es klang, als hätte man einen Dampfkochtopf zu früh geöffnet. »Sie fliegen. Ich diskutiere das nicht weiter.«

»Und ich bewerte einfach nach meinem Geschmack?« Johanna konnte nicht fassen, was ihre Chefin da von ihr verlangte. »Das verzerrt doch den ganzen Wettbewerb.«

»Humbug. Sie sind ein Jurymitglied unter fünfundzwanzig. Machen Sie sich nicht so viele Sorgen. Sie bekommen das hin. Freuen Sie sich lieber – drei Tage Paris. Ich an Ihrer Stelle würde auf dem Schreibtisch tanzen vor Glück.«

Es war ein seltsames Gefühl. Als Johanna Paris vor Jahren verlassen hatte, schien die Zukunft voller wunderbarer Möglichkeiten und zum Greifen nahe vor ihr zu liegen, nur noch einen Studienabschluss entfernt, nach einer Zeit, die zweischneidiger nicht hätte sein können.

In Paris zu studieren, das hatte bedeutet, durch die ehrwürdigen Hallen der Sorbonne zu hasten und sich irgendwie mit einem Stipendium durchzuschlagen, das vorn und hinten nicht reichte und schon gar nicht in der Mitte.

Es war eine Zeit der Entbehrung gewesen, aber auch der Leichtigkeit des Seins. An heißen Sommertagen hatte sie die Nächte durchgetanzt zu den Liedern der Straßenmusikanten auf dem Pont des Arts. Eine Kugel Eis von Bertillon, welch Sünde, der ultimative Luxus für eine bettelarme Studentin. Ein Flirt auf der Treppe unter der Basilika Sacré-Cœur de Montmartre, wo einem das glitzernde Paris zu Füßen lag, so mühelos und leicht. Schneeflocken im Jardin des Tuileries und schillernde Lichtreflexe auf dem regennassen Pflaster über dem Carrousel du Louvre.

Wie hatte sie die Stadt geliebt, mit jeder Faser ihres Seins.

Und jetzt? Jetzt stand sie hier am Fenster eines Hotelzimmers, das eigentlich für Cornelia Sommer bestimmt war, der Teppich flauschig, die Armaturen im Bad vergoldet, die Decke hoch, die schweren Eichentüren riesig. Johanna sah den Regentropfen dabei zu, wie sie in feinen Rinnsalen am Glas hinabliefen. Nicht weit entfernt, nur einmal über die Dächer, funkelte der Eiffelturm wie mit Tausenden von Diamanten besetzt.

Sie löste sich von diesem magischen Anblick und ging zu dem kleinen Tisch hinüber, auf dem das Veranstaltungsprogramm aufgeschlagen lag. Ihre drei Tage waren völlig verplant, es bliebe kaum Zeit zum Schlafen und Duschen.

Johanna klappte das Heft zu. Sie war in Paris und war es irgendwie nicht. Sie würde von der Stadt nichts außer diesem Hotel hier sehen. Und das Seine-Boot, auf dem die Abschlussgala stattfand.

Nur Mut, dachte Johanna, Kopf hoch, tief durchatmen und los. Was sollte schon passieren? Gestern Abend war auch alles glattgegangen beim Get-together der Jury-Mitglieder. Sie hatte sich einfach auf die Rolle der interessierten Zuhörerin verlegt, und es hatte niemand gemerkt, dass sie eine blutige Anfängerin war. Ein paar geistreiche Bemerkungen, ein charmantes Lachen über diese oder jene Bemerkung, und schon wurde sie akzeptiert, aufgenommen in die illustre Runde von insgesamt fünfundzwanzig Sommeliers, Köchen aus Sternerestaurants und Inhabern exquisiter Weinhandlungen aus aller Welt.

Sie machte sich nichts vor, es war vor allem deshalb so einfach gewesen, weil sie eine der wenigen Frauen in diesem Haifischbecken war. Und dass sie den Altersschnitt erheblich senkte, hatte auch nicht geschadet. Aber egal, manchmal musste einem jedes Mittel recht sein. Ganz abgesehen davon, war es ein lustiger Abend geworden. Diese Leute waren vielleicht ein Clique für sich und nicht besonders erpicht darauf, sich Fremden gegenüber zu öffnen, doch sie waren Johanna freundlich, teilweise sogar herzlich begegnet.

Sicher, sie war ein kleiner Fisch, sie hatte auch gar nichts anderes behauptet und sofort erklärt, dass sie als Ersatz für ihre Chefin eingesprungen war, denn wenn man schon flunkerte, sollte man es nicht auf zu vielen Ebenen tun, aber keiner hatte ihre Flossen angeknabbert. Wieso sollte das also heute anders sein?

Johanna holte tief Luft, zupfte noch einmal an dem Namensschild herum, das an ihrer Bluse steckte, und ging dann erhobenen Kopfes auf die große Flügeltür zu. Der Page lächelte, streckte wortlos die weiß behandschuhte Hand aus und hielt ihr die Tür auf. Sie schritt hindurch, als hätte sie nie etwas anderes getan, und ignorierte das Flattern in ihrem Bauch.

In der Mitte des großen, hellen Raumes war eine lange Tafel, an der einige der Jurymitglieder bereits saßen. An jedem Platz befanden sich eine Mappe und ein Stift, ein hohes Glas und eine Karaffe mit Wasser. Zwischen den Stühlen stand jeweils eines jener hohen trichterartigen Metallgebilde, in die man den Wein spuckte. Große Servierwagen voller Gläser säumten die hintere Wand. Daneben hielten sich die Kellner in einer Reihe bereit.

Johanna suchte ihren Platz, der mit einem cremefarbenen Namensschild mit goldenen Lettern ausgewiesen war. Froh stellte sie fest, dass sie neben dem etwas kauzigen, aber durchaus charmanten Steve Mortimer, einem Dinosaurier der britischen Sterneküche, sitzen würde, mit dem sie sich schon am Vorabend gut verstanden hatte.

///

»Ich war unartig«, raunte er ihr mit einem spitzbübischen Grinsen zu, während sie Platz nahm. »Ich habe die Namensschilder vertauscht.« Er gluckste vergnügt.

»Steve«, sagte sie mit übertriebener Entrüstung, »was soll ich nur von dir halten?« Obgleich es sehr förmlich zugegangen war, waren sie bereits zwischen *Amuse-Gueule* und Vorspeise beim Du gelandet.

Er legte den Kopf schief und zuckte mit den Schultern. »Die haben mich tatsächlich zwischen meinem Erzrivalen«, er nickte in Richtung Arthur Grandchamps, dem mit drei Michelin-Sternen und einer Mütze dekorierten Koch des weltberühmten Pariser Le Coq au Vin, hinüber, »und dieser humorlosen Trockenpflaume vom Wine Castle in New York platziert. Es war also Notwehr. Ich hätte das nicht einen Tag lang überlebt, geschweige denn zweieinhalb.«

»Das ist natürlich ein Argument.« Johanna schlug die Bewertungsmappe auf und überflog den ersten Bogen. Pro Wein wurden die üblichen Kriterien wie Farbe, Konsistenz, Transparenz, Geruch, Geschmack jeweils auf einer Skala von null bis zehn bewertet. »Ich glaube kaum, dass die sich diese Schlagzeile leisten könnten: ›Steve Mortimer bei der Wine-Trophy an ...‹«, sie brach mitten im Satz ab und blickte dem Koch in die heiter funkelnden Augen, »an was genau gestorben?«

Er rümpfte die Nase und kräuselte die Stirn, was ihn noch kauziger erscheinen ließ. »An Rivalität? Langeweile? Geschlucktem Sarkasmus?«

Ihre Unterhaltung wurde durch das Läuten einer Glocke unterbrochen. Das Gemurmel rund um die Tafel verstummte. Am Kopfende erhob sich der Vorsitzende der Jury mit feierlichem Gesicht. »*Mesdames et messieurs*«, begrüßte er die Runde, »*bienvenue* zur diesjährigen Wine-Trophy. Es haben in diesem Jahr insgesamt fünfzehn Weiß- und zweiundzwanzig Rotweine aus den

Vorrunden des Wettbewerbs das Finale erreicht. Wir werden heute die weißen verkosten und an den anderen Tagen die roten. Ich wünsche uns allen gutes Gelingen und dass wir ein möglichst einhelliges Urteil fällen.« Unter dem verhaltenen Applaus der Runde setzte er sich. Das war das Zeichen für die Kellner, den ersten Weißwein einzuschenken. Die Etiketten an den Flaschen waren entfernt und gegen Aufkleber mit Zahlen ausgetauscht worden, um die Anonymität sicherzustellen.

Johanna fühlte Panik in sich aufsteigen. All diese Weine müsste sie an nicht einmal drei Tagen kosten. Auch wenn sie von jedem nur zum Schluss einen kleinen Schluck nahm, fürchtete sie dennoch, spätestens am frühen Nachmittag volltrunken unter dem Tisch zu liegen. Und selbst wenn sie diesem ultimativen Horrorszenario entginge, was wäre, wenn ihre Nachbarn den einen oder anderen Blick auf ihre Bewertungen warfen und sich darin ihre Unwissenheit mehr als deutlich spiegelte? War es möglich, dass sie die ganze Trophy sprengte, wenn jemand etwas mitbekäme?

Sie spürte kalten Schweiß auf Brust und Rücken und fürchtete, das Glas würde ihren feuchten Händen entgleiten. In ihren Ohren rauschte es, und plötzlich sah sie Hampel vor sich, wie er sich vor ihr aufgebaut und sie als unfähige Stümperin beschimpft hatte.

»Wir alle waren irgendwann zum ersten Mal dabei.« Die sanfte Stimme von Steve drang nur langsam zu ihr durch. »Und wir haben uns alle mindestens so unwohl gefühlt wie du jetzt. Aber es geht hier nicht um Leben und Tod. Es geht nur um eine blöde Medaille, die dann auf ein paar Flaschen eines Jahrgangs eines bestimmten Weines klebt.« Das Rauschen in ihren Ohren verebbte langsam. »Vertrau einfach deinem Geschmack.«

Johanna legte kurz ihre Hand auf seine und drückte sie. »Danke«, flüsterte sie, nahm das erste Glas und prüfte Farbe und Transparenz. Das zu bewerten sollte sie hinbekommen.

Johanna zerrieb Haarwachs in ihren Handflächen und betrachtete dabei ihr Spiegelbild. Blass sah sie aus, müde und erschöpft. »Es ging besser, als ich dachte«, sagte sie in das zwischen Ohr und Schulter geklemmte Telefon. »Ich war zwar immerzu leicht betrunken, aber das hat keiner gemerkt, glaube ich.« Sie rieb das Wachs in die kurzen Haare und zupfte sie in Form.

»Wer hat gewonnen?«, wollte Cornelia Sommer wissen.

»Keine Ahnung. Die Jury erfährt das erst nachher auf der Gala.« Sie gab dem Hebel des Wasserhahns mit dem Ellenbogen einen Schubs und hielt ihre Hände unter den lauwarmen Strahl. »Hat mich auch gewundert.«

»Totaler Quatsch«, schnaufte Sommer ins Telefon. »Was haben die sich dabei gedacht, das Votum hinter verschlossenen Türen zu verkünden? Das muss mir erst einmal einer erklären. Zum Glück war ich nicht dabei, sondern Sie. Ich hätte mir ja einen bissigen Kommentar nicht verkneifen können.«

Johanna trocknete sich die Hände ab und setzte sich auf den Badewannenrand. »Ich bin sicher, Sie erleben das im nächsten Jahr. Nach allem, was ich gehört habe, wird man immer wieder eingeladen, wenn man erst einmal drin ist.«

»So?« Sommer klang überrascht. »Hat Ihnen irgendwer gesagt, warum wir überhaupt dabei sind?«

»Nein, nicht direkt, aber ich habe ein paar Gerüchte aufgeschnappt.«

»Schießen Sie los.«

»Eine Weinhandlung aus Hamburg hat das Geschäft aufgegeben.«

»Ha! Das Alsterkontor.«

»Dafür musste Ersatz her. Und da die bisher die einzigen aus Deutschland waren, sollten es wieder Deutsche sein. Warum dann allerdings die Wahl auf uns gefallen ist, darüber habe ich kein Sterbenswörtchen gehört.«

»Na egal. Jetzt ist es wichtig, dass Sie den Abend nutzen.«

Johanna hatte keine Ahnung, was ihre Chefin damit meinte.

»Hören Sie genau hin, wer gewonnen hat. Schauen Sie, wer von diesen Weinhäusern anwesend ist. Dann machen Sie sich bekannt, knüpfen Sie Kontakte. Und lassen Sie diejenigen wissen, dass wir Interesse haben, den Vertrieb für Berlin zu übernehmen.«

Johanna war froh, dass Sommer sie nicht sehen konnte, denn sie war sicher, dass ihre Gesichtszüge gerade auf das Heftigste entgleist waren. »Ich versuche mein Bestes«, sagte sie und ärgerte sich, wie lahm sie klang.

»Mühe geben reicht nicht, meine Liebe. Ich erwarte, dass Sie ein paar exklusive Kunden aufreißen.«

»Und ich hätte wirklich nicht besser ein Kleid angezogen?«, fragte Johanna zum dritten Mal und ergriff die Hand von Steve Mortimer, um sich aus dem Taxi helfen zu lassen.

»Tz, tz«, blies er Luft durch die geschürzten Lippen, »du siehst umwerfend aus in diesem Smoking.« Er machte einen Schritt nach hinten und ließ seinen Blick an ihr herab- und wieder hinaufgleiten. »Wirklich bezaubernd. Armani?«

Johanna lachte. »H&M, aber verrat es keinem.«

Er schüttelte den Kopf. »Ich schweige wie ein Grab.«

Sie nahm den Arm, den er ihr bot, und sie schritten langsam auf den Steg zu. Das Boot leuchtete wie ein Weihnachtsbaum. Man konnte sehen, dass drinnen schon viele Menschen Platz genommen hatten. Ganz vorn glaubte Johanna eine vierköpfige Band auszumachen. »Ich hoffe nur, ich sitze heute Abend nicht neben irgendwelchen Langweilern. Oder hast du etwa wieder …«

»Keine Chance«, ließ Mortimer sie den Satz nicht beenden. »Aber ich gebe zu, dass ich es versucht habe.«

»Du Schlingel«, lachte Johanna.

»Du sitzt unter Garantie zwischen zwei Weingütern.«

»So?« Für einen Moment fühlte sie sich eigenartig leicht, als würde ihr schwindeln. Sicher die Müdigkeit, dachte sie, und das viele Weintrinken in den letzten Tagen war ihr bestimmt auch nicht bekommen.

»Das machen sie immer so«, setzte der Brite zu einer Erklärung an. »Sie setzen Weinhandlungen und Winzer zusammen. Alles andere ergäbe auch keinen Sinn, oder würdest du nicht ohnehin probieren, mit den Häusern in Kontakt zu kommen?«

»O doch, das soll ich unbedingt.« Johanna löste sich von seinem Arm und trat auf den etwas wackligen Steg, der aufs Boot führte. »Meine Chefin erwartet, dass ich die Gewinner becirce.« Am Einlass aufs Boot erwartete sie ein eleganter Concierge mit einer Liste in der Hand. *»Bonsoir, monsieur, Johanna Keppler«*, stellte sie sich ihm vor und wartete, bis er ihren Namen gefunden und durchgestrichen hatte.

»Bonsoir, madame.«

Sie bestieg das Boot und wartete auf dem offenen Heck auf Mortimer. Dezente Barmusik, gemischt mit Stimmengemurmel, drang durch die geschlossenen Fenster und Türen der Kabine. Sie hatte sich nicht getäuscht, es gab wirklich eine Live-Band. Und plötzlich war er da, dieser Gedanke, heiß glühend und kalt zugleich. Was, wenn Luc Béjart hier war?

»Ist dir nicht gut?« Mortimer sah besorgt aus.

Johanna schüttelte den Kopf. »Nein, nein. Ich bin schon den ganzen Tag müde. Die Trophy war anstrengend für mich.« Ihr Blick glitt nach drinnen, wo Männer in Smokings und Frauen in Abendkleidern zwischen den Tischen standen und redeten. »Vielleicht bleibe ich einfach noch einen Moment hier draußen an der frischen Luft. Geh ruhig schon rein.« Sie lächelte ihm aufmunternd zu und hoffte, dass er ihr die Ausrede abnahm.

»Bist du sicher?«

»Ja, natürlich. Mach dir keine Sorgen, ich kann hier nicht verlorengehen.«

»Wie du meinst.« Es war ihm deutlich anzusehen, dass er nicht überzeugt war. Nur zögerlich wandte er sich um und betrat dann den Innenraum.

Johanna drehte dem Geschehen den Rücken zu. Links und rechts der Seine brannte Licht in den Häusern, dessen Widerschein auf dem nachtschwarzen Wasser des Flusses tanzte. Es war eine sternenklare Nacht. Der Eiffelturm leuchtete in der Ferne wie ein Mahnmal, das sie daran erinnerte, dass hier stets alles bliebe, wie es war. Und das galt auch für sie selbst: Zwar hatte sie ihren Studienabschluss, dennoch war sie zurück in dieser Stadt, ohne damit etwas erreicht zu haben. Es war wie ein ewiger Kreislauf, aus dem sie nicht herauskam, was auch immer sie anstellte. So sehr sie Frankreich auch liebte, es brachte ihr offenbar kein Glück. Im Gegenteil.

Nun gut, sie konnte nicht ewig hier draußen stehen. Und wie wahrscheinlich war es schon, ausgerechnet hier auf Luc zu treffen? Er war nicht der Winzer in der Familie. Wenn unter den prämierten Weinen einer seiner Familie dabei wäre, dann hätten sie mit Sicherheit seine Eltern eingeladen. Oder aber den Bruder. Es gab also gar keinen Grund, sich aufzuregen. Und das war auch besser so. Wenn sie ihm nicht mehr begegnete, könnte sie ihn irgendwann vergessen.

Beherzt schritt Johanna auf die Tür zu und ging hindurch nach drinnen, wo sie die warme Luft wie eine Wand traf. Das Stimmengemurmel schwoll zu einem dissonanten Schwirren an, Gelächter mischte sich dazwischen und die verhaltenen Klänge der Band. Sie achtete nicht auf die Leute, sondern ließ ihren Blick so lange über die Tischkärtchen schweifen, bis sie ihren Platz gefunden hatte.

Man hatte Johanna zwischen einen Bordeaux und einen südafrikanischen Shiraz gesetzt. Das konnte ja heiter werden, lockere Konversation nach rechts auf Französisch und nach links auf Englisch. Dazu die Musik als Soundteppich.

Doch dann lief es besser als gedacht. Bis zum Hauptgang war Johanna so vertieft ins Gespräch mit ihren beiden Tischnachbarn, einem weiteren Winzer und einem amerikanischen Importeur, die ihnen gegenübersaßen, dass sie von allem Drumherum nichts mitbekam. Vor allem der Amerikaner war unterhaltsam.

»Wir gelten ja gern als komplett kulturlos«, sagte er gerade, als von einem der Tische schräg gegenüber ein heller Aufschrei ertönte. Schlagartig wurde es still.

Johanna schaute wie alle anderen hinüber. Eine junge Frau schlug mit empörtem Gesicht die Hand des Kellners weg, der ihr ein Tuch reichen wollte. Von der Schulter abwärts über die linke Brust verlief ein roter Fleck auf ihrem cremefarbenen Seidenkleid. Es sah aus, als blutete sie aus einer unsichtbaren Wunde.

»Das Kleid wird sie wegschmeißen können«, sagte die Südafrikanerin neben Johanna, während das Stimmengewirr wieder einsetzte und alle sich erneut ihren Gesprächspartnern zuwandten. »Aber die Gascons können das sicher verkraften.«

Johanna hatte das Gefühl, nie wieder atmen zu können. Alle Geräusche ausgelöscht, bis auf das leise Rauschen des Blutes in ihren Ohren. Sah seine Augen, dunkel und tief, wie durch ein unsichtbares Band mit ihren verbunden. Sie lächelte nicht, das ging gar nicht, denn alles war wieder da. Jene Nacht in Beaune, der Geschmack des ersten Kusses, das Gefühl seiner Hände auf ihrer Haut, die Geborgenheit, die sie in seiner Gegenwart empfand, die Gewissheit, dass er ein Mann war, mit dem man jeden Sturm meistern konnte. Alles, was sie so tapfer verdrängt, jedes Gefühl, von dem sie sich eingeredet hatte, dass es nichts bedeutete. Sie wollte ihn berühren, riechen, in seine Arme fliegen. Sie wollte das so sehr, dass es weh tat. Und sie hatte das bis eben nicht wissen wollen. Hatte sie wirklich geglaubt, ihn einfach so vergessen zu können? Luc Béjart hielt ihren Blick, ohne auch nur das geringste Zeichen zu geben, dass sie sich kannten.

»An dem Tag, an dem auch nur ein einziger chinesischer Wein für die Trophy nominiert wird, stürze ich mich in die Seine«, sagte der Amerikaner und brachte damit den ganzen Tisch zum Lachen. »Und Johanna muss mich retten.«

»Darauf würde ich lieber nicht zählen.« Die Südafrikanerin stieß Johanna unter dem Tisch an. »Ich glaube, sie hat es eher mit französischem Wein.«

»Quatsch.« Der Amerikaner hob sein Glas. »Die deutsch-amerikanische Allianz ist stärker als alles andere. Oder, Johanna?«

Sie hatte Mühe, ihren Blick von Luc zu lösen. »Ich glaube kaum, dass man ein Bad in der Seine überhaupt überleben kann.« Wie sollte sie nur den restlichen Abend überstehen? Gascon hatte die Südafrikanerin gesagt? Natürlich, wieso war sie nicht sofort darauf gekommen – der Montrachet der Gascons gewann jedes Jahr Gold. Der teuerste Weißwein der Welt. Natürlich war die Domaine hier vertreten. Luc war mit seiner Verlobten hier. Entweder als Begleitung oder zusätzlich als Repräsentant der Domaines seiner Eltern.

»Ach, komm schon, Johanna, das bisschen Schmutzwasser, das schaffen wir locker.« Der Amerikaner stieß mit ihr an.

Sie trank. Viele kleine Schlucke. Solange sie trank, musste sie nicht reden. Und ihr Kopf war seltsam leer. Zum Glück wurde nun das Dessert serviert, und die anderen am Tisch plapperten munter durcheinander.

Johanna konnte nicht anders. Immer wieder musste sie einen Blick zu ihm riskieren. Und ihm erging es genauso. Es war wie ein Tanz, ein wortloses Gespräch in einer Sprache, die sie nicht verstand. Sie wusste, es musste einen Grund geben, dass ihre Blicke sich immer wieder trafen, aber warum er sie mit versteinerter Miene ansah, als wollte er sie partout nicht wissen lassen, was in ihm vorging, das konnte sie nicht verstehen. Und es half auch nicht, dass sie ihn fühlen konnte wie in jener Nacht, das leise Kitzeln seiner Haare auf ihrer Schulter.

Lag es daran, dass seine Verlobte an seiner Seite war? An der Veranstaltung, auf der er vermutlich viele Teilnehmer kannte? Oder war es einfach seine Sorge, sie könnte durch irgendeine Unachtsamkeit etwas verraten? Lächelte er deswegen nicht? Mit keinem Wimpernschlag gab er zu verstehen, dass er irgendetwas dabei empfand, sie hier zu sehen. Und er musste doch etwas fühlen. Oder nicht?

Es hatte keinen Sinn, darüber nachzudenken. Sie würde es nicht erfahren, dessen war sie sich gewiss, warum auch immer. Sie sollte sich lieber darauf konzentrieren, nicht immer zu ihm zu schauen. Zum Glück konnte die Veranstaltung nicht mehr lange dauern. Schließlich wurden den Gewinnern noch die Urkunden überreicht, dann sollte das Boot wieder anlegen.

Erwartungsgemäß bekam der Montrachet Gold. Élodie Gascon nahm die Urkunde würdevoll entgegen und trat so selbstsicher auf, als wäre der blutrote Fleck auf ihrem Kleid Teil des Designs.

Sie war von einer elfenhaften Schönheit, wie Johanna nicht umhinkam festzustellen. Es war nicht schwer zu erkennen, was Luc an ihr finden musste. Johanna machte sich nichts vor. Mit einer Frau wie Élodie konnte sie nicht mithalten, gegen sie musste sie wie ein Trampel wirken.

Der Richebourg der Béjarts wurde ebenfalls mit Gold ausgezeichnet, und schon war die offizielle Zeremonie beendet. Luc stand neben seiner Verlobten beim Juryvorsitzenden und den anderen Gewinnern, sah jedoch immer wieder zu ihr herüber.

Johanna zog langsam ihren Mantel über. Das Boot würde gleich anlegen, und der Abend wäre vorbei.

Schwer legte sich diese Erkenntnis über sie. Hier stand sie, keine fünf Meter von ihm entfernt, und doch war er unerreichbarer denn je. Vielleicht war sie unhöflich. Bestimmt. Vermutlich müsste sie hingehen, guten Abend sagen, ein wenig Small Talk halten, aber sie konnte nicht. Wozu auch? Um Salz in die Wunde zu streuen? Nein, sie sollte nach Hause fahren, kündigen und sich endlich einen richtigen Job suchen. Das hier, das musste aufhören.

Ein letztes Mal hob sie den Kopf und blickte zu ihm. Sie wollte sein Bild festhalten in ihrer Erinnerung und zugleich für alle Zeit löschen. Das Leben war grausam, ihr ausgerechnet diesen Mann vorzusetzen, nur um ihr dann vor Augen zu führen, dass sie ihn niemals haben könnte.

Luc sah zu ihr, dann zur Seite, zu ihr und wieder zur Seite. Plötzlich löste er sich aus der Gruppe und kam mit großen Schritten auf sie zu.

»*Bonsoir.*« Er hielt ihre Hand länger als nötig. »Ich hätte nicht gedacht, dich hier zu treffen.«

Johanna konnte nichts sagen.

»Vielen Dank für die Informationen über diesen Chinesen, diesen Li.« Seine Augen glänzten. Vielleicht war es das Licht. »Ich weiß es wirklich sehr zu schätzen, dass du mir das alles geschickt hast.« Nein, das Licht hatte sich nicht verändert, es waren nur die Augen, die feucht wurden. »Wir prüfen jetzt, was wir tun können. Aber ohne deine Hilfe hätten wir ihn vielleicht nie gefunden.«

Johanna war wie versteinert. Sie fragte sich, was sie da in seinem Gesicht las. Sie konnte es nicht einordnen, aber ihr Gefühl sagte ihr, dass es Bedauern war. Aber warum?

»Ich werde dir das nie vergessen.«

Das hier war alles, was sie je von ihm bekommen würde. Und es gab nichts, was sie hätte sagen können.

»Dieser Kellner hat das Kleid ruiniert.«

Luc saß am Fußende des Bettes, unentschieden, ob er die Schuhe ausziehen sollte, und beobachtete Élodie. Wie sie dastand in ihrer cremefarbenen edlen Unterwäsche, die samtig schimmernden Haare flossen über ihre Schulter und die linke Brust, über die makellose helle Haut. Als wäre es vergiftet, hielt sie das Kleid mit dem roten Fleck vor sich.

Er stand langsam auf und nahm Élodie das Kleid aus den Händen. »Ich bringe es zum Concierge. Vielleicht kann es die Hotelreinigung retten.«

»Wieso holst du nicht einfach den Zimmerservice?« Sie stemmte die Hände in die Hüften und neigte den Kopf.

Er ging zur Tür und legte die Hand auf die angenehm kühle Klinke. »Ich wollte sowieso noch einen Spaziergang machen.«

»Jetzt?«

»Schlaf gut.« Er trat in den Gang und zog die Tür hinter sich zu.

Nachdem er das Kleid an der Rezeption abgegeben hatte, stieg er in ein Taxi. Häuser, in denen die Wohnungen nur noch als Büros genutzt wurden, flogen an ihm vorbei. Luc starrte hinaus und sah sie nicht, die Paare, die Arm in Arm auf den Gehsteigen flanierten und den Zauber dieser Stadt ausmachten.

An der Treppe, die zur Basilika Sacré-Cœur de Montmartre führte, ließ er sich absetzen, gab dem Fahrer ein übertriebenes Trinkgeld, weil er nur diesen Schein im Portemonnaie hatte, rannte die Treppe hinauf, immer zwei Stufen auf einmal nehmend, der Kirche entgegen, die sich im Licht der Strahler leuchtend weiß gegen den Nachthimmel abzeichnete.

Oben angekommen, brannte jeder Atemzug in seinen Lungen. Luc beugte sich vornüber, schloss für einen Moment die Augen, rang nach Atem.

Der Platz war leer, bis auf einen Clochard, der auf einer Parkbank schlief. Keine Jugendlichen, keine Musiker, keine Touristen. Nur Paris lag ihm zu Füßen, ganz die glitzernde Verführerin.

Er setzte sich auf die oberste Stufe. Was hatte er sich nur von dieser Aktion versprochen? Hatte er gehofft, sie hier zu finden?

18

»Wenn du diese Fliesen im Eingangsbereich nimmst, passt das nicht zum Parkett im Wohnzimmer.« Thibault Mercier kniete sich hin und legte die Fliese auf die verschiedenen Parkettmuster.

Luc seufzte. »Du hast recht, das sieht bescheiden aus.«

»Aber Eiche soll es sein?« Der Architekt erhob sich und ging langsam los in Richtung Fliesenabteilung.

»Auf jeden Fall. Alles andere ist mir entweder zu dunkel oder zu hell.« Luc folgte seinem Freund.

»Was ist jetzt eigentlich aus der Sache mit den Chinesen geworden? Hat sich da schon was geklärt?« Er blieb stehen und schaute die Gänge entlang, bog dann nach rechts ab und ging zielstrebig zu dem Regal, in dem die unterschiedlichen Natursteinfliesen in Stapeln lagerten.

»Ohne Johanna hätten wir diesen Li nie gefunden. Hast du eine Ahnung, wie viele Chinesen es mit diesem Namen gibt?«

»Ich kann's mir vorstellen.«

»Aber Johanna hat mir die Adresse und alle anderen Daten geschickt.«

»Und Johanna ist jetzt wer?« Thibault hatte diesen Blick, den er immer aufsetzte, wenn er meinte, einer Sache oder jemandem auf die Schliche gekommen zu sein. Er kniff die Augen zusammen und schob die Unterlippe vor.

»Das ist die Deutsche, die Coco neulich überall herumgeführt hat«, antwortete Luc unbeirrt, auch wenn ihn der Blick, mit dem der Freund ihn bedachte, irritierte.

»Und was bringt es euch, dass ihr diesen Li ausfindig gemacht habt?«

»Das weiß ich noch nicht. Coco fragt gerade ein bisschen herum. Offenbar haben noch ein paar andere Weinhäuser das gleiche Problem.«

»Dann geht es um Geld?« Thibault nahm eine Terracotta-Naturfliese hoch und begutachtete sie.

»Vermutlich.« Luc blieb stehen und betrachtete eine sandsteinfarbene Fliese. »Auf der Gala von der Trophy konnte ich mit Madame Charonne sprechen.«

»Der Bordeaux-Königin?«

Luc nickte. »Ich habe mit ihrer Tochter zusammen in Kanada studiert.«

Thibault reichte Luc die Terracotta-Fliese. »Die hier würde gut passen.«

»Die Charonnes haben das gleiche Problem, hat sie mir anvertraut. Li verkauft Weine auf dem sogenannten zweiten Markt. Er behauptet, er hätte sie bei Charonne direkt gekauft, um sie auf dem asiatischen Markt anzubieten. Dabei kauft er in Wirklichkeit Dreck bei irgendeinem halbseidenen Winzer, auf den er dann nachgemachte Etiketten klebt.«

»Und jetzt?«

Luc zuckte die Schultern. »Ich denke, es wäre das Beste, wenn wir so viele Geschädigte wie möglich ausfindig machen. Zusammen können wir schlagkräftiger gegen Li vorgehen als allein. Und ich habe in Auftrag gegeben, all unsere Labels in allen erdenklichen Farben und Formen schützen zu lassen.«

»Schadensbegrenzung?«

Luc nickte und ließ seine Hand über die Fliese gleiten.

»Dank der rauen Oberfläche ist die Fliese nicht rutschig. Gerade in der Küche und in der Diele ist das ein echter Vorteil. Außerdem passt die Farbe exzellent zu dem Eichenparkett, das dir gefällt.«

»Lass uns damit mal rübergehen«, wandte Luc ein. »Ich schau mir die mit dem Parkett zusammen an. Wenn du mich schon in diesen Großhandel schleppst, damit wir alles Material auf einmal aussuchen können, dann will ich wenigstens sehen, ob es auch zueinander passt.« Er nahm die Fliese und marschierte los. »Übrigens habe ich auf der Gala eine echte Überraschung erlebt: Plötzlich stand Johanna vor mir.«

»So?«

»Der Weinladen, für den sie arbeitet, ist wohl zum ersten Mal in die Jury berufen worden. Ich verstehe nur nicht, warum sie Johanna geschickt haben und nicht die Chefin.«

»Wieso hast du sie nicht gefragt?« Thibault blieb vor den Parkettmustern stehen und schaute seinen Freund durchdringend an.

Luc legte die Fliese auf die Muster des Eichenparketts und starrte ins Leere. Ja, wieso eigentlich nicht? Verwundert musste er feststellen, dass sich ihm diese Frage überhaupt nicht gestellt hatte. »Hat sich nicht ergeben«, gab er zurück.

»Siehst du? Passt super.« Thibault schob die Hände in seine Hosentaschen.

»Weißt du, was wirklich komisch war?« Luc sah zu seinem Freund hoch. »Ich hab mich bei ihr bedankt, dass sie uns die Informationen geschickt hat. Und sie hat nichts gesagt. Kein Wort.«

Thibault verzog das Gesicht zu einem verunglückten Grinsen, als müsste er sich verkneifen, lauthals loszulachen.

»Nichts hat sie gesagt.« Luc schüttelte den Kopf. »Sag mal, wieso grinst du eigentlich so?«

»Mir wird langsam klar, warum Élodie nicht hier ist.«

»Élodie? Was hat die denn jetzt damit zu tun?«

»Luc, ich bitte dich! Du suchst die Fliesen und das Parkett für das Haus aus, in dem sie mit dir wohnen soll. Und sie ist nicht dabei?« Er nahm die Hände aus den Taschen und hob sie zu einer hilflosen Geste. »Müsste sie das hier nicht alles mitbestimmen? Müsstet ihr nicht gemeinsam entscheiden?«

Luc erhob sich langsam. Er mochte nicht zugeben, dass Thibault recht hatte, und noch viel weniger, dass er tatsächlich nicht eine Sekunde lang daran gedacht hatte, Élodie überhaupt zu fragen, ob sie mitkommen wollte in den Baugroßhandel nach Dijon. »Du weißt doch, sie ist nicht so häuslich.«

»Hm.« Thibault wirkte amüsiert. »Du solltest dich sehen, Luc, wenn du von Johanna sprichst.«

Luc stand vor der halbrunden Verglasung, die vom Boden bis unter das von dicken Holzbalken getragene Dach reichte, und blickte auf die Dächer der Altstadt von Beaune, während Coco Holz im Kamin nachlegte. Es war noch nicht spät, aber stockdunkel, und von hier konnte man meinen, die ganze Stadt läge im Schlaf. »Wie hast du es nur geschafft, diese Wohnung zu bekommen?«

»Geld.« Coco trat neben ihn und reichte ihm ein Glas Rotwein. »Es war nur eine Frage des Geldes. Und weißt du was? Nicht einen Cent habe ich bereut. Mein Heim in dieser alten Gasse, das ist wie ein Nest hoch oben in den Baumwipfeln.« Sie stieß mit ihm an, was den Gläsern einen beruhigenden tiefen Ton entlockte.

»Und das Geläut von Notre-Dame?« Er wies mit dem Glas in der Hand auf die Kathedrale, als wüsste seine Schwester nicht genau, welches Gebäude er meinte.

»Stört mich nicht. Mag ich sogar ganz gern.«

»Weckt es dich nicht jeden Sonntag?«

Coco schüttelte bedächtig den Kopf. »Würde es wahrscheinlich, wenn ich immerzu fürchten würde, vom Glockenläuten gestört zu werden.«

»Ist es nicht so?«

»Nein, Luc. Ich liege im Bett, höre zu und bin froh, dass ich nicht auf einer der harten Bänke sitzen und beten muss.« Sie ging zum Kamin und stocherte in den Holzscheiten. Es knackte, das

Feuer fauchte, und Funken flogen auf. »Aber du bist sicher nicht hier, um mit mir über meine Wohnung zu sprechen.«

»Nein, in der Tat.« Er löste sich vom Anblick der Altstadt und setzte sich auf die Couch. »Hast du herausfinden können, wer außer uns noch von diesem Li plagiiert wird?«

Coco stellte das Kaminbesteck zurück in den Ständer und setzte sich auf den Boden, den Rücken dem Feuer zugewandt. »Nur die vier Domaines, die ich dir gestern schon genannt habe. Ich glaube allerdings, dass es noch mehr sind. Sie reden bloß nicht darüber.«

»Wie kommst du darauf?«

»Nur so ein Gefühl.« Sie zuckte die Schultern. »Ich denke, wir sollten anfangen, härtere Maßnahmen zu ergreifen. Wenn wir etwas erreichen, dann sicher nicht durch Nichtstun. Und wenn der Stein erst einmal ins Rollen kommt – wer weiß?«

»Du meinst, dann rücken andere doch noch mit der Information raus?«

»Könnte doch sein, oder?«

»Und was schlägst du vor?«

Coco drehte das Glas in den Händen. Das Licht des Feuers brach sich im Wein, ließ ihn in Nuancen von sattem Rot schimmern. »Wieso schreiben wir nicht dem chinesischen Patentamt? Wir weisen nach, dass unser Logo unrechtmäßig verwendet wird, und fordern sie auf, Li zu stoppen.«

Luc suchte im Gesicht seiner Schwester nach einem Indiz dafür, dass sie scherzte, aber sie sah aus, als meinte sie es ernst. »Das klingt reichlich abenteuerlich.«

»Wieso? Wir sind im Recht. Benehmen wir uns auch so.«

»Ich weiß nicht.«

»Luc.« Sie stellte ihr Glas auf dem Parkett ab und lehnte sich ihm entgegen. »Willst du etwa demütig bei ihm anfragen, ob er wohl so freundlich sein könnte, das zu unterlassen? Was soll das bringen?«

Er atmete geräuschvoll aus. »Höflichkeit hat noch nie geschadet.«

Coco lachte. »Ich bitte dich, wir haben es mit Chinesen zu tun – die weltweit dafür bekannt sind, Marken- und Urheberrechte zu ignorieren. Wir reden von einer Diktatur. Da regelt man Konflikte mit Gewalt.« Sie nahm ihr Glas und stand auf. »Aber bitte, frag freundlich an. Hol dir die Abfuhr, und danach machen wir es auf meine Art.«

Er schaute ihr zu, wie sie an die Fensterfront trat. Ihr gerader Rücken, der hocherhobene Kopf. Sie war immer die Wilde unter den drei Geschwistern gewesen, war es immer noch. Doch sie schien ihm auf dem besten Weg, das Format der Großmutter zu erlangen. »Nein, du hast recht. Ich spreche morgen mit Stéphane und den Eltern, und dann übergebe ich die Sache an den Anwalt, damit er das Problem so angeht, wie du vorschlägst.«

Coco drehte sich langsam um und sah ihn lange an, sagte aber nichts.

»Du würdest dich gut machen als Oberhaupt der Domaines.«

»Als graue Eminenz? So wie unsere Mutter?« Sie winkte ab. »Ich bin weder grau noch still genug. Und ich weiß auch gar nicht, ob ich das überhaupt wollen würde. Es ist auch eine Bürde, die Domaines zu führen.«

»Du könntest das, ich bin sicher.«

Coco lächelte. »Das ist das erste Mal, dass du so etwas sagst, Bruderherz. Bisher hast du mich doch immer für die durchgeknallte Irre gehalten.«

»Nein.« Er schüttelte den Kopf. »Wild ja, aber nicht durchgeknallt. Vermutlich hab ich dich immer darum beneidet, dass du einfach machst, was du willst.«

»Na ja«, sie setzte sich zu ihm auf die Couch, »vielleicht sah das so aus, aber es war nicht immer der Fall.«

»Ich wünschte, ich wüsste stets so genau wie du, was ich will und was nicht, Coco.« Er stellte sein Glas auf dem Couchtisch ab und fuhr sich mit den Händen durch die Haare. »Meistens tue ich, was ich für richtig halte. Aber ist das auch immer das, was ich will?« Auf einmal hatte er das Bedürfnis, seiner Schwester von Johanna zu erzählen, ausgerechnet seiner Schwester, die keinen Hehl aus ihrer Abneigung gegen Élodie machte und die ihm nie wirklich nah gewesen war. Bisher nicht, doch auf einmal fühlte er sich ihr auf neue Art verbunden. »Ich weiß es nicht.«

»Ach, ich glaube, das, was man will, ist meistens auch das Richtige. Es ist nur eine Frage, von welcher Seite aus man die Dinge betrachtet.«

»Ist das so?«

Sie schenkte Wein nach. »Das fühlt man doch. Du etwa nicht?«

Er konnte sich nicht durchringen. Etwas in ihm hielt die Worte zurück. »Wieso hast du seit Alexandres Unfall keine neue Beziehung mehr gehabt?«

Coco streckte die Beine aus. Fast sah es aus, als wollte sie ihn auf Abstand halten, als sei er ihr mit der Frage zu nahe getreten. »Ich kann nicht«, sagte sie leise.

Luc wusste nicht, was er darauf erwidern sollte. Das war nicht seine Schwester. Oder hatte sie sich ihm nur nie auf diese Art gezeigt? Ihre Abenteuerlust, ihre harte, toughe Art, war das alles nur eine Fassade, hinter der sie noch ganz andere, zartere Seiten von sich versteckte?

»Ich weiß, das Leben geht weiter, alles liegt noch vor mir. Ich weiß, ich müsste weitergehen. Aber ich kann nicht. Ich bin noch nicht so weit. Er fehlt mir so. An jedem einzelnen Tag.« Tränen glitzerten in ihren Wimpern.

»Wusstest du das schon, als Alexandre noch lebte? Als ihr zusammengekommen seid?«

»Dass er die Liebe meines Lebens ist?«

Luc nickte.

»Vom ersten Augenblick an.«

Er musste an Johanna denken, an jenen Moment, als sie zum ersten Mal vor ihm gestanden und ihn angesehen hatte. An den kräftigen Händedruck, die lebendigen Augen. »Hätte es damals irgendwas geändert, wenn er nicht von hier gewesen wäre, kein Sohn von altem Wein? Wärst du auch dann deinem Herz gefolgt, gegen die Familie gar?«

Coco musterte ihn intensiv. »Wer immer sie ist, Luc«, sagte sie schließlich, »du solltest um sie kämpfen.«

19

Johanna starrte auf den Posteingang, als wäre er ein Raubtier. Sie war versucht, die Mail einfach zu löschen. Ungelesen, unberührt sozusagen. Und dann im Notfall zu behaupten, sie hätte sie nie bekommen, die Mail müsste wohl auf ihrem Weg zu ihr an irgendeiner Stelle eine falsche Abbiegung genommen haben und nun irgendwo in den Weiten des Internets als Datenschrott herumtreiben. Klar, klang unglaublich plausibel.

Bedächtig legte sie ihre Hand auf die Maus und bewegte sie langsam, bis der Mauszeiger über der Nachricht schwebte. Man konnte das Ding ja auch noch löschen, nachdem man es gelesen hatte. Und auch dann immer noch behaupten, es hätte sie nie gegeben.

Johanna zögerte. Was konnte schon da drinstehen? Eine Lieferverzögerung? Eine Rechnung? Nein, es war kein Anhang an der Mail. Was sonst? Alles Wichtige kam eigentlich immer mit Anhang. Das Ding zu löschen konnte also kaum ein Verbrechen sein, oder doch?

Es war albern. Sie riskierte doch wegen solchen Unsinns nicht ihren Job, verdammt. Das war ja Kindergartengehabe. Beherzt klickte sie auf die Mail und überflog die Zeilen.

Grundgütiger, wenn sie das Ding gelöscht hätte! Sie wollte gar nicht erst darüber nachdenken, was dann passiert wäre. Musste sie auch gar nicht, denn ohne jeden Zweifel wäre die Konsequenz vernichtend gewesen.

Johanna las die Mail noch einmal in Ruhe. Das mit zwei Michelin-Sternen dekorierte Restaurant Facil hatte also bei Luc Béjart angefragt, weil sie Weine von ihm auf die Karte nehmen wollten. Und er hatte brav geantwortet, dass der Berliner Vertrieb über Le

Sang des Vignes lief. Nun sollte der Sommelier des Facil zu einer Verkostung kommen, bei der auch Luc anwesend sein wollte. Es ging darum, einen Termin zu finden.

Warum das? Was wollte Luc hier? Traute er ihnen nicht? Und wieso wollte er, dass ausgerechnet sie, Johanna, die Verkostung übernahm? Das war eine Nummer zu groß für sie, er wusste doch, dass so etwas nur die Chefin machte. Alles andere war doch auch kompletter Blödsinn. Johanna hatte schließlich gar nicht die Befugnisse, Konditionen und Rabatte mit dem Facil auszuhandeln, und darum ging es doch zum Schluss immer. Abgesehen davon hatte sie wirklich nicht das geringste Bedürfnis, diesem Kerl schon wieder über den Weg zu laufen. Wozu? Um die Wunde, die kaum zu heilen begonnen hatte, wieder aufzureißen? Fand er das etwa spaßig? Oder war es ihm völlig egal? Sie war doch kein Spielzeug. Dachte er etwa, er könnte sich hier mal eben einen netten Abend in Berlin mit ihr machen? Wenn das sein Plan war, dann hatte er sich mächtig geschnitten.

Johanna klickte auf *Weiterleiten* und gab die private Mailadresse von Cornelia Sommer ein. Dann schrieb sie ihrer Chefin noch ein paar Zeilen dazu und fragte, wann mit ihr wieder zu rechnen sei, so dass sie die Verkostung selbst leiten könnte.

Nicht mit mir, dachte sie grimmig, da musst du schon früher aufstehen, Monsieur Béjart.

»Berlin?« Élodies Augen begannen zu leuchten. »Na ja, es ist nicht Paris, aber es gibt dort diese ganzen Jungdesigner. Die wollte ich mir schon lange mal genauer ansehen. Wie lange bleiben wir?«

Luc sah auf und klappte den Ordner zu. »Wir?«

»Warte mal, welches Hotel sollen wir buchen? Das Adlon oder lieber das Hotel de Rome? Oder dieses neue in der alten City-West? Wo sagtest du noch, ist dieser Weinladen?«

»Élodie.« Luc faltete die Hände über dem Schreibtisch und beugte sich zu ihr vor.

»Was?« Sie war irritiert.

»Ich fahre allein.«

»Wie bitte?« Sie zuckte zurück.

»Du hast mich verstanden.«

Ihre Augen verengten sich. »Ich fürchte, du verstehst mich nicht, Luc.«

»So?«

»Wenn ich sage, ich komme mit, dann steht das nicht zur Diskussion.«

Für einen Moment war er baff. Was war das – eine Kriegserklärung? Dachte sie ernsthaft, sie konnte ihm etwas vorschreiben? »Bei allem Respekt, wie ich meine Dienstreisen durchführe, diese Entscheidung wirst du schon mir überlassen müssen.«

»Mein lieber Luc«, sie stand auf, stützte die zu Fäusten geballten Hände auf den Schreibtisch und lehnte sich ihm entgegen, »wenn du meinst, ich lasse dich allein durch die Weltgeschichte reisen und spiele hier das brave Heimchen am Herd, dann hast du dich getäuscht. Und zwar gewaltig.« Sie flüsterte fast, dennoch war die Drohung unverhohlen. »Ich bin eine Gascon und nicht irgendwer. Niemand, ich betone niemand, schreibt mir etwas vor. Ist das klar?«

Er wusste, er musste blitzschnell entscheiden, was jetzt das Richtige war, und die Konfrontation war es mit Sicherheit nicht. Ihm musste etwas einfallen, womit er sie überzeugen konnte hierzubleiben. »Ich bin der Letzte, der von einer Frau erwartet, dass sie das Heimchen am Herd spielt.«

»Dann ist das ja geklärt.« Sie wandte sich zum Gehen.

»Aber ich habe wirklich im Moment keine Zeit, die ich in Berlin oder sonst wo für einen Städtetrip vertrödeln könnte. Es macht also gar keinen Sinn, dass du mitkommst.«

»Wieso? Du fliegst doch bestimmt nicht morgens hin und abends zurück, oder?«

»Wenn es ginge, würde ich das tun.« Das war eine schamlose Lüge, wenn Élodie jedoch auf Krawall gebürstet war, heiligte der Zweck alle Mittel. »Aber da ich erst nach Lyon zum Flughafen muss, ist die Reisezeit zu lang.«

»Also?« In ihrem Blick lag die Herausforderung einer, die sich ihres Sieges gewiss war.

»Ich fahre von hier nach Paris, treffe dort einen Anwalt, der in Frankreich und China studiert hat, und bespreche mich mit ihm wegen der Angelegenheit mit diesem Li. Dann fliege ich nach Berlin, mache die Verkostung am Abend und fliege am nächsten Tag direkt zurück. Ich bin also keine zwanzig Stunden in der Stadt.«

»Ich sehe nicht, wo das Problem ist«, gab Élodie schnippisch zurück. »So eine Verkostung dauert maximal zwei Stunden. Ich kann derweil shoppen gehen, und dann treffen wir uns zum *Dîner* in einem der spannenden neuen Restaurants, die es in dieser Stadt gibt.«

»Vermutlich esse ich mit der Chefin vom Le Sang des Vignes. Das wird für dich höchstens langweilig.«

Sie studierte argwöhnisch sein Gesicht, als vermutete sie, darin etwas finden zu können, das ihr bisher verborgen geblieben war. »Warum werde ich das blöde Gefühl nicht los, dass du mich aus einem anderen Grund nicht dabeihaben willst, Luc?«

Er schüttelte den Kopf. »Das ist lächerlich, Élodie, und das weißt du.«

»So?« Sie klang spitz. »Wenn das so ist, dann macht es dir sicher nichts aus, dass ich trotzdem mitfahre.« Sie wirbelte auf dem Absatz herum und riss die Tür auf, um zu gehen. »Keine weiteren Diskussionen, *Chéri*.« Sie blies ihm eine Kusshand zu und knallte die Tür hinter sich zu.

Cornelia Sommer saß auf einem alten Weinfass, das lediglich zu Dekorationszwecken diente. Ihr mit einer Schiene versehenes Bein sah aus wie eine Apparatur, die nicht zu ihr gehörte. Sie hatte eine flauschige Strickjacke an, denn hier im Keller des Le Sang des Vignes, wo die teuren Schätze stumme Zuschauer der Verkostungen waren, war die Temperatur zu jeder Jahreszeit gleich kühl. »Ach, Frau Keppler, zünden Sie doch die Kerzen in den Laternen an. Das macht einfach eine schöne Atmosphäre. Wie viel Zeit haben wir noch?«

Johanna sah auf die Uhr. »Eine Viertelstunde.« Sie würde alles dafür geben, an jedem anderen Ort zu sein als hier. Selbst die Hölle würde sie nicht ausschlagen.

»Gut. Was meinen Sie, wird Monsieur Béjart zufrieden sein mit uns?«

»Keine Ahnung.« Johanna vergewisserte sich, dass sie keine der Laternen, die auf dem Boden und in leeren Fächern der Weinregale standen, übersehen hatte. Die flackernden Kerzen warfen Schatten auf die Backsteinwände des Kellers, als spielte das Licht mit Stein und Fuge. Auf dem Tisch hatte sie nach Sommers Anweisungen Gläser bereitgestellt. »Sollte ich nicht lieber Herrn Sommer im Laden helfen?«, unternahm sie einen letzten Fluchtversuch. »Heute ist besonders viel los, vermutlich wegen Ostern.«

Ihre Chefin zog elegant eine Augenbraue hoch. »Ich wüsste wirklich zu gern, warum Sie immer wieder damit anfangen. Man könnte meinen, Sie wollen Monsieur Béjart und seiner Verlobten auf keinen Fall begegnen.«

Konnte Sommer Gedanken lesen? Oder sah man es ihr etwa an? Das konnte ja heiter werden. Wenn ihr so offensichtlich auf der Stirn geschrieben stand, was sie bewegte, na dann, gute Nacht.

»Egal.« Sommer zupfte den Kragen ihrer Bluse zurecht. »Sie müssen dolmetschen.«

»Aber das kann doch die Sommelière vom Facil tun. Die spricht Französisch.«

»Frau Keppler«, Sommer wurde langsam ungeduldig, »das ist mir völlig schnuppe. Ich will, dass Sie übersetzen, denn Sie sind meine Mitarbeiterin und nicht Frau Schott. Außerdem sollen Sie lernen, solche Verkostungen durchzuführen, damit Sie das demnächst auch ohne mich tun können. Ich habe Sie nicht eingestellt, weil ich ein Kindermädchen brauche, sondern damit ich mich um bestimmte Dinge nicht mehr kümmern muss.« Sie rutschte vom Fass, wobei die Schiene gegen den Ring, der das Holz in Form hielt, stieß, was wie ein Ausrufezeichen hinter ihren Worten klang. »Und jetzt sollten Sie nach oben in den Laden gehen und unsere Gäste in Empfang nehmen. Ich warte hier.«

Frau Schott kam als Erste an. Johanna sah sie zwar aus dem Taxi steigen, erkannte sie jedoch nicht als Sommelière, bis sie schnurstracks auf die Ladentür zuging und hineinwirbelte. Sie war jung, in etwa Johannas Alter, trug Jeans, Cowboyboots und eine kurze Lederjacke. Mit ihren wehenden blonden Haaren und der Sonnenbrille auf der Nase hätte man sie locker für ein Model halten können. »Schott, vom Facil, freut mich!«, streckte sie Johanna ihre Hand mit einem entwaffnenden Lächeln entgegen. »Toller Laden.« Mit raumgreifenden Schritten trat sie zu Gustav Sommer und gab auch ihm die Hand. »Sie müssen entschuldigen, aber ich bin erst seit zwei Monaten in der Stadt, sonst hätte ich Sie längst ausfindig gemacht.«

»Ach«, gab der alte Herr mit einem Lächeln zurück, »Hauptsache, Sie haben uns überhaupt gefunden.«

Johanna mochte die junge Frau auf Anhieb. Sie war natürlich und auf eine angenehme Art offen. »Ist es Ihnen recht, wenn wir noch hier warten, bis Monsieur Béjart und Madame Gascon da sind?« Allein den Namen von Lucs Verlobter auszusprechen, verursachte Johanna fast Übelkeit. Vor ihrem inneren Auge sah sie die Elfe erscheinen in jenem eleganten cremefarbenen Abendkleid mit dem Rotweinfleck.

»Ja, klar.« Frau Schott schritt die Regale ab, nahm hier und da mal eine Flasche in die Hand. »Gute Auswahl.«

»Die wahren Schätze sind im Keller«, erklärte Johanna, »wo auch gleich die Verkostung stattfindet.«

»Ich bin gespannt.« Frau Schott blieb vor einer Kiste stehen, in der ein teurer Bordeaux lagerte. Sie strich mit zwei Fingern über das Etikett. »Hiervon würde ich nachher eine Flasche für mich privat mitnehmen. Geht das?«

Gustav Sommer kam hinter seinem Tresen hervor. »Ich packe sie Ihnen gleich ein und lasse sie auf dem Tresen stehen. Dann vergessen wir das nicht.«

Frau Schott reichte ihm die Flasche. »Lassen Sie mich auch am besten gleich bezahlen.«

In dem Moment hielt ein Taxi direkt vor dem Laden. Johanna hatte das Gefühl, den Boden unter den Füßen zu verlieren. Noch ehe sie jemanden aussteigen sah, wusste sie, dass es Luc und seine Verlobte sein mussten. Gleich würde sie dem Paar gegenüberstehen. Sie hoffte nur, dass sie nicht wieder die Sprache verlor.

Die Wagentür wurde geöffnet. Johanna wappnete sich innerlich für die Begegnung, damit sie die nächsten zwei Stunden überstände, ohne eine große Dummheit zu begehen oder zumindest etwas zu sagen, das sie den Job kosten könnte.

Zunächst wurde ein Männerbein aus dem Taxi geschwungen, das in einer schwarzen Hose steckte. Johanna war irritiert. Gebot nicht die Höflichkeit, dass die Frau auf der Seite des Wagens saß, die am Bordstein hielt?

In der nächsten Sekunde stand Luc auf dem Gehweg, nahm einen kleinen Trolley vom Taxifahrer entgegen und schritt dann auf den Laden zu. Johanna wusste nicht, was sie denken sollte.

»*Bonjour, mesdames.*« Er lächelte breit und streckte erst Johanna, dann Frau Schott seine Hand entgegen. »*Luc Béjart, enchanté de faire votre connaissance*«, begrüßte er die Sommelière.

»Wo haben Sie denn Madame Gascon gelassen?«, fragte Frau Schott ganz unbekümmert, was Johannas Herz zum Rasen brachte.

Sein Lächeln veränderte sich kaum bemerkbar. »Sie ist leider kurzfristig verhindert.«

Johannas und sein Blick trafen sich. Er hielt ihren gefangen, und es fühlte sich an, als wollte er ihr etwas sagen, ohne es aussprechen zu müssen. Aber vermutlich bildete sie sich das nur ein.

»Schade.« Frau Schott schien ehrlich enttäuscht. »Ich hatte so gehofft, jemand aus der Domaine des berühmten Montrachet kennenzulernen.«

»Ich kann sicher einen Kontakt herstellen«, bot Luc an.

»Sollen wir dann in den Keller zur Verkostung gehen?«, fand Johanna ihre Sprache nur mit Mühe wieder.

20

»Dann muss ich mir wohl keine Sorgen machen, wenn du heute Nacht nicht nach Hause kommst.« Lucie Goldmann lehnte im Türrahmen und grinste verschmitzt.

Johanna wirbelte herum und stolperte über den Stapel Sachen, den sie innerhalb der letzten halben Stunde vor dem offenen Kleiderschrank angehäuft hatte. »Was? Wie kommst du denn darauf?«

Lucie zuckte die Schultern. »Ach so, entschuldige, ist mir nur noch nie aufgefallen, dass du eine Modenschau veranstaltest, bevor du essen gehst. Aber ich kenne dich ja auch erst seit gestern.«

»Ach, Lucie, ich gehe doch nicht in die Pizzeria um die Ecke, sondern zu einem Geschäftsessen ins Facil.«

»Verstehe.« Lucie zog die Stirn kraus und nickte bedächtig. »Das kleine Schwarze mit dem Schlitz, das du gerade anhast, das ist genau das Richtige für ein *Geschäftsessen.*« Sie dehnte das letzte Wort genüsslich. »Schon wegen des Dekolletés. Ich würde noch eine Kette anlegen und ein bisschen mehr Make-up auftragen, dann wirkt es noch seriöser.«

Johanna rollte mit den Augen. »Soll ich im Sack gehen, oder was?«

Lucie hob die Hände zu einer Geste der Abwehr. »Von mir aus kannst du machen, was du willst. Ich amüsiere mich nur darüber, dass du nicht zugeben willst, dass dieser Franzose dein Herz gestohlen hat.«

»Hat er nicht.«

»Ach so? Und wen willst du dann verführen? Oder ist das ein Wettkampf mit seiner Verlobten?«

»Die ist gar nicht mitgekommen.«

Lucie lachte lauthals los. »Soso«, gluckste sie schließlich, als sie sich gefangen hatte.

»Was soll das jetzt wieder heißen?« Johanna stemmte die Hände in die Hüften. Manchmal konnte Lucie sie wirklich zur Weißglut bringen.

»Nichts. Ich glaube, ich lass dich mal lieber allein.« Schon huschte sie in ihr Arbeitszimmer.

Johanna starrte auf die Tür, die hinter Lucie ins Schloss gefallen war. Okay, vielleicht suchte sie wirklich nach einem Outfit, das sie besonders begehrenswert erscheinen ließ. Aber bestimmt nicht, um Luc zu verführen. Wenn überhaupt, dann nur, um ihm zu zeigen, dass sie auch einiges zu bieten hatte – wenn auch keinen verdammten Weinberg.

Das Essen verlief unspektakulär. Cornelia Sommer war so redselig, dass Johanna kaum zu Wort kam, erst recht nicht, nachdem sie sich bereits bei der Vorspeise darauf geeinigt hatten, die Konversation auf Englisch zu führen, damit das leidige Übersetzen entfallen konnte. Ihre Chefin und Luc schienen sich blendend zu verstehen, und je länger sie sich unterhielten, desto mehr Gemeinsamkeiten entdeckten sie: Von der Begeisterung für Tennis über die Liebe zum französischen Film noir und italienischen Valpolicella bis hin zu den diversen Weinbaugebieten, die beide weltweit besucht hatten, schienen sie das perfekte Paar abzugeben. Johanna kam sich daneben wie eine graue Maus vor. Da halfen auch ihr Kleid und der blutrote Lippenstift nicht, nicht einmal das Lob der Sommelière, nachdem Johanna als Erste die Vanillenote im Valpolicella, der einem Pinot Noir sehr nahe kam, entdeckt hatte.

»Nach dem Espresso muss ich wirklich ins Bett«, sagte Sommer mit glühenden Wangen und bedeutete dem Kellner, dass er die Rechnung bringen möge. »Kann ich Sie beide noch ein Stück im Taxi mitnehmen?«

»Nein, danke, ich nehme die U-Bahn«, sagte Johanna. Sie brauchte frische Luft und Bewegung, um ihre Gedanken zu sortieren. Außerdem wollte sie nicht länger als nötig in Lucs Gegenwart bleiben. Der nahm sie ohnehin nicht wahr, was ihr Motivation genug sein sollte, ihn über kurz oder lang aus Kopf und Herz zu verbannen. Er hatte offensichtlich keinerlei Interesse an ihr, also hatte er in ihrem Leben auch nichts verloren.

»Ich denke, ich gehe ein Stück zu Fuß«, sagte er mit einem charmanten Lächeln.

Frau Schott trat zu ihnen, zog einen freien Stuhl vom Nachbartisch heran und setzte sich. Ihre Haare waren nun zu einem eleganten Chignon aufgerollt, und sie trug einen schwarzen Hosenanzug mit weißer Bluse. »Ich hoffe, es hat Ihnen geschmeckt? Die Rechnung geht selbstverständlich aufs Haus.«

Cornelia Sommer protestierte, ließ sich jedoch bald von der Sommelière umstimmen. »Hervorragende Küche«, betonte sie noch.

»Ich werde das Kompliment an die Küche weiterreichen.«

»Alles Weitere klären Sie in Zukunft am besten direkt mit Frau Keppler.«

»Sehr gern.« Frau Schott wünschte allen noch eine gute Nacht und ging dann zu einem anderen Tisch.

Vor dem Restaurant wartete bereits das Taxi auf Sommer. Johanna verabschiedete sich von ihrer Chefin und Luc und marschierte los. Sie konnte nicht sagen, ob die Nacht besonders kühl war oder es ihr nur so vorkam, weil es im Facil recht aufgeheizt gewesen war, auf jeden Fall fröstelte sie und zog daher ihre Jacke enger um sich. Bei jedem Schritt war sie sich bewusst, dass sie mehr und mehr Entfernung zwischen sich und Luc legte.

Luc sah ihr nach. Eine einsame Silhouette, die mit dem fahlen Licht der Straßenlaternen verschmolz. Bei jedem ihrer Schritte knallten die Absätze aufs Pflaster, als wollte sie unterstreichen, wie entschlossen sie fortging, ihn einfach stehenließ, als hätte es diese Nacht nie gegeben, als hätte sie seine Blicke während des *Dîners* nicht gespürt.

Es war vernünftig, hier und jetzt umzudrehen, in die andere Richtung zu gehen, eine Grenze zu ziehen, die ihn für immer von ihr trennen würde. Es war vernünftig und seine verdammte Pflicht.

Es ging nicht allein um ihn und sie, zumindest nicht nur. Für wen hielt er sich, die Traditionen, die Familie hintergehen zu wollen für ein Gefühl, das keine Sicherheit bot, das vielleicht nicht einmal Bestand hatte? Wie konnte er es wagen, auch nur eine Sekunde lang darüber nachzudenken?

Wäre es das wert? Dass er wegen dieser Leidenschaft alles wegwarf, was ihn ausmachte und was ihm teuer war? Wäre es Verrat?

Luc schob die Hände in die Hosentaschen und drehte sich um. Er wusste gar nicht, warum er sich überhaupt den Kopf zerbrach. Johanna wollte ihn doch gar nicht. Sonst würde sie doch nicht einfach so gehen, ohne ein Wort, und ihn hier stehenlassen wie einen vergessenen Regenschirm.

Élodie, sie war seine Zukunft. Er hatte ihr ein Versprechen gegeben. Das brach man nicht einfach so, als wenn es nichts wert wäre.

An der nächsten Straßenecke blieb er stehen. Aber was, wenn er sie nicht würde vergessen können, wenn dieses große Gefühl ihn nie mehr verließe? Gab es das, einen Menschen, der einen komplettierte, ohne den man sich den Rest seines Lebens nicht mehr vollständig fühlte? Der einem mehr bedeutete als alles auf der Welt? Als das eigene Leben?

Und wenn nur halb die Chance bestand, dass so etwas möglich war, warf man das dann weg? Würde er es für immer bereuen? Es gab nur einen Weg, das herauszufinden.

Johanna musste Luc irgendwie aus ihren Gedanken vertreiben. Das konnte doch nicht so schwer sein. Bei allen anderen Männern hatte es auch funktioniert. Immer, wenn sie merkte, dass einer ihr nicht guttat oder sie daran hinderte, ihren Weg zu gehen, hatte sie beschlossen, nicht mehr verliebt zu sein. Und es hatte funktioniert, tadellos. Aber auf einmal gelang ihr das nicht mehr, was gerade in Bezug auf Luc völlig absurd war.

Was wollte sie denn mit einem Mann wie ihm überhaupt? Wollte sie in der französischen Pampa leben, Kinder kriegen und ihre Ambitionen aufgeben? Alles, was sie sich für ihre Zukunft vorgestellt hatte, über den Haufen werfen? Wohl kaum. Dann hätte sie ja gleich den Weg einschlagen können, den ihre Eltern für sie vorgesehen hatten.

»Und ich dachte schon, ich finde dich nicht mehr.«

Johanna fuhr herum. »Bist du wahnsinnig, mich so zu erschrecken?« Sie war so in Gedanken gewesen, dass sie ihn gar nicht hatte kommen hören. Und egal, was sie eben noch gedacht und beschlossen hatte, hier und jetzt geriet ihr Herz ins Stolpern, und eine wohlige Wärme breitete sich in ihr aus.

»Entschuldige. Ich wollte nicht ...«

»Schon gut.« Mit harschem Ton versuchte sie zu verbergen, wie froh sie war, dass er ihr gefolgt war. »Was willst du überhaupt?« Sie wandte den Blick ab und ging weiter. Vereinzelte dicke Regentropfen landeten auf ihrem Gesicht. Sie ignorierte sie und hoffte, dass nicht gleich ein richtiger Regenguss einsetzen würde. Der U-Bahnhof lag noch ein ganzes Stück die Straße herunter, und außer Hauseingängen gab es nichts, wo man sich unterstellen konnte. Das Letzte, was sie gebrauchen konnte, war ein Zwangsaufenthalt mit Luc in einem dunklen Eingang. »Wieso bist du nicht mit Frau Sommer im Taxi mitgefahren?«

»Weil ich mit dir reden wollte.«

Ihre Arme berührten sich leicht, und Johanna hatte das Ge-

fühl, als jagte jemand eine Dosis Starkstrom durch ihren Körper.
»Worüber denn?« Ein Auto fuhr im Schritt-Tempo die Straße entlang, vermutlich war der Fahrer auf der Suche nach einem Parkplatz.

»Über uns.« Luc hielt sie am Arm und zwang sie, stehen zu bleiben. »Über dich und mich.«

Sie sah ihn an und wusste nicht, was sie sagen sollte.

Im Haus gegenüber machte jemand im ersten Stock Licht an und gleich wieder aus. Aus einer undefinierbaren Richtung wehte leise Musik herüber. Irgendwo fiel eine Tür ins Schloss.

Er legte ihr die Hände auf die Schultern, als schwankte er, ob er sie in seine Arme ziehen sollte oder nicht. »Ich kann dich nicht vergessen«, sagte er, und seine Stimme klang auf einmal rau.

»Aber ...«

»Nichts aber«, ließ er sie nicht weitersprechen, zog sie an sich und küsste sie.

Ein schmaler rötlicher Streifen am nachtschwarzen Himmel verkündete das Nahen des neuen Tages. Johanna lag still und starrte aus dem Fenster in die Dunkelheit. Sie fragte sich, wie es kam, dass der Mangel an Licht den Dingen alle Farbe stahl, und konnte sich nur nebulös an lange vergangene Biologiestunden erinnern, in denen es um Sehnerven und Rezeptoren gegangen war.

Lucs Atemzüge waren ein wallender warmer Hauch an ihrer nackten Schulter. Sie spürte seine starken Arme, die sie umfangen hielten, seine Brust an ihrem Rücken, sein Bein, das schwer über ihrem ruhte, und wünschte, dieser Moment würde nie vorübergehen. Aber so lief das nicht, nicht einmal im Kino.

Es war ein Fehler, dass sie hier war. Doch als er sie gestern geküsst hatte, mitten auf dieser Straße im Regen, hatte sie keine Wahl gehabt. Umso wichtiger schien es, das Zepter wieder in die Hand zu nehmen, ehe der Morgen sie einholte.

Vorsichtig versuchte Johanna, sich aus seiner Umarmung zu wickeln. Die gestärkte Bettwäsche knisterte bei jeder ihrer Bewegungen.

»Wo willst du hin, schöne Frau?« Luc klang noch verschlafener, als er aussah. »Wie spät ist es überhaupt?«

Johanna schlang die Bettdecke um sich und setzte sich auf. »Schlaf weiter.«

»Nur, wenn du sofort zurückkommst.« Er streckte ihr die Arme entgegen.

»Nein, Luc, ich muss nach Hause. Mich umziehen.«

»Jetzt?«

Sie stand auf und wusste nicht so recht, wie sie es ins Badezimmer schaffen sollte, ohne über die Bettdecke zu fallen. Wie machten die das im Film nur? »Ich kann unmöglich im kleinen Schwarzen arbeiten gehen.« Sie wagte einen Schritt und blieb stehen. So ging das nicht.

»Schon klar.« Er stützte den Ellenbogen auf, legte den Kopf in seine Hand und sah sie mit großen Augen an. »Aber musst du deshalb mitten in der Nacht verschwinden?«

Johanna raffte die Bettdecke erneut, trippelte zum Fenster und blickte hinaus. Unter ihr lag der Potsdamer Platz. Das Dach des Sony Centers wirkte wie ein leuchtendes Zirkuszelt. Der Tiergarten war eine schwarze Schneise quer durch die funkelnde Stadt. »Es ist besser, wenn ich jetzt gehe.« Sie drehte sich zu ihm um, auch wenn das Reden dann schwerer wurde. »Ich meine ... Was soll das werden mit uns? Du bist verlobt. Ich tauge nicht zur Nebenfrau. Was machen wir hier überhaupt?«

Luc setzte sich auf. »Willst du alles hinwerfen, ehe wir überhaupt begonnen haben? Das kann nicht dein Ernst sein.«

»Luc, ich habe weder Zeit noch Nerven für irgendwelche Spielchen. Ich ...«

»Ich werde Élodie nicht heiraten, Johanna.«

»So?« Ihr gingen schlagartig die Argumente aus.

»Ich liebe sie nicht. Hab ich nie getan.«

»Das fällt dir jetzt auf?«

»Ja.« Er wirkte wie ein kleiner Junge, der gerade mit der Hand im Bonbonglas erwischt worden war.

»Ach so?« Irgendwie machte das alles noch schlimmer. »Und jetzt denkst du, dass du vielleicht mich liebst? Und wenn die nächste Weinkönigin vorbeikommt, fällt dir dann auf, dass du eigentlich die liebst?« Sie trat nach der Bettdecke, die sich um ihre Füße gewickelt hatte. »Vielleicht wirst du erst mal erwachsen.« Endlich von der Decke befreit, marschierte sie mit großen Schritten ins Bad und schmiss die Tür hinter sich zu.

»Johanna!« Luc trommelte gegen die Tür. »Was zwischen uns ist, ist etwas Besonderes – daran glaube ich. Und ich hatte gehofft, dass du das ebenfalls glaubst und dass ich mit dir all das besprechen, einen Weg für uns suchen kann.«

Sie riss die Tür auf. »Kannst du auch, Luc, allerdings nicht, wenn du meinst, ich bin dein Spielzeug.« Als sie ihm in die Augen sah, spürte sie, wie sich ihre Wut auflöste. Er sah so verletzt aus.

»Wie kannst du das nur von mir denken?« Er wandte sich ab, ging zurück zum Bett und setzte sich.

»Was soll ich denn denken?«, fragte sie. »Alles, was ich bisher von dir gehört habe, war, dass du standesgemäß heiraten musst. Dass bei euch alles nach Tradition und weiß der Geier wonach noch geht. Wo bitte soll ich da reinpassen?«

»Johanna, ich habe schon viel verändert. Ich bekomme das auch noch hin. Es dauert nur seine Zeit.«

»Soll heißen?«

»Zunächst müssen wir beide uns doch sicher sein, ob wir zusammen sein wollen. Und wie – immerhin leben wir in zwei verschiedenen Ländern. Niemand kann so etwas von heute auf morgen entscheiden. Gib uns doch erst einmal die Möglichkeit, uns besser kennenzulernen. Der Rest findet sich dann.«

»Aber wie soll das gehen? Wie sollen wir uns zwischen Berlin und Beaune begegnen?« Überzeugt war sie nicht gerade.

»Du könntest zum Beispiel über die Osterfeiertage nach Lyon kommen. Da findet dort ein Jazzfest statt, zu dem wir gemeinsam gehen könnten – ohne dass wir meiner Familie über den Weg laufen. Das wäre ein Anfang, oder nicht?«

Johanna wusste nicht, ob sie sich darauf einlassen sollte. Egal, was sie für ihn empfand, diese ganze Beziehung schien ihr, wenn man die Umstände genau betrachtete, wie ein Schloss, das auf Treibsand gebaut wurde. Aber gut, im Grunde war es schon zu spät. Vielleicht sollte sie ihm eine Chance geben?

Er stand auf, kam auf sie zu und legte seine Hände auf ihre Schultern. »Was hast du zu verlieren? Ist es nicht wenigstens einen Versuch wert?«

»Okay«, gab sie nach und schwor sich, dass sie ihn zum Mond schießen würde, wenn er nicht umgehend diese blöde Verlobung löste.

21

»Wie soll ich das bitte verstehen? Zu Ostern willst du auch nicht kommen?« Johannas Mutter war der Ärger deutlich anzumerken. »Wird sich das Fräulein überhaupt noch einmal herbequemen, oder sind wir nicht mehr gut genug für dich?«

Johanna hätte am liebsten auf der Stelle aufgelegt. Nur die Gewissheit, dass sie sich dann beim nächsten Telefonat mindestens eine Viertelstunde lang Schimpftiraden würde anhören müssen, hielt sie davon ab. »Ich verstehe deine Aufregung nicht, Mama, gerade du müsstest verstehen, dass Arbeit vorgeht.«

»Ach so? Du warst zu meinem Geburtstag nicht hier. Du hattest in den Wochen danach stets irgendeine Ausrede, warum du nicht kommen konntest. Und jetzt geht es zu Ostern schon wieder nicht. Hast du eine Ahnung, wie sich das anfühlt?«

»Du weißt genau, dass ich fast jeden Samstag arbeiten musste. Und seit Wochen tust du, als würde ich das nur tun, um dich zu ärgern. Oder gar, als würde ich das nur behaupten. Hast du mal darüber nachgedacht, wie ich mich fühle, wenn du mir so etwas unterstellst?« Johanna fühlte sich schlagartig wieder wie das kleine Kind, das sich für etwas rechtfertigen musste, woran es gar keine Schuld trug. Ihre Mutter schaffte es immer wieder, sie mit nur wenigen Sätzen in diese Rolle zu drängen. Sie hasste das. »Und Ostern habt ihr doch sowieso das Haus voll.«

»Eben. Wir könnten eine zusätzliche Hand gut gebrauchen. Aber dafür ist das Fräulein sich ja zu schade.«

»Das ist nicht wahr.«

»So?«, fragte ihre Mutter spitz. »Wann hast du uns das letzte Mal zu Feiertagen oder in der Hochsaison geholfen? Ich kann mich nicht erinnern. Im Gegenteil. Im letzten Sommer hast du den ganzen lieben langen Tag nur am Strand gelungert, und das, obwohl hier die Luft gebrannt hat.«

»Das waren meine Ferien, verdammt.«

»Ferien?« Ihre Mutter spuckte das Wort so verächtlich aus wie ein Stück gammeligen Fisch. »Hast du uns mal gefragt, wann wir zum letzten Mal Ferien gemacht haben?«

Johanna schloss die Augen und versuchte, ruhig durchzuatmen. Vor ihren Lidern tanzten wütende Lichtpunkte. Es war immer das Gleiche, seit sie denken konnte. Und sie hatte es ein für alle Mal satt. »Wofür soll ich denn überhaupt zu euch kommen?«, fauchte sie ins Telefon. »Damit ihr eine billige Arbeitskraft habt? Zum Reden ja wohl nicht. Oder wann hast du dich das letzte Mal dafür interessiert, wie es mir damit geht, dass ihr immer nur auf mir herumhackt?«

»Wie redest du denn mit deiner ...«

»Du hörst dir das jetzt einmal in deinem Leben an, denn darum ging es doch immer nur«, fiel sie ihrer Mutter ins Wort. »Schon als Kind musste ich eure Gäste bewirten. Und als ich das nicht mehr mitmachen und mich auch mal mit Freundinnen treffen wollte, anstatt immer nur in der Pension zu helfen, da habt ihr mich ins Internat gesteckt. Selbst wenn ich in den Ferien nach Hause kam, musste ich Zimmermädchen spielen oder Kellnerin oder Barfrau.«

»Johanna!«

»Nein, du hörst dir das jetzt bis zum Ende an, oder ich rede nie wieder ein Wort mit dir.« Sie wusste nicht, ob sie das wirklich ernst meinte, aber im Moment war das völlig egal. Die jahrelang geschluckte Wut, die wie ein Betonklotz in ihrem Magen lag, musste endlich raus. »Nie wart ihr für mich da. Immer kamen die Gäste zuerst. Ich hatte keine Eltern. Ich hatte Pensions- und Restaurantbesitzer, die mich, ohne mit der Wimper zu zucken, versklavt haben. Ich durfte nicht mal bei der Auswahl des Internats mitreden. Dich hat es doch nicht ein bisschen gekümmert, dass ich gern auf eine künstlerisch orientierte Schule gegangen wäre. Nein, du hast mich, ohne zu fragen, in dieses naturwissenschaftliche Internat gesteckt. Und da erwartest du ernsthaft, dass ich euch mit Freuden besuche? Wofür? Um für euch zu arbeiten? *Mich* wollt ihr doch gar nicht sehen.«

»Das ist nicht wahr, Johanna«, protestierte ihre Mutter schwach.

»Wenn du die Dinge auch nur für einen Moment mit meinen Augen sehen würdest, dann würdest du das nicht sagen, Mama. Ihr habt nicht einmal Weihnachten mit mir gefeiert. Nie – weil immer die Gäste versorgt werden mussten und ein schönes Fest haben sollten. Ob ich gern ein paar Geschenke ausgepackt hätte oder mir gewünscht habe, dass jemand mit mir spielt, das war euch doch völlig egal.«

»Du weißt genau, dass die Pension vorgeht.« Ihre Mutter bekam diesen vorwurfsvollen, herrischen Ton. »In einer Familie zieht man an einem Strang. Ich weiß nicht, woher du das hast, dass du immer eine Extrawurst gebraten haben willst.«

»Familie?« Johanna spürte, wie es in ihren Augen anfing zu brennen und in der Nase kribbelte. »Ich weiß nicht, was Familie wirklich bedeutet oder wie es in einer Familie sein sollte, aber wenn es so ist, wie du meinst, dann kann ich darauf verzichten.« Sie drückte mit solcher Wucht auf den Knopf zum Auflegen, dass sich die weiche Gummitaste verkantete und in der Schale hängenblieb. »Auch das noch«, schluchzte sie.

Luc stellte den zweiten Kasten Mineralwasser in die Kammer und schloss die Tür. »Das sollte über die Feiertage und auch noch für die Woche danach reichen«, sagte er zu seiner Großmutter, als er ins Wohnzimmer trat.

»Und wenn nicht, können ich oder Michel noch etwas einkaufen.« Anne Béjart stellte die Gläser, die sie abgewaschen hatte, in die Vitrine.

»Gute Güte«, protestierte Cathérine, »behandelt mich nicht wie eine Behinderte. Ich kann sehr gut selbst zum Supermarkt fahren.«

Luc und seine Mutter wechselten einen Blick. Sie hatten sich vor langer Zeit darauf geeinigt, die alte Dame nicht mehr allein einkaufen gehen zu lassen, seit sie dabei auf einer Eisplatte auf dem Parkplatz ausgerutscht war und sich den Fuß verknackst hatte.

»Kannst du, musst du aber nicht«, sagte Anne und schloss die Türen der Vitrine.

»Ich hoffe, Ostern ist es endlich warm genug, dass wir draußen sitzen können.« Cathérine legte die Hände in den Schoß und sah aus dem Fenster, als könnte sie besseres Wetter herbeischauen. Seit Tagen schon nieselte es, und die Temperaturen kletterten kaum über fünfzehn Grad. »Viel Hoffnung habe ich nicht«, sagte sie mit einem Seufzer.

»Michel hatte die Idee zu grillen.« Anne schüttelte den Kopf. »Das fällt wohl im wahrsten Sinne des Wortes ins Wasser.«

»Kommen Stéphane und Cécile auch?«, wollte Cathérine wissen.

»Natürlich.« Anne besah sich die Blumen auf der Anrichte genauer, rümpfte die Nase und nahm schließlich die Vase hoch. »Die brauchen frisches Wasser.«

»Ich bin dieses Jahr zu Ostern nicht hier«, ließ Luc die Bombe platzen.

»So?« Seine Großmutter warf ihm einen strengen Blick zu. »Ich hoffe, dafür gibt es eine gute Erklärung.«

Anne rollte die Augen, als sie an Luc vorbei Richtung Küche ging, und zuckte die Schultern.

»In Lyon findet ein Jazzfest statt.« Luc fragte sich, ob es der richtige Zeitpunkt war, die viel größere Bombe platzen zu lassen.

»Keith Jarrett wird auftreten. Noch ein paar andere Größen. Musiker wie Diana Krall, Wynton Marsalis. Das will ich auf keinen Fall verpassen.«

»Aber Lyon ist doch nicht weit«, ließ Cathérine nicht locker. »Wieso fährst du nicht zu den Konzerten, die dich interessieren, und verbringst Ostern mit der Familie, wie es Brauch ist? Die werden doch kaum schon vormittags auftreten, oder?«

»Nein, aber um hin- und herzufahren, ist Lyon zu weit entfernt. Man braucht immerhin fast zwei Stunden mit dem Auto.« Das Wasserrauschen aus der Küche verstummte.

»Mach ruhig«, sagte Anne und stellte die Vase wieder auf der Anrichte ab, »Ostern findet schließlich jedes Jahr statt.«

»Was sagen die Gascons dazu?«

Luc überlegte fieberhaft, wie er das Thema schnellstmöglich wechseln konnte. »Ich mache es wieder gut, Mamie, und besuche dich, sobald ich zurück bin. Wir könnten essen gehen, wenn du magst.«

»Fährt Élodie etwa nicht mit?«, ließ die alte Dame sich nicht beirren.

Luc sah von seiner Großmutter zu seiner Mutter und hatte das Gefühl, auf der Anklagebank gelandet zu sein. Beide Frauen musterten ihn skeptisch, als könnten sie auf einmal Gedanken lesen. »Ich werde sie nicht heiraten.«

Es wurde still im Raum. Gerade so, als hätte er etwas mit Konsequenzen verkündet, die weit über das zu erwartende gesellschaftliche Getratsche in den Weinhäusern der Region hinausgehen würden. »Ich liebe sie nicht«, erklärte er in dem bedrückenden Gefühl, sich rechtfertigen zu müssen.

»Wie hat sie reagiert?« Anne hielt die Hände vor dem Bauch gefaltet und rieb mit dem linken Daumen den rechten.

Luc lehnte sich gegen das Fensterbrett, als könnte es ihm Halt geben. »Sie weiß es noch nicht.«

»Und das fällt dir jetzt auf einmal auf? Ein paar Monate vor der Hochzeit?« Die Stimme seiner Mutter klang blechern. Man konnte nicht sagen, ob sie ihm Vorwürfe machte oder schockiert war oder beides. »Luc, wirklich …« Sie hob die Arme und ließ sie wieder fallen.

»Besser jetzt als auf dem Weg zum Standesamt«, wandte Cathérine ein.

»Ich weiß, du warst von Anfang an gegen diese Verbindung. Ich habe nur nie verstanden, warum.«

Luc sah von seiner Großmutter zu seiner Mutter und konnte sich des Eindrucks nicht erwehren, dass die beiden dieses Thema hinter seinem Rücken zur Genüge diskutiert hatten.

»Als ob du Élodie für geeignet gehalten hättest.« Cathérine schüttelte den Kopf. »Das junge Ding hätte nie deinen Platz einnehmen können, Anne, und das weißt du.« Sie schaute Luc ernst an. »Ich hoffe nur, du wählst eine passende Frau. Eine, die die Qualitäten der Béjarts in sich trägt. Eine, die die Domaines führen kann wie deine Mutter.«

»Kannst du mir jetzt endlich mal zuhören, bitte?« Luc war versucht, Élodie an den Händen zu packen und am Stuhl hinter ihrem Schreibtisch anzubinden.

Sie sah für einen Augenblick irritiert hoch und fuhr dann fort, Namen auf einer Liste zu notieren. »Ich muss hiermit fertig werden. Und du hast mir immer noch nicht alle Namen genannt.«

»Das ist auch nicht nötig.«

Élodie hielt mitten im Wort inne und sah auf. »Wie bitte?«

»Wir versenden keine Einladungskarten.«

»Also, Luc, wirklich …« Sie lachte trocken und schüttelte den Kopf. »Ich weiß ja, dass du es gern etwas unkonventionell magst, aber man kann doch nicht telefonisch oder gar per E-Mail zur Hochzeit einladen.«

»Élodie«, er sah sie eindringlich an, »es wird keine Hochzeit geben.«

Sie wurde blass, die weiße Haut noch durchsichtiger als sonst, die Lippen seltsam farblos. Sie erstarrte, nur unter dem linken Auge zuckte ein Muskel, als wollte er nicht gehorchen. Luc konnte kaum glauben, dass sie so kontrolliert reagierte. »Wann bist du zu diesem Schluss gekommen?« Ihre Stimme war fest und schien nicht einen Moment lang zu brechen.

»Vor ein paar Tagen.« Er zog einen Stuhl vor und setzte sich rittlings darauf. Ihr kleines Arbeitszimmer wirkte plötzlich noch winziger, geradezu beklemmend, als ob die Wände sich auf ihn zubewegten. Plötzlich war ihm kalt in der eisigen Stille, die sich über sie gelegt hatte, nur durchbrochen vom leisen Getrommel der Regentropfen auf das Fensterbrett.

»Wer ist sie?« Élodie legte ihren Stift so langsam auf der Tischplatte ab, dass es fast kein Geräusch machte.

»Wenn du mir alle Informationen gibst, übernehme ich es gern, alles abzusagen, was bereits gebucht ist«, versuchte er, ihrer Frage auszuweichen.

»Wer?« Élodie ließ sich nicht beirren.

»Tut das etwas zur Sache?« Luc stand langsam auf.

»Ich denke schon.« Sie erhob sich ebenfalls und kam hinter dem Schreibtisch vor. »Abgesehen davon werde ich es sowieso herausfinden.« Sie trat so dicht vor ihn, dass er ihren Atem auf seiner Wange spüren konnte. »Ich denke, es ist besser, du gehst jetzt.« Sie ging an ihm vorbei und hielt ihm die Tür auf.

22

Die Luft war wie Seide und voller Gerüche, die einen vergessen ließen, dass das Frühjahr gerade erst begann. Johanna schloss die Augen und hielt ihr Gesicht in die sanfte Abendsonne. Ein paar Vögel zwitscherten so vergnügt, dass man meinen konnte, die ganze Lebenslust der Stadt in ihrem Gesang vernehmen zu können.

Luc trat hinter sie und legte seine Arme um sie. Sie hatte ihn spüren können, noch ehe er da war. »Dieser Blick ist herrlich. Ich wusste gar nicht, dass Lyon so schön ist.«

Johanna blinzelte in die tiefstehende Sonne. Unter dem Fenster ihres Zimmers in der Villa Florentine, einem Fünfsternehotel, lagen die Dächer und Gassen der Altstadt, aus deren Mitte sich die Türme der Cathédrale Saint-Jean-Baptiste majestätisch in den Himmel reckten. Im Abendlicht wirkten die Dächer roter, die Hauswände brauner. Nur die fernen Silhouetten der Hochhäuser am Rand der Altstadt erinnerten daran, dass die Zeit auch hier vorangeschritten war.

»Es ist wirklich wunderschön hier«, sagte sie und meinte damit mehr als den Ausblick. »Ich mag gar nicht daran denken, dass unsere Zeit fast vorbei ist.«

Luc drückte sie an sich, als könnte er so den Moment festhalten. »Noch ist sie es nicht. Denk also einfach nicht daran.«

»Ich würde gern noch einmal in diese kleine Bar gehen. Wo wir am ersten Abend waren.«

»Wo wir getanzt haben?« Er wiegte sie ein wenig hin und her, als wären sie wieder in dem kleinen Lokal mit den vielen Bildern an den Wänden, das so überfüllt gewesen war, dass man kaum hatte atmen können. Das Leben hatte man dort spüren können, unvermittelt und mit Wucht, während sie mitten zwischen all den

Menschen gedrängt getrunken und geredet hatten. »Können wir machen, nach dem Keith-Jarrett-Konzert.«

»Hast du es ihnen eigentlich gesagt – deinen Eltern und ihr?« Die ganze Zeit hatte Johanna das wissen wollen und sich doch nicht getraut, mit dem Thema anzufangen. Sie hatte zu große Angst gehabt, den Zauber der gemeinsamen Tage zu zerstören. Doch jetzt war das Bedürfnis nach Gewissheit zu groß.

»Dass ich Élodie nicht heirate? Ja. Aber von dir hab ich noch nichts erzählt.«

Johanna war erleichtert, aber auch ein bisschen enttäuscht. »Warum nicht?« Wollte sie es wirklich wissen? Nein, doch sie musste. Man kam schließlich um die Wahrheit nie herum, und aller Erfahrung zufolge schien es besser, ihr eher früher als später ins Gesicht zu sehen.

»Ich dachte, wir waren uns darüber einig, dass wir uns erst sicher sein wollten?«

»Sind wir das jetzt?«

»Bist du es denn, *mon trésor*?«

Trésor? Johanna wusste nicht, ob es ungewöhnlich war, dass er sie so nannte. *Chérie*, das war ein übliches Kosewort, da war sie sicher, aber »*mon trésor*«, das hatte sie noch nie gehört. Es klang bedeutungsvoller. Die letzten Tage flogen an Johanna vorbei. Wie sie Hand in Hand durch Lyon gestreift waren, in Straßencafés gesessen hatten, Konzerte besucht, geredet, gelacht und sich nächtelang geliebt hatten. Trotzdem hatte sie das Gefühl, noch immer kaum etwas über diesen Mann zu wissen. Und doch schien ihr Herz sich entschieden zu haben, ohne einen Blick für die Komplikationen, ohne auch nur einen Moment lang auf den Verstand zu hören. »Schon«, gab sie zögerlich zu, »ich weiß nur nicht, wie das alles gehen soll.«

»Das findet sich.« Luc küsste sie auf den Kopf. »Dessen bin ich mir sicher.«

Johanna fühlte sich übermüdet und gleichzeitig vollkommen überdreht. Sie hatte die ganze Nacht kaum ein Auge zugetan, als hätte sie so das Nahen des neuen Tages und damit den Abschied von Luc verhindern können. Stattdessen hatte es nur dazu beigetragen, sie dünnhäutig werden zu lassen. Missmutig warf sie ihre Sachen in den kleinen Trolley, ohne darauf zu achten, ob etwas zerknittern würde.

Die Tage waren viel zu schnell vergangen, als hätte jemand das Rad der Zeit auf Überschallgeschwindigkeit gestellt. Sie konnte sich nicht mit dem Gedanken anfreunden, in ihr Leben ohne ihn zurückzukehren. Aber es half nichts, es gab nichts, was sie dagegen unternehmen könnte.

»Hast du alles?« Luc stand an der Tür, sein Trolley neben ihm, die Jacke lässig über die Schulter geworfen, und er sah so aufgeräumt aus, als machte es ihm gar nichts, das lange Osterwochenende zu beschließen.

Johanna sparte sich den schmerzvollen Blick zurück in das luxuriöse Zimmer. »Ich denke, ja.« Für vier Tage war sie in einer anderen, fremden Welt gewesen. Eine, in der ihr jeder Wunsch von den Augen abgelesen wurde. Es war verführerisch, sich darin einzurichten, aber vermutlich keine allzu gute Idee. Paradiesische Zustände wie hier gab es auf die Dauer nur in Hollywoodstreifen, der Realität hielten solche Seifenblasen stets nur beschränkte Zeit stand. Dennoch mochte sie beim besten Willen nicht zugeben, dass sie sich genau das Gegenteil wünschte. Sie gab sich einen Ruck. »Lass uns aufbrechen.«

Schon im Auto auf dem Weg zum Flughafen schickte der Alltag sich an, sie einzuholen. Sie hatten Lyon noch nicht ganz verlassen, da klingelte Lucs Telefon. Dem, was er sagte, entnahm sie, dass sein Bruder Stéphane dran war und es um etwas Geschäftliches ging.

Johanna hörte nicht weiter zu. Sie wusste, es war kindisch, sich zu ärgern, doch sie konnte nicht umhin. Es war einfach ungerecht, dass das Leben ihr diese letzten Minuten mit Luc stahl, dass sie nicht wenigstens dieses bisschen Zeit noch in der Glücksblase der letzten Tage verbringen konnten, in der es nur sie beide gegeben hatte.

»Entschuldige«, sagte er, nachdem das Gespräch beendet war, und bog auf den Parkplatz des Aéroport Saint-Exupéry ab. »Es ging um eine große Bestellung für ein Restaurant in Hongkong.«

»Es reicht, wenn du mich hier rauslässt. Den Rest laufe ich. Flughafenabschiede sind mir einfach zu grausam.«

Luc bugsierte den Wagen in einen Parkhafen, machte den Motor aus, nahm ihre Hand und küsste sie. »Das ist nicht dein Ernst, oder? Du willst nicht wirklich, dass ich dich einfach so aussteigen lasse und losfahre, als würden wir uns heute Abend nach der Arbeit wiedersehen?«

Johanna zuckte die Schultern. »Ich weiß nicht.«

»Komm schon.« Er stieg aus. »Lass uns das richtig machen.«

Die Absperrbänder vor dem Sicherheitscheck, die dafür sorgen sollten, dass die Fluggäste in geordneten Schlangen anstanden, wirkten wie Seile in einem unsichtbaren Labyrinth. Johanna blieb davor stehen und kam sich verloren vor. »Vielen Dank für die schönen Tage«, sagte sie leise und blickte zu Boden. Sie hatte Angst, ihn anzusehen, Angst vor den Gefühlen, denen sie nicht standhalten könnte.

»Nicht weinen, *mon trésor*«, sagte Luc sanft und hob ihr Kinn, so dass sie ihm in die Augen schauen musste. »Wir sehen uns bald wieder.«

Johanna schluckte, doch der Kloß in ihrem Hals saß fest. »Es ist so weit, und ...« Ihre Stimme versagte. Vor ihren Augen verschwammen sein Gesicht und alles darum herum.

»Es gibt Skype und Telefon, und wir können uns per Direktflug in Paris treffen oder in Lyon, oder ich komme nach Berlin.«

Er legte die Arme um sie und zog sie an sich. »Komm schon, wir schaffen das. Aber jetzt musst du los, sonst fliegen die ohne dich.«

»Das ist mir egal.«

Luc lachte. »Hey, meinetwegen musst du nicht zurück.«

Johanna rollte die Augen. »Ich weiß, ich benehme mich wie eine Vierjährige.«

Er schüttelte den Kopf. »Du bist süß.«

»Okay.« Sie seufzte. »Ich muss wirklich los. Wer soll sonst deine Weinlieferung entgegennehmen im Le Sang des Vignes?«

»Siehst du, du kannst sogar noch scherzen.«

»Das ist nichts als Galgenhumor, Luc.«

»Na los.« Sein Lächeln wirkte gequält.

Nach einem letzten innigen Kuss löste sich Johanna aus seinen Armen. Sie hatte das Gefühl, dass ihr nie im Leben etwas so schwergefallen war. Jeder Schritt, der sie weiter von ihm entfernte, schien eine neue Wunde in ihr aufzureißen. Sie wollte nicht zu ihm sehen, denn das würde alles noch schlimmer machen. Sie legte den Trolley auf das Band, ihre Handtasche und Jacke in eine der Plastikwannen und sah sich doch noch einmal um, ehe sie durch die Schleuse ging. Luc winkte ihr zu. Sie hob schwerfällig den Arm, und die Tränen brannten in ihren Augen.

23

Über den Hängen zog ein Adler weite Kreise. In der warmen Frühlingssonne entwickelten sich die olivgrünen herzförmigen Blätter der Reben prächtig. Die Luft schien weich, als wollte sie die Pflanzen liebkosen.

»Hoffentlich wird das ein besseres Jahr«, sagte Stéphane und blinzelte in die Sonne. »Nach dem kalten Winter tut die Sonne nicht nur den Pflanzen gut.«

Luc schob die Hände in die Hosentaschen und schritt langsam neben seinem Bruder durch den Weinberg.

»Hauptsache, wir bekommen nicht wieder kurz vor der Ernte Hagel wie in den letzten beiden Jahren. Wenn wir nur Netze spannen dürften.«

»Ich werde nie verstehen, warum das in Frankreich verboten ist.« Es wunderte Luc ein wenig, dass Stéphane kein Wort zu der abgeblasenen Hochzeit sagte. Doch wenn er es sich recht überlegte, sprachen sie selten über solche Dinge. Genau genommen redete sein Bruder generell wenig. »Der Chinese, dieser Li, hat übrigens geantwortet. Er hat tatsächlich vorgeschlagen, uns die Rechte an unseren Logos zu verkaufen.«

»Wie viel will er haben?«

»Fünf Millionen US-Dollar.«

Stéphane blieb stehen und lachte trocken. »Was? Fünf Millionen?«

Luc zuckte die Schultern. »Coco meint, er wolle uns nur Angst machen, um so viel Geld wie möglich rauszuschlagen, und wir sollten uns davon nicht beeindrucken lassen.«

»Die hat Nerven.« Stéphane klang verächtlich. »Und dass wir damit riskieren, den Ruf unserer Domaines zu beschädigen, bereitet ihr kein Kopfzerbrechen? Na ja, Coco hat ihre Schäfchen ja auch im Trockenen. Und dann war sie schon immer für einen Kampf zu haben. Bloß keine Kompromisse schmieden oder mal das kleinere Übel in Kauf nehmen. Nein, nicht Coco. Die hat stets das Kriegsbeil zur Hand.«

War sein Bruder etwa eifersüchtig auf die eigene Schwester? Das wäre Luc neu.

»Sie muss nicht jeden Tag den Rücken für die Domaines krumm machen«, fuhr Stéphane fort. »Und dann drückt sie sich auch noch vor der Verantwortung.«

»Wie meinst du das denn?«

»Hat sie uns auch nur ein einziges Mal angeboten, uns bei irgendwas zu unterstützen? Geschweige denn, unserer Mutter Arbeit abzunehmen?« Stéphane trat nach einem kleinen Stein. Lehmige Erdklumpen flogen auf. »Nein, Mademoiselle schiebt lieber ein paar Investments hin und her und fliegt mit ihrem Helikopter durch die Gegend. Wenn sie nicht gerade wilde Partys in Paris oder sonst wo auf der Welt feiert.«

Luc konnte sich nicht erinnern, seinen Bruder je so aufgebracht gesehen zu haben. Ihm war nicht klar, worum es hier wirklich ging. »Was unser Problem mit Li betrifft, hat sie uns immerhin geholfen, Informationen von den anderen Domaines zu bekommen. Dadurch stehen wir in der Auseinandersetzung mit Li nicht ganz allein da.«

»Ach, tatsächlich?« Stéphane beschleunigte seine Schritte, rannte fast schon. An der Straße riss er die Wagentür auf, nahm die Sonnenbrille ab und fixierte Luc wütend. »Das war wirklich eine Meisterleistung. Hat auch unheimlich viel gebracht.«

»Und sie hatte die Idee mit dem chinesischen Patentamt.«

»Und?« Stéphane glitt auf den Fahrersitz. »Hat auch nichts bewirkt, oder?«

»Wissen wir noch nicht. Immerhin prüfen die den Fall. Wenn

wir das Li unter die Nase reiben, lässt er sich sicher runterhandeln. Der Anwalt hat ihm bereits ein entsprechendes Schreiben geschickt. Mal sehen, was er darauf antwortet.«

Stéphane blickte mehr als skeptisch drein. »Ich glaube erst, dass wir aus dieser Nummer heil rauskommen, wenn ich es sehe.« Er ließ den Motor an. »Und die Einzige, die damit kein Problem hat, wenn unsere Domaines durch chinesische Pampe in den Dreck gezogen werden, ist Coco. Sie läuft nicht Gefahr, in Existenznot zu geraten. Wir schon, und Coco ist die Letzte, die dann für die Familie da sein wird. Sie lebt weiter in Saus und Braus und kümmert sich einen feuchten Kehricht um uns. Willst du sie dann immer noch in Schutz nehmen?« Stéphane knallte die Wagentür zu und brauste los.

Luc sah seinem Bruder hinterher. Mit sonorem Dröhnen verschwand dessen SUV hinter einer scharfen Kehre. Luc wusste, dass er dieses Plagiatsproblem irgendwie in den Griff bekommen musste. Es durfte nicht so weit kommen, dass die Familie sich zerstritt, nicht wegen einer solchen Kleinigkeit. Die Béjarts hatten schon ganz anderes überstanden. Kriege, Verwüstung, Missernten. Er konnte nicht zulassen, dass der Streit um ein Logo jahrhundertealte Traditionen gefährdete. Nein, die Béjarts hielten zusammen, und er würde dafür sorgen, dass das auch so bliebe. Koste es, was es wolle.

»Und was willst du jetzt tun?«

Das Bild fror kurz ein, dann verzerrte sich Johannas Gesicht vor Lucs Augen. Verpixelt setzten sich die Einzelteile wieder zusammen. Die Skype-Verbindung war heute Abend besonders schlecht. Immerhin war das noch besser, als sie gar nicht zu sehen. »Ich muss Li irgendwie runterhandeln. Und Coco mehr ins Boot holen, damit sich die Wogen innerhalb der Familie glätten. Alles andere schwächt uns. Und das können wir uns nicht erlauben.«

»Hilft es dir vielleicht, wenn ich dir Kopien von seinen Angeboten ans Le Sang des Vignes schicke?«

»Ich weiß nicht.« Es tat gut, mit ihr reden zu können. Ihre Gespräche kreisten um vollkommen andere Themen als jene mit Élodie, die sich immer nur für sich selbst interessiert hatte. »Darfst du das überhaupt? Ich will nicht, dass du Ärger mit Madame Sommer bekommst.«

»Das bekommt sie doch gar nicht mit.« Das Bild wurde besser, und Luc freute sich an Johannas Lächeln. »Und selbst wenn, es schadet doch dem Laden nicht, wenn du die Unterlagen hast. Da steht immerhin drin, es sei Wein aus der Bourgogne. Ich hab extra noch einmal nachgesehen.«

Er fand es grausam, sie sehen und hören, nicht jedoch berühren zu können. »Vielleicht können wir damit wirklich etwas anfangen. Würdest du mir alles mailen? Dann kann ich es direkt an den Anwalt geben.«

»Mache ich gleich morgen früh.« Sie gähnte herzhaft.

»Müde?« Luc hätte sie gern in den Arm genommen. Sie wirkte so zerbrechlich, auch wenn er wusste, dass sie es nicht war.

Johanna nickte. »Frau Sommer ist wegen ihres Beins immer noch nicht richtig einsetzbar. Wir haben wirklich viel zu tun. Ich weiß gar nicht mehr, wo mir der Kopf steht. Jeden Tag Überstunden, das schlaucht ganz schön.«

»Kannst du die abbummeln?«

»Die Überstunden?«

Luc widerstand der Versuchung, sich ein Glas Wein einzuschenken. Es wäre unhöflich, zu trinken und ihr nichts anbieten zu können. »Ja.«

»Keine Ahnung.« Sie gähnte erneut und hielt sich die Hand vor den Mund. »Entschuldige, es liegt nicht an dir.«

Luc lachte. »Das will ich doch hoffen.« Plötzlich fiel ihm ein, dass sie sich nie die Entwürfe für die neue Homepage angesehen hatte. Durch die Aufregung mit den Chinesen hatte er sich nicht mehr darum kümmern können. »Erinnerst du dich, dass ich dir von unserer neuen Internetpräsenz erzählt habe?«

»Sicher. Was ist daraus geworden?«

»Nicht viel.« Er richtete den Laptop so aus, dass sie ihn besser sehen konnte. »Ich bin einfach nicht mehr dazu gekommen.«

»Hast du Entwürfe, die du mir schicken kannst?«

Luc nickte. »Mir würde wirklich viel daran liegen, dass du sie dir ansiehst. Immerhin bist du die Expertin.« Er öffnete parallel seinen Posteingang und suchte nach einer Mail. »Ich leite dir die Mail von der Agentur weiter, die das betreut. Sie haben mir einen Link geschickt.«

»Haben sie einen Dummy gebaut und für dich auf den Server gestellt?«

Luc hatte das Gefühl, nicht mehr mitzukommen. »Was – einen Dummy?«

Johanna lachte. »So nennt man das, wenn man eine Webseite baut und sie in einen geschützten Bereich stellt. Sie ist dann sozusagen online, ohne öffentlich zu sein. Nur, wer den Link hat, kann sie ansehen, aber mit allen Funktionalitäten.«

Luc hob abwehrend die Arme. »Stopp.« Er lachte. »Vergiss nicht, du hast es mit einem einfachen Weinbauern zu tun.«

»Ja, ja.« Sie rollte die Augen. »Nach Komplimenten zu fischen ist eigentlich Frauensache. Das müsstest du doch wissen.«

»So, die Mail ist unterwegs«, ignorierte er ihre letzte Bemerkung.

»Okay, ich sehe es mir in Ruhe an. Aber erst am Wochenende, vorher komme ich nicht dazu.«

»Apropos Wochenende«, er ergriff die Gelegenheit beim Schopf, »wann kommst du her?«

»Ich bin gerade aus Lyon zurück.« Sie klang irritiert und zog die Stirn kraus. »So gern ich würde, aber ich kann nicht andauernd nach Frankreich fahren. Wieso kommst du nicht das nächste Mal zu mir?«

»Weil ich möchte, dass du meine Familie kennenlernst.«

Johanna schwieg und sah zur Seite. »Ist das nicht ein bisschen früh?«, fragte sie schließlich.

»Ich dachte, wir waren uns einig?«

»Ja, schon. Aber deine Familie kennenlernen – ich meine ... Sollten wir nicht erst ... Ist das nicht zu früh?«

Luc kroch fast in den Monitor hinein bei dem Versuch, in ihrem Gesicht zu lesen. Er wollte verstehen, was ihr offenbar solche Angst bereitete, er konnte jedoch in ihrem Antlitz keine Antwort auf diese Frage finden. »Ob jetzt oder in ein paar Wochen, wo ist der Unterschied?«

»Es ist einfach ...« Sie ließ die Schultern hängen und sackte in sich zusammen. »Es ist, ich meine ..., deine Familie – damit wird alles so ernst, erst recht bei euch, wo es doch, ich meine ... ich ...« Sie klang fast ein wenig verzweifelt.

»*Mon amour*, sie werden dich nicht fressen.«

»Nein, natürlich, aber habt ihr nicht im Moment ganz andere Sorgen?«

»Ich möchte, dass sie dich kennenlernen, Johanna. Und ich möchte deine Eltern kennenlernen. Such die Reihenfolge aus. Aber wir gehören zusammen. Da ist es nur normal, dass man die Familie des anderen trifft.«

»Ich weiß. Ich hab einfach nur Angst, dass sie mich nicht mögen. Ich bin kein – wie nennst du es immer? – alter Wein. Genau.«

»Dafür hast du viele andere Qualitäten, die in meiner Familie hochgeschätzt sind, *mon amour*. Sie werden dich lieben. Sie müssen dich nur erst kennenlernen.«

24

Johanna hörte ein leises Klacken, das beim Herunterdrücken der Klinke entstand, dann gedämpftes Schleifen über den Teppich, dazu einen Lufthauch, der über ihren Nacken strich. Obwohl sie nicht gestört werden wollte, sah sie doch auf. Im Glas der Fensterscheibe spiegelte sich Lucie vor dem Nachthimmel.

»Du musst was essen.« Lucie kam nun forschen Schrittes ins Zimmer, ein Tablett in den Händen. »Ich hab Suppe gekocht.« Sie stellte eine Schale vor Johanna auf den Schreibtisch, dazu ein Glas Saft und einen Obstteller. »Was machst du überhaupt die ganze Zeit? Schreibst du Bewerbungen?«, fragte sie und ließ sich auf Johannas Bett nieder.

Die Suppe duftete herrlich nach Karotten, Orangen und Ingwer. Johanna verneinte und tauchte den Löffel in die dampfende Schale. »Luc hat eine neue Homepage entwerfen lassen. Ich schreibe ihm eine Einschätzung mit Verbesserungsvorschlägen.« Beim ersten Löffel merkte sie, wie hungrig sie war. »Das ist wirklich lecker.«

Lucie grinste. »Schön, dass es dir schmeckt. Aber sag mal, warum sitzt du so lange daran?«

»Eine neue Homepage ist ein umfangreiches Projekt.« Johanna schob den Laptop ein Stück zu Lucie hinüber. »Hier, sieh es dir an.« Sie aß die Suppe bis auf den letzten Löffel. »Gibt es noch mehr davon?«

»In der Küche«, antwortete Lucie gedankenverloren, ganz auf den Monitor fixiert.

Als Johanna mit der zweiten Portion Suppe in ihr Zimmer zurückkehrte, lehnte Lucie sich gerade zurück. »Und was hältst du davon?« Sie nickte mit dem Kopf zum Laptop. »So als Profi?«

Johanna setzte sich wieder auf ihren Schreibtischstuhl. »Die Texte sind super. Der Rest ist stark verbesserungswürdig, aber ich hab eine Menge Ideen dazu.«

»Und die listest du alle auf und schickst sie Luc?«

»Genau.«

Lucie stand auf und nahm ihr die leere Suppenschale ab. »Ich bin gespannt, was er dazu sagt.« Sie wandte sich zum Gehen.

»Was soll er schon dazu sagen?« Johanna schob sich eine Apfelspalte in den Mund und kaute genüsslich. »Meine Argumente sind unschlagbar. Außerdem hat er gefragt. Wer keine Kritik will, darf den Profi nicht um Rat bitten, oder?«

Luc rutschte mit seinem Stuhl ein Stück weiter nach rechts, um mehr von der Nachmittagssonne abzubekommen. Die Blätter an den Bäumen, die die Place Carnot säumten, waren noch so klein, dass sie kaum Schatten warfen. Im Frühling war das eine Wohltat, wenn alle ausgehungert nach Wärme und Licht die Tische vor den Restaurants und Bistros in Beschlag nahmen. »So kann es bleiben«, stellte er fest.

Coco stellte ihre leere Tasse ab und bedeutete der Kellnerin mit einer Geste, ihnen zwei weitere Cafés zu bringen. »Ist irgendwas mit Stéphane?«, fragte sie, legte den Kopf in den Nacken und streckte das Gesicht in die Sonne.

»Wieso?«

»Ich hab Cécile gestern im Supermarkt getroffen, und sie hat kaum ein Wort mit mir gesprochen.«

»Und das sagt dir, dass etwas mit Stéphane sein muss?«

»Sie ist seine Frau. Und in der Vergangenheit hat sie mich immer genau so behandelt, wenn er sauer auf mich war. Aber diesmal bin ich mir keiner Schuld bewusst.«

»*Voilà, madame, voilà, monsieur.*« Die Kellnerin stellte mit einem Lächeln zwei Tassen Café auf den Tisch und räumte das leere Geschirr auf ihr Tablett. »Kann ich sonst noch etwas bringen?«

Coco schob die Sonnenbrille hoch in ihre Haare. »Für mich nicht, danke.« Sie lächelte breit.

»Kennst du die Kellnerin?«, fragte Luc, als sie wieder allein waren. »Du hast sie angelacht, als wäre sie eine Freundin von dir.«

»Hab ich das?« Coco gab Zucker in den Kaffee und rührte um. »Weißt du nun etwas von Stéphane oder nicht?«, wechselte sie das Thema.

»Er meint, du engagierst dich nicht genug für die Domaines.«

Coco lehnte sich zurück und stellte die Füße auf den freien Stuhl neben ihr. »Ach, mal wieder? Ich frage mich, wann er endlich einsieht, dass ich nicht den Platz unserer Mutter übernehmen will.«

»Vermutlich nie«, seufzte Luc. Das Wetter war viel zu schön, um Probleme zu wälzen. »Die Sache mit dem Chinesen setzt ihn ziemlich unter Druck.«

»So? Er ist doch derjenige, der diesen Li mit Samthandschuhen anfassen will. Ich glaube, wir können die Situation viel schneller klären, wenn wir auf Konfrontationskurs gehen. Aber Stéphane hört meine Meinung ja nur dann, wenn sie ihm gerade in den Kram passt.«

»Ist das der Grund, warum du nicht wirklich ins Unternehmen einsteigst?«

»Möglich.« Sie stellte die Tasse so schwungvoll ab, dass das Porzellan klirrte. »Vielleicht ist es das, Luc.«

Er hatte das Gefühl, zum ersten Mal zu verstehen, was zwischen seiner Schwester und seinem Bruder vorging. Warum hatte er das bis jetzt nicht sehen können? Auf einmal schien es ihm ganz klar: Stéphane wollte, dass Coco ihren Job machte, während sie sich offensichtlich unter Druck gesetzt fühlte, diese Rolle so ausfüllen zu sollen, wie der Bruder es wollte. Natürlich, wenn man es genau betrachtete, war diese Befürchtung berechtigt. Stéphane vermittelte bisweilen den Eindruck, dass er sich für so etwas wie den einzig wahren Béjart hielt, da er derjenige war, der im Weinberg arbeitete, der die Weine komponierte. Sicher, ohne ihn würden die Domaines keine einzigartigen Weine mehr hervorbringen, aber das hieß noch lange nicht, dass die anderen Aufgaben nicht ebenso wichtig waren. Und Coco war viel zu selbstbewusst, als dass sie sich irgendwem unterwerfen würde. »Ich weiß nicht«, gab er vorsichtig zu bedenken, »aber ist es nicht denkbar, dass er – wenn du mehr einsteigen würdest – über kurz oder lang Vertrauen fassen würde und du mehr Mitspracherecht hättest?«

»Das glaubst auch nur du.«

»Ich meine, dass es einen Versuch wert wäre. Was hast du zu verlieren, Coco?«

Sie sah ihn an und atmete hörbar aus. »Luc, wann wirst du einsehen, dass du nicht zwischen allen Menschen Frieden stiften kannst?«

Er musste lachen. »Vermutlich nie. Das ist meine größte Schwäche.«

Sie winkte ab. »Such dir lieber eine andere. Irgendwas, was weniger aussichtslos ist.«

»Nein«, er schüttelte den Kopf, »aufgeben zählt nicht.«

»Elender Optimist.« Sie boxte ihn spielerisch.

»Ich hab Johanna übrigens die Entwürfe für die Homepage geschickt.«

»Johanna?« Coco schielte über den Rand ihrer Sonnenbrille und zog eine Augenbraue hoch.

»Sie hat mir eine lange Liste mit Verbesserungsvorschlägen geschickt«, überging er ihre Nachfrage.

»So? Was sagt sie denn?«

»Sie hat deine Texte gelobt.«

»Schmeichlerin.«

Luc schüttelte den Kopf. »Nein, nein. Sie wusste gar nicht, dass du sie geschrieben hast. Aber die Fotos hat sie allesamt in der Luft zerrissen.«

»Und warum?« Coco richtete sich auf und wandte sich ihm interessiert zu.

»Johanna meint, der Charakter deiner Texte sei wunderbar emotional und atmosphärisch. Die Fotos hingegen seien total gewöhnlich. Sie sagt, jeder wisse, wie ein Weinberg aussehe, und Trauben kennen wir alle aus dem Supermarkt. Sie meint, die Fotos sehen aus wie stinknormale Urlaubsbilder.«

Coco lachte schallend und warf den Kopf in den Nacken. »Hast du ihr gesagt, wie viel Geld uns der Fotograf gekostet hat?«

Luc hob abwehrend beide Hände. »Um Gottes willen. Sie würde uns für verrückt erklären.«

»Und was schlägt sie vor?«

»Dass wir neue Fotos machen lassen, solche, die zum Ton der Texte passen.« Er rollte die Augen. »Was immer sie damit meint.«

»Hat sie sonst nichts gesagt?« Coco gluckste. »Nur das?«

»Doch, doch. Sie meint, dass wir unseren Wein inszenieren müssen.«

»Soll heißen?« Coco konnte sich offensichtlich auch nicht mehr darunter vorstellen als er.

»Ich weiß es nicht. Nicht genau jedenfalls. Sie hat versucht, es mir zu erklären, aber mal ehrlich, verstehst du, was sie meint, wenn sie sagt, wir sollen den Charakter unserer Weine und ihre Geschichte in den Bildern darstellen? Und das Ganze auf eine frische Art, weil ein verstaubtes Image in einer modernen Welt keiner brauche?«

»Das waren ihre Worte?« Coco kratzte sich am Kopf. »Ich glaube, es gibt nur eine Lösung«, stellte sie schließlich fest.

»Und die wäre?«

»Du musst sie einfliegen und ihr die Leitung der Fotosession übertragen. Zumindest solltest du das tun, wenn du der Meinung bist, dass sie recht hat. Und wenn du ihr traust.« Sie zog wieder die Augenbrauen hoch. »Und wenn du mutig genug bist, wirklich etwas Neues zu wagen und nicht immer nur darüber zu philosophieren.«

Luc sah seine Schwester genau an. Er suchte in ihrem Gesicht nach Anzeichen dafür, dass sie scherzte. Für ihn selbst war es entschieden. Er liebte Johanna, also gab es keinen Grund, die Geschicke der Domaines nicht in ihre Hände zu legen. Aber für Coco war sie kaum mehr als eine Fremde, da schien ihr Vorschlag höchst ungewöhnlich. Dennoch konnte er in ihrem Blick nichts als Ernsthaftigkeit finden.

25

Cornelia Sommer sah mehr als gestresst aus. Ihre Frisur hatte sich aufgelöst, und ihren Hals zierten rote Flecken. Auf ihrem Schreibtisch herrschte Chaos. Akten waren wild übereinandergestapelt wie der schiefe Turm von Pisa. Warum das hielt und nicht alles zu Boden purzelte, blieb ein unlösbares Rätsel. Sie stützte die Ellenbogen auf und legte ihr Gesicht in ihre Hände, als könnte sie ihren Kopf nicht eine Sekunde länger ohne Unterstützung halten. »Ich weiß nicht, welcher Teufel mich geritten hat«, sie seufzte, »war es vorübergehende Geistesverwirrung, dass ich Ihnen über den ersten Mai ein langes Wochenende freigegeben habe?«

»Ich hab den Verkostungsraum schon hergerichtet, Sie müssen sich darum nicht mehr kümmern.« Johanna platzierte eine Tasse frisch gebrühten Kaffee auf dem einzigen halbwegs freien Platz auf Sommers Schreibtisch. »Die Lieferung für das Facil ist verpackt und wird Freitag abgeholt. Die Rechnung habe ich in den Karton gelegt. Und die anderen Bestellungen sind auch fertig. Die werden heute noch von DHL abgeholt.«

»Und die Bordeaux-Bestellung?«

»Ist erledigt.« Johanna sah auf die Uhr. Wenn sie nicht langsam aufbrach, würde sie ihren Flug verpassen. Immerhin musste sie noch bis nach Schönefeld, und im Feierabendverkehr könnte es knapp werden, vor allem am Mittwoch vor dem ersten Mai, einem Tag, an dem sich halb Berlin auf den Weg in ein langes Wochenende machte.

»Was haben Sie überhaupt so Wichtiges vor?« Sommer verrückte einen der Papierstapel und stieß dabei gegen den Locher, der prompt zu Boden polterte. »Ach, Mist«, fluchte sie.

»Ich verreise.« Johanna bremste sich. Im Grunde ging es Sommer nichts an, wohin sie fuhr. Auf der anderen Seite ... »Nach Frankreich.« Sie hob den Locher auf und stellte ihn zurück auf den Tisch.

»Danke. Frankreich?« Sommer nahm die Kaffeetasse, hielt dann jedoch inne. Die Tasse in der Hand, zog sie die Stirn kraus und fixierte Johanna. »Ganz schön weit für einen Viertagetrip.«

»Luc Béjart hat mich gebeten, ihm beim Entwurf einer neuen Homepage für die Domaines seiner Familie zu helfen.«

»So?« Sommer sah aus, als wollte sie ums Verrecken nicht zugeben, wie neugierig sie war. Stur sah sie an Johanna vorbei auf ihren Bildschirm, als spielten sich dort spektakuläre Dinge ab. Dabei hatte sie den Computer längst ausgeschaltet. »Wie kam es denn dazu?« Sie räumte eine Akte von einem auf einen anderen Stapel.

»Ich hatte ihm erzählt, was ich eigentlich studiert und vorher für einen Job gemacht habe.«

»Und er hat keine eigenen ... Experten?«

»Offensichtlich nicht.« Johanna riss sich zusammen. Es war klar, worüber sie hier redeten. Es ging nicht um Luc, sondern darum, dass Johanna Sommer vor Wochen darauf angesprochen hatte, dass sie gern ein Konzept für eine Online-Präsenz des Le Sang des Vignes machen würde und Sommer ihre Vorschläge abgeschmettert hatte mit den Worten, so etwas brauche sie nicht. Am liebsten hätte sie daher jetzt zu ihrer Chefin gesagt, dass Luc eben kapiert habe, worum es ging, und nicht im Mittelalter versauerte. Aber das wäre natürlich nicht sehr klug und würde nur dazu führen, dass Sommer komplett dichtmachte. Wenn es sie nicht gar den Job kosten würde. »Vielleicht will er auch nur eine Meinung von einem Außenstehenden«, verkniff sie sich jeden giftigen Kommentar.

»Hm.« Sommer lehnte sich zurück und strich eine Haarsträhne aus ihrem Gesicht. »Dann machen Sie sich mal auf den Weg. Gute Reise.« Sie wirkte nachdenklich.

Johanna streckte ihr die Hand entgegen. »Bis Montag. Und vielen Dank noch einmal, dass ich mir freinehmen konnte.«

»Schon gut.« Sommer winkte ab. »Wir werden schon nicht untergehen ohne Sie.« Sie grinste. »Jetzt aber raus, ehe ich es mir anders überlege.«

Es war wenig Betrieb auf dem Aéroport Lyon-Saint-Exupéry. Johanna konnte es kaum fassen, dass sie in so kurzer Zeit bereits zum dritten Mal hier landete. In ihrem Magen brannte der saure Rotwein, den sie der Easy-Jet-Stewardess nach zwei Schlucken zurückgegeben hatte mit den Worten, den könne sie getrost allein trinken. Schon komisch, noch auf ihrem letzten Kurztrip nach Barcelona vor einem Jahr hatte sie das Zeug völlig okay gefunden.

Sie schob sich ein Pfefferminz in den Mund und ging in Richtung Haupthalle. Das Gebäude war ihr inzwischen so vertraut, dass sie sich schon ein bisschen heimisch fühlte. Sie zog den kleinen Trolley hinter sich her und blieb dann irritiert stehen. Wo war Luc? Er hatte doch versprochen, sie abzuholen.

»Erkennst du mich nicht wieder?« Coco trat an sie heran und küsste sie links und rechts auf die Wange. *»Bienvenue à Lyon!«*

»Salut.« Es war Johanna peinlich, dass sie Coco völlig übersehen hatte. »Entschuldige, ich dachte, Luc …«

»Ach, er hat dir nichts gesagt?«

»Nichts gesagt? Was denn nicht …?« Johanna geriet ins Stottern.

»Dass ich dich abhole.« Coco schien unbeeindruckt. »Ich dachte, ihr hättet darüber gesprochen?«

»Nein.«

»Na ja, egal.« Coco zeigte auf den Trolley. »Das ist dein ganzes Gepäck?«

»Klar. Sind ja nur vier Tage.«

»Dann lass uns aufbrechen.«

Zu Johannas Verwirrung ging sie nicht zu den Laufbändern, die zum Parkplatz führten, sondern in die entgegengesetzte Richtung. Allerdings marschierte sie in einem solchen Tempo, dass Johanna keine Zeit zu fragen blieb. Sie eilte hinter ihr her und wunderte sich, dass Coco so eigenartig gekleidet war: ganz in Schwarz, mit einer Cargohose mit einer Unzahl aufgesetzter Taschen, die in knöchelhohen Trekkingschuhen steckte, und einer Blousonjacke. Sie hatte weder eine Handtasche noch etwas in der Art dabei.

»Luc konnte nicht mitkommen«, sagte Coco und zog eine Plastikkarte durch ein Lesegerät. »Einer seiner Importeure aus den USA ist heute in Beaune, um den er sich kümmern musste.« Die Tür glitt auf und machte dabei ein Geräusch, als würde Luft abgesaugt.

Sie gingen einen schmalen Gang entlang. Die Tür am Ende öffnete sich von selbst und gab den Blick auf eine Halle frei, in der mehrere kleine Cessnas und ein paar Helikopter standen. An einigen Maschinen werkelten Mechaniker, und Piloten standen dabei. Durch die Tore am anderen Ende der Halle sah man das Flugfeld.

Ein Mann trat auf Coco zu und reichte ihr ein paar Papiere. »Das Wetter ist unverändert gut, Coco«, sagte er und nickte Johanna knapp zu. »*Bonjour, madame.*« Dann wandte er sich wieder zu Coco. »Thierry ist gerade gestartet. Er will ein paar Kunststücke üben. Behalt ihn im Auge.«

Coco nickte und grinste. »Alles klar. Ich mache den größtmöglichen Bogen um ihn. Habt ihr meinen Vogel betankt?«

»Selbstverständlich. Guten Flug.« Er tippte mit zwei Fingern an sein Basecap, drehte sich um und marschierte los.

Johanna hatte ein flaues Gefühl im Magen. Fliegen? Sie und Coco? Was sollte das bedeuten?

»Dann wollen wir mal.« Coco wies mit der Hand aufs Flugfeld. »Siehst du den schwarzen Heli mit den aufgemalten roten

Flammen auf der Seite? Das ist meiner.« Sie klang wie ein kleines Kind, das seinem Freund stolz sein neuestes Spielzeug vorführte.

»Moment mal.« Johanna wusste nicht, was ihr mehr den Atem raubte – Coco hinterherzustolpern oder die Panik davor, in dieses Monstrum zu steigen. »Das heißt jetzt aber nicht ...«

»Du hast doch nicht etwa Angst?« Coco legte ihren Arm um Johannas Schultern und grinste spitzbübisch.

»In diese Höllenmaschine steige ich nicht ein.« Johanna hätte sich am liebsten irgendwo festgeklammert.

»Höllenmaschine?« Coco lachte schallend. »So hat noch niemand meinen Vogel genannt.« Sie nahm Johannas Trolley, lud ihn hinten ein und schloss die Tür. Dann schritt sie langsam um den Helikopter herum, kontrollierte alles Mögliche und tastete hier und da nach etwas.

»Nichts in aller Welt kann mich dazu bringen, in dieses Ding zu steigen.« Johannas Magen fühlte sich jetzt schon an wie bei einer Achterbahnfahrt.

»Du wirst müssen, Johanna, oder wie willst du sonst nach Beaune kommen?«

»Lebend, in erster Linie lebend.«

»Ich hatte nicht vor, auf dem Weg zu sterben.« Coco schien belustigt.

»Ich glaube das alles nicht.« Johanna presste ihre Hand gegen die Stirn.

Coco öffnete die Tür auf der linken Seite des Helikopters und kletterte auf den Sitz. »Du musst auf der anderen Seite einsteigen.«

»Ich muss gar nichts.«

»Okay, du kannst auch einfach hier stehen bleiben. Klar.« Coco setzte ihre Sonnenbrille auf und sah Johanna dann über den Rand hinweg an. »Komm schon, ich verspreche dir, vorsichtig zu sein. Du wirst es lieben, wenn wir erst mal in der Luft sind.«

»Und was, wenn mir schlecht wird?« Johanna machte einen ersten vorsichtigen Schritt auf den Helikopter zu.

»Dann machst du die Tür auf und kotzt raus.«

»*Was?*«

Coco kippte fast vornüber vor Lachen. »Natürlich nicht«, gluckste sie. »Dir wird nicht schlecht, los, komm schon.« Sie drehte sich um und kramte hinter den Sitzen herum. »Irgendwo hab ich bestimmt noch eine Kotztüte.«

Johanna stieg auf den Sitz und schnallte sich an. Ihr war hundeelend zumute.

»Schön die Füße still halten«, wies Coco auf die Pedale im Fußraum. »Du sitzt da, wo der Copilot hingehört, wenn man einen hat. Die Pedale und der Steuerknüppel sind voll funktionsfähig. Also halt Hände und Füße weg davon, okay?« Sie zeigte auf den Kopfhörer. »Setz das auf, dann können wir uns unterhalten. Wenn du eine andere Stimme als meine hörst, schweigst du. Das ist dann jemand vom Tower, und die Kommunikation mit dem hat Priorität. Alles klar?« Sie sah aufmunternd Johanna an. »Keine Angst, ich weiß, was ich tue.«

»Okay.« Johanna holte tief Luft. »Ich hatte noch nie im Leben so viel Angst.«

Coco drückte ein paar Knöpfe. Der Motor sprang an, und der Rotor über ihren Köpfen begann sich zu drehen.

Johanna wusste nicht, ob sie sich das nur einbildete, aber sie hatte das Gefühl, die Energie und Kraft der Maschine spüren zu können. Über den Kopfhörer hörte sie Coco und einen Mann. Das musste wohl der Tower sein. Die beiden sprachen Englisch mit französischem Akzent, gespickt mit jeder Menge Fachchinesisch. Johanna verstand kein Wort, was ihr aber egal war. Sie war viel zu beschäftigt mit dem Versuch, ruhig zu atmen und ihren Herzschlag zu besänftigen.

Plötzlich hatte sie das Gefühl, ganz leicht zu werden, als ob sie die Schwerkraft einfach abstreifte. Der Boden schien unter ihren Füßen wegzufallen, während die Nase des Helikopters sich in den Wind drehte und sie schräg aufwärtsflogen.

Es war wie schweben. Und alle Angst blieb am Boden zurück.

26

Luc lehnte an einem Weinfass, Coco stand neben ihm, und beide beobachteten gebannt das Geschehen. Die starken Lampen des Fotografen waren genau auf ein altes Fass ausgerichtet, auf dem ein Glas Rotwein platziert war. Der Lichtkegel gab noch eine schattige Ahnung von den kleinen Kieseln am Boden und der Kellerwand direkt dahinter, der Rest des Raumes versank in Dunkelheit. Man erkennt doch gar nichts, dachte Luc. Trotzdem war er sich sicher, dass er Johanna vertrauen konnte und dass sie genau wusste, was sie tat. Vermutlich war es genau das, was ihn so in den Bann zog, dass er nicht einmal ahnte, welches Ergebnis sie vor ihrem inneren Auge sah.

»Dieser Schriftzug hier«, Johanna wies auf das Fass, »soll leicht verschwommen, aber noch lesbar sein. Das Glas wiederum sollte in aller Schärfe sichtbar sein, vor allem hier vorn.« Sie zeigte auf die Seite, die im Licht war, beschrieb mit der Hand einen Bogen bis fast an die Wand. »Der rückwärtige Teil des Glases und alles dahinter sollte in den Schatten geraten.« Sie sah den Fotografen an, als wollte sie sich vergewissern, dass er alles verstanden hatte. »Auf der Oberfläche des Weines muss ein Lichtreflex tanzen. Es geht darum, dass alles in Graustufen erscheint und allein der Wein sein tiefdunkles Rot zeigt.« Sie trat einen Schritt zurück. »Ich weiß, das kann man auch mit Photoshop im Nachhinein hinbekommen, aber ich möchte, dass es echt ist. Durch diese Lichtatmosphäre soll genau die Sinnlichkeit und Tiefe zum Ausdruck gebracht werden, so dass genau das eingefangen wird, was den Charakter des Richebourg ausmacht.«

Der Fotograf nickte und rückte eine der Lampen vom Fass ab. Dann machte er in schneller Folge ein paar Aufnahmen, kontrollierte sie auf dem Display, schüttelte den Kopf und wiederholte die Prozedur.

»Habt ihr Kerzen hier?«, wandte sich Johanna an Luc und Coco. »Möglichst welche, die bereits ein gutes Stück heruntergebrannt sind und an denen das Wachs herabgetropft ist.«

»Keine Ahnung.« Luc schaute Coco fragend an.

Die nickte. »Oben, im Verkostungsraum sind welche. Ich hole sie.«

Johanna war inzwischen zum Fotografen getreten und studierte die Aufnahmen auf dem Display der Kamera. »Das hier, das ist perfekt.« Für Luc war es faszinierend zu beobachten, wie sie in ihrer Arbeit aufging. Sie strahlte förmlich. Und die Selbstsicherheit, mit der sie agierte, die Energie, die von ihr ausging, das alles machte sie umso anziehender. So unterschiedlich sie beide waren, diese Zielstrebigkeit, mit der sie ihre Wege gingen und sich von nichts und niemandem davon abbringen ließen, einte sie. Er konnte es deutlich sehen, jenen Charakterzug, den er von sich so gut kannte und der in ihr vielleicht sogar noch ausgeprägter war.

Hier ging es um mehr als einen Moment der Verliebtheit oder das Aufwallen von Hormonen. Johanna war genau die Frau, die er an seiner Seite brauchte, eine Frau, mit der er die Domaines erneuern könnte, gegen alle Widerstände. Aber würde sie auch nicht von seiner Seite weichen und mit ihm an einem Strang ziehen? All seine ehrgeizigen Pläne nicht als Spinnerei abtun? Sich mit ihm in den Sturm stellen? Auch nachdem die erste Verliebtheit vorbei war?

»Hier«, Luc reichte Johanna ein Glas Rotwein. »Es war ein langer Tag, du solltest langsam Schluss machen.«

Sie wusste, dass er recht hatte. Ihre Augen brannten, und sie war müde. »Ich sehe mir nur die Fotos noch einmal an.« Sie stellte den Laptop auf den Tisch und drehte ihn ein wenig. »Schau mal, sie sind wirklich gut geworden. Vor allem das mit der Kerze und dem umgekippten Glas, aus dem der Wein in die Kiesel fließt. Das tiefe Rot auf den weißen Steinen, dahinter das helle Fass und dann diese Schatten hier, das ist einfach klasse.« Sie überließ ihm den Laptop, lehnte sich zurück, legte die Beine hoch und trank einen Schluck. Es fiel ihr schwer abzuwarten, zuzusehen, wie er durch die Fotos blätterte, eins nach dem anderen wortlos musterte. Am liebsten hätte sie ihn geschüttelt.

»Diese Fotos sind sehr ungewöhnlich«, stellte Luc schließlich fest.

»Heißt das gut oder schlecht?« Sein Schweigen war schier unerträglich. »Eure Weine sind doch etwas Besonderes. Ich meine, dass die Fotos dem gerecht werden. Das wird auffallen. Auf Facebook, Twitter, und ihr solltet unbedingt auch einen Instagram-Account anlegen, auf dem ihr immer wieder Bilder posten könnt. Wir werden schließlich nicht alle für die Homepage nutzen. Weniger ist an der Stelle mehr.« Sie suchte in seinem Gesicht nach einer Regung, die ihr verraten würde, was er dachte. Aber alles, was sie sah, war Konzentration. Vielleicht sogar Angespanntheit. »Jetzt sag endlich etwas, Luc. Spann mich nicht so auf die Folter.«

»Ich bin erstaunt. Ehrlich gesagt hatte ich keine Ahnung, was dabei herauskommen würde, als wir mit dem Fotografen im Keller waren. Obwohl du das nur zu genau zu wissen schienst, habe ich trotzdem ein bisschen befürchtet, dass man am Ende im Grunde nur Schemen im Schatten sieht.«

Johanna zog ihre Beine unter sich und legte ihre Hand auf die Wade des oberen, als müsste sie sich an sich selbst festhalten.

»Diese Bilder sind wirklich anders als alle Fotos, mit denen wir je für unsere Domaines geworben haben. Und du hast recht, sie fangen den Charakter der Weine ein.«

Sie atmete laut aus. »Puh. Ich habe schon Angst bekommen, du würdest mich in der Luft zerreißen.«

Luc rutschte zu ihr herüber. Sie ließ sich in seine Arme ziehen, schob ihn jedoch nach einem Kuss von sich.

»Hey«, protestierte er scherzhaft.

»Du musst dir erst noch meine nächste Idee anhören.«

Er griff ihre Hände, zog sie an sich und hatte sie im Nu fest im Griff. »Das hat Zeit.«

»Und was, wenn ich die Idee vergesse?« Johanna wehrte sich halbherzig und musste kichern.

»Dann hast du garantiert gleich fünf neue Ideen, wie ich dich kenne.«

Sie schmeckte das Verlangen in seinem Kuss und ließ sich für einen langen Moment davon überwältigen. Spürte die Hitze, die von seinem Körper ausging, all die Leidenschaft in ihm aufwallen, die dieser Mann in der Öffentlichkeit stets verbarg, und trieb davon mit der Gewissheit, dass all das ihr gehörte, nur ihr allein.

»Du machst mich ganz verrückt«, raunte er in ihr Ohr und nestelte am Knopf ihrer Jeans.

Genau in diesem Moment meldete sich ihr Verstand und warnte sie, dass sie für den Rest des Abends im Bett landen würden, wenn sie Luc nicht Einhalt gebot. Sie griff nach seiner Hand und hielt sie fest. »Erst die Arbeit, dann das Vergnügen. Schließlich hast du es mit einer Deutschen zu tun.«

Er rollte die Augen. »Wo ist der Sinn? Denkst du etwa, ich könnte mich jetzt auf irgendetwas anderes konzentrieren?« Er zog einen Schmollmund.

»Das wirst du schon schaffen.« Sie küsste ihn auf die Nasenspitze. »Und je mehr Mühe du dir gibst«, sagte sie mit einem Hauch Ironie in der Stimme, »desto eher gibt es die Belohnung.« Sie wand sich aus seiner Umarmung, drehte den Laptop zu sich und öffnete eine Grafik. »*Voilà*. So in etwa stelle ich mir den Hintergrund für die Webseite vor.« Sie schob den Bildschirm in seine Richtung.

»Das ist sehr modern. Sehr grafisch.« Luc klang nicht überzeugt.

»Schon. Aber jetzt stell dir das Ganze mal in einem warmen Grauton vor, diese fließenden Formen hier in einem dunklen samtigen Rot. Und hier soll es einen Farbverlauf geben, der nach oben hin fast Weiß wird.« Sie beschrieb mit der Hand die wellenförmige Kontur, die sich ergäbe, und sah ihn gespannt an.

»Hm …«

»Stell dir das vor«, insistierte Johanna, »es würde das Thema der ganzen Seite wieder aufgreifen.«

Luc zog die Augenbrauen zusammen und rieb sich mit der Hand das Kinn. Er schien noch nicht zu erkennen, worauf sie hinauswollte.

»Es stellt ein Glas dar, in das Wein mit Schwung gegossen wird«, hielt sie es nicht länger aus.

»Ach so!« Lucs Gesicht hellte sich auf, seine eben noch angespannten Züge lösten sich zu einem breiten Lächeln. »Wie wenn man Wein mit zu viel Schwung ins Glas gießt und er oben wieder herausschießt.«

»Genau.« Johanna wies auf die dunklen tropfenförmigen Flächen in der oberen linken Ecke. »Hier spritzt sogar etwas raus. Das steht für den Esprit und die Leichtigkeit eurer Weine. Unser Thema, das, was wir kommunizieren wollen, ist doch, dass die Burgunder kompliziert sind, aber dennoch leicht.«

Er sah sie sanft an. »Unglaublich, wie viele Gedanken du dir gemacht hast und wie genau du zum Ausdruck bringst, was unsere Weine ausmacht.«

»So schwer ist das gar nicht«, wiegelte Johanna ab. »Man muss nicht denken, sondern fühlen.«

»Fühlen?«

»Ja. Bei jedem Produkt muss man fühlen, was es ausmacht. Es geht nicht darum, Vorteile und Nutzen zu verkaufen. Sachliche

Fakten reißen keinen mit. Es geht um das sinnliche Erlebnis. Wenn du ein Waschmittel kaufst, geht es dir doch auch in erster Linie darum, dass du das Gefühl haben möchtest, sauber gekleidet zu sein, oder?«

Er nickte.

»Und so ist es am Ende mit allem. Was meinst du denn, warum die Leute euren Wein trinken?«

»Weil er ihnen schmeckt?« Er hob abwehrend eine Hand. »Okay, auch andere Weine schmecken. Und ich gebe zu, es gibt gewisse Leute, die gern damit protzen, dass sie sich einen Richebourg Grand Cru einfach so leisten können.«

»Siehst du, sie kaufen mit eurem Wein Luxus, das Gefühl, sich etwas zu gönnen, was sich nicht jeder leisten kann. Und in eurem Fall ist es ein leichter Wein. Rund, elegant, kompliziert, aber leicht. Wer einen luxuriösen, aber schweren haben will, wählt vermutlich eher einen hochklassigen Bordeaux.« Sie lachte. »Jetzt schau mich nicht an wie ein Weltwunder. Ich bin nicht die Einzige, die dieses Geheimnis kennt.« Sie griff nach dem Glas, hielt es schräg und nahm dann einen Schluck. »Das hier ist keiner von euren Weinen, oder? Der ist viel zu schwer und schmeckt deutlich nach Johannisbeeren. Ist es ein Syrah?«

Luc schüttelte den Kopf. Diese Frau überraschte ihn immer wieder.

27

Der Morgen war klar und die Gassen von Beaune wie leergefegt. Die Sonnenstrahlen tanzten auf dem von der Nacht noch feuchten Kopfsteinpflaster. Ein paar Vögel zwitscherten vergnügt.

Johanna sog die Luft tief ein und fühlte sich rundum glücklich. Das Baguette und die Tüte mit den Croissants im Arm, aus der es herrlich roch, die Gewissheit, dass Luc mit frisch gebrühtem Kaffee auf sie wartete, all das ließ sie beinahe vor Freude tanzen, auch wenn sie wusste, dass sie morgen schon wieder nach Berlin zurückmusste. Selbst der Umstand, dass sie zum Mittagessen Lucs Familie kennenlernen würde, ließ sie in diesem kostbaren Moment nicht halb so nervös werden wie noch am Tag zuvor.

Sie bog gerade in die Gasse, in der Lucs Wohnung lag, da bremste ein Sportwagen knapp vor ihr. Johanna hätte fast die Tüte fallen lassen.

Die Fahrertür wurde aufgestoßen, und Élodie stieg aus. Sie trat langsam um den Wagen herum und blieb vor Johanna stehen, musterte sie mit ausdruckslosem Gesicht von oben bis unten und verschränkte die Arme vor der Brust. »Du bist es also.« Ihre Stimme war eisig. »Hab ich es doch geahnt.«

Johanna hatte keine Ahnung, wie sie reagieren sollte. Sie hatte gewiss nicht vor, sich mit Lucs Verflossener hier auf der Straße zu streiten.

»Und du glaubst wirklich, das könnte was werden? Mit dir und Luc?« Sie lachte kurz und trocken. »Hast du überhaupt eine Vorstellung, wie lächerlich du dich machst?«

»Schön, wenn du dich so amüsierst.« Johanna schmeckte Gift und Galle, sie war jedoch entschlossen, die andere nichts merken zu lassen.

Élodie machte einen Schritt auf sie zu. »Du bist ein Abenteuer, mehr nicht. Du hast keine Ahnung von unserer Welt hier. Denkst du ernsthaft, du könntest einem Mann wie Luc Béjart eine Partnerin sein? Glaubst du etwa, die Familie wird eine wie dich je akzeptieren? Eine Deutsche? Aus einer Großstadt? Du kannst nicht mal Lehm von Sand unterscheiden.«

Alles Mögliche ging Johanna durch den Kopf, was sie dieser arroganten Zicke an den Kopf werfen könnte. Doch es war klüger, es nicht zu tun. Sie wollte sie nur provozieren, und es wäre eine Niederlage, sich darauf einzulassen. Und genau das gönnte sie ihr nicht. Also schwieg sie beharrlich, starrte die Französin nur an und schluckte jeden Kommentar herunter.

»Hast du geglaubt, Luc würde sich für eine wie dich gegen seine Familie entscheiden? Bist du so dumm, dass du glaubst, er wirft alles hin, Geld, Tradition, sein ganzes Leben? Oder bist du etwa so von dir überzeugt, dass du denkst, du könntest sie alle für dich gewinnen?« Sie lachte kehlig und warf dabei den Kopf in den Nacken. »Sieh dich doch an.« Élodie ließ ihren Blick an Johanna auf und ab wandern. »Kein Stil, keine Eleganz, nichts.« Sie schnalzte mit der Zunge. »Du bist Würstchen mit Kartoffeln, und ich bin Trüffel und Champagner. Für wen, denkst du, wird sich Luc am Ende entscheiden?«

Johanna spürte das Flattern im Bauch, die Anspannung in ihren Muskeln. Sie hätte sich am liebsten auf diese dreiste Ziege gestürzt und sie verdroschen. Was bildete die Schnepfe sich ein? Für wen hielt sie sich? Aber nein, diesen Triumph gönnte Johanna ihr nicht. Élodie sollte nicht eine Sekunde lang denken, dass sie sie tatsächlich mit ihren Worten getroffen hatte. »War's das?«, fragte sie daher so beiläufig wie möglich.

Élodie schaute für einen Moment irritiert drein. Dann zog sie eine Augenbraue hoch. »Schauspielerin bist du also auch noch? Wenn auch eine schlechte.« Sie drehte sich um und ging zu ihrem

Wagen. In der offenen Tür blieb sie stehen, eine Hand am Dach, die andere auf dem Türrahmen. »Du kannst nicht gewinnen, Johanna. Und weißt du, was das Beste dabei ist? Deine Chancen stehen so schlecht, dass ich mir nicht einmal die Finger schmutzig machen muss.« Sie glitt in den Wagen und rauschte davon.

Die Stille, die Morgenluft, das Vogelgezwitscher, all das war nicht mehr das Gleiche. Johanna stand in der Sonne, die Tüte mit den Croissants noch im Arm, doch die ganze Leichtigkeit, die sie vor ein paar Minuten noch gefühlt hatte, war fort.

Was, wenn Élodie recht hatte?

Nein, diesen Gedanken durfte sie gar nicht erst zulassen. Ihn auch nur eine Wurzel in ihr Herz schlagen zu lassen, konnte bedeuten, dass er seine ganze Zerstörungsmacht ausleben könnte. Das durfte nicht geschehen.

Es gab keinen Grund, ihrem Glück zu misstrauen. Schließlich war sie hier, hatte die Nacht mit Luc verbracht. Er hatte Élodie ihretwegen verlassen, hatte sich für sie, Johanna, entschieden. Die Französin hatte die Krallen ausgefahren, ja, aber doch nur aus verletzter Eitelkeit heraus, aus Eifersucht. Jedes ihrer Worte war mit Bedacht gewählt, um zu verletzen, nach Möglichkeit sogar zu zerstören. Diese Macht hätte sie jedoch nur, wenn Johanna sie ihr einräumte.

Entschlossen atmete sie tief durch und straffte die Schultern. Mit jedem Schritt, den sie weiter auf Lucs Wohnung zuging, fühlte sie sich besser. Dieser ganze Vorfall war es nicht wert, Luc davon zu erzählen. Nein, sie würde es einfach vergessen.

Was für ein Tag. Er hatte schwierig begonnen und ging ebenso weiter. Johanna hatte sich in ihrem ganzen Leben noch nicht so deplatziert gefühlt. Allein der Anblick dieses Hauses von Lucs Eltern hatte gereicht, sie zusammenschrumpfen zu lassen. Hinter hohen Mauern thronte majestätisch das Gebäude mit zwei großen Flügeln und einer breiten Treppe, die zur Eingangstür führte, umgeben von einem parkähnlichen Garten. Drinnen wurde es eher schlimmer als besser. Sie betraten eine Halle mit Marmorboden, in der jedes noch so leise gesprochene Wort zum Klingen gebracht wurde und sich eine Treppe mit schmiedeeisernem Geländer für elegante Auftritte anbot. Das alles wirkte mehr als einschüchternd.

Johanna konnte sich nicht vorstellen, wie es sein musste, in einem solchen Palast aufzuwachsen. Rutschte man als Kind auf dem Geländer nach unten? Schoss man gar Fußbälle quer durch die Halle, oder hingen zu Silvester Luftschlangen von den massiven Kronleuchtern herab? Oder war so etwas völlig undenkbar? Sie hatte keine Ahnung.

Das Wohnzimmer nahm die gesamte Breite des rechten Flügels ein. Auf einer Seite gingen die Fenster zur Auffahrt hinaus, auf der anderen gaben Flügeltüren den Blick auf Terrasse und Garten frei. Dahinter reckten sich Weinberge in die Höhe, als wollten sie einen Blick über die Mauern werfen. Die Möbel und der ganze Raum erinnerten Johanna an Versailles. Das einzig moderne Stück war der riesige Fernseher nahe dem Kamin. Ein kleiner Junge saß auf dem Sofa und starrte gebannt auf Mogli, der gerade auf Balus Bauch über den Fluss trieb.

»Das ist Arthur«, sagte Luc, »mein Neffe.«

Eine junge Frau mit langen braunen Haaren trat durch eine der Flügeltüren ins Zimmer. Der Junge hatte große Ähnlichkeit mit ihr. *»Bonjour«*, sagte sie und kam lächelnd auf sie zu. Sie gab ihr die Hand und küsste dann Luc auf beide Wangen.

»Johanna«, stellte Luc die Frauen einander vor, »Cécile, meine Schwägerin.«

»Enchanté.« Johanna hatte das lächerliche Gefühl, einen Hofknicks machen zu müssen.

»Schön, dich endlich kennenzulernen.« Cécile hatte ein junges, nahezu kindliches Gesicht. »Ich habe schon viel von dir gehört.«

»Tatsächlich?« Johanna wusste nicht, wie sie das zu verstehen hatte. Auf jeden Fall hatte sie nicht damit gerechnet, dass in Lucs Familie über sie gesprochen wurde.

»Du warst es doch, die uns auf diesen Li aufmerksam gemacht hat, oder?«

»Ja, genau.« Es war absurd, aber plötzlich hatte Johanna das Gefühl, sie müsste diese junge Frau beruhigen.

In diesem Moment öffnete sich die Tür zur Halle, und ein Mann, dessen Augen Lucs ähnelten, steckte den Kopf in den Raum. »Kommt ihr? Maman sagt, wir können essen.«

»Na, dann wollen wir mal.« Luc zwinkerte Johanna zu.

In das Esszimmer fiel die Sonne. Auch hier gingen Flügeltüren auf die Terrasse hinaus. In der Mitte des Raumes stand eine große Tafel, gedeckt mit feinstem Porzellan und auf Hochglanz polierten Gläsern und Besteck, dekoriert mit Kerzen in eleganten Ständern und kleinen Blumensträußen.

Ein älterer Mann erwartete sie am Ende des Raums und trat nun einen Schritt auf Johanna zu. »Michel Béjart«, stellte er sich vor und streckte ihr die Hand entgegen, freundlich, wenn auch etwas verhalten. Er wies auf den Mann, der sie gerufen hatte. »Stéphane, mein anderer Sohn.« Dann wurde sein Lächeln breiter. »*Ah, Anne, mon amour.*«

»*Bonjour.*« Die Freundlichkeit von Lucs Mutter hatte etwas Unterkühltes. »Nehmt doch alle Platz, bitte.« Sie öffnete auffordernd die Arme und forderte sie mit einer Geste auf, sich zu Tisch zu begeben.

»Was ist mit Coco und Mamie?« Luc zog einen Stuhl vor und bedeutete Johanna, sich hinzusetzen. Er wählte den Platz neben ihr. Stéphane und Cécile setzten sich ihr gegenüber, den kleinen Arthur auf seinem Hochstuhl zwischen sich. Lucs Vater hatte neben Cécile Platz gefunden. Der Stuhl auf Johannas anderer Seite blieb frei, und Lucs Mutter ließ sich am Kopf der Tafel nieder. Johanna wunderte sich, dass Lucs Eltern nicht jeder einen der Kopfplätze wählten.

»Deine Großmutter fühlt sich nicht«, beantwortete Anne die Frage. »Und Coco kommt wie immer zu spät.« Sie verzog dabei keine Miene.

»Was ist mit Mamie? Sie hat doch nichts Ernstes?«

Ein Dienstmädchen trug Suppe auf, und Johanna fragte sich, ob es vielleicht ratsam wäre, einen klaren Kopf zu bewahren und auf den Wein zum Essen zu verzichten. Aber konnte man in so einem Haus den Wein ausschlagen?

»Nur ein Schnupfen«, antwortete Lucs Vater und tauchte den Löffel genussvoll in die Suppe. »Aber ihr kennt Cathérine. Wenn sie weiß, dass Gäste erwartet werden«, er nickte Johanna freundlich zu, »kommt sie nicht, wenn sie nicht topfit ist.«

»Das Privileg des Alters«, warf Stéphane ein und klang belustigt. »Man kann eigenartig werden, und keiner nimmt es einem krumm.«

Die Tür flog auf, und Coco stürmte herein. »Entschuldigt, Grand-mère hat mich länger aufgehalten, als ich dachte. Sie lässt grüßen und erwartet uns morgen wie üblich zum Sonntagslunch.« Sie begrüßte hastig jeden und setzte sich dann neben Johanna.

»Hast du ihr gesagt, dass ich sie erst am späten Nachmittag besuche?« Luc sah zu Coco hinüber.

»Nein, wieso?«

»Na, weil ich Johanna nach Lyon bringe. Zum Flughafen.«

Es wurde still im Raum. Nur Arthur brabbelte etwas vor sich hin.

»Ich dachte, ich fliege sie?«

Johanna sah von einem zum anderen. Wieso redeten sie über

sie, als wäre sie nicht hier? Und warum schien das alle anderen am Tisch brennend zu interessieren?

»Das ist nett von dir, Coco, aber ich wollte sie fahren.«

»Verstehe.« Coco zog eine Augenbraue leicht in die Höhe. Um ihre Mundwinkel zeigte sich der Ansatz eines Lächelns.

Johanna hielt die Luft an. Bei diesem Gehabe konnte die Familie doch gar nicht anders, als zu verstehen, dass sie nicht irgendeine Besucherin war. Aber wie würden sie darauf reagieren?

Über der Tafel hing ein eigentümliches Schweigen. Lucs Mutter legte den Löffel beiseite, tupfte sich mit der Serviette den Mund ab und sah ihren Mann an.

Michel machte mit dem Kopf eine kaum wahrnehmbare Bewegung und zog gleichzeitig für einen kurzen Moment die Schultern ganz leicht hoch.

Luc aß unbeirrt weiter, während Stéphane die Ellenbogen auf den Tisch stützte, die Hände ineinander verschränkte, zunächst seinen Bruder anstarrte und dann den Blick langsam von einem zum anderen wandern ließ. »Kann es sein, dass du uns etwas zu sagen hast, Luc?« In seiner Stimme schwang Sarkasmus.

Luc wandte ihm langsam den Kopf zu. »Ich weiß nicht, was du meinst.«

»So?«

»Stéphane.« Anne sagte das in einer Art, als könnte man sich daran schneiden, kalt wie perfekt geschliffener Stahl.

Johanna fühlte sich immer unbehaglicher. All das Unausgesprochene, das auf einmal in der Luft flirrte wie Staub im Sonnenlicht, schnürte ihr die Kehle zu. Angreifen oder fliehen, kreischten ihre Instinkte, und gleichzeitig mahnte ihr Verstand sie zur Ruhe. Sie legte den Löffel zur Seite.

»Ich bin gespannt, was Grand-mère sagt, wenn sie erfährt, dass du dir ausgerechnet eine Deutsche geangelt hast«, höhnte Stéphane.

»Ich weiß nicht, was das soll, Stéphane.« Lucs Stimme klang gepresst.

Das Schweigen breitete sich wie eine Glasglocke über die Tafel, unter der die Luft dünn wurde. Johanna wartete und konnte nicht genau sagen, worauf eigentlich.

Das hier war lächerlich. Worum ging es denn wirklich, doch wohl nicht darum, dass sie eine Deutsche war?

Und was war bitte mit Luc, warum sagte er nichts? Er hatte sie unbedingt zu diesem blöden Familienessen schleppen wollen, damit sie alle kennenlernte, und jetzt stand er nicht zu ihr?

»Ach, mein Bruder weiß nicht, was das soll?«

»Mach dich nicht lächerlich, Stéphane«, schaltete Coco sich ein. »Was willst du überhaupt?«

»Halt dich da raus«, herrschte Stéphane seine Schwester an.

Coco stützte die Hände auf den Tisch und stand sehr langsam auf, wobei sie Stéphane mit hartem Blick fixierte. »Wag es ja nicht, mit mir in diesem Ton zu reden.«

Plötzlich sah Johanna sich wieder Élodie gegenüberstehen, hörte die Worte erneut, dass Luc sich nie für sie, nie gegen die Familie entscheiden würde. Etwas in Johanna riss. Wenn sogar Coco sich dem Bruder entgegenstellte, Luc jedoch schwieg, dann hatte sie hier nichts verloren. Mit Schwung stand sie auf und ignorierte das weiche Gefühl in ihren Knien. *»Madame, monsieur«,* wandte sie sich an die Béjarts, »vielen Dank für die Einladung, aber mir ist der Appetit vergangen.« Ohne ein weiteres Wort verließ sie den Raum.

Sie musste hier weg, und zwar sofort. Jacke, Tasche, das alles war egal. Sie stürzte durch die Halle und stieß die schwere Tür auf.

Johanna rannte die Treppe hinab und in Richtung Tor. Die Kiesel knirschten unter ihren schnellen Schritten. Mehrmals knickte sie um. Sie nahm die Schuhe in die Hand und rannte barfuß, bis sie die Straße erreicht hatte und Asphalt unter den Füßen spürte. Sie zog die Schuhe wieder an und marschierte in Richtung Beaune.

Johanna war noch nicht weit gekommen, da hörte sie, wie sich ein Wagen näherte. Einen Moment lang hoffte sie, dass es Luc war, aber das Dröhnen klang nicht nach seinem Auto. Die Wut brannte in ihrem Magen, und die Landschaft verschwamm vor ihren Augen. Dieser Mistkerl.

Der Wagen hielt vor ihr und versperrte ihren Weg. Die Beifahrertür wurde aufgestoßen. »Steig ein.« Coco linste über den Rand ihrer Sonnenbrille. »Und nein, ich habe nicht vor, dich zurückzubringen.«

Johanna blieb unschlüssig in der offenen Tür stehen.

»Komm schon. Du willst nicht wirklich bis nach Beaune laufen. Das sind zehn Kilometer.«

Geschlagen rutschte Johanna auf den Sitz, zog die Tür zu und schnallte sich an.

»Es tut mir leid«, sagte Coco, und es klang aufrichtig. »Meine Familie kann unmöglich sein. Und Luc hat sich wie ein Idiot benommen.«

Johanna seufzte. »Was hab ich mir bloß gedacht? Ich passe hier einfach nicht her.«

Coco neigte den Kopf. »Ich glaube, du irrst dich.«

»Und jetzt?«

»Jetzt fahren wir beide nach Dijon, entspannen uns erst mal, und dann machen wir uns einen schönen Nachmittag.«

»Hier liegt dein Weinkeller?« Johanna sah ungläubig aus dem Fenster. Der feuchte Asphalt glitzerte im Licht des Vollmonds. Einzelne Bäume am Straßenrand zogen wie stille Krieger an ihnen vorbei, die über die Hügel wachten, auf denen die kostbaren Reben Reihe für Reihe ihre knochigen Stämme aus der schweren

Erde emporreckten. Es roch nach Lehm. Und nur in der Ferne stand ein einzelnes Haus, aus dessen Fenstern fahles Licht fiel.

»Ich hab dir doch gesagt, es ist ein ganz spezieller Keller.« Coco stieg aus und warf die Wagentür hinter sich zu. Die Scheinwerfer flackerten kurz auf, ein zweifaches Plopp ertönte. »Das hier ist mein Weinberg.« Coco wies auf den Hügel vor ihnen. »Und da vorn ist die Tür zum Keller.«

Johanna folgte ihr durch die matschige Erde, in der ihre Füße versanken. Die schmatzenden Geräusche, die dabei entstanden, klangen merkwürdig in der abendlichen Stille.

Coco blieb vor einer massiven Tür stehen, die direkt in den Weinberg zu führen schien. Sie hielt eine ovale Plakette an ein Bedienfeld. Es piepste, woraufhin Coco eine Zahlenkombination eintippte und den Daumen auf den Scanner legte. Die Tür glitt fast lautlos zur Seite und verschwand in der Erde. Zwei Lichtpunkte waren indes über der Hügelkuppe aufgetaucht, begleitet vom Surren eines Motors. Der Wagen kam näher, bog auf den Feldweg ab und blieb vor ihnen stehen. Die Fahrertür ging auf, und Luc stieg aus.

»Ich geh dann mal vor«, sagte Coco zu Johanna.

»Da bist du ja. Ich hab mir Sorgen gemacht.« Luc blieb am Auto stehen, als könnte er sich nicht entschließen, näher zu kommen.

»Sorgen?« Johanna atmete tief ein. In ihrem Magen rumorte es. »Weißt du, Luc, ich frage mich schon den ganzen Nachmittag, warum nicht du mir hinterhergekommen bist. Aber ich kann keine Antwort darauf finden.«

»Johanna.« Er machte einen zögerlichen Schritt auf sie zu. »Ich habe versucht, die Wogen in meiner Familie zu glätten.«

Sie wich zurück. »Du musstest also die Wogen glätten, ja? Was willst du mir damit sagen? Dass ich mich unmöglich benommen habe?«

»Das hat doch keiner …«

»Dass ich alle brüskiert habe, weil ich einfach gegangen bin?« Sie schüttelte den Kopf. »Hast du überhaupt eine Ahnung, wie ich mich gefühlt habe?«

»Johanna, hör mir doch zu.«

»Nein, Luc, jetzt hörst du mal zu. Du behauptest, dass du mich liebst. Warum hast du dann nicht zu mir gestanden? Warum hast du noch nicht einmal zugegeben, dass wir zusammen sind?« Ihre Augen brannten. Sie schluckte. Sie wollte auf keinen Fall heulen.

»Weil das nicht nötig war, verdammt.« Er fuhr sich mit der Hand durch die Haare. »Das wussten doch sowieso schon alle. Und nur weil mein Bruder sich wie ein Idiot aufgeführt hat, hast du angenommen, dass alle so denken?«

»Tun sie das etwa nicht?« Johanna stemmte die Hände in die Hüften. »Ich weiß, dass ich in euren Augen nicht standesgemäß bin. Du sagst, es macht dir nichts. Aber vor deiner Familie hältst du die Füße still.«

Luc atmete hörbar aus. Ohne ein Wort trat er an den Wagen und öffnete die Beifahrertür. »Stéphane?«

Lucs Bruder stieg aus, wobei sein Widerwille unverkennbar war. Die Hände in den Hosentaschen, trat er vor Johanna. »Pardon. Ich war unhöflich.« Er zog den linken Mundwinkel leicht hoch, unter seinem Auge zuckte ein Muskel.

Johanna sah Stéphane einen langen Moment an. Er hielt ihrem Blick stand, aber das Lächeln erreichte seine Augen nicht. »Da kann ich dir nur zustimmen, Stéphane. Aber um meinetwillen musst du dich nicht entschuldigen, wenn du nicht überzeugt davon bist. Ich bin nicht bedürftig.« Die Verwirrung, die sich in seinem Gesicht abzeichnete, tat gut. Johanna drehte sich einfach um und ließ ihn stehen.

»Kommst du nicht mit nach Hause, Johanna?« Luc schien getroffen.

Nach Hause? Was meinte er damit überhaupt? Sie schüttelte den Kopf. »Coco fährt mich nachher. Ich brauche Zeit für mich.«

Stille umfing Johanna, als sie langsam die Tür hinter sich ins Schloss drückte. Nichts als Stille und eine sanfte Luft, die nicht den geringsten Kellergeruch in sich trug. Sie stieg die steile Treppe hinab und war sich darüber bewusst, dass dieser Gang mitten in den Weinberg führte. Es hatte etwas Magisches.

Unten angekommen, stieß sie auf eine weitere Tür, durch die ein schwacher gelber Lichtschein fiel. Sie legte die Hand dagegen, spürte das warme Holz und trat hindurch. Ihr stockte der Atem.

Der Raum war quadratisch. Das Gewölbe darüber bestand aus sandfarbenen Backsteinen. Der Boden war eine von unten beleuchtete Glasfläche. In der Mitte des Raumes stand ein Flügel, daneben ein Stehtisch, darauf ein paar Flaschen und Gläser.

»Das war meine Idee.« Coco trat aus dem Schatten des gegenüberliegenden Ganges und wies auf den Boden. »Ich wollte die Erde sehen können, aus der mein Richebourg erwächst.« Sie breitete die Arme aus. »Das hier sind meine Wurzeln, meine Geschichte. Das hier bin ich.«

Johanna war überwältigt. Nie hätte sie gedacht, dass so etwas wie das hier überhaupt existierte. »Und man kann einfach so den Berg aushöhlen?« Sie ließ ihre Augen über die gewölbte Decke wandern. »Das hält?«

Coco nickte. »Thibault, Lucs bester Freund, ist Architekt und hat es für mich bauen lassen. Hast du ihn schon kennengelernt?«

»Nur ganz kurz.« Sie tastete mit den Fingern vorsichtig über die Wand. Die Steine waren uneben und rau, als läge eine hauchdünne Schicht Sand auf ihnen. »Spielst du Klavier?«

Anstelle einer Antwort ging Coco zum Flügel hinüber, setzte sich und begann Chopins Nocturnes zu spielen.

Der Raum hatte eine ganz eigene Akustik, die Töne schienen auf der Luft zu tanzen und satt über die Wände zu rollen, alles schien zu schwingen und zugleich zu verharren. Es war ein so besonderer Moment, von einer Zartheit, dass Johanna meinte, er könnte zerreißen, wenn sie nur einen Atemzug wagte.

Coco schloss die Klappe über den Tasten, während die letzten Töne noch nachhallten, und stand auf. »Komm, lass uns ein Glas trinken.«

Johanna folgte ihr durch den Gang, der in einen großen Kellerraum führte, in dem Fass an Fass lagerte.

»Das ist alles Wein von meinem Berg«, erklärte Coco, »mehrere Jahrgänge.«

Johanna blieb vor einem Regal in einer dunklen Ecke stehen, das bis unter die Decke reichte und mehrere schmale Fächer aufwies. Darin lagen Weinflaschen, mit Staub bedeckt und scheinbar wahllos übereinandergelegt.

»Das sind meine Schätze.« Coco stand so dicht neben ihr, dass sich ihre Schultern berührten. »Siehst du die kleinen Schiefertäfelchen in den Fächern? Darauf sind die Jahrgänge notiert.«

»Neunzehnhundertneunzig?« Johanna traute ihren Augen kaum. »Und hier, sogar einer von neunzehnhundertsechsundsechzig? Kann man die überhaupt noch trinken?«

»Ich hoffe doch. Genau weiß man das natürlich erst, wenn man sie öffnet. Aber es gibt eigentlich keinen Grund, warum sie ungenießbar geworden sein sollten.«

»Und ich hätte gedacht, dass sie in einem richtigen Weinregal gelagert werden.«

Coco lachte. »Das ist ein Weinregal. Aber ich weiß, was du meinst. Wein muss einfach nur Ruhe haben.« Sie legte ihren Arm um Johannas Schultern. »Ruhe, die richtige Raumtemperatur, die perfekte Luftfeuchtigkeit und keinerlei Bewegung. Siehst du die Staubschicht? Die sagt mir, dass niemand meine kostbaren

Flaschen angefasst hat. Und so muss es sein.« Sie ließ Johanna los und ging weiter. »Nicht, dass ich hier viele Leute reinlassen würde.«

»Und der Flügel?« Johanna folgte ihr in einen kleinen Raum, in dem nur um die zehn Fässer lagerten.

»Ja, ja, Stéphane denkt auch immer, ich würde hier wilde Partys feiern. Das ist natürlich Quatsch.« Sie zündete ein paar Kerzen an und löschte die Deckenbeleuchtung. »Von der Idee ist er nicht abzubringen. Aber du hast ja mitbekommen, was für ein Idiot er sein kann.«

»Also keine Partys?«

»Nein, um Himmels willen. Ich kann doch den Wein nicht stören.« Sie sagte das mit einer Selbstverständlichkeit, dass Johanna sich fragte, warum es in ihren Ohren eigenartig klang. Offenbar war es das Normalste der Welt, von Wein wie von einem Familienmitglied zu sprechen. »Komm, setz dich auf eins der Fässer.«

Johanna wählte das nächstbeste und kletterte etwas umständlich hinauf. Das Holz war glatt, so dass sie nirgendwo richtig Halt fand. Wäre da nicht die Wand gewesen, wäre sie vermutlich auf der anderen Seite gleich wieder hinuntergerutscht. »Wieso sind eure Fässer eigentlich so hell? Ich dachte immer, Weinfässer sind aus dunklem Holz.«

»Das hat mit den Eichen zu tun, aus denen sie gemacht sind.« Coco reichte Johanna ein Glas und stieg dann selbst behände, bewaffnet mit einem weiteren Glas und der komischen Ansaugvorrichtung, die Johanna schon bei der Verkostung gesehen hatte, auf das Fass daneben. »So wie hier jeder Weinberg anders ist, ist auch jeder Wald unterschiedlich. Das Klima, der Boden und das Alter der Bäume sind nur drei von vielen Faktoren, die die Beschaffenheit des Holzes beeinflussen. Und natürlich macht auch die Eichengattung eine Menge aus. Wir nehmen immer Fässer aus Traubeneichen. Das Holz ist von Natur aus sehr hell.« Sie nahm den Stopfen aus der Öffnung des Fasses, auf dem sie saß, führte den Glaskolben ein, saugte kurz und ließ dann Rotwein in beide Gläser laufen. »*Santé!*«

Der Geschmack explodierte förmlich auf Johannas Zunge. Brombeeren, Laub, Holz, Kirschen. Die Textur war seidig, dennoch trocken, komplex und leicht zugleich. »Ist das einer von deinen?«

Coco schüttelte den Kopf. »Nein, von meinem Onkel. Ein Richebourg Grand Cru aus Vosne-Romanée. Ich lagere hier nur das Kontingent, das Luc an ganz besondere Kunden verkaufen darf. Den größten Teil vertreibt mein Onkel selbst.«

»Dann ist das ein sehr teurer Wein?« Johanna betrachtete mit Ehrfurcht die dunkle Flüssigkeit in ihrem Glas.

»Ja, aber darum geht es nicht.« Coco hielt ihr Glas schräg. Der Wein schillerte an der Oberfläche, auf der sich das Licht der Kerze brach. »Wenn man Wein in eine Flasche füllt, dann fängt man damit ein Stück Zeit ein. Wenn die Flasche dann irgendwann geöffnet wird, werden der Geist und die Seele dieser Zeit wieder freigegeben.«

28

Johanna stand eine halbe Ewigkeit unter der Dusche und ließ das heiße Wasser über ihren Kopf laufen. Sie wusste nicht, weshalb sie sich so furchtbar fühlte, wegen des ganzen Weins, den sie getrunken hatte, der viel zu kurzen Zeit, die sie geschlafen hatte, oder wegen all der Dinge, die sie Luc sagen musste.

Es war ein denkwürdiger Abend gewesen in Cocos Weinkeller, in jeder Hinsicht. Sie hatte viel verstanden über die Familie, über ihre Traditionen und Regeln. Vielleicht auch einiges über sich selbst. Entschlossen drehte Johanna den Hahn zu und trocknete sich ab.

Als sie kurze Zeit später mit noch nassen Haaren in die Küche trat, blickte Luc hinter seiner Zeitung auf. »Und? Verkatert?« Er goss Kaffee ein und schob die Tasse zu ihr herüber. »Magst du etwas essen? Ich hab Croissants geholt.«

Wie konnte er nur so tun, als wäre nichts? Und das nachdem sie auf der Couch geschlafen und ihn zum Teufel geschickt hatte, als er mitten in der Nacht vor ihr gestanden und sie gebeten hatte, doch ins Bett zu kommen.

»Wir haben noch genug Zeit, ehe wir losmüssen. Dein Flug geht schließlich erst um drei.« Er legte die Zeitung beiseite und sah sie mit einem Stirnrunzeln an. »Und dann wäre es vielleicht eine gute Idee, wenn wir noch kurz bei meinen Eltern vorbeifahren und du dich wenigstens verabschiedest.«

»Luc, ich …« Sie kam sich vor wie ein herzloser Verbrecher. »Ich habe nachgedacht.«

Er wollte gerade sein Croissant in den Kaffee tunken, hielt jedoch so plötzlich inne, als hätte jemand bei einer DVD mitten im Film auf Stopp gedrückt.

»Hier ist einfach kein Platz für mich.«

»Weil mein Bruder aus unerklärlichen Gründen etwas gegen dich hat?« Er klang, als könne er kaum glauben, was er da sagte.

»Nein, natürlich nicht.« Johanna konnte sich nicht entsinnen, dass ihr je im Leben etwas so schwergefallen war. »Luc, ich möchte Karriere machen. Ich habe während meines Studiums so hart gearbeitet, ich möchte jetzt auch etwas daraus machen.«

»Und das geht hier nicht?«

Sie zuckte die Schultern, und dabei war sie sich doch sicher. Oder etwa nicht? »Hier gibt es keine renommierten PR-Agenturen. Nicht einmal eine richtige Werbeagentur. Und Paris ist viel zu weit weg, um von Beaune zu pendeln. Zwei Stunden mit dem Zug, eine Strecke. Wie soll das gehen?«

Er legte das Croissant beiseite, lehnte sich zurück und sah sie ungläubig an.

»Schau mich nicht so an, Luc. Würdest du etwa für mich alles hinwerfen, was dein Leben hier ausmacht, und nach Berlin ziehen?« Johanna stand auf. Es war ihr unmöglich, länger still zu sitzen.

»Das ist doch nicht vergleichbar.«

»Wieso nicht?« Sie stützte die Hände auf die Stuhllehne. »Ich soll alles aufgeben, aber das Gleiche käme für dich nicht in Frage?«

»Du kannst deinen Job überall machen. Okay, vielleicht gibt es hier keine internationale Agentur. Aber was hindert dich daran, selbst eine Agentur zu gründen? Die Domaines müssen schließlich alle mal aus ihrem Dornröschenschlaf erweckt werden und den Sprung in die Moderne schaffen. Warum nimmst du die Winzer dieser Region nicht an die Hand?« Er fuhr sich durch die Haare. »Ich dagegen kann nicht überall einen Weinberg hinstellen und schon gar nicht meine ganze Familie umsiedeln.«

Glaubte er wirklich, was er da sagte? Johanna konnte es sich kaum vorstellen. Vielleicht wollte sie es auch einfach nicht. »Schöne Theorie. Nur leider völlig weltfremd.« Sie füllte ein Glas am Wasserhahn und trank es in einem Zug leer. »Ich bin eine Fremde, noch nicht einmal eine Französin. Dein eigener Bruder ist nicht bereit, mich zu akzeptieren. Wie kannst du allen Ernstes glauben, dass die Leute von den anderen Domaines mir Aufträge erteilen würden?«

»Jetzt vielleicht nicht«, blieb er hartnäckig, »aber wenn du erst mal meine Frau bist und unseren Namen trägst, dann sieht die Welt ganz anders aus.«

»Luc.« Sie stellte das Glas ab. Es schepperte auf dem Porzellan des Spülsteins. »Das mit uns beiden, das geht einfach nicht. Wir kennen uns doch kaum. Wie kannst du da schon vom Heiraten reden?« Johanna schluckte. Sie wollte nicht weinen. Sie wollte stark sein und auf gar keinen Fall riskieren, dass ihre Geschichte zu einem Schrecken ohne Ende verkam. »Die Welten, aus denen wir kommen, sind zu verschieden. Und in deiner ist kein Platz für mich.«

»Das entscheidest du jetzt für uns?« Er wirkte verletzt.

»Deine Schwester hat mir von eurer Großmutter erzählt, von allem, was die Deutschen eurer Familie im Krieg angetan haben. Was sie dir bedeutet. Und von den Rollen und Traditionen in eurer Familie, dass Coco den Job deiner Mutter nicht antreten will und dass du deshalb eine Frau brauchst, die mit einsteigt. Das kann ich nicht sein. Und ich will es auch gar nicht.«

»Was soll das hier werden? Du räumst das Feld, damit ich mir eine standesgemäße Gattin suchen kann?« Sein Tonfall war bitter. Er stand auf und blickte ihr lange wortlos in die Augen. »Du bist feige, Johanna«, sagte er schließlich und verließ die Wohnung.

Der Airbus war fast leer. Um Johanna herum waren lauter freie Plätze. Wer flog schon an einem Sonntag von Lyon nach Berlin?

Sie sah aus dem Fenster auf die schneebedeckten Gipfel der Schweizer Alpen, die aus der Wolkendecke hervorlugten. Die Nachmittagssonne strahlte grell am makellos blauen Himmel.

Wie still und friedlich hier oben alles aussah, eine Idylle wie aus einem Heimatfilm. So trügerisch. So gar nicht passend zu dem Tumult in ihrem Innern.

Das ergab doch alles keinen Sinn. Wieso ließ sie das Schicksal über diesen Mann stolpern? Nur um ihr zu zeigen: Das hätte dein Preis sein können – in einem anderen Leben? Wie gemein war das denn?

Egal. Vielleicht war ihre Begegnung nicht mehr als ein dummer Zufall. Oder ein Versehen. Auf jeden Fall wäre es dämlich, dieser Chance hinterherzuheulen, die nie eine gewesen war. Klüger wäre es, sich endlich auf die Jobsuche zu konzentrieren. Oder wie lange wollte sie noch in diesem Weinladen versauern?

Genau. Jetzt hieß es, Maschinen auf Volldampf, volle Kraft voraus. Das Leben in die Hand nehmen und was daraus machen. Schließlich hatte sie nicht zum Zeitvertreib studiert.

Die Maschine neigte sich nach links, flog eine Kehre und ließ die Alpengipfel hinter sich. Johanna atmete tief durch.

29

»Und plötzlich ist es fast ein Haus.« Luc stand in dem großen Raum, der einmal Wohnzimmer sein würde, und sah durch die Fensterfront auf Beaune hinab. Die Sonne fiel auf die Scheiben, auf denen der Baustaub als marmorierte Schicht lag.

»Na ja, ein Rohbau mit Fenstern.« Thibault kontrollierte die Abdichtung zwischen Wand und Fenster. »Aber langsam wird es.«

»Ich hätte nie gedacht, dass sich dieser Bau so hinziehen würde.«

»Das haben wir dem langen, schweren Winter zu verdanken.« Thibault ging auf die andere Seite der Fensterfront und setzte dort seine Begutachtung fort. »Wie ist der eigentlich euren Jungpflanzen bekommen?«

»Es sind weniger erfroren, als wir dachten. Allerdings haben die Hasen eine Menge junger Reben angeknabbert. Stéphane meint jedoch, dass die Pflanzen sich davon erholen können. Im nächsten Winter werden wir einen stabileren Plastikschutz nehmen.«

»Hast du das Haus eigentlich Johanna gezeigt?« Thibault öffnete die Terrassentür, die nahezu geräuschlos zur Seite glitt. Warme Luft strömte in den Raum.

»Nein«, Luc trat nach draußen. Dort, wo eine Terrasse geplant war, lagen nichts als Erdhaufen. »Ich wollte, aber dann kam dieser unsägliche Vorfall mit Stéphane, und am Ende ist Johanna im Streit abgereist.« Er bückte sich, hob einen kleinen Kiesel auf, betrachtete ihn von allen Seiten und ließ ihn in seiner Hosentasche verschwinden. »Eigentlich wollte ich ihr das Haus hier zuletzt zeigen und sie fragen, ob sie meine Frau werden will. Jetzt kann ich den Ring wohl zurückbringen.«

»So schlimm?«

»Sie hat gesagt, dass das mit uns nicht klappt.«

»Weil Stéphane eine seiner Shows abgezogen hat?« Thibault sah aus, als könne er es nicht glauben. »Ich meine, ich kenne sie ja kaum, aber so, wie du sie mir bisher beschrieben hast, klang das nicht, als ließe sie sich so schnell einschüchtern.«

»Das hat sie auch nicht, glaube ich zumindest. Aber sie hat wohl erwartet, dass ich ihr nachgehe. Und nicht Coco.«

»Kann ich verstehen. Anders herum müsste Cocos Reaktion Johanna zeigen, dass sie nicht so unwillkommen in eurer Familie ist, wie sie annimmt.«

»Das hätte sie auch in der Situation selbst merken können. Schließlich hat meine Mutter versucht, Stéphane zu bremsen.«

Eine gelbgetigerte Katze setzte mit einem eleganten Sprung über den Zaun, schlich ein Stück und verharrte. Sie machte sich so flach, dass man sie kaum mehr erkennen konnte.

»Vielleicht hat sie nur eine Ausrede gesucht.«

»Also komm, Luc, deine Familie kann einen ganz schön beeindrucken. Ich weiß noch, wie ich zum ersten Mal bei euch zu Hause war, da habe ich mich wie in einem Märchenschloss gefühlt. Wären wir nicht Kinder gewesen, hätte ich vermutlich auch gedacht, dass ich da nichts zu suchen hab.«

Die Katze richtete sich ein Stück auf. Ihr Schwanz peitschte den Boden.

»Aber wir sind keine Kinder mehr. Johanna ist erwachsen und gibt vor, genau zu wissen, was sie vom Leben will. Und dann rennt sie weg?« Luc schob die Hände in die Taschen und spielte mit dem Kiesel. »Was soll ich davon halten?«

»Ich weiß nicht, Luc. Hast du mal darüber nachgedacht, wie schwer es für sie sein muss. Sie kennt deine Familie nicht, ihr beide seid erst kurz zusammen, sie ist fremd hier, ich meine ...«

Die Katze wackelte mit dem Hinterteil und sprang los.

»Dabei hat sie noch nicht einmal Mamie kennengelernt.«

Die Katze schüttelte heftig den Kopf. Dann stolzierte sie mit federndem Gang quer über das Grundstück. Man konnte deutlich sehen, dass sie etwas gefangen hatte, vermutlich eine Maus, denn sie trug einen Körper im Maul, an dem ein langer dünner Schwanz hing.

»Hast du deiner Großmutter überhaupt schon von Johanna erzählt?« Thibault sah auf seine Armbanduhr. »Dieser Fliesenleger ist wirklich die Unpünktlichkeit in Person.«

»Ehrlich gesagt, nein.«

Die Katze blieb unter einem Busch sitzen und verspeiste ihre Beute. Von fern näherte sich ein Wagen.

»Ich wollte es ihr eigentlich nicht erzählen, sondern ihr lieber Johanna direkt vorstellen.«

»In der Hoffnung, dass Johanna deine Großmutter irgendwie beeindruckt und die alte Dame ihre Vorurteile vergisst?« Thibault sah halb zweifelnd, halb belustigt aus. »Interessanter Plan. Hat ein bisschen was von Kamikaze.«

Das Motorengeräusch kam näher. Jemand schien auf den kleinen Weg abgebogen zu sein, der zum Haus führte.

»Jetzt mal ehrlich, Luc, wie soll das weitergehen? Mit Johanna und dir?«

Das war eine verdammt gute Frage, auf die Luc leider keine Antwort hatte. Überhaupt hatte er das Gefühl, nicht viel tun zu können. Johanna war nicht nur abgereist, sondern regelrecht aus seinem Leben verschwunden. »Keine Ahnung«, erwiderte er. »Sie hat sich nicht mehr gemeldet, sie geht nicht ans Telefon und beantwortet meine Mails nicht. Offen gestanden weiß ich im Moment keinen Rat.«

Die Katze saß in der Sonne und putzte sich. Eine Wagentür klappte, dann hörte man Schritte von der Hausseite näher kommen. Ein untersetzter Mann mittleren Alters bog um die Ecke.

»Monsieur Mercier!« Er tippte sich mit zwei Fingerspitzen gegen die Mütze. »Pardon, ich bin ein wenig zu spät.«

Thibault warf Luc einen vielsagenden Blick zu. »Lassen Sie uns am besten gleich reingehen, damit wir nicht noch mehr Zeit verlieren.«

»Das wird nichts, wenn du den Lavendel da einpflanzt.« Lucie saß auf dem Balkonstuhl in der Sonne und schüttelte unwirsch den Kopf. »Diese ganze Aktion ist Schwachsinn. Heute ist aufsteigender Mond, also überhaupt keine gute Phase zum Pflanzen.«

Johanna atmete geräuschvoll ein. »Meine Freizeit richtet sich aber nun nicht nach dem Mond.« Sie hielt den Lavendel hoch. »Also, wohin soll der?«

Lucie wies auf den Kübel in der Ecke. »Zu der Rose natürlich«, gab sie zurück, als könne sie überhaupt nicht verstehen, wie Johanna eine solche Frage stellen konnte.

»Wie du willst.« Johanna machte sich daran, ein Loch in die Erde zu graben.

»Rosen in Kübeln neigen zu Krankheiten«, erklärte Lucie, »Lavendel hilft dagegen.«

»Von mir aus.« Johanna stopfte die Pflanze in das Loch und drückte die Erde drum herum fest. »Und der Rest kann in die Kästen, oder was?«

Lucie rollte die Augen. »Wenn sich deine Laune auf die Pflanzen überträgt, na dann, gute Nacht. Ich wollte diesen Sommer ein Blütenmeer genießen, aber so …«

»Blödsinn«, sagte Johanna. »Als ob meine Laune und der Mond irgendwas damit zu tun hätten, wenn deine Blumen nicht sprießen.«

»Pflanzen haben eine Seele.«

»Ja, und Berliner Sommer die Angewohnheit, entweder total verregnet oder wüstenheiß zu sein.«

»Es mag eine Stärke sein, Johanna, dass du Liebeskummer in Wut verwandelst und nicht depressiv wirst, aber für deine Umwelt ist es ein Fluch.«

»Ich hab überhaupt keinen Liebeskummer.« Sie schippte Erde mit solchem Schwung in den Blumenkasten, dass mehr als die Hälfte danebenging. »Weiß gar nicht, wie du darauf kommst.«

»Du isst kaum noch was, du nimmst immer mehr ab, du hast dunkle Ringe unter den Augen, du arbeitest nur noch, und deine Laune ist zum Davonrennen.« Lucie zählte die einzelnen Punkte an den Fingern ab. »Hab ich was vergessen?«

»Selbst wenn.« Johanna drückte die Erde um die zarten Pflanzen fest. »Das geht vorbei.«

»Sicher.« Lucie nahm die Gießkanne und ging hinein, um Wasser zu holen. »Darüber reden vereinfacht manches«, warf sie Johanna über die Schulter zu.

Johanna hielt inne und starrte auf die gegenüberliegenden Häuser, hinter denen die Abendsonne den Himmel orangerot leuchten ließ. Darüber reden bedeutete, darüber nachzudenken. Aber genau das wollte sie vermeiden. Und überhaupt, was sollte das bringen? Die Dinge waren, wie sie waren.

»Weißt du?«, sagte Lucie und goss den Lavendel. »Es gibt nie nur einen Weg.«

Johanna legte die Schippe weg und zog die Gartenhandschuhe aus. »Sein Platz ist dort und meiner hier. Was soll es da schon für Möglichkeiten geben?«

»Ist das so?« Lucie klang nicht überzeugt. »Wieso genau ist dein Platz hier?«

»Na, weil ...« Johanna setzte sich auf den Stuhl und zog die Beine an. »Weil ...« Irgendwie wollte ihr kein Grund einfallen. »Okay, nicht zwangsläufig hier in Berlin, aber bestimmt nicht in einer französischen Kleinstadt, in der sich das ganze Leben nur um Wein dreht«, gab sie zu.

»Geht es wirklich darum?« Lucie wandte sich dem frisch bepflanzten Kasten zu und schwenkte die Gießkanne darüber.

»Worum sonst?«

»Hm, lass mich überlegen. Worum geht es in der Liebe? Um Zusammengehörigkeit? Eine Familie gründen? Um Nähe? Kompromisse machen? Sich aufeinander einlassen?« Sie drehte sich um und sah Johanna mit einem Blick an, in dem sich tausend Fragen zu spiegeln schienen.

»Ich weiß nicht.« Johanna hätte das gern alles einfach verneint und weggewischt. Aber wenn Lucie sie so musterte …

»Fürchtest du nicht einfach nur, du könntest vom Regen in die Traufe geraten?«

»Wie meinst du das?«

»Du hast dich so sehr von deinen Eltern emanzipieren müssen. Du wolltest dein eigenes Ding machen und nicht den Weg gehen, den sie für dich geplant haben. Und das ist dir ja auch gelungen, aber ich bin sicher, es hat dich mehr geschmerzt, als du dir eingestehst.« Lucies Stimme war mit jedem Wort leiser geworden, aber auch sanfter. »Und dann platzt da dieser Mann in dein Leben, und du verliebst dich ausgerechnet in jemanden, dessen Familie ähnlich funktioniert wie jene, die du so tapfer vor den Kopf gestoßen hast. Schon wieder sollst du von dem Weg abweichen, den du gehen wolltest. So sieht es doch im Moment für dich aus, oder?«

»Irgendwie schon.« Johanna konnte das Brennen in ihrer Brust fühlen, die Hitze hinter den Augen, die Tränen ankündigte. »Ich kann doch nicht alles aufgeben, wofür ich gekämpft habe!«

Lucie stellte die Gießkanne ab und kniete sich vor Johanna hin. »Musst du das denn? Verlangt er wirklich von dir, dass du alles aufgeben sollst? Ist Luc – wenn du ehrlich zu dir bist – nicht jemand, der dich eher unterstützt als bremst?« Sie legte ihre Hände auf Johannas Beine. »Horch in dich hinein, Johanna. Was ist mit deinem Gefühl, der Liebe? Ist die nicht größer als die Angst?«

30

»Was denkst du?« Luc stand hinter seiner Mutter und sah ihr dabei zu, wie sie sich langsam durch die Entwürfe der neuen Homepage klickte.

»So etwas habe ich noch nie gesehen. Erst recht nicht bei einem so traditionellen Thema.« Anne fuhr mit der Maus über eines der Bilder. Es erschien eine Filmklappe, auf der wie von Geisterhand mit Schwung *Richebourg 2012 Entonnage* geschrieben wurde. Dann fiel die Klappe, und ein roter Pfeil erschien, um das Video zu starten. »Die Fotos und der Hintergrund sind einmalig.«

»Nicht doch zu modern?«

»Nein«, zögerte sie nicht einen Moment.

Wenn er seine Mutter so leicht gewinnen konnte, hatte Johanna vielleicht doch recht damit, dass er nicht mutig genug in die Zukunft blickte. Auf jeden Fall stand der Realisierung der Webseite nichts mehr im Wege. Seine Mutter hatte das letzte Wort.

»Und das waren alles Ideen von Johanna?« Anne drehte sich mit dem Stuhl um und schlug die Beine übereinander.

»Ja. Sie fand die ersten Entwürfe fade und hatte sofort einen Haufen neuer Vorschläge. Da sie Profi in diesem Bereich ist, dachte ich, es sei eine gute Sache, sie daranzusetzen.«

Anne nickte bedächtig. Sie wirkte nachdenklich, und es sah so aus, als starrte sie in eine innere Welt, an der sie ihn nicht teilhaben lassen wollte.

»Aber es zwingt uns natürlich niemand, das so zu machen.« Lucs Zuversicht, die er eben noch wie einen warmen Wind auf der Haut gespürt hatte, war auf einmal verflogen.

Anne schüttelte kurz den Kopf, gerade so, als müsste sie sich selbst aus einem Tagtraum wecken, sah ihn an und lächelte. »Aber nein, ich finde diese Entwürfe wunderbar. Wir wären dumm, wenn wir sie in der Schublade verstauben lassen würden. Wann kann das online gehen?«

Er zuckte die Schultern. Manchmal hatte er das Gefühl, seine Mutter dachte in einer anderen Geschwindigkeit oder gar Dimension als er selbst. »Im Grunde sofort.«

»Gut.« Sie stand schwungvoll auf und überließ ihm seinen Schreibtisch wieder. »Was schulden wir Johanna dafür?«

»Nichts. Ich glaube, sie wäre beleidigt, wenn ich ihr dafür ein Honorar anbieten würde.« Er setzte sich und widerstand der Versuchung, die Füße auf den Tisch zu legen.

»Hast du das Stéphane schon gezeigt?« Anne nahm sich einen Kaffee und rührte in der Tasse.

»Nein, nur Coco und dir.«

»Dann mache ich das vielleicht lieber.« Sie trank die Tasse in einem Zug leer und stellte sie ins Abwaschbecken. »Was aber nicht heißt, dass du und dein Bruder die Geschichte nicht klären solltet.«

»Meinst du?« Zu gern würde er den Streit als Bagatelle abtun, doch die Chancen, dass seine Mutter ihm das abkaufte, standen schlecht.

»Tu nicht so, Luc. Wie lange geht das jetzt schon?« Sie lehnte sich gegen die Spüle und verschränkte die Arme vor der Brust. »Es lastet immer mehr Verantwortung auf Stéphane, und wir beide wissen, dass Cécile beim besten Willen keine Hilfe für ihn ist. Ich weiß, dass auch du viel zu tun hast. Vor allem wegen dieser Sache mit den Chinesen. Aber ihr solltet euch aussprechen. Keiner von euch sollte Entscheidungen allein treffen. Das habe ich nie getan, dein Vater nicht, nicht einmal deine Großmutter. Stéphane und du, ihr müsst an einem Strang ziehen. Und du weißt, wie bockig er ist. Also, bricht dir wirklich solch ein Zacken aus deiner Krone, wenn du auf ihn zugehst?«

»Womit denn?« Luc hatte Mühe, seinen Ärger in Schach zu halten. »Wir haben die Aufgaben und Verantwortlichkeiten geteilt. Er ist in den Reben, ich kümmere mich um das Geschäftliche. Denkst du, Stéphane möchte, dass ich ihm reinrede, welche Traubensorte er in diesem Jahr mit welcher anderen mischen sollte, um einen neuen Crémant oder was auch immer zu kreieren?«

»Das sicher nicht.« Anne blieb bestimmt, aber sanft. »Aber du kennst den Markt. Du musst ihm deine Einschätzung geben, ob es überhaupt Sinn hat, einen weiteren Crémant zu kreieren. Oder ob ein Rosé gefragt sein wird und, wenn ja, wo und ob eher ein trockener oder ein lieblicher. Dein Vater und dein Onkel haben diese Dinge immer besprochen. Ich verstehe nicht, wieso ihr das nicht tut.«

»Du weißt genau, dass wir das früher auch getan haben.« Das Telefon klingelte. Luc warf einen Blick auf das Display und entschied, nicht dranzugehen. »Seit ich mit Élodie zusammen war, haben wir aufgehört, miteinander zu reden. Keine Ahnung, warum.« Das Telefon verstummte.

»Dann solltest du mit ihm genau darüber sprechen. Immerhin ist Élodie Geschichte.« Sie ging zum Stuhl hinüber, über den sie ihre Jacke geworfen hatte. »Ich weiß nur, dass er befürchtet, du würdest dich mehr um die Weine der Gascons kümmern als um unsere. Weil sie profitabler sind.« Sie zog ihre Jacke über. »Ich hab Stéphane mehrmals gesagt, dass das Unsinn ist, aber er ließ sich nicht davon abbringen. Und ich persönlich glaube, dass Cécile nicht ganz unbeteiligt daran ist.«

»Und weil ich immer noch einen Vertrag mit den Gascons habe, denkt Stéphane ...« Luc schüttelte den Kopf. »Wie kommt er immer nur auf solche Ideen? Das ist doch völlig abwegig.«

Anne zuckte mit den Schultern. »Du kennst deinen Bruder doch. Wenn er sich irgendwas in den Kopf gesetzt hat ... Halsstarrig wie Coco.«

»Gut, ich rede mit ihm. Gleich morgen. Versprochen.« Er stand auf, um seine Mutter zu verabschieden.

»Ich fand es übrigens sehr schade, dass Johanna nicht zum Essen geblieben ist«, sagte sie und warf sich ihre Tasche über die Schulter. »Michel und ich hätten sie gern näher kennengelernt.«

»Ja …« Luc wusste nicht, was er dazu sagen sollte. Im Moment wusste er ja nicht einmal, wie oder ob es mit ihnen weiterging.

»Wieso bist du ihr eigentlich nicht nachgegangen?«

Er sah seine Mutter an. Wie schaffte sie es nur, mit solcher Treffsicherheit stets den Finger in die Wunde zu legen? War das ihr spezielles Talent, oder beherrschten das alle Mütter? »Ich dachte, es wäre besser, zunächst die Wogen in der Familie zu glätten.«

Anne zog eine Augenbraue hoch. »Welche Wogen? Der Einzige, der Wogen geschlagen hat, war dein Bruder. Und der hätte sich von ganz allein wieder beruhigt. Aber Johanna hast du allein gelassen. In einem Moment, in dem du zu ihr hättest stehen müssen, Luc.« Sie schüttelte den Kopf und wirkte traurig. »Was hab ich nur falsch gemacht?«

»Du?«

»Natürlich ich. Ich bin deine Mutter. Wenn du es von mir nicht gelernt hast, wie man Frauen behandelt, von wem dann?«

»Vielleicht hast du recht. Sie hat mir etwas in der Richtung vorgeworfen.«

»Dann mach es wieder gut.«

»Als wäre das so einfach, Maman.«

»Ist es das nicht?«

Er seufzte. Es war lange her, dass sie über solche Dinge gesprochen hatten. »Sie redet nicht mehr mit mir.«

»Schick ihr Blumen. Schreib ihr einen Brief.« Ihr Blick war sanft, doch es lag eine Spur Belustigung darin. Als ob es sie amüsierte, dass ihr erwachsener Sohn sich dermaßen ungeschickt anstellte. »Manchmal muss man einfach seinen Stolz schlucken. Und wenn nötig, musst du eben zu ihr fahren.«

»Johanna denkt, dass sie nicht hierherpasst.«

Anne überlegte einen Augenblick. Auf ihrer Stirn bildeten sich zarte Falten. »Na ja, sie ist nicht wie wir, gewiss. Doch ich weiß noch, als Michel und ich zum ersten Mal deutsches Bier getrunken haben, fanden wir das ungewohnt, aber ziemlich lecker.« Sie umarmte ihren Sohn. »Du kriegst das schon hin.«

Okay, Mintgrün war vielleicht nicht die beste aller Ideen gewesen, aber immerhin war es frisch und anders. Und die Farbe dünstete Chemikalien aus, die vermutlich für psychedelische Träume sorgen würden. Nun ja, das konnte ein Gewinn sein. Johanna lächelte und knipste das Licht aus. Sie sah sich schon von plüschigen Farbrollen träumen, die sie verfolgten und Lucies Wohnung in eine mintgrüne Hölle verwandelten. Eimer, die den Rollen in halsbrecherischem Sprint folgten, so dass die Farbe herausschwappte. Und dann die Skulpturen. Lucies kopulierende Gestalten in Mintgrün. Johanna musste laut lachen, bis sie wieder den Kloß in ihrem Hals spürte. Das Lachen erstarb in ihrer Kehle. Der Farbgeruch war plötzlich nicht mehr als eben genau das: Farbe. Kein Chemiecocktail zur Stimmungsaufhellung. Sie blieb zurück mit dem Kummer, dem leisen Aufflackern der Hoffnung bei jedem Telefonklingeln und der Leere, die sie nicht vertreiben konnte, wenn es wieder nur eine von Lucies Kundinnen war. Mit dieser dummen Illusion, er sei der eine, auf den sie schon immer gewartet hatte. Das gab es doch gar nicht, dass sie wirklich an diese blöde Deckel-und-Topf-Nummer glaubte.

Und doch, Luc war so präsent in ihren Gedanken, dass sie manchmal meinte, ihn zu spüren wie einen Lufthauch auf der Haut. Als säße er am Fußende ihres Betts und sähe sie an.

Sie lehnte sich zurück in die Kissen und schloss die Augen. Es fühlte sich an, als fehlte plötzlich ein Teil von ihr. Und als würde sie über diese Lücke niemals hinwegkommen können.

Sie schlug die Augen wieder auf. Es war besser, in die Dunkelheit zu schauen als in diese düstere innere Welt. Alles kein Grund zur Verzweiflung, sagte sie sich. Das hörte auf. So etwas hörte immer auf, früher oder später. Liebeskummer hatte eine Halbwertszeit, bestimmt vom Sieg der Vernunft über das Herz. Und das war nur ein Muskel. Kein Grund zur Sorge also.

31

Johanna saß auf der Schaukel, die schon seit ihrer Kindheit am starken Ast der alten Eiche hing, und sah den Kindern beim Spielen zu. Nichts hatte sich geändert. Sie war nur älter geworden. Früher hatte sie zugesehen, weil sie immer ihren Eltern helfen musste und ihr ohnehin nie genug Zeit zum Spielen blieb. Heute war sie zu alt, um im Buddelkasten zu sitzen und Sandkuchen mit den Kindern der Feriengäste zu backen.

Es war warm für diesen Tag, der nicht mehr richtig Frühling, aber auch noch nicht Sommer sein wollte. Der Himmel spannte sich tiefblau über das Grün der Blätter, die Luft schmeckte nach Salz, und die Wiesen waren übersät mit bunten Blumen. Gleich hinter dem Deich war die Ostsee, nur einen Katzensprung entfernt und doch von hier nicht zu sehen.

Sie kannte jeden Strauch, jeden Stein, doch ein Heimatgefühl stellte sich irgendwie nie ein. Auch das war immer gleich. Auf dem Weg hierher freute sie sich, kaum war sie angekommen, wollte sie weg. Und dabei war das ihr Zuhause.

Der Gedanke hatte einen eigenartigen Nachhall. Zuhause. Heimat. Was war das eigentlich? Und wie sollte sie ein Gefühl der Vertrautheit für einen Ort empfinden, an dem sie weniger Lebenszeit verbracht hatte als an den anderen Stationen ihres Weges? Nein, da kam das Internat schon eher einem Zuhause nahe.

Sie warf einen letzten Blick auf die fröhliche Kinderschar, dann stand sie langsam von der Schaukel auf und ging über die Wiese auf das Haus zu.

Johannas Mutter war gerade dabei, die Tische auf der großen Terrasse abzuwischen. »Kannst mir gleich helfen?«, warf sie ihr über die Schulter zu. »Spann schon mal die Sonnenschirme auf. Und dann kannst du das Besteck und die Servietten holen.«

Johanna würgte einen bissigen Kommentar herunter. Wozu sich aufregen? Es war eine Endlosschleife der immer gleichen Argumente, auf die üblicherweise ihre überstürzte Abreise folgte, und sie hatte keine Ahnung, wie sie und ihre Eltern da jemals rauskommen könnten.

»Dünn bist du geworden«, stellte ihre Mutter mit der für sie so typischen Beiläufigkeit fest, »isst du nicht richtig?« Sie begann Besteck in Servietten zu rollen und dann in ein Glas auf der Mitte des Tisches zu stellen.

»Ich arbeite zurzeit viel.« Johanna tat es ihrer Mutter gleich. »Außerdem hab ich überhaupt nicht so viel abgenommen.«

Ihre Mutter warf ihr einen skeptischen Seitenblick zu. »Du bleibst doch zum Grillabend heute, oder?«

»Ich wollte eigentlich nach Kühlungsborn ins Vielmeer. Da ist am Wochenende doch immer Live-Musik.«

»Muss das sein?« Die Stimme ihrer Mutter bekam einen genervten Unterton. »Wir können hier jede Hand gebrauchen. Und überhaupt.« Sie ging zum Nebentisch und machte dort mit dem Besteck weiter. »Jetzt, wo du mal da bist. Würdest wenigstens mal was Ordentliches zu essen bekommen.«

»Ich hab gestern Abend schon geholfen«, gab Johanna zu bedenken, versprach sich jedoch nicht viel davon. »Und das, obwohl ich direkt vom Zug gekommen bin. Ihr habt mich nicht einmal abgeholt.« Sie rieb sich über die Augen.

»Wir hatten alle Hände voll zu tun.« Jetzt klang ihre Mutter vorwurfsvoll. »Freitagabend. Dir dürfte bekannt sein, dass da neben den Touristen immer noch die Leute aus der Umgebung kommen. Wie kannst du da erwarten, dass Papa dich aus Bad Doberan vom Zug abholt?«

»Genau. Ich bin ja auch in der Stoßzeit angekommen. Um

halb elf.« Johanna schmiss das restliche Besteck auf den Tisch. »Und Bad Doberan ist ja auch mit dem Auto so ungeheuer weit entfernt. Ganze fünfzehn Minuten. Wie kann ich nur so unverfroren sein zu erwarten, ihr würdet euch freuen, dass ich euch besuche, und mich schon deshalb abholen? Schon erst recht, wo doch um die Zeit kein Bus mehr fährt und Taxis auch kaum zu finden sind.«

»Werd nicht frech, Fräulein!«

»Wie bin ich nur auf die Idee gekommen, überhaupt hierherzufahren?«

»Johanna!« Am Hals ihrer Mutter zeichneten sich rote Flecken ab, machten sich auf den Weg, das Gesicht zu erobern. »Vergiss nicht, mit wem du sprichst! Ich bin immer noch deine Mutter!«

»Schön, dass dir das auffällt. Ich wünschte nur, du würdest dich auch mal so verhalten, als wäre ich deine Tochter. Aber das war ja schon immer zu viel verlangt.« Sie musste hier weg. Sofort. Sonst konnte sie für nichts mehr garantieren.

»Das ist ja wohl ...« Die Empörung ließ die Stimme ihrer Mutter stocken. »Johanna, du kommst jetzt sofort ...«

Johanna ließ die Worte an sich vorbeirauschen. Sie nahm die Treppe im Sturm, immer gleich drei Stufen auf einmal, stürzte in ihr Zimmer, riss Jacke und Handtasche vom Stuhl und rannte wieder nach draußen. Dort schnappte sie sich das erstbeste Fahrrad von denen, die am Haus lehnten, schwang sich auf den Sattel und trat in die Pedale, was das Zeug hielt. Erst als sie schon ein ganzes Stück auf dem Radweg hinter dem Deich vom Haus entfernt war, drosselte sie atemlos das Tempo.

Am nächsten Morgen war es bedeckt, und ein feiner Nieselregen ging auf das Land nieder. Johanna lag im Bett und hörte durch das offene Fenster das Geklapper von Geschirr. Sie wusste genau, dass ihre Mutter besonders lautstark hantierte, um sie aus dem Schlaf aufzuscheuchen. Aber die Nummer zog nicht. Nichts in der Welt würde sie dazu bringen, sich aus dem Bett zu schwingen, hinunterzugehen und ihrer Mutter Hilfe anzubieten.

Johanna wartete so lange, bis sie von unten die ersten Stimmen vernahm. Sie wusste, dass ihre Mutter nun so damit beschäftigt wäre, sich um die Gäste zu kümmern, dass sie nahezu unbemerkt in die Küche zu ihrem Vater schlüpfen konnte. Schnell zog sie sich an und schlich die Treppe hinab.

»Guten Morgen, meine Süße«, begrüßte ihr Vater sie mit prächtiger Laune. »Gut geschlafen?«

Sie küsste ihn auf die Wange und nahm sich einen Kaffee. »Geht so.«

»Ich hab es gehört.« Er schlug Eier mit einem großen Schneebesen, bis sie schaumig wurden. »Deine Mutter hat mir en détail von eurem Streit erzählt.«

Johanna nahm sich ein Croissant und biss hinein. »Ich weiß, ich bin mal wieder aus der Haut gefahren.«

Ihr Vater winkte ab. »Du kennst sie doch. Sie kann es einfach nicht verwinden, dass du die Pension nicht übernehmen willst.« Er füllte den Eischaum in eine große Pfanne und streute Salz darüber. »Sie hatte immer diesen Traum vom Familienunternehmen. Dass du hier weitermachen würdest, mit einem netten Mann, und Mutter eure Kinder großzieht.«

»Ich weiß, aber das war nie mein Traum.«

»Musst du mir nicht erzählen.« Er öffnete den Ofen. Der Geruch frisch gebackener Brötchen verbreitete sich in der Küche. »Ich hab oft genug versucht, ihr das auszureden. Aber sie hat sich in diese Idee so verrannt, da ist kein Beikommen.« Er schüttete die Brötchen vom Blech in einen großen Korb. »Mach einfach, was du willst, und kümmere dich nicht darum. Du musst dein Leben leben und glücklich werden.«

Johanna schob sich den letzten Bissen Croissant in den Mund. »Ich nehme den Bus in einer halben Stunde, damit ich den Mittagszug aus Bad Doberan bekomme. Bitte sag Mama, dass es mir leidtut, aber …« Sie trank ihren Kaffee aus. »Ach, sag ihr einfach schöne Grüße, und ich rufe sie demnächst an.« Sie küsste ihren Vater auf die Wange und wandte sich zum Gehen. »Mach's gut, Papa. Bis demnächst.«

»Gute Fahrt.« Er nickte ihr zu, und das Lächeln in seinem Gesicht wirkte gequält.

32

Luc war gerade dabei, seine Jacke anzuziehen, da trat Madame Gascon durch die offenstehende Tür in sein Büro. Sie war wie immer tadellos gekleidet, das Chanel-Kostüm von der gleichen zeitlosen Eleganz wie ihr unterkühltes Lächeln.

»*Bonjour.*« Sie reichte ihm ihre schmale Hand. »Wollten Sie gerade aufbrechen?«

»Nichts Wichtiges, Madame Gascon«, wiegelte er ab und bot ihr einen Stuhl an. Es war schon eigenartig. Um ein Haar wäre sie seine Schwiegermutter geworden, aber als hätte sie geahnt, dass es nie dazu kommen würde, hatte sie ihm nie das Du angeboten. »Was führt Sie zu mir?« Ein ungutes Gefühl machte sich in seinem Bauch breit. »Mögen Sie vielleicht einen Kaffee? Ein Glas Wasser?«

»Ich mache es kurz, Monsieur Béjart.« Sie hielt sich sehr aufrecht, wodurch sie größer wirkte, als sie wirklich war. »Wir werden den Vertrag mit Ihnen nicht verlängern. Aber das ist unter den gegebenen Umständen sicher keine Überraschung für Sie.«

War es in der Tat nicht, doch jetzt, wo es ausgesprochen war, wurde Luc bewusst, dass er insgeheim gehofft hatte, die Gascons würden diesen Schritt nicht tun. »Nein. Ich verstehe das natürlich.« Die Entscheidung war strategisch nicht klug, keine Frage. Die Gascons verfügten weder über das Personal noch über die Logistik, ihre Weine rund um die Welt zu verkaufen. Aber darum ging es natürlich nicht. Er hatte ihre Tochter zum Gespött gemacht. Keiner verschmähte eine Gascon, erst recht nicht ungestraft. Das hier war eine Frage der Ehre.

»Schön.« Madame Gascon zuckte kurz mit den Mundwinkeln, als wollte sie ihn anlächeln, und hatte es sich dann doch anders überlegt. »Ich hatte gehofft, dass wir das so problemlos klären können. Wir halten natürlich den Vertrag bis zu seinem Ende am einunddreißigsten August ein.«

Luc sah vor seinem inneren Auge den Montrachet, den teuersten Wein der Welt, an ihm vorbeiziehen, zum Greifen nah und unerreichbar zugleich. Und mit ihm das Renommee, den Anreiz, mit ihm, Luc, Geschäfte zu machen, auch andere Weine über ihn zu beziehen, nur um an diesen einen edlen Tropfen zu kommen. Er sah große Geschäfte davonsegeln, Businesskontakte im Treibsand versinken.

»Nicht nötig, Madame Gascon. Ich lasse einen Aufhebungsvertrag aufsetzen. Mein Anwalt wird sich dann bei Ihnen melden.«

»Wie Sie meinen.« Sie klang erleichtert. »Wie groß sind denn Ihre Bestände noch?«

»Ich kann es nicht genau sagen, aber nicht mehr als fünf Flaschen.«

»So?« Ihre Augen wurden eine Spur dunkler.

»Sie wissen doch selbst, der Ertrag der letzten zwei Jahre war desaströs. Aber das hat der Nachfrage nach Ihrem Montrachet natürlich nicht geschadet. Im Gegenteil.«

»Nun, wenn das so ist ...« Sie überlegte. »Fünf Flaschen, sagen Sie?«

Er nickte. »Ich lasse sie Ihnen vorbeibringen.«

»Ach, wissen Sie, ich könnte sie auch direkt mitnehmen.«

»Natürlich.« Luc nahm seine Schlüssel. Nicht auszudenken, was ihm bevorgestanden hätte, hätte er in diese Familie eingeheiratet.

»Entschuldige die Verspätung, Mamie.« Luc küsste seine Großmutter zärtlich auf beide Wangen. »Als ich gerade aufbrechen wollte, kam Madame Gascon unangemeldet vorbei.«

»Um dir den Vertrag zu kündigen?« Cathérine Béjart nahm die Jacke vom Haken und reichte sie ihm.

»Woher weißt du …?« Er bewunderte, wie behände sie trotz ihres hohen Alters in die Jacke schlüpfte.

»Ich bitte dich«, stellte sie amüsiert fest.

»Schon gut, ich hab ja auch damit gerechnet.« Er hielt ihr die Tür auf. »Hast du deinen Einkaufszettel?«

Cathérine bedachte ihn mit einem vielsagenden Blick. »Selbstverständlich nicht. Ich trainiere mein Gedächtnis.«

Luc ließ sie in den Wagen steigen und warf die Tür zu, ehe er sich auf den Fahrersitz schwang. »Ich werde es verkraften. Also das mit den Gascons.«

»Das will ich hoffen.« Sie setzte ihre Sonnenbrille auf und legte ihre Hände in den Schoß. »Du hast dir die Suppe eingebrockt, du wirst sie auslöffeln. Bis auf den letzten Tropfen.«

»Ich hätte nie etwas mit Élodie anfangen sollen. Zumindest nichts Ernstes.« Er ließ den Motor an und fuhr los. »Irgendwie begann es ganz harmlos, und dann hat es sich verselbständigt. Und ehe ich mich versah, war ich verlobt.«

Cathérine wandte den Kopf und sah ihn an. »Bitte, spiel jetzt nicht das unschuldige Opfer, das nicht wusste, wie ihm geschah. Das nimmt dir niemand ab.« Sie klang streng, wie sie es damals in seiner Kindheit gewesen war. Immer aufrecht und aufrichtig, geradlinig und konsequent. Keiner konnte ihr etwas vormachen, sie traf stets ins Schwarze.

»Du hast recht, Mamie. Es tut mir leid.«

»Hauptsache, du lernst daraus.« Sie blickte aus dem Fenster. »Weißt du, Luc, es ist kein Geheimnis, dass ich über diese Verbindung nie glücklich war. Montrachet hin oder her, Élodie ist eine verzogene Prinzessin, ihr Vater ein Schwächling und ihre Mutter eine arrogante Dame. Mal abgesehen davon, dass wir diesen problematischen Familienzuwachs hätten bändigen müssen, war gleichzeitig immer klar, dass Élodie keinen Finger für die Familie gekrümmt hätte. Sie wäre nie eine Béjart geworden.«

»Ich weiß. Ich hab mich blenden lassen.«

»Von ihrer Schönheit?« Cathérine machte ein schnalzendes Geräusch. »Welch vergängliches Gut.«

»Wie man es nimmt. Auch du bist noch eine attraktive Frau.«

»Schmeichler.« Für einen Moment legte sie ihre Hand auf seine und strich darüber. »So warst du schon als kleiner Junge.«

Luc lachte. »Ich wusste eben schon immer, wie ich am besten durchs Leben komme.« Er nahm ihre Hand, führte sie an seine Lippen und küsste sie. »Aber ich habe das ernst gemeint. Du bist schön, Mamie.«

»Selbst wenn.« Sie seufzte. »Für mich ist schon lange jeder Tag, den ich erlebe, ein Geschenk. Manchmal glaube ich, ich lebe nur noch, weil ich mir fest vorgenommen habe, Urgroßmutter zu werden.«

»Dann war das ein guter Plan.«

»Vielleicht.« Sie entzog ihm ihre Hand und legte sie wieder in den Schoß. »Auf jeden Fall muss ich noch erleben, dass du und Coco euer Glück findet.«

»Bei Coco wird das, glaube ich, nicht leicht.« Er drosselte das Tempo und schaltete herunter. Vor ihnen fuhr ein Trecker mit einem so breiten Anhänger, dass er ihn nicht überholen konnte. »Und bei mir …« Er zögerte. Sollte er ihr von Johanna erzählen? Ausgerechnet jetzt, da er gar nicht wusste, ob es mit ihnen überhaupt weiterging?

»Du musst wissen, was du tust.« Ihre Stimme hatte jede Wärme verloren.

Luc warf ihr einen Seitenblick zu. Sie sah starr geradeaus. Kein Muskel regte sich in ihrem Gesicht. »Ich …«, setzte er zu einer Erklärung an und wusste dann nicht, was er sagen sollte. Er verstand, dass sie ohnehin Bescheid wusste.

»Es ist deine Entscheidung, Luc, aber ich hoffe, du begehst keinen Fehler. Oder muss ich dir sagen, was du aufs Spiel setzt?«

Er zog auf die Gegenfahrbahn, spürte, wie der Wagen auf der linken Seite auf dem feuchten Lehmboden rutschte, lenkte gegen, bis sie wieder auf der Fahrbahn waren, und gab Gas.

33

»Grundgütiger! Was ist denn hier los?« Johanna blieb in der Tür stehen, ließ die Tasche fallen und starrte ungläubig auf das Bild, das sich ihr bot. Rosen. Überall Rosen. In Vasen, Eimern, Weizenbiergläsern.

»Ich hab schon welche an die Nachbarn verschenkt.« Lucie gluckste vergnügt und rückte die Rosenblüten, die in ihren Haaren steckten, zurecht. »Wir können eine Blumenhandlung aufmachen, wenn das so weitergeht.«

Johanna schloss die Tür. »Wie? Gibt es etwa noch mehr davon?«

»Aber ja. In der Küche, in deinem Zimmer ... Ich hab auch einen Strauß ins Bad gestellt. Das Rot passt allerdings nicht zu der Farbe der Handtücher.«

»Wo kommen die denn her? Und wieso sind es so viele?«

»Das fragst du nicht wirklich, oder?« Lucie zog die Augenbrauen zusammen. Über ihrer Nase bildete sich eine steile Falte.

»O nein, was ist das denn?« Johanna zeigte auf eine der Skulpturen. »Das ist nicht dein Ernst, oder?« Sie bog sich vor Lachen.

»Wieso? Ich finde das hübsch.« Lucie klang beleidigt.

»Hübsch?« Johanna prustete und bekam kaum noch Luft. »Das ist für dich also hübsch?«

»Ich weiß überhaupt nicht, was du daran so komisch findest.« Lucie zog einen Schmollmund. »Ich finde, die roten Rosen passen ganz wunderbar zu dem Elfenbeinton des Steins, aus dem ich das Paar gearbeitet habe.«

»Keine Frage.« Johanna schnappte nach Luft und wischte sich die Tränen aus den Augen. »Aber so, wie du, vor allem *wo* du die Rosen bei den beiden untergebracht hast, sind die nach ihrem Liebesspiel völlig zerkratzt, und das an besonders delikaten Stellen.« Sie konnte sich das Kichern nicht verkneifen.

»Also wirklich, Johanna! Hast du denn gar keine Phantasie?«

»Wohl eher zu viel.«

»Und keine Ahnung.«

»So?«

»Man entfernt doch die Stacheln, ehe man Rosen verkauft.« Lucie zog einen Umschlag unter einer der Vasen hervor. »Lies lieber das hier, ehe du weiter auf mir herumhackst. Das kam mit den Rosen. Ist sicher von deinem Kavalier.« Sie machte auf dem Absatz kehrt und rauschte Richtung Arbeitszimmer. »Im Übrigen kommt gleich eine Klientin. Ich wäre dir also sehr verbunden, wenn dann Ruhe herrscht.« Sie drehte sich in der Tür noch einmal halb um und bedachte Johanna mit einem strengen Blick. »Vor allem energetisch.«

»Ja, ja.« Johanna drehte den Umschlag hin und her. Es stand nichts darauf. »Ich werde meine Energien im Zaum halten. Ich kann auch spazieren gehen, wenn dir das lieber ist.«

»Allerdings.« Lucie verschwand in ihrem Zimmer. Die Tür fiel mit Wucht ins Schloss.

Johanna steckte ihr die Zunge raus. »Humorlose Klangschalentrommlerin.« Sie riss den Umschlag auf und zog das Papier heraus. Es war dick und sicher teuer, jedenfalls sah es so aus.

Sie entfaltete es vorsichtig. Die Handschrift war fremd, die R ganz eigenartig geformt, die Worte in dicker schwarzer Tinte geschrieben. *Mon trésor, je suis désolé*, stand dort, *was muss ich tun, damit du mir verzeihst?*

Johanna blickte abwechselnd auf die Nachricht und das Blumenmeer. Die Gedanken in ihrem Kopf waren ins Stocken geraten, kamen nicht mehr voran. Sie atmete flach, ihre Hände zitterten, und sie wusste nicht, wieso. Sie wusste gar nichts mehr. Alles war verkehrt.

Sie hielt die Luft an, als könnte sie so die Lichtpunkte, die vor ihren Augen tanzten, stoppen oder auch dieses Gefühl loswerden, dass sie nur ein- und nicht mehr ausatmen konnte. Sie wollte das nicht. Es machte alles nur schlimmer und drohte, ihre Entscheidung zu kippen und sie umfallen zu lassen, mitten hinein in etwas, das jeder für ein Märchenschloss hielt, nur sie nicht.

Nein. So einfach ging das nicht.

Sie steckte die Nachricht hinter den Spiegel und sammelte sämtliche Rosen ein. Als sie die Arme voll hatte, stapfte sie durchs Wohnzimmer, raus auf den Balkon, beugte sich über die Brüstung und ließ die Rosen fallen. Sie sah ihnen nicht einmal hinterher.

»Du hast was?« Lucie sah aus, als hätte ihr gerade jemand gesagt, dass gleich John Lennon zu Besuch käme, und zwar ohne Yoko Ono.

»Die Rosen vom Balkon geschmissen. Was genau ist daran unklar?« Johanna betrachtete die Grappaflasche in ihrer Hand, das Glas auf dem Tisch, schüttelte den Kopf und trank aus der Flasche. Es brannte herrlich im Hals.

»Aber du kannst doch nicht …«

Ein Feiertag. Lucie war zum ersten Mal, seit sie sich kannten, sprachlos. Darauf gleich noch einen Schluck Grappa. »Wieso nicht?«

»Die schönen Blumen.« Lucie war blass und sank mehr auf den Stuhl, als dass sie sich setzte.

»Keine Bange, deine Skulptur habe ich nicht angerührt.« Johanna setzte die Flasche erneut an. An einem Tag wie diesem gab es gar nicht genug Alkohol.

»Ich verstehe dich nicht.« Lucie schüttelte den Kopf. »Endlich meint es mal ein Mann ernst mit dir und kann es tatsächlich mit dir aufnehmen, und was machst du? Ignorierst ihn und wirfst seine Rosen weg.« Sie tippte sich gegen die Stirn. »Irgendwas stimmt mir dir hier oben nicht.«

»Ist das so? Und wenn schon.« Johanna nahm noch einen Schluck. Ihr Kopf wurde leicht, als wäre er mit Helium gefüllt. Das war ein tolles Phänomen, ein bisschen surreal, aber das stand diesem Tag doch prächtig, oder? »Und was heißt überhaupt, er kann es mit mir aufnehmen?« Sie winkte ab, und der Schwung der Bewegung brachte sie fast ins Taumeln. »Egal. Interessiert mich nicht mehr.«

»Mit dir aufnehmen heißt, er kann mit deinem Temperament umgehen und rennt nicht davon. Und dass dich das alles nicht kümmert, glaub ich dir nicht.«

»Ist mir auch egal.« Irgendwie wurde das Sprechen schwer. Sehr sonderbar. Die Zunge schien zu wachsen, lag schwer in ihrer Mundhöhle.

»Du bist betrunken.« Lucie nahm ihr die Flasche aus der Hand und hielt sie schief ins Licht. »War die nicht vorhin noch fast voll?«

Johanna neigte den Kopf zur Seite, und die Welt bekam Schlagseite. »Kann sein.«

Lucie stand auf und stellte die Flasche in den Schrank. »Ich glaube, ich koche uns mal einen Kaffee.«

Johanna wollte protestieren, aber das erschien ihr auf einmal sehr mühselig. Also setzte sie sich stattdessen auf den Stuhl, stützte den Ellenbogen auf den Tisch und legte den schweren Heliumkopf in die Hand. Die Küche hatte starken Seegang. »Weißt du, ich hab wirklich gedacht, der liebt mich. Und dann? Dann hat er mich einfach so gehen lassen. Das macht man doch nicht, wenn man jemanden liebt, oder?«

Lucie löffelte Kaffeepulver in die Espressokanne. »Ach, wenn es immer so einfach wäre, das Richtige zu tun …«

»Ist es das nicht?«

»Ich weiß nicht.« Lucie stellte die Espressokanne auf die Herdplatte. »Ich kenne deinen Luc ja gar nicht.«

»Is nich ›mein Luc‹.« Johanna beäugte sehnsüchtig den Schrank.

»Denk nicht einmal daran«, wurde Lucie streng. »Der Grappa bleibt, wo er ist.«

»Jetzt mal ehrlich.« Die Worte wurden immer sperriger in ihrem Mund. Auf jedem einzelnen musste sie kauen, ehe sie es ausspucken konnte. »Erst lässt er mich wegrennen, dann schickt er Rosen. En masse. Hätte er eine geschickt, das hätte vielleicht was geändert.« Sie hob mahnend den Zeigefinger. »Vielleicht.«

Das Wasser blubberte in der Kanne, und der Geruch frischen Espressos breitete sich in der Küche aus. »Okay, ich gebe zu, er verhält sich nicht sonderlich geschickt.« Lucie stellte Tassen auf den Tisch. »Aber er ist schließlich auch Franzose.«

»Was hat das denn damit zu tun?«

»Vielleicht ist es bei denen üblich, sich mit einer ganzen LKW-Ladung Rosen bei der Angebeteten zu entschuldigen?«

Johanna rollte die Augen und legte den Kopf auf den Tisch. »Für eine Dame deines Alters bist du reichlich naiv.«

34

Luc schob den großen Einkaufswagen durch den breiten Gang, vorbei an den festen Pappen, die zum sicheren Verpacken einzelner Weinflaschen geformt waren, und den mannshohen Stapeln von Versandkartons, die nach Bedarf aufgefaltet wurden. Er mochte diesen Großhandel, in dem es alles gab, was man für Weinproduktion und Vertrieb benötigte. Hier war es immer leer und entspannt. Ganz anders als im Supermarkt.

Coco stieß aus einem Seitengang zu ihm, eine dicke Rolle Luftpolsterfolie im Arm. »Die ist gerade im Angebot.« Sie legte die Rolle in den Einkaufswagen.

»Hast du entdeckt, wo sie das Papier zum Etikettieren gelassen haben?« Er blieb stehen und sah sich um. »Bis vor kurzem lag es dahinten, wo jetzt die leeren Flaschen sind.«

»Keine Ahnung.« Sie gingen langsam weiter. »Was ist nun eigentlich mit dir und Johanna?«

»Wenn ich das wüsste.«

»Sie passt gut zu dir.«

»Hm. Offenbar sieht sie das anders.« Er bog in einen Nebengang. »Sie hat sich nicht einmal auf die Blumen gemeldet, die ich ihr geschickt habe.«

»Ich glaube, da musst du dir schon ein bisschen mehr Mühe geben.« Coco zupfte ihn am Ärmel. »Dahinten.« Sie zeigte nach rechts. »Da ist das Etikettierpapier.«

»Ich hätte es fast Mamie erzählt.«

»Oh, là, là.«

»Aber ich bin mir sicher, dass sie es ohnehin schon weiß.« Er gab seiner Schwester das Gespräch samt dem unschönen Ende in Kurzform wieder. »Ich schätze, Stéphane hat geplaudert.«

»Mag sein.« Coco wirkte nachdenklich. »Klingt wie eine Drohung, was sie dir da gesagt hat.«

»Allerdings. Und wir beide wissen, dass Mamie die Macht hat, sie wahrzumachen.« Er stoppte vor dem Regal mit den unterschiedlichen Papieren.

»Was kann sie tun?« Coco sah ihn mit ernster Miene an.

»Mir die Grundlage meiner beruflichen Existenz entziehen? Mich aus der Familie verstoßen?«

»Glaubst du das wirklich?« Sie schob die Hände in ihre Hosentaschen. »Dass sie so etwas tun würde?«

Luc zuckte die Schultern.

»Bloß weil du eine Deutsche liebst? Das ist absurd.«

»Du kennst ihre Geschichte.«

»Genau das ist es, Luc, Geschichte. Es ist ewig her.«

»Sie hat es nie vergessen. In ihren Augen muss ich zum Verräter geworden sein.«

»Das klingt, als würdest du dich diesem Unsinn beugen wollen.« Coco wirkte eher traurig als verwundert.

»Es ist eine wichtige Entscheidung.« Er betastete die unterschiedlichen Papiersorten. »Ich lebe davon, unsere Weine zu verkaufen. Ich habe nichts anderes gelernt. Wenn Mamie mir den Vertrieb entzieht, schlägt das solche Wellen, dass ich meine anderen Kunden auch verliere.«

»Du kannst diesen Job überall machen, Luc. Wenn du Johanna wirklich liebst, dann wirf das nicht weg. Ich meine, wir beide lieben Grand-mère, aber sie ist alt. Und sie hat kein Recht, über dein Leben zu bestimmen.«

Er entschied sich für eine neue Papiersorte aus dem mittleren Preissegment und legte zwei Kartons davon in den Wagen. »Ich bin nicht du, Coco.«

Sie sahen sich schweigend an. Luc rätselte, was hinter ihrer Stirn vor sich ging. Er hätte sie gern gefragt, denn in ihrem

Gesicht spiegelten sich so viele unterschiedliche Gefühle wider. Doch er kannte sie gut genug, und was Coco nicht freiwillig preisgab, bekam man auch nicht aus ihr heraus.

»Ich hoffe für euch beide, dass das letzte Wort nicht gesprochen ist«, sagte sie schließlich mit ungewohnt sanfter Stimme. »Es wäre schade darum.«

Die Dämmerung raubte der Welt vor dem Laden alle Farbe, aber Johanna bemerkte es kaum. Sie genoss die Stille, den Geruch nach alten Hölzern, in den sich der Duft von frischem Kaffee mischte. Sie liebte es, in aller Herrgottsfrühe allein im Le Sang des Vignes zu stehen, hellwach, während die ganze Stadt noch zu schlafen schien. In diesen Momenten war es, als gehörte der Laden nur ihr.

Sie sah auf die leere Straße, auf der eine einsame Krähe sich über die Reste eines Döners hermachte, den irgendwer in der Nacht weggeworfen haben musste. Die Kaffeetasse war heiß und wärmte mehr als ihre Hände, während sie ihre Gedanken zum Fenster hinausreisen ließ. Nur in der Stille konnte sie ein Gefühl dafür entwickeln, was das Besondere war, das es galt, ins Licht zu rücken, damit die Welt da draußen es wahrnahm. Vielleicht war das eben ihre Art von Kunst. So wie Stéphane Béjart spürte, welche Trauben vermählt werden sollten, oder Coco globale Wirtschaftstrends erahnte und Luc Trends am Weinmarkt sah, noch bevor sie richtig geboren waren, so wusste Johanna instinktiv, wie man Menschen mit Worten und Bildern erreichte, wie man damit Geschichten erzählte, die berührten.

Vielleicht war sie das, eine talentierte Manipulatorin. Und vielleicht war es ein Irrglaube, dass sie dachte, sie könnte die Welt zum Besseren ändern, wenn sie Politik »verkaufte«, und zwar die, die für Antidiskriminierung, Liberalität, Umweltbewusstsein und Nachhaltigkeit stand. Sie war mit großen Idealen gestartet.

Vermutlich jedoch mit noch viel größeren Illusionen. Es war an der Zeit, das einzusehen.

Draußen fing es an zu regnen. Die Krähe spannte die Flügel zu beachtlicher Weite, hob sich scheinbar schwerelos in den Wind und flog davon. Vom Döner blieben Alufolie und die zerfetzten Reste der Teigtasche zurück. Johanna würde das später wegräumen, damit kein Kunde darauf ausrutschte. Jetzt galt es, die Zeit vor Dienstbeginn zu nutzen und sich an die Arbeit zu machen.

Sie setzte sich im Büro an ihren Schreibtisch und öffnete die Datei mit dem Kommunikationskonzept, das sie fürs Le Sang des Vignes zu schreiben begonnen hatte. Es musste perfekt werden. Nur mit einem echten Meisterstück würde sie Cornelia Sommer überzeugen können. Bisher war ihre Chefin nicht einmal bereit, Johanna in ihrer regulären Arbeitszeit daran schreiben zu lassen. Aber das machte nichts. Sie brauchte nicht viel Schlaf, wenn sie für eine Idee brannte. Im Gegenteil.

Und so saß sie nun Morgen um Morgen an ihrem Schreibtisch, dachte nach, entwarf, schrieb, überarbeitete, verwarf wieder etwas und dachte neu darüber nach. Die Herausforderung waren nicht die vielen Stunden, der Schlafmangel und die fehlende Freizeit, nein, die wahre harte Nuss, die es zu knacken galt, war der Spagat zwischen einem umwerfenden Konzept und einer aufs Minimum reduzierten Kostenkalkulation.

Sie müsste etwas entwickeln, das ohne viel Aufwand zu realisieren war und das im täglichen Betrieb kaum Zeit in Anspruch nahm. Trotzdem musste es zur Eleganz der Produkte, zu den edlen Weinen passen. Und zur Philosophie des Le Sang des Vignes, wo es nie um Masse, sondern immer um Individualität und Qualität ging. Und sie musste nicht zuletzt den Beweis antreten, dass Facebook und Twitter keineswegs nur die Kanäle partyverliebter Teenies waren.

Letzteres war nicht schwer und hatte Johanna nur Recherche

gekostet. Sie hatte eine Sammlung mit Links und Artikeln zusammengestellt. Egal, wie viele Vorurteile Cornelia Sommer haben mochte, sie würden nicht standhalten, wenn Johanna ihr die vielen Facebookseiten der Weinhäuser rund um die Welt und die Twitter-Accounts sämtlicher Fachzeitungen und hochkarätiger Weinblogger zeigte. Nein, dieser Teil war ein Kinderspiel. Die Krux bei der Sache war, Sommer zu verkaufen, warum sie sich überhaupt die Mühe eines medialen Neustarts machen sollte, wo doch der Laden hervorragend lief. Und wenn Johanna ganz ehrlich war, hatte sie darauf bisher tatsächlich keine Antwort.

Sie lehnte sich zurück und betrachtete die grafischen Entwürfe, die sie selbst skizziert hatte. Sie konnte es fast schon vor sich sehen, die Homepage, die das Le Sang des Vignes mit seinem unnachahmlichen Charme präsentieren würde, die faktenreiche Facebookseite, die eher emotionalisierenden Tweets. Alles, was ihr noch fehlte, war der sogenannte USP, der Unique Selling Point, das schlagende Verkaufsargument für ihr Konzept. Aber das würde ihr schon einfallen.

35

Als Luc in der Weinkellerei ankam, war sein Bruder bereits dort. Es war mitten in der Nacht, beide waren unrasiert, und die Müdigkeit stand ihnen ins Gesicht geschrieben.

»Das ist der dritte Einbruchversuch innerhalb eines Monats«, stellte Stéphane anstelle einer Begrüßung fest. Er hatte offenbar nur eine Jacke über den karierten Pyjama gezogen. »Ich frage mich langsam, ob es immer dieselben Typen sind.«

Luc legte das Notebook auf das alte Weinfass und klappte es auf. Es fuhr mit einem Surren hoch. »Ich lese gleich mal das Protokoll der Alarmanlage aus.«

»Hast du dir das Touchpad draußen angeschaut?« Stéphane zog eine Schachtel Zigaretten aus der Jackentasche und zündete sich eine an.

»Ich konnte in der Dunkelheit nicht viel sehen, wieso?«

»Die haben die Lampen über dem Zaun zerstört. Keine Ahnung, wie sie darangekommen sind. Und die Überwachungskamera.« Stéphane ließ den Rauch aus Mund und Nase quellen. »Auf jeden Fall kannten die sich aus und wollten sichergehen, dass wir keine brauchbaren Bilder von ihnen haben. Die Investition in die Kamera und das ganze Drumherum war also umsonst.«

»Wer weiß? Immerhin mussten sie erst nah genug herankommen, um alles zu zerstören. Mit ein bisschen Glück haben wir also doch ein paar Bilder.« Luc sah auf die Uhr. »Wo bleibt eigentlich die Polizei? Das ist doch auch nicht normal, dass wir bei jedem Alarm vor denen da sind.« Er startete das Überwachungsprogramm auf dem Notebook und ließ sich das Protokoll der Nacht anzeigen.

»Auf jeden Fall haben diese Idioten das Touchpad komplett zerstört. Nur um dann festzustellen, dass sich das Tor davon auch nicht öffnet. Profis sind das also nicht.«

»Du meinst, es waren mal wieder Jugendliche, die sich auf unsere Kosten eine feuchtfröhliche Nacht machen wollten?«

»Das oder Vandalismus.« Stéphane drückte die Zigarette im Aschenbecher aus.

»Das Protokoll sagt jedenfalls, dass es um ein Uhr sechsundfünfzig drei Versuche gab, den Code einzugeben. Alle drei ungültig. Zwei Minuten später hat die Anlage dann einen Kurzschluss im Touchpad registriert.« Der schrille Ton einer sich nähernden Polizeisirene durchschnitt die nächtliche Stille. »Auch schon da. Dafür mit Gebrüll. Im nächsten Leben werde ich Polizist.«

»Ich kümmere mich um sie. Nicht dass die noch mehr kaputtmachen.« Stéphane zog den Reißverschluss an seiner Jacke hoch und ging nach draußen.

Luc sicherte derweil das Protokoll der Nacht und drehte eine kurze Runde durch die Weinkellerei. Das war unnötig, so viel war ihm klar, denn hier war niemand drin gewesen, der nicht hergehörte, aber er fühlte sich trotzdem besser, es noch einmal zu kontrollieren.

»Erledigt. Es waren die gleichen Polizisten wie beim letzten Mal. Sie meinten, es habe heute Nacht bereits in drei anderen Weinkellereien Alarm gegeben. Vermutlich also wirklich Jugendliche.« Stéphane schloss die Tür hinter sich. »Wenn das so weitergeht, baue ich mir hier ein Feldbett auf, bis ich die Typen auf frischer Tat ertappe.«

»Ich weiß nicht, ob das so eine gute Idee ist.« Luc fuhr das Notebook herunter.

»Typisch.« Stéphane klang plötzlich aggressiv. »Ihr macht es euch immer bequem. Ich bin der Einzige in der Familie, der Stellung bezieht.«

»Willst du riskieren, dass diese Typen dir eine verpassen? So was kann schneller schiefgehen, als man denkt.«

»Es kann nicht jeder ein Feigling sein.«

»Seit wann ist es feige, klug zu sein?« Luc beschlich das Gefühl, dass es hier um etwas anderes ging, dass das Thema dieser Diskussion nur ein Stellvertreter war.

»Ach! Aber es ist nicht feige, wenn man nicht bereit ist, für seine Überzeugungen einzustehen, oder was?«

Luc sah seinen Bruder an. Alle Muskeln in ihm schienen angespannt, und unter seinem rechten Auge zuckte es unregelmäßig. »Stéphane, worum geht es hier wirklich?«

»Willst du das wirklich wissen?« Stéphane wurde immer lauter.

»Allerdings.« Luc zwang sich, gelassen zu bleiben. Es machte keinen Sinn, auch noch aufzubrausen. Das würde die Wut, die offenbar in seinem Bruder schwelte, nur weiter anfachen, so dass am Ende nur verbrannte Erde zwischen ihnen bliebe. Und das wollte er auf keinen Fall.

»Du kotzt mich an mit deiner Vernunft und deiner Ruhe.« Stéphane spuckte ihm die Anfeindungen förmlich vor die Füße. »Dir ist das doch alles scheißegal. Dich interessiert nur, dass du dein Geld machst. Womit und auf wessen Kosten, geht dir doch völlig am Arsch vorbei.«

»Ich weiß nicht, wie du darauf kommst.« Luc war entsetzt über die Heftigkeit seines Bruders.

»Wie ich darauf komme?« Stéphane lachte bitter. »Du löst die Verlobung mit Élodie Gascon für ein Nichts, für einen deutschen Niemand?«

Daher wehte der Wind also. Luc brauchte einen Augenblick, um sich zu fassen, eher er reagieren konnte. »Um die Macht der Domaines geht es dir also«, sagte er schließlich und war selbst erstaunt darüber, wie leise seine Stimme war, trotz des Gefühlssturms, der in ihm wütete. »Du urteilst über mich, weil ich mich von einer Frau trenne, die ich nicht liebe, und dann wirfst du mir vor, ich wäre nur am Geld interessiert?« Ohne ein weiteres Wort verließ er die Weinkellerei.

Die Nachmittagssonne fiel durch die großen Glasfronten und tauchte Cocos Schlafzimmer in sanftes Licht. Luc saß auf ihrem Bett, den Rücken gegen die Wand gelehnt, und sah ihr zu, wie sie vor den geöffneten Türen ihres Kleiderschranks stand und sich das Kinn rieb. »Ich kann dich verstehen«, sagte er nun schon zum dritten Mal und war sich nicht sicher, ob sie ihm überhaupt zuhörte.

»Ich hab's gehört, Luc«, antwortete sie endlich. »Aber falls du darauf wartest, dass ich dich frage wieso, muss ich dich enttäuschen.« Sie wandte sich zu ihm um und schenkte ihm ein schelmisches Grinsen. »Erzähl's mir oder lass es sein, aber ich hab hier zu tun.«

»Wo fährst du überhaupt hin?«

»Auf geheime Mission.« Sie nahm eine Lederhose aus dem Schrank und legte sie in einen kleinen Koffer.

»Geheim?«

Coco hob abwehrend die Hand. »Spar dir die Mühe. Ich werde es dir definitiv nicht verraten.«

»Schade.«

Sie lachte. »Es wäre nicht mehr geheim, wenn ich es jetzt ausplaudern würde.«

»Muss es denn geheim bleiben?«, versuchte Luc eine andere Methode.

»Ja.«

»Wieso?«

»Weil ich es so bestimmt habe.« Coco schloss eine der Schranktüren. »Und jetzt frag nicht weiter.«

»Und du erzählst es mir auch dann nicht, wenn ich dir sage, warum ich dich verstehen kann?«

Coco kicherte. »Nein, auch dann nicht.« Sie nahm ein paar T-Shirts aus dem Schrank.

»Ich sag's dir trotzdem.«

»Da bin ich aber froh.« Ihre Stimme war voller Ironie. »Nicht, dass du mir noch daran erstickst. Wie sollte ich das bitte der Polizei erklären? Todesursache Antwortstau auf ungestellte Fragen? Das glaubt mir kein Mensch.«

»Ich weiß nicht, ob ich nicht einfach alles hinschmeiße.«

Coco erstarrte mitten in der Bewegung. Das Lächeln erstarb in ihrem Gesicht. Langsam ließ sie sich auf dem Fußende des Bettes nieder. »Was ist passiert?« Ihre Stimme klang tonlos.

Luc erzählte ihr ausführlich von seinem nächtlichen Streit mit Stéphane. »So können wir doch nicht weiter zusammenarbeiten«, beendete er seinen Bericht.

»Sicher nicht. Aber alles hinwerfen soll die Lösung sein?« Coco schüttelte den Kopf. »Ihr müsst das klären. Benehmt euch nicht wie kleine Jungs. Es geht hier schließlich nicht um euch, sondern um unsere Familie. Um die Domaines. Um alles, wofür unsere Vorfahren seit Hunderten von Jahren gekämpft haben. Soll das jetzt alles zerfallen, weil ihr Streit habt?«

Luc sah sie entgeistert an. »Du redest wie Mamie.«

»Und wenn schon.« Coco zuckte die Schultern.

»Bisher wolltest du nie etwas mit den Domaines zu tun haben.« Er fühlte sich, als wäre er in einer Nussschale auf offene See geraten; ohne Segel, ohne Motor, ohne Ruder, nicht einmal mit einem Kompass. Und rundherum nur Nebel.

»Das stimmt so nicht.« Coco sah sehr entschlossen aus. »Ich wollte die Verantwortung nicht. Und die engen Fesseln. Das heißt nicht, dass mir je gleichgültig gewesen wäre, was mit den Domaines geschieht. Das denkt ihr nur immer alle, weil ihr euch nie die Mühe macht, mir wirklich zuzuhören. Ich habe nur gesagt, dass ich Mamans Job nicht übernehmen will, und daraus habt ihr geschlossen, dass mir alles egal wäre. Aber so simpel ist es nicht.«

»Mag sein, dass wir dir unrecht getan haben«, räumte er ein. »Aber du kannst schlecht die Verantwortung ablehnen und dann erwarten, dass man dir die Rosinen auf dem Silbertablett kredenzt.«

»Das hab ich auch nie verlangt.«

»Bist du dir sicher?« Luc konnte sehen, wie sie nachdachte. Sie hielt zwar seinem Blick stand, doch ihre Augen verdunkelten sich, als ob Wolken aufzogen. »Du willst nur nach Gusto mitarbeiten, also nicht die Konflikte mittragen und aushalten, aber ich soll die Ungerechtigkeiten Stéphanes ertragen? Und wenn du die Kurve kratzt, sobald es schwierig wird, ist das für dich in Ordnung?« Er stand auf und ging zum Fenster. Die Dächer von Beaune glitzerten in der Sonne. Alles sah so friedlich und idyllisch aus. Wie trügerisch, wenn man bedachte, wie viele Machtkämpfe hinter diesen traditionsreichen Fassaden tagtäglich ausgetragen wurden.

»Das ist eine einseitige Sichtweise.« Cocos Stimme war eisig.

»Wieso?«

»Ja – es stimmt, dass ich mich immer dann aus dem Staub mache, wenn ihr einen eurer aberwitzigen Bruderkämpfe anfangt. Weil es mich nervt. Weil ich es für pure Eitelkeit halte. Und weil ich hoffe, dass ihr beide irgendwann einmal erwachsen werdet, ehe ich eine alte Frau bin. Aber echten Problemen gehe ich nicht aus dem Weg, das kann keiner behaupten. Ganz im Gegenteil: Wer ist diejenige, die bereit ist, mit diesem Li in den Ring zu steigen?«

»Bist du das tatsächlich? Das ist mir neu.« Er drehte sich vom Fenster weg und sah sie an. Wie kampfbereit sie wirkte. Und selbstbewusst. Gerade so, als solle er sich besser nicht mit ihr anlegen.

»Maman wollte es dir und Stéphane morgen sagen. Aber wo wir gerade beim Thema sind …« Sie stand auf, klappte den Koffer zu und schloss den Reißverschluss. »Ich habe sie überzeugt. Und die Presseerklärung ist schon raus.«

»Presseerklärung?« Luc hatte keine Ahnung, wovon sie sprach.

»Ich habe sie geschrieben. Genauer gesagt hat Johanna das für mich erledigt.«

»Johanna?«

»Darin steht, dass Li auf dem zweiten Markt Wein uns unbekannten Ursprungs verkauft, mit einem Logo, das unserem täuschend ähnlich sieht, und dass er bewusst suggeriert, es wären unsere Weine, die er zum Wiederverkauf von uns erworben hätte. Wir erklären, künftig keinen Wein mehr nach Asien zu exportieren, da wir nur so unmissverständlich verdeutlichen können, dass der von Li angebotene Wein nicht von unseren Domaines stammt.« Sie stellte den Koffer auf den Boden. »Das ist unsere einzige Chance, unseren Ruf weltweit zu schützen.«

»Und was bitte hat Johanna damit zu tun?«

Coco sah ihn an, als verstehe sie die Frage nicht. »Du weißt genau, wie gut sie schreiben kann und dass sie der Profi in Sachen Kommunikation ist. Sie hat das Ding auf Französisch, Englisch und Deutsch verfasst. Und die entsprechenden Presseverteiler zusammengestellt.«

»Und Maman weiß das? Alles?«

»Natürlich.« Coco nahm den Koffer. »Sorry, Luc, aber ich muss jetzt wirklich los. Ich verpasse sonst meinen Flug.«

36

»Das ist alles schön und gut, Johanna«, Cornelia Sommer rollte auf dem Stuhl ein Stück zurück, blickte jedoch weiter auf den Bildschirm, auf dem Johannas Kommunikationskonzept flimmerte, »allerdings habe ich immer noch nicht verstanden, warum wir das brauchen sollten.« Sie schlug die Beine übereinander. »Der Laden läuft prima, wir mussten zuletzt sogar mehrere Verkostungsanfragen absagen, weil wir die Kapazitäten nicht haben, was sollte uns also diese ganze Online-Sache einbringen? Abgesehen von Kosten und Zeitaufwand?«

Es war zum Verzweifeln. So alt war die Sommer doch gar nicht, wieso sah sie nicht, dass man mit der Zeit gehen musste? »Wie alt sind die Stammkunden im Schnitt?«

»So zwischen fünfzig und sechzig. Also, die Privatkunden. Aber was fragen Sie? Sie wissen das doch genauso gut wie ich.«

»Die machen wie viel Prozent des Umsatzes aus?«

»Was soll das werden?« Sommer rollte hinter ihren Schreibtisch. »Ein Quiz, bei dem wir beide jede Antwort kennen?«

»Frau Sommer, wie lange werden diese Leute noch Kunden vom Le Sang des Vignes sein? Und was kommt nach ihnen?«

Cornelia Sommer schürzte die Lippen und schnalzte mit der Zunge. »Wie alt bin ich?«

»Mitte fünfzig?«

»Habe ich Kinder? Gibt es in meinem Umfeld jemanden, der den Laden übernehmen wird?«

»Nicht, dass ich wüsste.« Johanna rätselte, worauf Sommer hinauswollte.

»Ich bin also in etwa so alt wie meine Stammkunden. Die, die mir den meisten Umsatz bringen.«

»Ja, aber …«

»Wenn die aufhören, Wein zu trinken, arbeite ich längst nicht mehr«, ließ Sommer sie nicht ausreden, »sondern halte meinen Bauch in Südfrankreich oder Italien oder Spanien in die Sonne. Wieso sollte ich mir also Gedanken darüber machen, was dann ist? Dieses Problem wird derjenige haben, der mir den Laden lange vorher abgekauft hat.« Sie stand auf, ging ins Bad und schloss die Tür.

Johanna lehnte sich zurück und verschränkte die Arme hinter dem Kopf. Was für eine Haltung, dachte sie, dieses Nach-mir-die-Sintflut-Gerede. Wenn alle so dächten, ginge es auf der Welt nie voran. Dann würden sie immer noch in Felle gehüllt auf dem feuchten Boden irgendeiner bekloppten Höhle herumkriechen und darauf warten, dass die Männer ein Mammut erlegten, und hoffen, dass kein Feind kam und ihre Kinder fraß.

Sie war enttäuscht. Wütend und enttäuscht. Irgendwie hatte sie gedacht, dass Sommer anders wäre. Dass man ihr nur mit einer richtig guten Idee, perfekt ausgearbeitet, und bewaffnet mit den besten Argumenten kommen müsste und sie begeistert zuschlagen würde. Irrtum.

»Johanna?« Gustav Sommer steckte seinen Kopf zur Tür herein und lächelte. »Hätten Sie einen Augenblick? Da ist eine junge Dame, die nur Französisch spricht.«

»Natürlich.« Johanna stand auf und folgte ihm in den vorderen Teil des Ladens.

Der Platz vor dem Verkaufstresen war leer. Johanna ließ ihren Blick durch das Geschäft schweifen und entdeckte die Frau in der Ecke vor den Regalen, in denen die Weine aus der Bourgogne angeboten wurden. Sie kam ihr seltsam vertraut vor. Die gerade Haltung, die schlanke Silhouette, das markante Profil. Aber … konnte das sein?

»Coco?«

Die Frau fuhr herum und grinste breit. »*Bonjour.*« Sie kam mit geöffneten Armen auf Johanna zu. »Ist mir die Überraschung gelungen?«

Sie umarmten und küssten sich links und rechts auf die Wange. »Allerdings!« Johanna konnte kaum fassen, wie sehr sie sich freute, Coco zu sehen. »Was treibt dich nach Berlin?«

»Wann hast du Feierabend?«, überging Coco ihre Frage. »Ich würde dich gern zum Essen einladen, falls du noch nichts vorhast.«

»Selbst wenn, ich würde alles absagen. Immerhin bist du nicht jeden Tag hier.« Johanna warf einen Blick auf die Uhr. »Wir haben noch zwei Stunden geöffnet. Wo wohnst du?«

»Im Hotel de Rome. Kennst du das?«

Diese Frage konnte auch nur jemand stellen, der sich in Berlin überhaupt nicht auskannte. Das Hotel de Rome war eines der edelsten Luxushotels der Stadt und nicht zuletzt deshalb berühmt, weil es früher ein Bankgebäude gewesen und der Pool mit goldenen Fliesen in den ehemaligen Tresorraum gebaut worden war, so dass es so wirkte, als schwämme man in flüssigem Gold. »Wollen wir uns dort treffen?«

Coco schüttelte den Kopf. »Nein, ich werde einfach noch ein bisschen spazieren gehen. Das Wetter ist herrlich. Ich bin dann in zwei Stunden wieder hier und hole dich ab. Okay?«

Es war ein warmer Sommerabend, und Johanna und Coco saßen abseits der Touristenpfade auf der großen Terrasse des Restaurants Giraffe am Tiergarten. Die Dämmerung senkte sich langsam über den Park, und der orangefarbene Himmel verblasste. Ein paar Kaninchen hoppelten auf der Wiese herum und fraßen Gras.

»Also«, sagte Johanna und kratzte das letzte bisschen Eis von ihrem Dessertteller, »du hast mir immer noch nicht gesagt, was dich hertreibt.«

Coco tupfte sich den Mund ab, faltete die Serviette und legte sie neben ihren leeren Teller. »Wir haben all unsere Importeure in Asien informiert. Die Presseerklärungen sind verschickt, wie du weißt. Damit haben wir einen unserer beiden größten Märkte komplett aufgegeben.« Sie lehnte sich zurück und schwieg einen Moment, als müsse sie der Aussage noch mehr Gewicht verleihen, als sie eh schon besaß. »Wir müssen das dringend kompensieren. Das heißt, wir müssen an anderer Stelle mehr verkaufen als bisher. Viel mehr.«

»Das hast du schon gesagt, als du mich gebeten hast, die Presseerklärung für euch zu verfassen.«

»Meine Mutter und ich haben viel diskutiert«, fuhr Coco fort. »Vor allem haben wir darüber nachgedacht, wie wir dieses Problem lösen können.«

»Und was hat das mit deinem Berlinbesuch zu tun?« Johanna hatte das Gefühl, als fehlte ihr ein entscheidendes Teil des Puzzles.

»Wir werden eine neue Marketing- und Public-Relations-Strategie fahren müssen.« Coco lehnte sich vor, stützte die Ellenbogen auf dem Tisch auf und fixierte Johanna. »Dafür brauchen wir einen Profi.«

»Sicher. Aber ich verstehe immer noch ...« Sie brach mitten im Satz ab. Eine unaussprechliche Ahnung überkam sie. »Nein, warte ...«

Über Cocos Gesicht breitete sich ein Grinsen, beginnend bei den Mundwinkeln, aus und brachte ihre Augen zum Strahlen.

»Das ist nicht dein Ernst!«

»*Bien sûr,* wieso nicht?«

»Weil ... na, weil ...« Johanna fehlten die Worte.

»Was hält dich hier? Du hast weder Familie in Berlin noch einen Job, der dem entspricht, was du gelernt hast und kannst.«

Natürlich hatte Coco recht, aber so einfach war es doch nicht. »Das ist doch aber ... Also ich müsste doch ...«

»Du müsstest nach Beaune ziehen. Okay, das ist weit weg. Aber dafür würdest du den Job machen, den du liebst.« Coco sah sie aufmunternd an. »Ist das kein gutes Angebot?«

Johanna atmete geräuschvoll aus. »Ich weiß nicht. Im Moment fühle ich mich völlig überrollt.«

»Du sollst das ja auch nicht sofort entscheiden.«

»Das wäre auch wirklich etwas viel verlangt.« Johanna fiel Lucie ein. Das mintgrüne Zimmer. Und ihre Unterhaltung mit Cornelia Sommer.

»Immerhin«, ließ Coco nicht locker, »wärst du ganz in der Nähe von Luc.« Sie zog die Brauen hoch.

Johanna schloss für einen langen Moment die Augen. Allein dieser Gedanke machte sie schwindlig. »Gerade das ... Ich meine ...« Sie öffnete die Augen wieder und begegnete dem offenen Blick Cocos. »Schon deshalb ...«

»Du bist mindestens so feige wie mein Bruder.« Coco schüttelte den Kopf. »Das hätte ich nicht gedacht.«

»Wieso?« Johanna hatte das Gefühl, in sich zusammenzusinken. »Du weißt genau, wie das mit ihm und eurer Familie gelaufen ist.«

»Ach ...« Coco machte eine wegwerfende Geste, als würde sie das Argument wegschieben. »Das waren nur Startschwierigkeiten. Nicht der Rede wert.«

»Aber so, wie Luc sich verhalten hat ...«

Coco griff über den Tisch nach Johannas Hand. »Du hast ihm eine Lektion erteilt. Zu recht. Ich bin sicher, dass Luc daraus gelernt hat. Jetzt ist es an dir, ihm eine zweite Chance zu geben.«

»Das ist doch hoffnungslos. Ich passe nicht in eure Welt.«

Coco seufzte. »So ein Unsinn. Wo kämen wir Béjarts denn hin, wenn wir immer nur inzestuös die nächste Domaine heiraten würden? Ich finde, du passt ganz hervorragend zu uns. Du bist genau der frische Wind, den wir dringend benötigen.«

Johanna spürte Tränen aufsteigen und wusste selbst nicht, wieso. »Warum tust du das für mich?«, fragte sie leise.

Coco drückte ihre Hand. »Weil ich nicht will, dass du wieder verschwindest. Weil ich dich mag, Dummerchen.«

37

Die erste Hitzewelle des Sommers nahm Anlauf. Tagsüber kletterten die Temperaturen auf stolze dreiunddreißig Grad, und die Sonne brannte erbarmungslos von einem strahlend blauen Himmel, und in den Straßencafés und Strandbars der Stadt herrschte Hochbetrieb bis in die frühen Morgenstunden. Nachts hatte man das Gefühl, dass der Asphalt, die Gehwege und Häuser die gespeicherte Wärme abstrahlten wie riesige Öfen.

Alles klebte an Johanna, die Kleidung, die Haare, der Dreck der Stadt. In der U-Bahn war es schier unerträglich gewesen. Jeder Zug schob die stickige Luft der Tunnel wie eine Bugwelle in den nächsten Bahnhof. Mitten im Berufsverkehr hatte sie wie eine Sardine in der Dose zwischen schwitzenden, abgekämpften Gestalten gestanden; dann kam noch der Fußweg vom U-Bahnhof bis nach Hause, auf dem es kaum Schatten gab.

Alles, was Johanna jetzt wollte, waren eine schöne kühle Dusche und ein kaltes Bier auf dem Balkon, bei dem sie den Sonnenuntergang betrachten würde.

Sie schloss die Tür auf. Es war dunkel, weil Lucie in allen Zimmern die Jalousien heruntergelassen hatte. Johanna kickte die Schuhe von den Füßen und tastete nach dem Lichtschalter. Dann erst fiel ihr auf, wie ungewohnt still es war. »Lucie?«

Eigenartig. Sie konnte sich nicht vorstellen, dass Lucie irgendwo hingegangen war, denn sie vertrug die Hitze nicht gut. Vielleicht hatte sie sich hingelegt?

Johanna trat leise in die Küche. Beim Blick in den Kühlschrank entsann sie sich der Flasche Weißwein, die sie vor ein paar Tagen gekauft hatte. Ein Chablis für fast neunzehn Euro die Flasche. Früher wäre ihr so etwas nicht in den Sinn gekommen. Da hätte sie zu einem deutschen Grauburgunder für drei Euro gegriffen und sich dann gewundert, dass sie Kopfschmerzen bekam und nicht schlafen konnte. Es lag am Schwefel, wie sie inzwischen wusste, Schwefel, den es in den Weißen der Bourgogne nicht gab.

Der erste Schluck war herrlich. Die kühle Flüssigkeit schmeckte nach Zitronen und Frühlingsblüten mit einer sanften Holznote, rann ihre Kehle hinab und schien die Körpertemperatur gleich um mehrere Grad fallen zu lassen.

Johanna sah in den Himmel, der sich blutrot verfärbt hatte. In großer Höhe zog ein Flugzeug über die Stadt und hinterließ einen sich auffächernden Kondensstreifen. Irgendwie erinnerte sie das an die Möglichkeiten, die sich für ihr Leben auftaten.

Das Telefonklingeln ließ Johanna zusammenfahren. Die Nummer auf dem Display kannte sie nicht. »Hallo?«

»Endlich.« Lucie klang seltsam heiser. »Wieso hast du eigentlich dein Handy nie an, wenn man dich braucht? Und warum bist du erst jetzt zu Hause?«

»Also …«

»Egal«, ließ Lucie sie nicht zu Wort kommen. »Du musst mich aus dem Waschkeller retten.«

»Was?«

»Aus dem Waschkeller.« Lucie wurde unwirsch. »Du wirst doch noch wissen, wo der ist?«

»Ja, aber wieso muss ich dich retten? Vor was?«

Lucie seufzte lautstark. »Weil es hier so schön kühl ist, habe ich mich neben die Waschmaschine gesetzt. Und bin eingeschlafen. Und irgendein Idiot hat mich eingeschlossen.«

Johannas Blick fiel auf den Küchentisch, auf dem ein Schlüssel lag. Sie schüttelte den Kopf. »Bin gleich bei dir, halte durch.«

38

Luc winkte Thibault hinterher und wollte sich gerade umdrehen, da sah er seine Mutter in ihrem schwarzen BMW um die Ecke biegen. Sie hatte das Verdeck offen, und das bunte Kopftuch leuchtete mit der Sonne um die Wette. Schwungvoll parkte sie den Wagen und sprang heraus wie eine junge Frau. »Coco hat mir gesagt, dass ich dich auf der Baustelle finde.« Sie schien bester Laune zu sein.

»Soll ich dich durch mein Reich führen?« Er küsste sie auf beide Wangen. »Mit ein bisschen Phantasie sieht man jetzt schon, wie es einmal aussehen wird.«

»Gern.« Sie hakte sich bei ihm ein. »Aber lass mich kurz die guten Nachrichten erzählen.«

»Gute Nachrichten? Schieß los.«

Anne strahlte über das ganze Gesicht. »Du wirst es kaum glauben, aber wir haben es geschafft! Das chinesische Ministerium für Außenhandel hat sich eingeschaltet. Sie haben Li verboten, das Logo weiterzuverwenden. Alle Rechte fallen an uns.«

Luc konnte es im ersten Moment nicht glauben. Das klang wie ein Märchen. Er hatte sich bisher kaum vorstellen können, dass sie das je schaffen würden und schon gar nicht so rasch. »Das ist ja wunderbar!« Spontan drückte er seine Mutter an sich. »Wissen es die anderen schon?«

»Dein Vater ist zu Stéphane und Cécile gefahren, um es ihnen zu sagen, und Coco wollte zu eurer Großmutter.« Sie zupfte ihn am Ärmel. »So, jetzt kannst du mir dein Haus zeigen.«

Luc legte den Arm um seine Mutter und ging mit ihr zur Haustür. »Das Parkett ist noch nicht verlegt, und nur ein Bad ist gefliest. Erwarte also nicht zu viel.«

»Keine Bange.« Sie trat nach ihm ein. »Wir wollen die gute Wendung übrigens heute Abend feiern. Du kommst doch?«

»Selbstverständlich.«

»Ich überlasse es dir zu erzählen, dass wir das im Großen und Ganzen Johanna und ihrer exzellenten Pressearbeit zu verdanken haben.«

Seine Mutter sagte das mit der für sie so typischen Beiläufigkeit. Schon als er noch ein Kind war, war es ihr damit gelungen, einen subtilen Druck aufzubauen, gegen den man nicht ankam und den man ihr nie vorwerfen konnte. Oft hätte er sie dafür erwürgen können, vor allem, wenn es um etwas ging, wo er seinen Stolz schlucken und über seinen Schatten springen musste. So wie in dieser Sache. Und er wusste, dass er sich drehen und wenden konnte, wie er wollte, seine Mutter würde ihn nicht davonkommen lassen.

»Diese Aussicht ist wirklich ein Traum.« Sie ging durch das große Wohnzimmer und blieb vor der Fensterfront stehen. »Hast du Johanna eigentlich schon für den August eingeladen? Sie kommt doch zu uns in die Provence in den Ferien, oder?«

Die gesamte Familie Béjart war auf der Terrasse versammelt. Die Abendsonne senkte sich orange-rot über die tiefgrünen Hügel, auf denen die Trauben gediehen. Bisher sah alles danach aus, als würde es trotz des strengen Winters einen sehr guten Jahrgang geben. Aber bis dahin war es noch ein weiter Weg, und Luc wusste, dass eine komplette Ernte von einer Sekunde auf die andere zunichtegemacht werden konnte, wenn Hagel kam. Leider hatten sie damit in den letzten Jahren mehr als genug Erfahrungen gemacht.

Entschlossen verbannte er diese düsteren Gedanken. Das hier war ein zu guter Tag, den sollte man genießen und nicht Gewitterwolken an den makellosen Himmel malen.

»Hier.« Coco reichte ihm ein Glas Champagner. »Maman hat den Dom Pérignon aufgemacht.«

Er betrachtete den feinen Perlenkranz am Glasrand. Der Champagner schillerte golden im Abendlicht.

»Haben alle ein Glas?«, hob Anne die Stimme, und alle verstummten. »Dann lasst uns anstoßen.« Sie erhob das Glas. »Auf das Haus Béjart und die Domaines, die eine weitere Schlacht gewonnen haben.«

»Lang leben die Béjarts«, fügte Michel an den Toast an, und alle wiederholten es.

»Wir hatten wohl auch Glück«, stellte Cathérine fest, die als Einzige schon Platz genommen hatte.

»Wir hatten vor allem eine gute Beraterin.« Anne sah Luc an und nickte ihm leicht zu.

Alle Augen waren plötzlich auf ihn gerichtet. Selbst Stéphane, der bisher jeden Blickkontakt vermieden hatte, sah ihn nun an.

Er dachte an Johanna und dass sie diesen Moment eigentlich miterleben müsste, dass sie ihm dann vielleicht verzeihen würde. Aber sie war nicht da.

»Beraterin?« Cathérines Blick schweifte von einem zum anderen und blieb schließlich an Luc hängen.

Er räusperte sich. »Johanna hatte die Idee mit der Pressemitteilung. Sie war es auch, die sie verfasst und die gesamte Pressearbeit übernommen hat.« Er sah seiner Großmutter direkt in die Augen. Die Drohung, die sie nur wenige Wochen zuvor an ihn gerichtet hatte, schien wie eine gläserne Wand zwischen ihnen zu stehen. Ihr sonst weicher Blick war kalt und hart, ihr Gesicht wie versteinert. »Auch die Entwürfe für die neue Webseite stammen von ihr.«

Es war still, allein die Grillen zirpten unbeeindruckt. Sogar die Luft schien sich nicht mehr zu bewegen.

Ohne die Miene zu verziehen, stand Cathérine auf. »Die Deutsche?« Sie hielt sich an der Stuhllehne fest, und man konnte deutlich sehen, wie die Knochen unter ihrer weißen Haut hervortraten.

»Ja, die Deutsche.« Luc hielt ihrem Blick stand und wünschte sich nichts so sehr wie auch nur ein einziges warmes Wort von ihr. »Sie ist nicht, wie du vielleicht denkst, Mamie.« In dem Augenblick, in dem die Worte über seine Lippen rollten, wusste er, dass er einen Fehler gemacht hatte. Er hätte ihr mit der gleichen Härte begegnen müssen, wie sie es tat. Nur dann wären sie auf Augenhöhe gewesen. Aber er konnte es nicht.

»Ich werde keine Deutsche in unserem Familienunternehmen dulden.« Cathérine straffte die Schultern noch mehr. »Michel?« Sie sah Lucs Vater mit einem Blick an, der keine Widerrede erlaubte. »Fahr mich nach Hause.« Dann marschierte sie los wie ein General.

Luc spürte die Hand seiner Mutter auf seinem Arm. »Lass sie«, raunte sie ihm zu. »Geh ihr bloß nicht nach.«

Er hatte das Gefühl, sein Blut kochte in seinen Adern. Es rauschte in den Ohren und machte ihn schwindlig. Gleichzeitig flog sein Puls.

»Trink das hier.« Coco drückte ihm einen Kognakschwenker in die Hand.

Er stürzte die Flüssigkeit hinunter. Sie brannte in seiner Speiseröhre und landete heiß in seinem Magen.

»Gib mir auch einen«, sagte Anne und hielt Coco das leere Champagnerglas hin. »Das kann heiter werden, wenn Johanna bei uns arbeitet.«

Luc dachte, sich verhört zu haben. »Wenn Johanna was?« Sein Blick flog zwischen seiner Mutter und seiner Schwester hin und her.

»*Bravo, Maman*«, Coco rollte die Augen.

»*Mais non*«, Anne schlug sich die Hand vor den Mund. »Du hast es ihm noch gar nicht gesagt?«, fragte sie Coco.

»Natürlich nicht. Sie hat doch noch gar nicht zugesagt.«

»Kann mir eine von euch mal bitte erklären, was los ist?« Luc wusste nicht mehr, ob er mehr erstaunt oder wütend sein sollte. Offenbar passierten in dieser Familie ein paar Dinge zu viel hinter seinem Rücken.

»Das wüsste ich auch gern«, pflichtete Stéphane ihm bei.

Anne erzählte, welche Offerte Coco Johanna gemacht hatte. »Es war Cocos Idee«, endete sie. »Sie hat mich überzeugt, dass Johanna die Richtige ist.«

»Immerhin hat sie das schon zur Genüge bewiesen«, ergänzte Coco.

»Und ihr dachtet, ihr macht das alles einfach ohne uns aus?« Stéphane klang beleidigt.

»Also, derlei strategische Entscheidungen sind ja nun wirklich meine Aufgabe.« Anne schenkte sich Cognac nach. »Und außerdem hatten wir bereits darüber gesprochen, dass wir in der Öffentlichkeitsarbeit neue Wege gehen müssen, um neue Märkte zu erschließen und aus der Abhängigkeit von Asien zu entkommen. Tut mal nicht so überrascht.«

Luc musste plötzlich lachen. Erst leise, doch je mehr ihn alle verständnislos anstarrten, desto lauter wurde er. Schließlich musste er sich sogar setzen, weil er kaum mehr Luft bekam.

»Was genau ist jetzt so komisch?« Coco zog eine Grimasse, Unverständnis und Belustigung konnten sich wohl nicht entscheiden, wer die Überhand gewinnen sollte.

»Der Klassiker.« Luc japste nach Luft. Er strich mit beiden Händen die Haare zurück. »Die ganze Zeit denken wir, dass wir alles modernisieren und anders machen würden als unsere Vorfahren. Und dabei tun wir genau das, was alle von jeher getan haben. Wir Männer tun, als wären wir die großen Macher, und dabei sind es die Frauen, die die wegweisenden Entscheidungen treffen, ohne uns auch nur zu fragen.«

»Ist das so verkehrt?« Anne zog die Augenbrauen zusammen.

»Überhaupt nicht.« Luc stand auf, ging zu seinem Bruder und streckte ihm die Hand entgegen. »Wir sollten uns wieder auf unsere Jobs konzentrieren.«

Stéphane schlug ein. »Du hast recht. Es tut mir leid.«

39

Johanna brach es fast das Herz. Das fröhliche Gesicht von Coco füllte ihren Monitor. Voller Leidenschaft erzählte sie, wie sie den Kampf gegen Li gewonnen hatten und Luc für sie, Johanna, vor der versammelten Familie eingetreten war, wie er allen gesagt hatte, dass es ihr Verdienst war, dass diesem Gauner das Handwerk gelegt worden war. Sie schien gar nicht zu bemerken, dass Johanna still zuhörte und kein Wort sagte. Und mit jedem Satz mehr wusste Johanna weniger, wie sie Coco die bittere Pille verabreichen sollte.

Sie hatte sich die Entscheidung nicht leichtgemacht, nächtelang Pro und Contra abgewogen, alle möglichen Szenarien durchdacht und Konsequenzen gewälzt. Vieles sprach dafür, etliches dagegen, den Job bei den Béjarts anzunehmen.

Er böte zwar vieles von dem, was Johanna machen wollte, doch letztlich nicht genug. Öffentlichkeitsarbeit auf modernen Wegen, aber ohne Nutzen für den Fortgang der Welt. Business statt Politik. Es war eine Chance, ja, aber wäre es nicht dumm, die erstbeste zu nehmen, als hätte sie jede Hoffnung aufgegeben? Als glaubte sie nicht mehr daran, dass sie ihren Weg doch noch würde gehen können? Das Pech kam bekanntlich im Dreierpack. Wer wollte behaupten, dass es mit dem Glück anders war?

Es war der erste Job, der ihr nach dem Hampel-Desaster angeboten wurde, mal abgesehen von ihrer Stelle im Le Sang des Vignes. Die zählte in dieser Rechnung nicht, weil sie nichts mit Johannas wahrer Profession zu tun hatte. Also gut, das erste Angebot, aber kein Grund, blind loszustürmen. Es war sicher nur eine Frage der Zeit, dann käme ein anderes. Und mit ein bisschen Glück vielleicht sogar eine Stelle im politischen Bereich oder eine, die ihr den Weg dahin ebnen würde. Es brauchte nur Geduld und Zuversicht.

Auch wenn der Job bei den Béjarts eine Herausforderung der besonderen Art war. Das musste Johanna zugeben. Die Chancen, dass sie eine Stelle fand, bei der sie so international arbeiten konnte, standen nicht gut; und hier ginge es nicht nur um Deutschland oder Europa, nein, sie würde weltweite Kommunikationsstrategien entwickeln können.

Und dennoch. Es gab etwas, das einer Zusage nicht nur im Weg stand, sondern ihn geradezu blockierte. Etwas, an dem sie nie vorbeikommen würde, das hatte sie eingesehen, als sie nachts wach gelegen und dem Tanz der Schatten an der Zimmerdecke zugesehen hatte.

Luc.

Es war schlicht unmöglich. Egal, wie sie es drehte und wendete, sie konnte sich nicht vorstellen, wie sie es aushalten sollte, für seine Familie, sogar mit ihm zu arbeiten, in der gleichen Kleinstadt zu wohnen – und ihn gleichzeitig zu vergessen. Das ging einfach nicht.

»Sag mal, hörst du mir überhaupt zu?«, drang Cocos Stimme in Johannas Gedanken ein. »Ich hab dich jetzt schon dreimal gefragt, wann du anfängst, und du sagst immer nur ›jaja‹?«

»Ich … Entschuldige.« Johanna sammelte ihren Mut und bekam jedoch nur einen Fetzen davon zu fassen, der ihr sofort wieder entglitt. »Ich weiß gar nicht, wie ich es dir sagen soll.«

Coco wurde still.

»Ich hab viel darüber nachgedacht, aber … ich kann die Stelle nicht annehmen.«

»Wieso nicht?«

»Kannst du dir das nicht vorstellen?«

»Nein, Johanna. Das verstehe ich wirklich nicht. Luc hat vielleicht einen Fehler gemacht, aber das ist kein Grund, ihn auf ewig zu bestrafen. Und warum musst du dir das selbst antun?«

»Nein, aber du hast selbst gesagt, dass er mich vor eurer Familie verteidigen musste. Wie soll das jemals funktionieren? Ich habe doch mitbekommen, wie es bei euch zugeht. Soll ich ihn zwingen, etwas zu tun, was gegen eure Vorstellungen und Werte verstößt?«

»Johanna, er hat sich gegen seine geliebte Großmutter gestellt – deinetwegen!«

»Siehst du, umso schlimmer. Denkst du, dass es das ist, was ich will? Dass er sich gegen alle wenden muss? Ich weiß doch, wie viel ihm die Familie und vor allem eure Großmutter bedeuten.«

Coco schüttelte den Kopf. »Ich fasse es nicht. Du bist noch verbohrter als meine Familie! Was denkst du denn? Dass sie Luc verstoßen werden? Meine Mutter will selbst, dass du bei uns anfängst.«

»Ja, als Angestellte, aber nicht als Schwiegertochter.«

»Johanna! Du wirfst uns vor, dass wir dir keine Chance geben, aber wer lehnt denn hier von vornherein alles ab?«

Darauf fiel ihr nichts ein. Was sollte sie auch sagen? »Luc will doch gar nichts mehr von mir wissen.« Es war eine scheinheilige Ausrede, Johanna wusste es selbst. Aber irgendwie steckte sie in einer Sackgasse fest.

»Ach so?« Coco machte große Augen.

»Okay, er hat Rosen geschickt. Und Briefe. Und auch Mails.« Es war bitter, das einzuräumen. »Trotzdem – ich passe nicht zu euch. Ich ... Mein Platz ist hier. Und ihr braucht mich doch gar nicht. In Paris gibt es großartige Agenturen für das, was ihr vorhabt. Ich kann dir gern die besten nennen. Das ist ohnehin günstiger für euch, dort zahlt ihr immer nur die einzelne Dienstleistung. Mir müsstet ihr ein Monatsgehalt zahlen. Und so viel wäre gar nicht zu tun, ihr würdet mich also fürs Herumsitzen entlohnen.«

Coco atmete geräuschvoll aus. »Du denkst wohl, du kannst so lange rationale Argumente finden, bis das Gefühl tot ist. Von Vernunft erschlagen.« Sie sprach leise, was ihren Worten nur noch mehr Gewicht verlieh. »Aber das Einzige, was du so erreichst, ist, dass dein Leben an dir vorüberzieht – ohne dich. Wer seinen Gefühlen nicht vertraut, Johanna, wird sein Glück nie zu fassen bekommen.« Ihr Schweigen hing schwer in der Luft. Was Coco ausgesprochen hatte, stand wie ein Eisberg, der aus dem Wasser gehoben worden war, zwischen ihnen. Sie sahen einander an, stille Gesichter, die auf dem Monitor flimmerten, nah und doch fern.

»Ich akzeptiere deine Absage nicht.« Coco sprach die Worte gedehnt. »Im Gegenteil, jetzt mache ich es dir noch schwerer.«

Johanna war versucht, Skype einfach auszuschalten. Sie wollte das nicht hören. Sie wollte nicht wieder von diesem Strudel des Zweifelns mitgerissen und fast ersäuft werden.

»Ich brauche dich hier, Johanna. Ich habe schon lange die Schnauze voll davon, dass hier nur der zu etwas kommen kann, der in die richtige Familie geboren wurde, den richtigen Partner heiratet oder sonst jede beschissene Regel von vor tausend Jahren befolgt. Ich habe es satt, dass sozialer Status dir dein Leben versauen kann, ehe du geboren bist. Und ich könnte kotzen, wenn ich all diese Snobs hier sehe, wie sie sich hinter ihren Mauern verschanzen und sich feiern für ihr elitäres Kastendenken. Ich will das aufbrechen, zerschlagen, ein für alle Mal.«

»Und wie?« Johanna war auf einmal ganz Ohr.

»Ich bin dabei, eine Stiftung zu gründen. Damit will ich Kindern aus sozial schwachen Familien helfen, eine gute Ausbildung zu bekommen, nach Möglichkeit sogar zu studieren.«

»Das klingt geradezu nach Revolution.« Johanna fühlte ein magisches Kribbeln im Bauch wie beim Achterbahnfahren.

»Ist es auch.« Coco grinste schelmisch. »Es wird an der Macht so mancher Familie nagen. Das geht nicht von heute auf morgen, so viel ist klar. Es wird mehr als eine Generation dauern, aber wenn es so läuft, wie ich mir das denke, wird es in einigen Jahren hier alles durcheinanderwirbeln. Aber es wird vor allem dafür sorgen, dass ein paar Menschen eine echte Chance bekommen.«

»Klingt verdammt gut, aber was hab ich damit zu tun?«

»Ich schaffe das nicht allein. Dafür ist es ein zu großes Ding. Und es wird verdammt viel Arbeit geben und noch mehr Gegenwind. Ich brauche dazu jemanden an meiner Seite, dem ich vertrauen kann und der die gleichen Ideale hat wie ich. Eine Kämpferin wie ich, die sich nicht aufhalten lässt – das bist du. Dazu bist du noch eine Kommunikationsfachfrau. Und du sprichst drei Sprachen. Perfekt, denn wir werden Geld brauchen, Spender, Unterstützer. Die lassen sich hier nicht finden, aber zum Beispiel in den USA, in Deutschland, überall auf der Welt. Das wird anstrengend, aber du und ich, da bin ich mir sicher, sind ein erstklassiges Team. Ich hab das Gespür fürs Geld, du dafür, wie man Menschen erreicht. Besser geht es nicht.«

»Das ist eine riesige Herausforderung, was du da planst.«

»Ich weiß.«

»Gib mir Zeit, Coco. Lass mich drüber nachdenken. So was kann und will ich nicht einfach so entscheiden.«

»Okay. Klingt fair.«

40

»Möchtest du dich nicht lieber setzen?« Luc stand unschlüssig zwischen Schreibtisch und Spüle. Es war das erste Aufeinandertreffen mit Mamie seit dem Streit, und er wusste nicht genau, warum sie auf einmal unangekündigt in seinem Büro erschienen war. »Kann ich dir etwas zu trinken anbieten?«

Cathérine stellte den Stock vor sich auf den Boden und stützte beide Hände darauf. »Danke, aber was ich zu sagen habe, wird nicht viel Zeit in Anspruch nehmen.« Ihre Stimme war fest, und nichts in ihrem Gesicht verriet, welche Gefühle sich in ihr regen mochten.

Luc spannte unwillkürlich alle Muskeln an. Er hatte seine Großmutter noch nie so distanziert erlebt. Sie wirkte außerordentlich kontrolliert, als zurrte sie Fesseln um eine Situation, die zu entgleiten drohte.

»Du hast sicher schon von einigen Domaines die Verträge aufgekündigt bekommen, oder?« Cathérine war keine Frau, die andere auf die Folter spannte.

»Ja, aber ...« Woher wusste sie das?

»Es werden noch mehr werden.« Sie hob leicht das Kinn. »Es sei denn ...«

Luc beschlich eine finstere Ahnung. Er hatte das Gefühl, sich dringend setzen zu müssen, aber das wäre ein Eingeständnis seiner Schwäche, so etwas konnte er sich ihr gegenüber nicht erlauben. »Es sei denn – was?«, fragte er und rang um Fassung.

»Es sei denn, du gibst diese Deutsche auf.«

Es war still. Sie starrten sich an wie zwei, die einander zum Duell gefordert hatten. Als ob jeder von ihnen abwog, ob der andere nun schießen würde oder nur bluffte.

So viel stand auf dem Spiel. Und das alles nur wegen einer Vergangenheit, für die weder er noch Johanna etwas konnten. Eine Vergangenheit, die ihnen die Zukunft nehmen wollte.

Er musste eine Entscheidung treffen, jetzt, hier. Eine, von der er nie im Leben gedacht hätte, dass irgendwer sie ihm jemals abringen würde.

Langsam ging Luc zur Tür und öffnete sie. Die warme Abendsonne traf ihn, doch das spürte er kaum. »Es ist besser, du gehst jetzt«, sagte er ruhig.

Cathérine straffte die Schultern. Ihre Augen waren klar, und sie wirkte nicht im Geringsten betroffen. »Wie du meinst, Luc.« Sie trat an ihm vorbei und drehte sich noch einmal um. »Du weißt, was das bedeutet?«

Er schwieg.

Cathérine stieg in ihren Wagen und fuhr davon.

Luc stand noch eine Weile in der offenen Tür, sah eine Katze langsam an den Häusern entlangspazieren und lauschte der Stille des Abends. Alles war wie immer, und doch war alles anders.

»Maman hat mir alles erzählt.« Coco knallte ihre Tasche auf den Boden, den Autoschlüssel auf den Tisch und hievte sich auf einen der Barhocker. »Grand-mère dreht durch!«

»Sie machte nicht gerade einen verwirrten Eindruck.« Luc goss Kaffee ein und stellte Coco eine Tasse hin. Der Regen prasselte aufs Fensterbrett und gegen die Scheiben. Draußen war es dunkel, dabei war es noch nicht einmal Mittag.

»Wie hat sie das überhaupt angestellt? Ist sie etwa zu jedem einzelnen Winzer in der Gegend gefahren und hat denen sonst was erzählt?«

»Keine Ahnung.« Luc fand es befremdlich, dass Coco sich so aufregte. »Sie kennt ja alle gut genug. Vermutlich musste sie nicht viel erklären.«

»Was kannst du da so ruhig bleiben?« Coco war so aufgebracht, dass sie ihren Kaffee verschüttete. »Grand-mère bringt dich um deine Existenz, und dich lässt das kalt?«

Luc nahm einen Lappen und wischte den Tisch ab.

»Ich finde das völlig unmöglich, Luc. Die Familie kann sie doch nicht einfach gewähren lassen!«

»Und was soll ich deiner Meinung nach tun? Mamie in die Psychiatrie einweisen lassen? Oder wegen Geschäftsschädigung verklagen?«

»Blödsinn!« Coco glitt vom Barhocker und begann, auf und ab zu gehen. »Die ganze Familie muss ihr klarmachen, dass das so nicht geht.«

»Jetzt, nachdem das Kind in den Brunnen gefallen ist?« Er schüttelte den Kopf. »Wie soll das gehen? Soll Mamie am Ende noch mal zu allen Winzern laufen und sagen, tut mir leid, ich hatte einen Anfall von Umnachtung, bitte macht wieder Verträge mit meinem Enkel?«

Coco blieb stehen und kratzte sich am Kopf. »Und was jetzt?«

»Jetzt fliege ich nach Berlin, bitte Johanna um Verzeihung, und dann sehe ich, was daraus wird. Noch kann ich immerhin die Weine der Béjarts verkaufen. Vielleicht versuche ich mein Glück in der Champagne. Oder in Bordeaux. Irgendwas fällt mir schon ein.«

»Du kannst hier nicht wegziehen, Luc.«

»Wieso nicht? Denkst du, mich hält hier noch viel?«

»Weil ...« Coco fuhr sich mit beiden Händen übers Gesicht. »Du weißt genau, dass wir Johanna den Job bei uns angeboten haben.«

»Ich weiß, hinter meinem Rücken. So wie alles nur noch hinter meinem Rücken geschieht.«

Sie hob abwehrend die Hände. »Du weißt doch, das ist Frauensache. Solche strategischen Entscheidungen trifft Maman.«

»Und Grand-mère?«

»Hat noch immer keine Ahnung.«

»Ihr habt sie übergangen?«

»Könnte man so sagen.« Coco grinste.

Das war die eigentliche Neuigkeit. Zum ersten Mal hatten seine Mutter und seine Schwester eine gemeinsame Entscheidung für die Domaines getroffen. Und zum allerersten Mal war das Familienoberhaupt nicht gefragt, nicht einmal miteinbezogen worden. Leise und bisher unbemerkt hatte die Macht den Besitzer gewechselt.

»Uns wird etwas einfallen müssen«, stellte Coco fest, »um die Vertriebsaufträge zurückzuholen.«

»Ich hab keine Ahnung, wie das gehen soll.«

»Ich bespreche das gleich mit Maman. Wir finden eine Lösung, keine Sorge.«

»Und Maman will Johanna wirklich einstellen?« Er konnte es sich kaum vorstellen. »Wie hast du sie dazu bewegen können?«

Cocos Blick war ernst. »Johanna wird uns zu einem neuen Image verhelfen, uns in neuen Märkten bekannt machen.«

»Aber das allein hat doch Maman nicht überzeugt, oder?«

Sie legte den Kopf ein wenig schief. So wie früher, wenn sie etwas ausgefressen hatte, als sie noch Kinder waren. »Na ja, nicht ganz«, räumte sie ein und grinste noch ein wenig breiter. »Ich hab ihr ziemlich unmissverständlich gesagt, dass ich ihren Job niemals übernehmen werde, es sei denn, sie lässt mich selbst wählen, wer mir dabei zur Seite stehen soll.«

Luc schüttelte den Kopf. »Was spielt ihr da nur für Spielchen hinter meinem Rücken?«

Coco knuffte ihn. »Ach, komm schon, sei einfach dankbar, Bruderherz. Immerhin hab ich dir ein paar ziemliche Brocken aus dem Weg geräumt. Jetzt musst du sie nur noch holen, deine Johanna.«

»Und du bist sicher, dass sie es heute Nacht wieder probieren?« Luc versuchte, es sich auf der harten Isomatte so bequem wie möglich zu machen, und zog die Decke enger um sich, was allerdings nicht viel gegen die feuchte Nachtkühle half, die sich über das Dach der Weinkellerei senkte.

»Es ist Vollmond«, flüsterte Stéphane neben ihm. »Bisher sind die Einbruchsversuche immer bei Vollmond gewesen.«

»Ich hoffe nur, du hast recht und wir holen uns hier nicht umsonst den Tod.«

»Hast du die Lampe griffbereit?«

»Ja.« Es war ein ziemlich abenteuerlicher Plan, sich auf dem Dach auf die Lauer zu legen, dachte Luc bei sich. »Wir hätten drinnen auf sie warten sollen. Da wäre es wenigstens wärmer. Und bequemer.«

»Kannst du mal aufhören zu nörgeln?«, zischte Stéphane entnervt. »Wenn wir überhaupt eine Chance haben wollen, diese Typen zu kriegen, dann wohl nur von hier aus.« Er fummelte an dem kleinen Stativ herum, das er am Rand des Dachs aufgestellt hatte. Dann richtete er die darauf befestigte Kamera aus. »Das Einzige, was jetzt noch schiefgehen kann, ist, dass wir einschlafen.«

»Wohl kaum, dazu ist es viel zu unbequem.«

»Wenn die Typen erscheinen, warten wir, bis sie sich am Touchpad zu schaffen machen. Dann schaltest du den Strahler an, und ich schieße die Fotos.« Stéphanes Gesicht war fahl im Mondlicht. »Und du rufst die Deppen von der Polizei an. Klar?«

»Sicher.« Luc verbiss sich jeden weiteren Kommentar. Sein Bruder hatte ihm den Plan inzwischen gefühlte hundertmal erzählt.

»Gib mal die Thermoskanne, bitte.«

»Ein bisschen wie früher, oder?« Luc schob die Kanne und seinen Becher zu Stéphane. »Weißt du noch?«

»Du meinst, als wir hier gelegen und auf Coco gewartet haben?«

»… und sie und ihre Freundinnen dann mit Wasserbomben beworfen haben.« Die Brüder prusteten los.

»Kannst du dich noch an das eine Mal erinnern?«

»Als wir Mamie getroffen haben anstatt Coco? Na klar.« Luc meinte fast, jenen Sommer noch einmal riechen zu können, den Duft von Oleander und frisch gemähtem Gras.

»O Mann«, Stéphane schraubte die Kanne wieder zu und reichte Luc einen Becher. »Das gab ein Theater.«

»Danach hatten wir drei Wochen Kellereiverbot.«

»Und Coco hat frohlockt.«

»Stimmt.« Stéphane hielt sich das Fernglas vor die Augen. »Sie hat so triumphiert, dass ich dachte, sie erstickt noch an ihrer Schadenfreude.« Einen Moment lang hing nichts als Stille zwischen ihnen. Stéphane legte das Fernglas beiseite. »Nichts zu sehen.«

»Ihr seid noch nie wirklich gut miteinander klargekommen, Coco und du. Schade eigentlich. Wir sollten zusammenhalten und nicht gegeneinander arbeiten.«

»Sag das ihr.« Stéphanes Stimme klang eisig.

»Ich weiß gar nicht, was du gegen sie hast. Sie engagiert sich doch inzwischen. Gerade im Moment arbeitet sie eng mit Maman zusammen.«

»Mag sein.«

»Befürchtest du, das könne keinen Bestand haben?« Luc musterte seinen Bruder. Selbst in dem schwachen Mondlicht konnte er sehen, wie verbissen dieser wirkte.

»Du kennst doch Coco. Glaubst du wirklich, dass sie sich ändert? Schon morgen wird sie wieder durch die Weltgeschichte düsen, weil ihr irgendetwas Besseres einfällt oder sie einfach nur dem nächsten Vergnügen hinterherjagt.«

»Ich glaube, ihre Sprunghaftigkeit hatte viel mit Alexandres Tod zu tun. Sie hat lange gebraucht, darüber hinwegzukommen. Aber langsam hat sie ihren Platz gefunden.«

»Wir werden sehen.« Stéphane klang nicht überzeugt.

Vielleicht war es ein guter Zeitpunkt, auch den schwelenden Streit zwischen ihnen zu klären. Immerhin konnte Stéphane nicht einfach aufspringen und davonstürmen, wie er es sonst immer tat. »Maman hat mir erzählt, du denkst, ich hätte mehr Interesse an den Weinen der Gascons als an unseren?«

»Selbst wenn. Da sie dir den Vertrag gekündigt haben, ist das ja jetzt vom Tisch.« Stéphane schien keine große Lust zu haben, sich auszusprechen.

»Das schon. Aber grundsätzlich bedeutet es doch, dass du mir nicht traust. Denkst du etwa, mir geht es nur um meinen eigenen Profit?«

»Ist es nicht so?« Stéphane wandte ihm das Gesicht zu. Aber inzwischen war es zu dunkel, um Genaueres darin zu lesen.

»Du weißt genau, dass die Gascons nicht nur den Montrachet haben, sondern auch ein paar Hänge voll mit sehr besonderen Pinot Noirs. Erzähl mir nicht, dass du im Geiste nicht schon überlegt hättest, welche dieser Trauben du mit unseren vermählen könntest. Eine Hochzeit zwischen Élodie und mir hätte auch für dich und unsere Weine Vorteile gehabt.«

»Und du willst mir jetzt weismachen, das hätte dich zur Heirat mit Élodie bewogen?« Stéphane lachte bitter. »Komm schon, Luc, solche Märchen kannst du nicht mal meinem zweijährigen Sohn erzählen.«

»Das behaupte ich gar nicht. Aber du hast keinen alten Wein geheiratet.«

»Willst du mir das zum Vorwurf machen?«

»Nein, aber sieh doch mal der Realität ins Auge. Céciles Familie hat keinen einzigen Rebstock. Coco wird vermutlich nie heiraten. Deshalb bin ich immer davon ausgegangen, dass ich dafür sorgen müsste, unsere Weingüter zu vergrößern.«

»Und jetzt, Luc«, Stéphane klang kampflustig, »hast du deine Meinung geändert?«

»Nein. Aber ich musste mich erst verlieben, um zu begreifen, dass ich mir ein Leben mit Élodie nicht vorstellen kann. Das heißt aber auch, dass ich über andere Wege nachdenke, um die Domaines zu erweitern.«

»Und was sollen das für Wege sein?«

Luc wusste nicht genau, ob er es sich nur einbildete oder ob sein Bruder schon etwas weniger ablehnend klang. »Wenn wir mehr Geld verdienen, können wir kleinere Güter aufkaufen.«

»Und wie soll das gehen? Ich muss dich wohl daran erinnern, dass du gerade den chinesischen Markt für uns abgeschossen hast.«

»Du kennst die Gründe dafür.« In der Ferne röhrte ein Motorrad. »Wenn der Plan von Coco aufgeht und Johanna es wirklich schafft, uns in der Welt bekannter zu machen und unsere Weine in die exklusiven Restaurants zu bringen, dann sollte uns dies das nötige finanzielle Polster verschaffen, um nach und nach Parzellen aufzukaufen. Wenn uns das Wetter noch hilft …«

»Wenn.« Das Motorrad kam näher.

»Ja – wenn. Aber es wird nur gehen, wenn wir in der Familie zusammenhalten. Und die Domaines auf die gleiche Art führen, wie es unsere Vorfahren seit Jahrhunderten getan haben. Wenn du mich meine Arbeit machen lässt, wir uns gegenseitig zuhören und dich darauf konzentrierst, neue Weine zu kreieren, die im Trend liegen.«

»Das ist dein Plan?«

»Ja. Aber es geht nur mit dir.« Der Lichtkegel des Motorrads tauchte auf. »Meinst du, dass sie das sind?« Langsam kam das Gefährt näher.

»Sieht ganz so aus.« Stéphane streckte vorsichtig den Arm aus und legte die Hand auf die Kamera. »Diesmal kriegen wir sie.«

Das Motorrad hielt, zwei Männer stiegen ab und sahen sich um. Dann nickten sie sich zu und gingen zum Tor der Weinkellerei. Einer zog eine Zwille aus der Jacke, legte an und schoss einen Stein auf die gerade erneuerte Überwachungskamera, die über dem Tor hing. Es gab einen leisen Knall, Funken flogen, dann war die Kamera offenbar lahmgelegt.

Luc hielt sich das Handy dicht an den Kopf und wartete, bis bei der Polizei abgenommen wurde. »Béjart«, flüsterte er, »Einbruch in der Weinkellerei.« Dann legte er das Handy neben sich aufs Dach und griff nach der Lampe.

Die Männer nahmen ihre Helme ab. Einer von ihnen machte sich am Touchpad zu schaffen, während sich der andere nach allen Seiten umschaute.

»Worauf warten wir?«, flüsterte Luc Stéphane ins Ohr.

»Auf die Bullen.«

»Und wenn die nicht schnell genug kommen?«

»Wenn wir zu früh das Licht anmachen, hauen die Typen ab.«

Der am Touchpad zog einen Hammer aus der Jacke und drosch damit auf das Display ein. Glas klirrte, ein Funkenregen ging auf ihn nieder. *»Merde!«*, hörte man ihn fluchen.

Von weitem war Motorengeräusch zu hören. Ein Auto.

»Die Bullen?«

Stéphane zuckte die Schultern.

Das Auto kam rasch näher, und die Einbrecher schienen unsicher zu werden.

»Jetzt oder nie«, flüsterte Luc. »Die hauen sonst ab.«

»Okay.«

Er schaltete den Strahler an. Sofort wurden die Einfahrt und die Straße davor in helles Licht getaucht. Die Männer sahen sich hektisch um, einer von beiden rannte zum Motorrad, der andere stand wie festgewurzelt. Stéphane hatte die Kamera hochgerissen und machte ein Foto nach dem nächsten. »Hab das Nummernschild«, rief er außer Atem. »Die Penner kommen nicht davon.«

Der Motorradfahrer brauste los und ließ seinen Kumpel einfach stehen. In dem Moment kam das Polizeiauto um die Ecke. Der Motorradfahrer bremste, rutschte mit dem Hinterrad und schlitterte unter eine Hecke. Der andere versuchte wegzurennen, doch einer der Polizisten war aus dem Wagen gesprungen und setzte ihm nach.

Luc und Stéphane grinsten sich an. »Das soll uns erst mal einer nachmachen«, triumphierte Stéphane. Dann stiegen sie vom Dach.

Als sie unten ankamen, war der Motorradfahrer so gut wie unversehrt unter der Hecke vorgekrochen. Seinen Komplizen hatte der Polizist zur Strecke gebracht. Die beiden Einbrecher wurden mit Handschellen gefesselt in den Wagen gesetzt, fertig zum Abtransport.

»Zwei Siebzehnjährige«, sagte einer der Polizisten zu Luc. »Haben nicht einmal einen Führerschein für die Karre.«

Luc beugte sich in den Wagen und sah den Jungs ins Gesicht. »Wieso macht ihr so einen Scheiß?«

»Geld«, gab einer von beiden kleinlaut zu.

»Wer gibt euch Geld dafür?«, mischte sich Stéphane ein.

»Ein Typ aus Paris«, antwortete der andere. »Er hat gesagt, wenn wir ihm ein paar Flaschen Richebourg Grand Cru von fünfundsechzig bringen, dann gibt er uns dreißigtausend Euro.«

»Läppische dreißigtausend? Wie weit wollt ihr damit kommen? Und dafür setzt ihr eure Zukunft aufs Spiel?« Luc winkte ab und wandte sich um.

41

Das war bestimmt Lucies nächste Kundin, dachte Johanna auf dem Weg durch die Diele. Warum konnten die nie pünktlich sein? Und immer blieb es an ihr hängen, die Damen in die Küche zu setzen, ihnen etwas zu trinken anzubieten und Small Talk zu machen. Egal, ob sie Zeit und Lust hatte, ob sie eigentlich wegmusste oder, wie heute, von der Arbeit und der Hitze so erledigt war, dass sie einfach nur still irgendwo sitzen und etwas Kaltes trinken wollte. Aber hatte sie eine Wahl? Wohl kaum. Sie konnte diese Leute schließlich nicht vor der Tür stehenlassen.

Johanna atmete tief durch, zwang sich zu einem Lächeln und öffnete die Tür.

Er stand einfach da. In hellen Hosen, einem weißen Hemd, die Sonnenbrille in die Haare geschoben und eine dunkelrote Rose in der Hand. Stand da und lächelte. Unsicher. Verlegen. Wie eine Erscheinung.

Sie zwinkerte. Er war immer noch da.

Der Puls flog davon wie fliehende Pferde. Heiß und kalt war ihr, von einer Sekunde zur anderen. Und still war es. Als hätte die Welt angehalten. Nichts tat mehr weh, und jedes Puzzleteil fiel an seinen Platz.

Das hier, das war richtig. So konnte es bleiben. Für immer und einen Tag.

»Und ich hatte gedacht, ich müsste vor dir im Staub kriechen.« Luc reichte Johanna ein Glas Weizenbier und setzte sich neben sie auf die Bank. »Meine ganze lange Entschuldigungsrede, alles umsonst ausgedacht.« Er legte den Arm um ihre Schultern und zog sie an sich.

»Meinetwegen kannst du die ruhig noch halten.« Johanna stieß ihr Glas gegen seines und trank einen großen Schluck.

»Das ist ein schöner Ort«, stellte er fest. Der Tegeler See lag still. Kein Wind kräuselte die Wasseroberfläche. Die Abendsonne hatte den Himmel in Orange- und Rottönen gefärbt und versank nun langsam hinter den Bäumen auf der anderen Seite. Ein paar Segelschiffe trieben träge dahin, ein Fischer stand in seinem Boot.

»Ja, ich mag es hier sehr.« Johanna kuschelte sich an Luc.

»Erstaunlich, dass es so still ist. Überall sitzen Leute und unterhalten sich, dennoch herrscht eine herrliche Ruhe.«

»Das ist hier immer so.« Ein Hund warf sich auf die Wiese und rollte sich hin und her, worüber seine Besitzer sich amüsierten. »Ich werde diesen Platz vermissen. Ich war oft mit Lucie hier. Wir haben einen Flammkuchen gegessen oder Fish and Chips. Und immer den Sonnenuntergang bewundert. Er ist jeden Tag anders und immer wunderschön.«

»Einen See kann ich dir in Beaune leider nicht bieten. Nur den Sonnenuntergang über der Stadt. Wir könnten allerdings einen Teich im Garten anlegen. Aber da wäre die Katze vom Nachbarn. Goldfische überleben vermutlich nicht lange.«

Johanna rückte ein kleines Stück von ihm ab. »Luc, lass uns das langsam angehen.«

»Soll heißen?«

»Ich komme zwar nach Beaune und nehme den Job bei euch an, aber ich glaube, es ist keine gute Idee, wenn wir sofort zusammenziehen.«

»Wieso nicht?«

Wusste er das wirklich nicht? Sie konnte es sich kaum vorstellen. »Ich möchte mich nicht in deine Familie hineindrängen.«

»Aber sie wissen längst, dass wir zusammen sind.«

»Schon. Aber ich möchte nicht, dass sie sich von mir überfallen fühlen.«

»Und was ändert es, wenn wir getrennt wohnen?«

»Dann können sie mir aus dem Weg gehen.« Johanna sah ihm an, dass er nicht von ihren Überlegungen überzeugt war. »Zumindest für den Anfang. Ich hoffe einfach, sie gewöhnen sich an mich und stellen dann fest, dass es gar nicht so schlimm mit mir ist.« Sie lächelte verhalten. »Auch wenn es ihnen vermutlich erst recht schwerfallen wird, mich zu mögen, wenn ich mit Coco die Stiftung aufbaue. Ich glaube kaum, dass mir das Sympathiepunkte unter den Winzerfamilien einbringt.«

»Warum machst du es dann?«

»Weil es das ist, was ich immer wollte. Etwas tun, was die Welt ein Stück weit besser macht. Etwas bewegen halt.«

»Du bist eine Idealistin.«

»Vielleicht.« Sie lächelte vor sich hin. »Aber ohne die hätte sich auf der Welt nie etwas zum Besseren gewandt.« Ein Schwan löste sich aus seiner Familie und schwamm mit aufgestellten Flügeln auf einen Jungschwan zu, der ganz allein unterwegs zu sein schien. »Der bekommt jetzt eine Lektion«, wies Johanna mit der Hand auf das Tier.

»Ich verstehe immer noch nicht, warum wir nicht einfach zusammenwohnen können«, ließ sich Luc nicht beirren. »Tatsachen schaffen, sozusagen.«

»Gib mir einfach Zeit.« Der Jungschwan drehte ab, was den alten nicht davon abhielt, ihm noch ein ganzes Stück hinterherzuschwimmen. »Ich muss mich auch erst an deine Familie gewöhnen und …« Sie bremste sich. Es war ja nicht so, dass der Job bei Coco, die Stiftung, die Hauptantriebsfeder für ihre Entscheidung war, dennoch war das etwas, was sie in Deutschland nicht haben konnte.

»Was – und?«

»Und schließlich bin ich ganz in deiner Nähe.«

»Wie du meinst.«

»Du akzeptierst das so?« Damit hatte sie nicht gerechnet, eher schon mit Protest und Überredungsversuchen.

Luc lachte. »*Mon trésor*, ich habe längst verstanden, dass du deinen Kopf durchsetzen wirst.«

Sie zog einen Schmollmund.

Er küsste sie, und das Kribbeln in ihrem Bauch war wie heißes Wasser auf der Haut nach einem langen Winterspaziergang.

»Lass uns übers Wochenende zu deinen Eltern fahren.«

Johanna erschrak. War das sein Ernst?

»Ich möchte sie gern kennenlernen«, fuhr Luc fort, »und du willst ihnen doch bestimmt die Neuigkeiten persönlich erzählen, oder?«

Johannas gute Stimmung war wie weggeblasen. Ihre Eltern. Die hatte sie in all der Aufregung fast vergessen. Sie mochte sich gar nicht erst vorstellen, wie sie reagieren würden, wenn sie ihnen eröffnete, dass sie nach Frankreich zog. »Ich weiß nicht …«

Lucs Gesicht verfinsterte sich. »Aber es geht um deine Familie. Wie kannst du mit ihnen nicht …« Er brach mitten im Satz ab und sah sie entgeistert an.

»Ich hab dir doch erzählt, wie schwierig es mit meinen Eltern ist. Wir sind keine Familie wie ihr.« Sie trank einen großen Schluck und stellte ihr Glas dann auf dem Holztisch ab. »Irgendwie hab ich meine Eltern immer nur enttäuscht. Wenn ich jetzt auch noch so weit wegziehe, verzeiht mir meine Mutter das nie.«

»Ach komm, vielleicht kann sie es verstehen, wenn sie mich erst einmal kennengelernt hat.« Er zwinkerte ihr zu.

Johanna musste lachen. »Ich wusste gar nicht, dass du so von dir überzeugt bist.« Sie gab ihm einen freundschaftlichen Knuff. »Mal im Ernst. Ich möchte wirklich nicht, dass du sie unter diesen Umständen kennenlernst. Lass uns dass lieber auf einen späteren Zeitpunkt verschieben, wenn sie sich wieder abgeregt haben und in dir nicht nur den Mann sehen, der mich wegholt.«

»Na gut«, lenkte er ein, »aber glaub nicht, dass du mich auf ewig vertrösten kannst.«

»Nein, versprochen, wir fahren irgendwann zu ihnen.« Worauf ließ sie sich nur ein? Ihre Mutter würde sich ebenso wenig abregen, wie Lucs Familie sie wirklich anerkennen würde, außer Coco natürlich. Sie würde eine Fremde bleiben, toleriert, aber nie akzeptiert. Und sie wusste immer noch nicht, ob sie das wirklich wollte.

Johanna wollte Luc, und sie wollte den Job. Das stand außer Frage. Aber das ganze Drumherum, da passte nichts zueinander. Und vermutlich war es doch sowieso nur Show. Solch einen Familienzusammenhalt gab es sowieso nicht. Lucs Familie schluckte die Kröte namens Johanna doch nur, weil er sonst tatsächlich eigene Wege gehen würde. Aber wenn er das für sie täte, käme früher oder später der Zeitpunkt, an dem er es ihr vorhalten würde. So viel war klar.

Es war zum Haareraufen. Was sie auch tat, es war die Wahl zwischen Cholera und Pest. Doch sie konnte sich ein Leben ohne Luc einfach nicht vorstellen. Sie müsste diesen Tanz auf dem Eis irgendwie hinbekommen.

»Aber du kommst im August in unser Haus in Südfrankreich?« Luc sah sie eindringlich an.

Dieser Plan, die Ferien gemeinsam mit seiner Familie zu verbringen, war auch so ein Irrsinn, aus dem es keinen Ausweg für sie gab. »Ja, hab ich doch versprochen.«

»Du wirst sehen, das wird großartig. Es ist die beste Gelegenheit, alle in einer lockeren Atmosphäre kennenzulernen.«

Das blieb abzuwarten. Allerdings schien er so überzeugt von dem Gedanken, dass sie ihre Zweifel herunterschluckte. »Wie besprochen. Ich mache erst meinen Umzug nach Beaune und komme dann in euer Haus.«

Wohl war ihr nicht dabei. Auch die Großmutter würde dort

sein. Johanna fragte sich im Geheimen, ob sie sie wie einen streunenden Hund vom Hof jagen würde.

Sie sah hinaus auf den See, der im Licht der untergehenden Sonne golden schimmerte. Der einsame Jungschwan hatte seine Familie wiedergefunden. Der Fischer stand immer noch in seinem Boot. Johanna fröstelte.

42

Die Blumen in den Balkonkästen standen in voller Pracht. Eine leichte Abendbrise zauste die Blüten. In der letzten Nacht hatten Gewitter die Hitze vertrieben und eine angenehme Sommerwärme zurückgelassen. Die Stadt atmete durch.

Johanna setzte sich zu Lucie auf den Balkon und goss Rotwein ein. »Ich kann mir noch gar nicht vorstellen, dass wir unsere Abende bald nicht mehr gemeinsam verbringen werden.«

»Ich werde dich vermissen«, seufzte Lucie und stieß mit ihr an. »Auf uns.«

»Du kannst mich jederzeit besuchen kommen.« Johanna war nicht halb so fröhlich zumute, wie sie tat.

»Das werde ich.« Lucie lächelte versonnen, als reisten ihre Gedanken in eine ferne Zukunft, die sich noch nicht einmal am Horizont ankündigte. »Und ich werde diese wunderbaren Weine vermissen, die du neuerdings mitbringst und die ich mir nie und nimmer leisten kann.«

»Ich schicke dir welche. Das ist doch selbstverständlich. Hast du denn vor, dir eine neue Mitbewohnerin zu suchen?« Johanna hatte die Frage eigentlich nicht stellen wollen, zu sehr fürchtete sie die Antwort. Einerseits wünschte sie sich, dass Lucie genau das tat, um nicht das Gefühl haben zu müssen, sie allein zu lassen, andererseits mochte sie sich nicht vorstellen, dass ein fremder Mensch einfach so ihren Platz einnehmen würde.

»Erst einmal nicht.« Lucie kratzte sich am Kopf, als müsste sie über ihre Antwort noch nachdenken. »Finanziell bin ich zum Glück nicht darauf angewiesen, und in meinem Alter gewöhnt man sich nicht mehr so leicht an neue Menschen. Jedenfalls nicht, wenn sie Angewohnheiten haben, wie Zahnpastatuben nicht zuzuschrauben oder unentwegt mein Lieblingsduschgel aufzubrauchen.« Trotz der Kritik an Johannas Mitbewohnerqualitäten klang ihre Stimme sanft.

»So schlimm bin ich gar nicht.« Johanna zog einen Schmollmund. »Ab und zu hab ich Duschgel nachgekauft.«

»O ja. Immer dann, wenn dein schlechtes Gewissen die Ausmaße von Goliath angenommen hat, weil du auch noch meine Schokolade vertilgt hast.« Lucie lachte und tätschelte Johannas Knie. »Es war eine tolle Zeit.«

»Das klingt gerade anders.«

»Ach, Dummerchen. So ein bisschen Ärger, das hat mich jung gehalten. Das war doch gar nichts gegen unsere vielen schönen Abende.«

»Ich werde dich auch vermissen. Mehr als du denkst.«

»Das will ich hoffen!« Lucie stand auf. »So, jetzt ist aber genug mit Trübsal blasen. Ich hole den Auflauf aus dem Ofen, und dann essen wir.«

»Soll ich dir helfen?«

Lucie winkte ab. »Wissen es deine Eltern eigentlich schon?«

Johanna hatte das Gefühl, als hätte sie einen Tritt in den Magen bekommen, der alle Luft aus ihr herauspresste.

»Oh, offenbar nicht. Du wirst ja ganz blass.«

»Weißt du, was auf mich zukommt, wenn ich es denen sage?«

Lucie nickte. »Sagen wir mal so, ich hab eine ungefähre Vorstellung. Du wirst allerdings wohl kaum drum herumkommen.«

»Ich weiß.«

»Für die Verkostung heute Nachmittag ist im Keller alles vorbereitet?« So, wie Cornelia Sommer die Frage stellte, war eigentlich keine Antwort nötig.

»Selbstverständlich«, sagte Johanna trotzdem und dachte an das, was sie eigentlich längst hätte sagen müssen und was sie jeden Tag aufschob. Es half nichts, noch länger zu warten, wäre unfair.

»Das muss gut laufen. Wenn wir den Sommelier vom Kammeier überzeugen, haben wir die wichtigsten Restaurants in ganz Berlin in der Tasche«, fuhr Sommer fort.

Johanna holte tief Luft und sammelte ihren Mut zusammen. »Frau Sommer, ich muss etwas mit Ihnen besprechen.«

»Muss das heute sein?« Sommer sah nicht einmal auf, sondern fuhr fort, Papiere auf ihrem Schreibtisch von links nach rechts zu sortieren. »Wo hab ich nur die Importlisten vom letzten Monat gelassen?«, sagte sie mehr zu sich selbst als zu Johanna.

»Ich kündige.« So hatte sie das nicht geplant, doch der unheilvolle Satz hatte so lange auf Johannas Zunge gelegen, dass er einfach herausgerollt war.

Cornelia Sommer erstarrte mitten in der Bewegung und sah Johanna an. Ihr Gesicht schien ausdruckslos, als könne sie nicht glauben, was sie gerade gehört hatte. Das Blatt Papier glitt aus ihrer Hand und segelte zu Boden. »Wieso das denn?«

»Weil ...«

»Doch nicht etwa, weil ich Ihre Ideen mit der Homepage und den ganzen anderen Kram abgelehnt habe? Das ist doch kein Grund, Frau Keppler. Oder wollen Sie mehr Geld?«

Johanna war verblüfft. Irgendwie hatte sie eine andere Reaktion erwartet, eine ärgerlichere oder gleichgültigere. Offenbar hatte sie ihre Chefin falsch eingeschätzt. »Ich gehe nach Frankreich«, sagte sie kleinlaut. »Die Béjarts haben mir einen Job angeboten. Ich werde so etwas wie ihre Pressesprecherin sein.«

»Die Béjarts?« Sommer stützte die Ellenbogen auf den Tisch und legte ihr Kinn auf ihren Händen ab.

»Ja.« Johanna räusperte sich. Ihre Kehle schien plötzlich mit Sandpapier beschichtet zu sein. »Ich weiß, ich hätte es längst sagen sollen, aber ich ...«

»Da hab ich mir ja eine schöne Suppe eingebrockt.«

»Wie bitte?«

»Na, ich hab Sie doch schließlich erst bei denen einquartiert.«

»Ja, aber …«

»Nichts aber, meine Liebe. Ohne mich hätten Sie die Béjarts nie kennengelernt.«

»Wenn Sie es so sehen.« Johanna hatte das Gefühl, mit ihrer Chefin nicht mehr mitzukommen.

»Das wird nicht leicht ohne Sie, aber nun gut.« Sommer stand auf. »Wann verlassen Sie uns denn?«

»Ende Juli. Wenn das okay ist.«

Sommer nickte bedächtig. »Ich verlasse mich darauf, dass Sie dafür sorgen, dass meine Geschäftsbeziehungen mit den Béjarts so gut bleiben, wie sie jetzt sind.«

43

Ein ganzes Leben passte in die wenigen Umzugskartons. Johanna klappte den letzten zu, setzte sich darauf und nahm einen großen Schluck Wasser aus der Flasche. Wie wenig sie besaß. Sie war nie irgendwo richtig sesshaft geworden, jedenfalls nicht in der Art, dass sie angefangen hätte, Dinge anzusammeln. Würde sich das jetzt ändern?

Sie stellte die Flasche auf dem Boden ab. Das Telefon lag wie ein Mahnmal auf ihrem leeren Schreibtisch. Es war ihr vorletzter Abend in Berlin, und sie hatte ihren Eltern noch immer nicht gesagt, dass sie die Stadt verließ, um in Frankreich ihr Glück zu suchen.

Wenn nicht jetzt, wann dann? Sie konnte es ihnen unmöglich von Beaune aus erzählen.

Komisch. Nie schob sie Unangenehmes vor sich her oder versuchte, es zu umgehen – außer wenn die Eltern in irgendeiner Weise beteiligt waren. Lag es wirklich nur an ihnen und ihren Erwartungen, vor allem den Vorstellungen ihrer Mutter? Oder war sie selbst nicht auch beteiligt daran, weil sie nicht die sein konnte, die ihre Mutter haben wollte?

Und jetzt klopfte sie bei einer fremden Familie an die Tür, bei der sie schon wieder auf Erwartungen stieß, die sie nie im Leben würde erfüllen können? War es etwa ihr Schicksal, immer gegen Windmühlen anzukämpfen und nie am richtigen Ort anzukommen?

Alles Theorie, Denkschleifen, die zu nichts führten. Entschlossen nahm Johanna das Telefon in die Hand.

»Schön, dass du anrufst«, meldete sich ihr Vater am anderen Ende der Leitung.

Das brachte Johanna für einen Moment aus dem Konzept. Es war ungewöhnlich, dass er und nicht ihre Mutter das Telefon beantwortete. »Ist was mit Mama? Ist sie krank?«

»Nein, nein«, wiegelte ihr Vater ab. »Sie ist nur in der Waschküche. Die Maschine war kaputt und ist gerade erst repariert worden. Jetzt müssen wir die ganze Bettwäsche und die Handtücher waschen, bevor am Samstag Gästewechsel ist.«

Vielleicht war es ein Glücksfall, dachte Johanna.

»Soll ich sie rufen?«

»Nein, nein.« Es war Johanna viel lieber, dieses heikle Thema mit ihrem Vater zu besprechen. »Es ist nur so ... Ich wollte eigentlich längst bei euch vorbeikommen, weil ich euch etwas zu sagen habe, aber ...«

»Ich weiß, die Arbeit geht vor«, beendete ihr Vater den Satz, »wie bei uns. Aber hast du nicht auch mal Urlaub?«

»Ich gehe nach Frankreich.«

»Oh, schön. Wohin fährst du, an den Atlantik oder an die Côte d'Azur?«

Ihr Vater hatte sie offensichtlich falsch verstanden. »Ich werde dort nicht nur Urlaub machen.«

Am anderen Ende wurde es still.

»Bist du noch da, Papa?«

»Ja.«

»Es tut mir leid. Ich weiß, ich hätte es euch längst sagen müssen, aber ich wusste nicht, wie ...«

»Erspar uns bitte die Ausreden, Johanna.« Er klang verletzt. Da war etwas in seiner Stimme, ein fremder Unterton. »Wenn du gewollt hättest, hättest du es schon einrichten können, an einem Wochenende herzukommen, um mit uns zu sprechen.«

»Wahrscheinlich. Aber was hätte das gebracht? Mama und ich hätten uns bis aufs Messer gestritten, ich wäre vorzeitig abgereist, und wir wären alle wütend aufeinander gewesen.« Vielleicht könnte sie ihrem Vater doch noch begreiflich machen, was sie fortzog.

»Und nun schiebst du es mir zu, deiner Mutter diese Neuigkeit beizubringen. Das ist ziemlich unfair, Johanna.«

Vielleicht, dachte sie, immerhin war es Zufall, dass er am Telefon war und nicht ihre Mutter. »Interessiert dich gar nicht, was ich dort tun werde?«

»Doch, natürlich, ich bin nur ziemlich überfahren, wie du dir vielleicht vorstellen kannst.«

»Ich habe endlich eine Stelle in meinem Beruf angeboten bekommen von einem der großen Weinhäuser in der Bourgogne. Außerdem werde ich die Pressearbeit für eine angegliederte Stiftung übernehmen. Ich kann also auch etwas bewegen.«

»Und das geht nur in Frankreich?«

Johanna verwarf die Idee, ihrem Vater von Luc zu erzählen. Bei allen Zweifeln freute sie sich doch auf alles, was vor ihr lag. Das wollte sie sich nicht nehmen lassen. »Du weißt doch, dass ich schon ewig nach einem Job suche und nichts finde. Hätte ich da nein sagen sollen, wenn mir eine solche Gelegenheit geboten wird?«

»Vielleicht hast du nur nicht breit genug gesucht. Hast du je nach Stellen hier oben im Norden geschaut?«

Johanna ließ den Blick über ihre Umzugskartons und durch das Zimmer schweifen. Diese paar Quadratmeter hier waren mehr Zuhause gewesen als alles andere, was sie zuvor gekannt hatte. Das zu verlassen fiel ihr schwer, die Eltern jedoch bewiesen nur erneut, dass sie sie nicht ihren eigenen Weg gehen lassen wollten. Sogar ihr Vater fing nun damit an. Eine Stelle in Mecklenburg-Vorpommern hätte sie sich suchen sollen? Nein, die Eltern hatten nie verstanden, was sie aus ihrem Leben machen wollte.

»Ich lass euch meine Adresse und Telefonnummer zukommen«, sagte sie. »Grüß Mama von mir.«

Was für ein seltsames Gefühl, dachte Johanna und erinnerte sich an den Tag, an dem sie das Le Sang des Vignes betreten hatte, um nach dem Aushilfsjob zu fragen.

Wie eine Ewigkeit kam es ihr vor, und doch waren es nur ein paar Monate. Nie wäre sie an jenem Wintertag darauf gekommen, dass es mehr als ein Job sein, dass die Arbeit hier ihr ganzes Leben umlenken könnte. Und jetzt, an ihrem letzten Morgen, empfand sie tatsächlich so etwas wie Abschiedsschmerz.

Ihr Blick glitt über die alte Ladeneinrichtung, die Regale mit den Weinflaschen, die Schiefertäfelchen, auf denen die Preise standen, all das von Cornelia und Gustav Sommer liebevoll zusammengetragene Zeug, das dem Laden diese ganz persönliche Note gab.

Johanna schüttelte sich. Grundgütiger. Das Abschiednehmen ging ihr unter die Haut. Diese Sentimentalität stand ihr nicht. Sie sollte sich wirklich zusammenreißen.

Gott, sie ging nach Frankreich. Zu einem Job, der ihr etwas bedeutete und der eine echte Herausforderung und große Chance war. Und zu dem Mann, den sie liebte. Was wollte sie mehr?

44

»Das ist alles, was du hast?« Coco stand im Wohnzimmer und sah Johanna zweifelnd an.

»Na ja, es sagt wohl einiges über mein bisheriges Leben aus. Vom Internat ins Studentenzimmer und jetzt hierher.« Johanna machte eine der wenigen Umzugskisten auf und sah nach, ob ihre geliebte eiförmige Lampe aus weißem Porzellan den Transport unbeschadet überstanden hatte. »Zum Glück vermietest du das möblierte Apartment an mich.«

»Allerdings. Wobei ich noch nicht richtig verstanden habe, warum du nicht zu Luc ziehst.« Coco ließ sich auf die Couch fallen und legte die Füße auf den niedrigen Tisch.

»Sein Apartment ist nicht wirklich groß.«

»Klar, deine Unmengen von Zeug hättet ihr bei Luc nie untergebracht. Wie konnte ich das nur übersehen?«

»Hör auf, dich über mich lustig zu machen.« Johanna musste lachen. Sie stellte die Lampe vorsichtig zu Boden, fand eine Steckdose und machte das Licht an. Das Ei glühte sanft.

»Die ist hübsch«, stellte Coco fest.

Johanna nickte. »Hab ich mal auf dem Flohmarkt gekauft.«

Johanna setzte sich auf die Lehne der Couch. »Lass uns was essen gehen. Ich hab keine Lust, jetzt auszupacken. Die lange Fahrt steckt mir noch in den Knochen.«

»Gute Idee.« Coco ging zur Tür. »Wir fliegen morgen am späten Vormittag in die Provence.« Sie drehte sich zu Johanna um. »Und pack bloß nicht zu viele Klamotten ein. Da unten leben wir alle immer wie beim Camping.«

Camping? Johanna konnte sich alles vorstellen, doch das bestimmt nicht.

45

Die Rhône lag als glitzerndes Band unter ihnen, das die grünen Hügel zerschnitt. Sie flogen an ihr entlang wie an einem silbrigen Faden, der den Weg wies.

»Aufgeregt?« Über die Kopfhörer erklang Cocos Stimme unmittelbar in Johannas Ohren.

»Ziemlich«, gab Johanna zu. Ihr war nicht sonderlich wohl bei dem Gedanken, mehr als eine Woche inmitten der Familie Béjart zuzubringen.

»Heute ist alles ganz harmlos. Stéphane, Cécile und Arthur sind noch in Beaune und kommen erst in ein paar Tagen nach. Unsere Eltern sind in Spanien unterwegs. Und Grand-mère fährt bei Stéphane und Cécile mit. Entspann dich, alles wird gut.«

Als wenn das so einfach wäre. Johanna sah das Land unter ihren Füßen davonsausen und versuchte, den Gefühlscocktail in ihrem Innern auszublenden. Das hier war also ihr neues Leben. »Fahrt ihr jeden Sommer in das Haus?«, erkundigte sie sich.

»Oft auch über Weihnachten und Ostern oder mal zwischendurch. Mit dem Auto braucht man nur vier Stunden. Du wirst sehen, es ist wunderschön. Man ist fernab von allem.« Coco lenkte den Helikopter zur Seite. »Direkt da vorn, das ist Orange.«

Sie flogen an der Stadt vorbei, und dann lagen fast nur noch Felder unter ihnen, selten einmal ein einzelnes Haus. »Muss sich denn niemand um die Weinreben kümmern?«

»Nein, um diese Jahreszeit können wir gar nichts tun. Die Trauben müssen einfach reifen, und darauf hat nur das Wetter Einfluss. Anstatt dabei zuzusehen, genießen wir die kurze Zeit im Jahr, in der wir gemeinsam Urlaub machen können.«

Am Horizont wölbten sich Hügel.

»Gleich sind wir da.«

»Und wie weit entfernt ist der Flugplatz von eurem Haus?«

»Flugplatz?« Coco lachte. »Brauchen wir nicht. Das ist ja das Gute an Helikoptern. Du kannst überall landen.«

»Wie? Wir gehen jetzt einfach so bei eurem Haus runter?«

»Genau.« Coco flog eine scharfe Kehre, wobei der Hubschrauber an Höhe verlor. »Da ist es schon.« Sie hielt den Helikopter in der Luft über der Wiese, an die sich ein Hain mit Olivenbäumen anschloss. Direkt daneben stand ein l-förmiges Haus mit einem großen organisch geformten Swimmingpool. »Siehst du das Haupthaus? Der kurze Teil war früher der Stall. Darin ist jetzt das große Esszimmer untergebracht, darüber liegt Lucs Zimmer. In dem anderen Teil sind die Zimmer der Eltern, von Stéphane, Grand-mère und die Gästezimmer.«

»Und wo schläfst du?«

»Schau mal, da neben dem Pool, das kleine Nebengebäude. Das war früher die Scheune. Ich hab sie ausbauen lassen.«

Johanna betrachtete das Gelände. Weit und breit war kein weiteres Haus zu sehen. »Ganz schön einsam hier.«

»Du wirst es lieben. Sieh nur, da ist Luc.«

Johanna sah ihn plötzlich auf der Terrasse stehen und winken. Ihr wurde ganz warm.

Das Haus war ein Traum. Rau verputzte weiße Wände, dunkle Holzbalken an der Decke, Natursteine auf dem Boden. Von einer Galerie aus blickte man vom Obergeschoss in das große Wohnzimmer mit Kamin hinab. Es gab zu jedem Schlafzimmer ein eigenes Bad, und die Küche hätte mit ihrer Kochinsel in der Mitte und den gemauerten Schränken für die Titelstory jeder Fachzeitschrift über Landhausstil herhalten können.

»Der Pool wird übrigens mit Sauerstoff gereinigt«, erklärte Luc, »ohne Chlor.«

Sie standen auf der Terrasse unter dem großen Sonnensegel. Coco war in ihrer Scheune verschwunden mit den Worten, sie müsse sich dringend um ein paar Aktienkurse kümmern. Die Zikaden machten einen ziemlichen Lärm, und ein paar Hühner liefen zwischen den Olivenbäumen umher.

»Es gibt hier Skorpione«, sagte Luc. »Sie sitzen unter den Blumenkübeln, und manchmal verirrt sich einer ins Haus. Aber keine Angst. Wenn du gestochen wirst, ist das in etwa so schmerzhaft wie ein Wespenstich.«

»Gibt es noch andere gefährliche Tiere hier?« In dieser Einsamkeit konnte Johanna sich alles vorstellen.

»Ja, Schlangen.«

»Wie beruhigend.«

Er wies auf die Hühner. »Das sind wilde Hühner. Die fressen die Schlangen. Solange also das Vogelvieh da ist, musst du dir keine Sorgen machen.«

»Das Haus ist wirklich etwas Besonderes, vor allem die Aussicht, die man von hier hat.« Weit in der Ferne ragten die Hügel in den Himmel, die aus der Luft viel kleiner gewirkt hatten. So langsam bekam sie eine Ahnung davon, was Coco gemeint hatte, als sie sagte, man fühle sich hier wie aus der Welt genommen.

»Ja, Maman hat lange nach solch einem Haus gesucht.«

In Johannas Welt wohnte man nicht in solchen Traumhäusern, geschweige denn, dass man sie nur in den Ferien nutzte. »Und ihr habt hier einen Internetanschluss?«

Luc nickte. »Wir haben uns vom nächsten Dorf eine Leitung herlegen lassen.« Er zog sie an sich. »Wir können es uns nicht leisten, im Urlaub nicht auch ein bisschen etwas für die Domaines zu tun.«

»Ich komm mir vor wie im Film.«

»Du wirst dich daran gewöhnen.« Er küsste sie. »Du glaubst gar nicht, wie froh ich bin, dass du hier bist.«

Johanna schaltete die Poolbeleuchtung aus. Sie hörte Luc in der Küche mit dem Geschirr klappern und dabei pfeifen.

Erst wenige Tage hatten sie zusammen hier verbracht, und doch war alles so vertraut, als lebten sie seit Jahren miteinander.

Luc kam aus dem dunklen Haus. »Hast du die Kissen schon auf dem Boden verteilt?«

Sie legten sich nebeneinander an den äußersten Rand der Terrasse, Schulter an Schulter, Hüfte an Hüfte. Der Himmel über ihnen war tiefschwarz. Es funkelten so viele Sterne daran, wie Johanna es noch nie in ihrem Leben gesehen hatte. Einige schienen schon langsam zu verlöschen, andere strahlten wie frisch geboren. Die Luft war wie Seide und immer noch erfüllt von der Wärme des Tages. Nur die Zikaden rasselten unermüdlich ihr Lied.

»Hast du das auch als Kind gemacht? In den Augustnächten auf der Erde gelegen und Sternschnuppen gezählt?« Lucs Stimme war leise und sanft.

»Nein. Im Internat mussten wir immer früh ins Bett. Da wurde das Licht ausgemacht, und wenn einer noch wagte zu reden, gab es Ärger.«

»Bestrafung?«

»Manchmal, ja.«

»Das klingt nicht nach einer schönen Kindheit.« Er griff ihre Hand und zog sie zu sich.

»Ich kannte es nicht anders«, wich Johanna aus. Sie erinnerte sich nicht gern daran. Quer über den Himmel schoss ein langer Lichtstrahl. »Da war eine. Hast du sie gesehen?«

»Da, noch eine.« Luc hielt ihre Hand und strich mit dem Daumen über ihren. »Wie viele waren es gestern?«

»Fünfundvierzig, unser bisheriger Rekord.« Johanna kuschelte sich noch enger an ihn. »Das ist unser letzter Abend allein.«

»Ich weiß.« Er ließ ihre Hand los, legte den Arm um sie und zog sie dicht zu sich. »Mach dir keine Sorgen.«

»Das sagst du so.«

»Wir verbringen hier die Ferien. Alle werden entspannt sein.«

»Ich weiß nicht. Es ist einfach eine blöde Situation für mich. Deine Familie duldet mich doch nur, weil du und Coco sonst gegangen wärt und euer eigenes Ding gemacht hättet. Warum sollten sie mich mögen?«

»Weil sie, wenn sie dich erst einmal näher kennenlernen, merken werden, dass du schwer in Ordnung bist.« Luc strich mit der Hand über ihren Arm. »Du denkst viel zu viel nach. Lass es einfach auf dich zukommen.«

Über den Himmel schoss eine weitere Sternschnuppe und erlosch. »Das versuche ich, aber für mich fühlt es sich an, als müsste ich einer ganzen Fußballmannschaft gegenübertreten. Ihr gehört zusammen, seid durch eure Vergangenheit fest zusammengeschweißt, und ich stehe für mich allein – wie ein Eindringling.«

»Du bist es einfach nicht gewohnt, Unterstützung von einer Familie zu bekommen«, stellte er gelassen fest. »Du kennst es nur so, dass du mit allem allein klarkommen musst, dass da keiner ist, der dir hilft. Und dann sind da plötzlich wir, ein ganzer Clan. Wäre ich an deiner Stelle, würde mir das auch Angst machen.«

Johanna seufzte. Wenigstens verstand er, was in ihr vorging, auch wenn sie sich nicht vorstellen konnte, dass es so einfach werden würde, wie er dachte.

In Cocos umgebauter Scheune ging das Licht kurz an und gleich wieder aus. »Willst du die Situation nicht ausnutzen?« Johanna ließ ihre Hand langsam über seine Brust abwärtsgleiten. »So ganz allein mit mir unter diesem Sternenhimmel?«

»Was, wenn Coco doch noch …« Seine Stimme klang heiser.

»Das macht es doch gerade spannend«, flüsterte sie und rollte sich halb auf ihn. »Oder hast du etwa Angst, erwischt zu werden?«

»Und wenn schon.«

46

Coco erschien frisch und voller Tatendrang auf der Terrasse, Autoschlüssel in der Hand, die Pilotensonnenbrille auf der Nase. »Ich fahre zum Supermarkt. Irgendwelche speziellen Wünsche?«

Eine Tarnkappe, dachte Johanna, oder eine Anleitung für den Umgang mit eurer Familie, schüttelte jedoch verneinend den Kopf.

»Denkst du an die Orangina für Arthur?« Luc trat aus dem Haus, in beiden Händen eine Kiste mit Spielzeug. »Ich guck schon mal den Kram vom letzten Jahr durch. Vielleicht ist ja noch was dabei, womit er spielen mag.« Er stellte die Kiste auf den Boden und fing an, darin herumzuwühlen.

»Wann werden denn alle ankommen?« Johanna hatte schon jetzt das Gefühl, nur noch eine Zuschauerin zu sein.

»Stéphane und Cécile kommen bestimmt erst am Nachmittag. Ich schätze, sie versuchen, das größte Stück zu fahren, während Arthur Mittagsschlaf macht. Meine Eltern tauchen vermutlich mittags …« Sie hörten Coco losfahren und hupen. Eine anderstönende Hupe antwortete. »Offenbar sind meine Eltern schon da.« Luc ließ die Kiste mit dem Spielzeug stehen und streckte Johanna die Hand entgegen. »Komm, gehen wir sie begrüßen.«

Mit weichen Knien folgte Johanna Luc um das Haus herum. Seine Eltern parkten gerade ihren großen SUV im Schatten der Zypressen. Lucs Mutter stieg aus und kam mit einem offenen Lächeln auf sie zu. Johanna hatte einen trockenen Mund.

»*Bonjour,* ihr zwei.« Anne umarmte erst Luc und dann Johanna.

»Ihr seid früh dran«, stellte Luc fest, öffnete die Heckklappe und begann auszuladen.

»Die Waldbrände in Spanien sind dieses Jahr der Horror, da kann sich kein Mensch erholen.« Lucs Vater klappte die Wagentür zu. Er fasste Johanna an den Arm und küsste sie links und rechts auf die Wange. »Ihr habt bestimmt einen Kaffee für mich, oder?«

Johanna nahm flugs eine der Reisetaschen aus dem Kofferraum und trug sie ins Haus. Solange sie etwas tun konnte, fühlte sie sich sicherer.

»Wo ist Coco hingefahren?« Im Eingangsbereich nahm Anne ihr die Tasche wieder ab. »Lass nur, Michel bringt die nach oben.«

»Sie wollte in den Supermarkt, einkaufen.«

»Ah.« Anne holte ihr Handy aus der Handtasche. »Dann kann ich ihr ja gleich noch ein paar Sachen sagen, die sie unbedingt mitbringen muss.« Sie ging hinaus auf die Terrasse.

Johanna fühlte sich ein wenig verloren, wie sie da in der Küche stand. Sie konnte das nicht einordnen. Lucs Eltern hatten sie begrüßt, als gehörte sie selbstverständlich zur Familie.

Der Vormittag verging wie im Flug. Johanna war froh, als Coco mit dem vollbeladenen Auto zurückkam und sie ihr helfen konnte, die Einkäufe zu verstauen.

Als am Nachmittag dann Stéphane, Cécile, Arthur und Lucs Großmutter ankamen, begann der wahre Eiertanz.

Lucs Bruder gab ihr zur Begrüßung lediglich die Hand, ohne ein Lächeln oder ein einziges warmes Wort. Cécile hingegen tat so, als würden sie sich schon ewig kennen und wären beste Freundinnen. Johanna vermutete, dass das eine Art Bündnis zwischen zweien werden sollte, die von außen in die Familie gekommen waren.

Der kleine Arthur versteckte sich hinter den Beinen seiner Mutter, schielte dann dahinter hervor, lächelte Johanna an und vergrub sein Gesicht sofort wieder in Céciles weitem Rock, wenn sie zurücklächelte.

»Mamie«, sagte Luc schließlich und schob Johanna vor sich. »Das ist Johanna, meine Freundin.«

Das Gesicht der alten Dame blieb regungslos. Ihre Augen waren erstaunlich klar, und sie stand trotz des Stockes, auf den sie sich stützte, sehr gerade.

Johanna streckte ihr die Hand entgegen. »*Enchanté*, Madame Béjart.«

Cathérine sah ihr fest in die Augen. Eine Ewigkeit schien zu vergehen. Es war ein Kräftemessen, und zugleich hatte Johanna das Gefühl, die alte Dame prüfte und bemaß ihren Wert, ohne jede Absicht, ihr das Ergebnis mitzuteilen.

Johanna hielt stand, so gut sie konnte. Mit jeder weiteren Sekunde, die verging, fühlte sie sich unwohler. Sie hatte das Gefühl, keine Chance zu haben.

Nur am Rande nahm sie wahr, dass alle um sie herum verstummt waren, dass ein jeder darauf wartete, wie diese Begegnung ausgehen würde. Sie fühlte sich, als hatte man sie ohne einen Tag Gladiatorenausbildung in die Arena zu den Löwen geworfen. Und jetzt hielt das Volk den Atem an und hoffte, dass der Kampf ein möglichst blutiges Ende nehmen würde, damit man aufatmen konnte und erleichtert sein, dass man selbst nicht ein solches Schicksal erleiden musste.

Cathérine wandte unvermittelt den Blick ab, sah an Johanna vorbei zu den anderen. »Ihr entschuldigt mich, die Fahrt hat mich angestrengt, ich lege mich vor dem Essen etwas hin.«

Johanna wäre am liebsten im Boden versunken. Hätte es schlimmer kommen können? Wohl nicht. Selbst eine Szene, eine lautstarke Schimpftirade wäre besser gewesen als das. Einfach so wie Luft behandelt und nicht einmal begrüßt zu werden, das war der Gipfel an Beleidigung.

Sie stürmte ins Haus, schlug die Badezimmertür hinter sich zu und lehnte sich mit dem Rücken dagegen. Ihr Atem ging schwer, und ihr Herz galoppierte mit ihrem Puls davon wie eine Horde Wildpferde.

»Johanna?« Luc klopfte sacht gegen die Tür. »Ist alles okay?«

»Verschwinde«, zischte sie. Wie konnte er das fragen? Nichts war okay. War das etwa zu übersehen?

»Hey«, kam Cocos Stimme dazu, »nimm das nicht so ernst. Grand-mère ist manchmal unmöglich.«

Johanna rutschte langsam an der Tür hinab, bis sie auf dem Boden zum Sitzen kam. »Lasst mich in Ruhe.« Sie konnte deutlich hören, wie feindselig sie klang. Auch das noch.

47

»Sind das genug Tomaten?« Coco rückte das große Holzbrett, auf dem sie die Würfel zu einem beachtlichen Berg zusammengeschoben hatte, zu Johanna herüber, die Zwiebeln in einer großen Pfanne anbriet.

Johanna warf einen Blick auf die Tomaten. »Glaub schon.« Sie lüftete den Deckel des gigantisch großen Topfs, in dem das Nudelwasser kurz vorm Sieden war. »Ich hab noch nie im Leben für so viele Leute gekocht.«

Coco wusch eine weitere Tomate ab und zerschnitt sie. »Die hier noch. Und dann?«

»Im Grunde fehlt nur noch das Basilikum.« Johanna gab die Nudeln ins Wasser. »Aber nicht schneiden, nur abzupfen.«

»Zu Befehl.« Coco goss Rotwein ein und stellte ein Glas vor Johanna neben den Herd. »Hier, entspann dich.«

Johanna fuhr sich mit dem Handrücken über die feuchte Stirn. »Diese ganze Idee ist krass.«

»Dich für alle kochen zu lassen?«

Johanna hob ihr Glas. »Na ja.« Sie trank einen Schluck.

»Du hättest natürlich auch das Klischee bedienen und Würstchen mit Kartoffeln machen können.« Coco zwinkerte ihr zu.

»Ach so. Aber *Spaghetti alla poverella*, also Spaghetti für Arme, zu eurem exklusiven Grand Cru zu servieren hältst du für eine gute Idee?«

»Auf jeden Fall wirst du Arthurs Herz damit gewinnen.« Coco prostete ihr zu. »Aber irgendwie hast du recht, wir hätten wenigstens Austern als Vorspeise anbieten sollen.«

Johanna verschluckte sich am Wein und hustete. »Super Idee. Rotz mit Fischgeschmack.«

Coco prustete los und verteilte dabei Rotwein als Tröpfchennebel über die Tomaten. »Oh, *merde.*« Sie grinste und schlug sich die Hand vor den Mund.

Johanna zuckte die Schultern. »Zumindest ist die Pasta jetzt nicht mehr ganz so *alla poverella.*«

»Stimmt auch wieder.« Coco schenkte Wein nach.

»Bei diesen lumpigen Spaghetti mit Tomaten, Basilikum und ein bisschen Parmesan wird deine Großmutter denken, dass ich euch foltern wolle.«

»Mit Essen?«

»Na klar, mit deutscher Küche für Franzosen.« Johanna rollte die Augen.

»Ich dachte, du hast das Rezept aus Italien?«

»Ach, jetzt sei nicht so unkreativ, Coco. Ich, die Deutsche, und ein italienisches Rezept. Nein, nein.« Sie winkte ab und schüttelte bedächtig den Kopf. »Das ist ein ganz intelligentes Ablenkungsmanöver«, flüsterte sie und beugte sich vor, »ich tue nur italienisch, um meine deutsche Herkunft zu verschleiern. Aber in meinem schwarzen Drachenherz habe ich natürlich übersehen, dass niemand eine Cathérine Béjart zum Narren halten kann.«

»Ah, verstehe.« Coco nickte.

Johanna gab die Tomaten in die Pfanne. Es zischte gewaltig. »Hast du mitbekommen, dass sie mich immer noch wie Luft behandelt? Als wäre ich einfach nicht da.«

»Ich weiß. Aber wenn Grand-mère sich unbeobachtet wähnt, verfolgt sie jede deiner Bewegungen.«

»Natürlich – weil sie darauf wartet, dass ich irgendetwas tue, das es rechtfertigen würde, mich vom Hof zu jagen.«

Coco kicherte.

»Das ist nicht komisch.«

»Du kennst sie nicht«, wurde Coco ernst. »Sie hat vielleicht Probleme, die Vergangenheit hinter sich zu lassen und ihre Vorurteile zu überwinden, aber sie liebt Luc. Und sie will wissen, was er an dir findet. Genau das ist deine Chance.«

»Ist das so?« Johanna gab Salz über die Tomaten und rührte um. »So, wie sie Luc im Moment behandelt, sieht das nicht gerade nach großer Liebe aus.«

»Oh, Grand-mère ist eine gute Schauspielerin und hat sich immer unter Kontrolle. Aber sie will ihn nicht verlieren. Und sie hat längst gemerkt, dass alle anderen sich bemühen, dich kennenzulernen und in die Familie aufzunehmen. Glaub mir, Grand-mère will nicht allein dastehen. Es ist ihr Stolz, der es ihr verbietet umzuschwenken.«

Johanna kostete die Sauce. »Ich weiß nicht. Ihr ganzes Verhalten kommt mir vor, als könne sie mich überhaupt nicht leiden.« Sie nahm die Pfeffermühle zur Hand und gab den Tomaten in der Pfanne eine ordentliche Prise.

»Ach, das wird schon. Mit allen anderen läuft es doch gut.«

Zugegeben, die Atmosphäre war entspannt. Tagsüber machte jeder, was er wollte, nur zum Abendessen versammelten sich alle an einem Tisch. Alles war so ungezwungen, wie Johanna es von Familienzusammenkünften überhaupt nicht kannte. Ständig fürchtete sie, sie könne irgendetwas falsch machen, nur um dann festzustellen, dass niemand irgendwelche Erwartungen an sie stellte. Oder genoss sie so etwas wie Welpenschutz?

Sie goss die Nudeln ab. »Ist der Tisch schon gedeckt?«, fragte sie Coco über die Schulter.

»Das hab ich schon erledigt.« Anne kam in die Küche. Wie immer lächelte sie. »Hier riecht es aber lecker.« Sie beugte sich über die Pfanne und schnüffelte.

»Gute Nacht.« Cathérine Béjart stand in der Tür, die von der Diele in die Küche führte.

»Wie, du isst nicht mit uns?« Anne schien irritiert. »Johanna hat heute für uns gekocht.«

»Ich bin müde.« Cathérines Lippen schienen schmaler als sonst, als wenn sie sie fest aufeinanderpresste. Sie sah zu Coco und Anne und dabei ganz offensichtlich an Johanna vorbei, nickte und verschwand.

»Langsam wird sie wunderlich«, stellte Anne mit gesenkter Stimme fest.

Coco sah Johanna mit großen Augen an.

Johanna nickte ihr leicht zu und hob dabei die Schultern. Sie hatte so etwas geahnt. Und eins war klar: Es musste etwas passieren. Und zwar bald.

»Dein Essen war ein voller Erfolg.« Cécile kam auf die Terrasse zurück und strahlte Johanna an. »Arthur hat schon ewig nicht mehr mit so viel Appetit gegessen. Er ist sofort eingeschlafen, glücklich und zufrieden.« Sie ließ sich auf einen der Stühle am großen Tisch fallen und streckte die Beine aus. »Wo ist mein Weinglas geblieben? Und wo sind Stéphane und Luc?«

»Maman hat alles abgeräumt«, gab Coco zurück. »Und meine Brüder sind bei den Weinreben hinter dem Haus.«

»Seit wann ist Maman solch eine Ordnungsfanatikerin?« Cécile stand auf.

»Seit Grand-mère die Familienverweigerin gibt.«

Johanna sah von einer zur anderen, aber in ihren Gesichtern war keine Kritik an ihr zu lesen.

»Dann muss ich mir wohl ein neues Glas holen.« Cécile streckte sich. »Braucht ihr auch noch etwas? Und was machen die beiden bei den Weinreben?«

Anne trat zu ihnen an den Tisch. »Stéphane hat vorhin die neuen Trauben gekostet und meinte, sie versprächen ein ganz außergewöhnliches Aroma. Er überlegt, ob er sie mit dem Pinot Noir aus Pommard zu einem neuen Roten verbinden kann. Aber er wollte erst mit Luc besprechen, ob es dafür eine Chance auf dem

Markt gibt. Einen Burgunder und einen Côte d'Or zu mischen, das ist ein Wagnis.« Sie neigte den Kopf ein wenig. »Wollen wir etwas spielen?«

»Ich hole das Scrabble«, Coco ließ den Blick über die Runde schweifen. »Oder wollt ihr lieber etwas anderes spielen?«

Cécile zündete derweil ein paar neue Kerzen an und verteilte sie auf dem Tisch. An der Hausfassade lief ein Gecko hoch und verschwand unter der Dachrinne.

»Hoffentlich ist morgen kein schlechtes Wetter. Es scheint bedeckt zu sein, man sieht keinen Stern.« Johanna rückte die Stühle zurecht.

»Selbst wenn«, Cécile winkte ab, »dann fahren wir nach Avignon zum Shoppen.«

Coco breitete das Scrabble auf dem Tisch aus und verteilte die Bänkchen für die Steine mit den Buchstaben. »Du spielst doch mit, Johanna?«

»Natürlich. Eine muss ja verlieren.«

»Stimmt.« Coco zwinkerte ihr zu und schob das Säckchen mit den Spielsteinen zu ihr rüber. »Dafür darfst du als Erste Buchstaben ziehen. Du hast die volle Auswahl.«

Johanna griff in das Säckchen. »Als ob mir das etwas nützen würde.« Aber sie lachte. Es war ihr egal, ob sie verlor oder gewann. Sie genoss einfach die Atmosphäre, dieses Beieinandersitzen und Reden und Lachen und sich gegenseitig Aufziehen.

Anne kam zurück auf die Terrasse, in einer Hand vier Gläser, in der anderen eine Flasche. »*Ce sont les vacances*«, sagte sie vergnügt und stellte alles auf den Tisch.

»Ah«, Coco griff nach einem der Gläser, »der Chartreux!«

Johanna betrachtete die Flasche. Sie war aus dunklem Glas, und das Etikett sagte ihr gar nichts. Und was hatte das damit zu tun, dass Ferien waren?

»Kennst du den Chartreux?« Coco schob Johanna ein Glas zu.

Johanna schüttelte den Kopf.

»Aber von den Chartreux-Mönchen hast du schon gehört, oder?« Anne setzte sich und zog das Säckchen mit den Buchstaben zu sich. »Die machen in dem Kloster einen Likör, eben diesen Chartreux. Aber nur eine kleine Menge jedes Jahr. Will man ihn kaufen, muss man selbst hinfahren.«

»Und das ist nicht gerade um die Ecke«, warf Cécile ein.

»Aber er ist es wert«, ergänzte Coco. »Wenn du ihn probierst, wirst du wissen, warum«, sagte sie an Johanna gerichtet.

»Ihr trinkt das edle Zeug?« Stéphane trat an den Tisch, legte die Hände auf Céciles Schultern und sah Johanna über den Kopf seiner Frau hinweg an. »Ich dachte, der ist nur für die Familie?«

Johanna meinte, sie könne es in seinen Augen blitzen sehen. Was er gesagt hatte, war gemein, und er wusste das. Schlimmer noch, er hatte es mit voller Absicht getan. Die ganze Zeit hatte sie versucht, ihn nicht zu provozieren, denn auf sie wirkte er ohnehin wie jemand, der unter Druck stand. Sie hatte über seine Motive gerätselt und sich gefragt, wie sie es anstellen könnte, ihm weniger als Bedrohung zu erscheinen. Aber er überschritt mit schöner Regelmäßigkeit ihre Grenzen. Langsam stand sie auf und fixierte ihn mit festem Blick.

Plötzlich war es still geworden. Oben knarrte ein Fensterladen, und nur die Zikaden rasselten unbeirrt.

Eine gefühlte Ewigkeit starrten sie sich an. Johanna zwang sich, sich nicht auf die Lippen zu beißen, nicht die Hände zu Fäusten zu ballen, nicht zu zwinkern, den Blick nicht abzuwenden. Sie hatte das Fass aufgemacht, sie musste dieses Kräftemessen gewinnen.

Unter Stéphanes linkem Auge begann es zu zucken. Er nahm die Hände von Céciles Schultern und vergrub sie in seinen Hosentaschen.

»Es reicht jetzt, Stéphane.«

Alle sahen nach oben, und Johanna folgte den Blicken erstaunt.

Im offenen Fenster stand Cathérine Béjart, die Hände aufs Fensterbrett gestützt. Die weißen Haare, sonst stets zu einem Knoten zusammengebunden, fielen um ihren Kopf. »In dieser Familie begegnet man anderen mit Respekt, egal, ob man sie mag oder nicht. Dass ich dich daran erinnern muss, ist eine Schande.« Ihre Stimme war viel fester, als man es einer Frau ihres Alters zutrauen würde. »Gute Nacht.« Sie schloss den Fensterladen, als gäbe es nichts weiter zu sagen.

Es war unglaublich. Cathérine verlangte Respekt für Johanna? Ob sie die Geschichte mit dem Glashaus und den Steinen kannte? Johanna blickte von einem zum anderen. Cécile betrachtete ihre Hände, aber Anne und Coco hatten den Blick fest auf Stéphane gerichtet.

»Das Fußballspiel, das ich sehen wollte, fängt jetzt an«, sagte er mit gepresster Stimme, machte auf dem Hacken kehrt und verschwand im Haus.

Johanna wagte nicht aufzuatmen. Sie wusste nicht, wie sie diese Schützenhilfe von unerwarteter Seite deuten sollte, ob es um sie oder doch eher um das gute Benehmen gegangen war.

Und in diesem Moment traf sie die Erkenntnis, was sie selbst wollte, wie ein Blitz.

Sie wollte, dass es gelang, dass sie Teil dieser Familie wurde. Nicht nur wegen Luc und schon gar nicht, um dem Ärger aus dem Weg zu gehen – nein, es ging um mehr.

Diese Familie war ein sicherer Hafen. Und sie, Johanna, wollte einen Liegeplatz für ihre kleine Nussschale, diesen einen windgeschützten Ort, wo sie sich aufgehoben fühlte. Und hier und jetzt war ein Moment der Wahrheit, in dem sich zeigen würde, ob sie es geschafft hatten, ein Fundament zu gießen, das halten würde, auch im Streit.

Johanna war froh, dass die Dunkelheit sie ein wenig schützte. Vorsichtig sah sie von einer zu anderen, fast schon darauf gefasst, verschleierte Feindseligkeit zu entdecken, zumindest bei Cécile. Aber die sortierte nur die Buchstaben auf dem kleinen Bänkchen vor sich und runzelte die Stirn.

Und dann dämmerte Johanna, warum sie es schaffen würde, zu dieser Familie dazuzugehören, warum sie sich sicher sein konnte. Sie hatte es diesmal anders gemacht, war dem Konflikt nicht aus dem Weg gegangen, wie sie es in ihrer eigenen Familie immer getan hatte. Und es war gutgegangen.

Egal, woran es lag, sie war auf dem richtigen Weg, und nichts auf der Welt würde sie jetzt noch davon abbringen.

Anne goss den Chartreux ein und hob ihr Glas. »Also, meine Lieben, auf diese schönen Ferien und unsere Familie.« Dabei sah sie Johanna in die Augen.

Luc schob das Kopfkissen in seinem Rücken zurecht und lehnte sich zurück. Er hörte das Wasser im angrenzenden Bad rauschen und erinnerte sich an den Sommer des Vorjahres. Da hatte ihn Élodie hierherbegleitet und an fast allem etwas auszusetzen gehabt. Die Tage seien zu heiß und zu langweilig, die Nächte zu still, der Weg in die nächste Stadt sei zu weit. Sie hatte die meiste Zeit im Zimmer gehockt und geschmollt. Wieso hatte er sich eigentlich nicht viel eher von ihr getrennt? Wieso hatte erst Johanna kommen müssen?

Das Wasserrauschen verstummte, und Johanna erschien in der Tür. Sie lehnte sich gegen den Rahmen, presste die Hand an die Stirn und sah entzückend aus in ihrem weißen Nachthemd. »Ich fürchte, dass ich für diesen Abend morgen büßen werde.« Sie war blass um die Nase.

»Der Chartreux?« Luc klappte das Buch zu, in dem er gelesen hatte, und legte es auf den Nachttisch. »Wie viel habt ihr getrunken?«

»Mindestens ein Glas zu viel.« Johanna bewegte sich mit unsicheren Schritten auf das Bett zu und setzte sich. »Eher zwei.« Sie schwang die Beine ins Bett und lehnte sich gegen die Wand. »Dieses Zimmer hat Seegang. Eindeutig.«

Luc lachte. »Glaub mir, hat es nicht.«

»Das sagst du nur, um mich zu beruhigen.«

»Leg dich hin und stell ein Bein raus.«

»Was?«

»Tu's einfach. Der Fuß muss fest auf dem Boden stehen. Das hilft.« Er spürte ihre Bewegungen auf der Matratze und nahm das leise Rascheln der Bettwäsche wahr. »Und?«

»Geht so.« Ihre Stimme klang mindestens so blass, wie sie um die Nase herum aussah. »Warum habe ich nur nicht eher aufgehört?«

Luc beugte sich zu ihr hinüber und küsste sie. »Morgen früh ist die Welt wieder in Ordnung.« Wie weich ihre Lippen waren, wie samtig die Haut. Und wie gut sie roch.

Johanna seufzte. »Hat Stéphane eigentlich noch etwas gesagt?«

»Was meinst du?«

»Wir sind ein wenig … sozusagen … aneinandergeraten.«

Luc konnte sich das zwar gut vorstellen, hatte aber nichts davon mitbekommen. »So?«

Sie erzählte ihm in Kurzform, was vorgefallen war.

»Nein, das hat er mit keinem Wort erwähnt. Denk einfach nicht weiter darüber nach.«

»Das sagt sich so einfach.«

»Johanna, er hat nicht wirklich etwas gegen dich. Gib ihm einfach ein bisschen Zeit. Stéphane tut sich schwer mit Veränderungen.« Das war nicht ganz die Wahrheit, aber betrunken wie Johanna war, war es kaum der richtige Zeitpunkt für eine Diskussion über seinen Bruder. »Schlaf jetzt.« Er küsste sie noch einmal sanft auf den Mund. »Gute Nacht, *mon trésor.*«

»Nacht.« Ihre Bettwäsche raschelte noch einmal, dann lag sie ganz still. Johanna war sofort eingeschlafen.

Luc starrte in die Dunkelheit. Nie hätte er damit gerechnet, dass Mamie sich so plötzlich hinter Johanna stellen würde. Und er kannte seine Großmutter. Wäre Johanna ihr egal, hätte sie sich nicht in den Streit eingemischt.

Dann war da noch sein Bruder. Es war nicht schwer zu durchschauen, was Stéphane umtrieb. Er war nicht dumm und ein guter Beobachter, der natürlich sah, was niemandem entgehen konnte: das enge Band des Vertrauens und der Freundschaft, das sich zwischen Johanna und Coco gespannt hatte, sowie Johannas Qualitäten. Auch Stéphane hatte erkannt, dass Johanna den Platz einnehmen würde, den Cécile niemals ausfüllen könnte. Dass Cécile das auch niemals gewollt hatte, spielte in diesem Moment keine Rolle für ihn.

Johanna selbst schien es noch nicht zu ahnen, aber das war vielleicht besser so. Sie würde schon hineinwachsen in die Familie, in die Rolle, die Verantwortung. Und sie würde ihre Sache gut machen, da war er sich sicher.

Ihm war bewusst, dass ein Abenteuer vor ihnen lag. Es würde nicht leicht werden. Johanna müsste sich die Akzeptanz und den Respekt in der Welt der Winzer erst noch erarbeiten. Niemand, da war Luc absolut überzeugt, würde es ihr leichtmachen. Aber er wusste auch, dass die Familie hinter ihr stünde.

Er schob das Kissen unter seinem Kopf zurecht und betrachtete sie. Wie friedlich sie schlief. Und wie schön sie war. Die geschwungenen Brauen, die feine Nase, das entschlossen wirkende Kinn. Sanft strich er mit den Fingerspitzen über ihre Stirn, die Wangen und den Hals. Ihre Haut war weich und warm. Vorsichtig zog er die Decke über sie, damit ihr in der Nacht nicht kalt wurde, dann löschte er das Licht.

48

Johanna beobachtete zum wiederholten Mal, wie Cathérine Béjart es verstand, ihr beim Essen gegenüberzusitzen und sie nicht ein einziges Mal anzuschauen. Dazu gehörte schon Disziplin und vermutlich eine Menge mehr. Sie wusste nicht, ob sie diese Fähigkeiten bewundern oder gruselig finden sollte oder beides. Was wohl die anderen dachten?

»*Non!*« Arthur warf seine Gabel auf den Boden und machte ein finsteres Gesicht.

Michel hob die Gabel auf. »Arthur, du bist doch ein großer Junge. Die tun so etwas nicht.«

Arthur zog die Augenbrauen noch ein Stück weiter zusammen.

»Iss wenigstens das Gemüse«, beharrte Cécile.

»Sonst geht es gleich ins Bett«, fügte Stéphane als Drohung an.

Johanna suchte das Salz und entdeckte es auf der anderen Seite des Tisches, in Griffweite von Anne und Cathérine, die nebeneinandersaßen. Alle, außer der alten Dame, die in ihrem Salat stocherte, waren mit Arthur befasst.

»Würden Sie mir bitte das Salz geben, Madame Béjart?«, wandte sich Johanna an Cathérine.

Die aber stocherte weiter im Salat, als hätte sie nichts gehört.

»Arthur«, sagte Anne mit heiterer Stimme, »vielleicht möchtest du ein wenig Ketchup über das Gemüse?«

Das Gesicht des Jungen hellte sich augenblicklich auf.

»Das ist jetzt nicht dein Ernst, Maman«, fuhr Stéphane dazwischen.

»Es ist noch niemand an ein bisschen Ketchup gestorben«, versuchte Michel zu beschwichtigen.

»Mag sein«, mischte sich Cécile ein, »aber er soll nicht alles immer nur mit Ketchup essen.«

Großvater und Enkelsohn tauschten einen vielsagenden Blick.

Johanna versuchte derweil weiter, die Aufmerksamkeit Cathérines zu bekommen. Das gab es doch gar nicht, die alte Dame musste doch merken, dass sie sie anstarrte.

»Ein Kind allein ist einfach zu wenig«, stellte Coco fest, »es müssen mehr Kinder an diesen Tisch.«

»Da hast du völlig recht«, stimmte Anne zu. »Dann setzen wir sie an einen Extratisch, stellen ihnen eine Flasche Ketchup hin, und keiner merkt es.«

Gelächter und Entrüstung brausten gleich stark auf, und Arthur amüsierte sich prächtig.

»Madame Béjart«, versuchte Johanna es noch einmal etwas lauter als zuvor, »könnten Sie mir bitte das Salz reichen?«

Keine Reaktion.

War das Absicht, oder hörte Cathérine einfach schwer? Genervt stand Johanna auf, langte über den Tisch, griff sich das Salz und konnte sich die Bemerkung »Da, wo ich herkomme, geht man höflicher miteinander um« nicht verkneifen. Als sie sich wieder setzte, erhaschte sie einen Blick von Cathérine, um deren Mund ein kurzes Lächeln zuckte. Sah sie da etwa Triumph in ihren Augen?

»Über zu wenige Kinder beschwert sich die Richtige«, neckte Luc seine Schwester. »Ich hätte nichts dagegen, noch einmal Onkel zu werden.«

»Pah!« In Cocos Augen blitzte der Schelm. »Werd du erst einmal Vater, dann sehen wir weiter.«

Alle lachten, nur Johanna war nicht danach zumute.

»Hab noch das letzte Baguette aus der Küche geholt.« Stéphane reichte das Brot seiner Mutter, die ein Stück abbrach und es dann herumgehen ließ.

»*Pour moi! Pour moi!*«, verlangte Arthur.

»Du wartest, bis du an der Reihe bist«, wies Michel ihn sanft zurecht, »wie wir alle.«

Arthur setzte wieder sein finsteres Gesicht auf, aber dieses Mal sah man ihm an, dass er es nicht ernst meinte.

Cathérine hielt Luc das Brot hin, doch der winkte ab. »*Non, merci.*«

Johanna, die neben ihm saß, streckte schon die Hand nach dem Baguette aus, doch Cathérine reichte es Arthur. Ihr Blick traf auf den der alten Dame, die leicht das Kinn hob und Johanna ansah, ohne eine Miene zu verziehen.

49

Es war still, im Haus wie auch draußen. Selbst die Zikaden schliefen wohl noch, obgleich die Sonne bereits ein gutes Stück Himmel erklommen hatte. Die Morgenluft war frisch, aber man konnte schon die Verheißung eines weiteren Sommertags spüren. Die Konturen der Hügelkette in der Ferne, die im Laufe des Vormittags milchig verschwimmen würden, schienen jetzt noch klar.

Johanna schwamm in ruhigen Zügen ihre Bahnen in dem großen Pool. Hin und her, hin und her. Das war der ultimative Luxus, jedenfalls kam es ihr so vor. Jeden Morgen in diesem klaren, nicht einmal gechlorten Wasser mit sich und der Welt allein zu sein, unter ihr die Natursteine, die den Pool sanft in einem hellen Türkis schimmern ließen, über ihr nur Himmel. Noch nie in ihrem Leben hatte sie einen Pool ganz für sich allein gehabt. Kein Kindergeschrei, keine anderen Menschen, auf die man Rücksicht nehmen musste, und das Einzige, wogegen man stieß, wenn man auf dem Rücken schwamm und nicht aufpasste, war die Poolwand.

Es war zu einem kleinen Ritual geworden in den Tagen hier. Jeden Morgen kroch sie vorsichtig aus dem Bett, zog Bikini und Bademantel an, schlüpfte leise aus dem Zimmer und schlich die Treppe hinunter. Dann schwamm sie eine halbe Stunde lang, saß danach noch ein Weilchen in der Sonne auf der Terrasse und genoss die Stille. Meist kam dann irgendwann Michel dazu und brachte ihr einen Kaffee, ehe er ins Dorf fuhr, um Baguette und Croissants zu besorgen. Und wenn Johanna dann aus der Dusche kam, waren fast alle wach.

Sie drehte sich auf den Rücken und ließ sich treiben. Wie würde sie das hier vermissen, wenn sie zurück in Beaune waren.

Der Gedanke, dass ihr Zuhause nun an einem Ort war, an dem

zwar schon ihre Sachen standen, sie selbst jedoch noch nicht angekommen war, irritierte sie. Und sie hatte noch keine klare Vorstellung davon, was auf sie zukäme. Seltsam. Zum ersten Mal im Leben hatte sie keinen genauen Plan.

Johanna schwamm zu der Seite des Beckens, auf der das Wasser flacher wurde und in den Boden eingelassene Stufen nach draußen führten. Für heute reichte es an sportlicher Betätigung. Den Rücken zum Haus, trocknete sie sich ab, zog den Bademantel über und den Bikini darunter aus.

»Ich wusste nicht, wie du deinen Kaffee trinkst.«

Johanna erschrak und fuhr herum.

»Schwarz, hoffe ich.« Cathérine streckte ihr eine Tasse entgegen.

Automatisch nahm Johanna sie entgegen. »Ja, danke.« In ihrem Kopf schossen die Gedanken wild umher, zu schnell, als dass sie sie zu fassen bekommen konnte.

»Wollen wir uns ein wenig in die Sonne setzen?« Cathérine wartete ihre Antwort nicht ab, sondern ging zielstrebig zu den beiden Liegen, die am Rand der Terrasse standen, und setzte sich auf die linke.

Johanna folgte ihr. Sie war eher neugierig als verunsichert. Was mochte die alte Dame zu diesem ungewöhnlichen Schritt bewogen haben? Sie setzte sich im Schneidersitz auf die rechte Liege und wärmte ihre Hände an der heißen Tasse.

»Hat dir Luc erzählt, was im Krieg geschehen ist?«

»Nicht detailliert, aber im Großen und Ganzen, ja.« Sie war nicht sicher, ob sie Cathérine jetzt plötzlich duzen sollte.

»Natürlich weiß ich, dass du damit nichts zu tun hast. Aber manche Dinge vergisst man einfach nicht, schlimmer noch, man kommt nicht darüber weg.« Cathérine richtete den Blick in die Ferne, als sähe sie die Vergangenheit in einer Karawane am Horizont vorbeiziehen. »Als der Soldat von meiner Schwester abließ, die vermutlich zu diesem Zeitpunkt schon fast tot war, und sich über mich hermachte, da habe ich die Augen nicht geschlossen. Ich musste ihm ins Gesicht sehen, so wie ich vorher meine Schwester in all dem Blut anschauen musste, das aus ihr herausfloss. Ich bin so, ich muss immer hinsehen, vielleicht ist das mein größter Fehler.«

Die alte Dame saß gerade, und Johanna bewunderte die Würde, die sie in diesem Moment ausstrahlte. Es war eigenartig, doch auch wenn Cathérine sie sehr verletzt hatte, mochte Johanna sie auf eine stille Art. Vermutlich war es das, was zwischen ihnen alles so kompliziert machte.

»Ich hätte nicht hinsehen dürfen.« Cathérine sprach wie aus großer Entfernung. »In seinem Gesicht stand so viel Hass. Das werde ich nie vergessen. Er hat sich nicht an uns vergangen, weil er uns anziehend fand, aus Lust oder weil er einfach Nähe suchte in all dem Grauen, das der Krieg mit sich bringt. Nein, das hätte ich irgendwann verzeihen können. Aber das war es nicht. Es war blanker Hass.« Sie drehte den Kopf herum und sah Johanna in die Augen. »Er wollte uns zerstören. Auf diese Art, die grausamste, die man jungen Mädchen antun kann.«

»Ich werde nie verstehen, wie man zu so etwas fähig sein kann.«

Cathérine stellte ihre Tasse auf den Boden und zog ihre Strickjacke enger um sich. »Menschen haben immer einen Grund, für alles, was sie tun. Manche Gründe sind für andere eher ersichtlich, gar verständlich, andere weniger. Verbrannte Erde, Plünderung, Schändung, all das gab es im Krieg, und ich kann verstehen, dass es Hass in einem entfacht. Aber die Deutschen sind damals in Frankreich nicht auf Widerstand gestoßen, jedenfalls nicht sonderlich großen. Und dennoch.«

»Bei eurer Familie schon, oder?« Jetzt war es ihr herausgerutscht, das vertrauliche Du, wenn auch indirekt. Fast befürchtete sie, die versöhnliche Atmosphäre dadurch zu zerstören. Doch Cathérine schien unbeirrt.

»Wenn man es so betrachtet, hast du natürlich recht, Johanna. Aber die Béjarts zu bekämpfen ist dumm. Man kann uns überzeugen, allerdings nur, wenn man beweist, dass man aus dem richtigen Holz geschnitzt ist.«

»Leicht ist das allerdings nicht.«

Cathérine seufzte.

Was musste das für ein schweres Leben gewesen sein, dachte Johanna und empfand auf einmal viel Wärme für diese alte Frau, die so kalt wirkte. Was hatte sie alles geschultert, ihre Erinnerungen, das Trauma, dazu die Verantwortung für die Domaines. Wie aufrecht war sie trotz allem durchs Leben gegangen, hatte bewahrt, was Generationen vor ihr aufgebaut hatten. Einem Impuls folgend, fasste Johanna nach der knochigen Hand Cathérines, spürte die kühle, aber weiche Haut. »Es muss ein schweres Leben gewesen sein. Aber du hast es gemeistert. Nichts und niemand hat dich kleingekriegt. Bewundernswert.«

Cathérine legte ihre andere Hand über die Johannas. Ein zaghaftes Lächeln huschte über ihr Gesicht, ließ ihre Züge weich werden und hinterließ einen warmen Glanz in ihren Augen.

EPILOG

Im Juni des nächsten Jahres

Johanna hatte kaum geschlafen, und in ihrem Bauch schienen mindestens fünf Ameisenstaaten unterwegs zu sein. Die Aufregung der letzten Tage war nichts gegen die von heute. Schon seit dem frühen Morgen wuselten unzählige Leute um sie herum.

Inzwischen war sie geschminkt, ihre Nägel waren lackiert, die Haare frisiert und mit Perlen und Blumen geschmückt.

Das cremefarbene Kleid, das sie trug, bestand aus so viel Stoff, dass man gut und gern fünf daraus hätte machen können. Und gleich wäre ihr größtes Problem, damit so aus dem Auto zu steigen, dass sie weder darüber stolperte noch den Boden aufwischte.

»Seit wann heiratet man eigentlich auf der Wiese vor Beaune?«, fragte der gesprächige Taxifahrer und schoss auf der mehrspurigen Straße an der Stadtmauer entlang.

»Ich werde dort nur abgeholt«, antwortete Johanna. »Die Hochzeit findet im Château du Clos de Vougeot statt.«

»Wie haben Sie denn das hinbekommen?« Er bremste abrupt an einer roten Ampel.

»Wie?« Johanna schob die Stoffmassen, die bei dem Manöver an die Tür gequetscht worden waren, zur Seite. Wenn der so weiterfuhr, wäre ihr übel, bevor sie ankam, und das Kleid zerknittert. »Könnten Sie vielleicht etwas ruhiger fahren?«

»Na, um im Schloss zu heiraten, müssen doch die Chevaliers du Tastevin, die alte Weinbruderschaft, zustimmen.« Die Ampel sprang auf Grün, und er gab Gas, als hätte er ihre Bitte nicht gehört. »Und Sie sind keine Französin, das höre ich.«

Der Typ ging Johanna auf die Nerven. »Tja, da sehen Sie es«, gab sie zurück, »alles weiß man eben nie.«

Der Mann bedachte sie über den Rückspiegel mit einem abschätzenden Blick.

Johanna wandte den Kopf ab und sah aus dem Fenster. Es ging ihn gar nichts an, dass es zäher Verhandlungen bedurft hatte, damit Luc und sie, die Deutsche, im Château Hochzeit feiern konnten. Und hätte Cathérine sich am Ende nicht eingeschaltet und gedroht, ihre Orden zurückzugeben und dafür zu sorgen, dass alle Béjarts den Chevaliers du Tastevin den Rücken kehrten, hätten diese verbohrten alten Männer sicher nie zugestimmt. Aber über so etwas redete man nicht, schon gar nicht mit Taxifahrern.

Überhaupt hatte sie vieles gelernt, über das man als Mitglied einer Winzerfamilie schwieg. Binnen weniger Monate war ihr Leben auf den Kopf gestellt worden. An vieles hatte sie sich erst langsam gewöhnen müssen, wie an die Skepsis, mit der man besser all jenen begegnete, die sich plötzlich darum bewarben, ihre besten Freunde zu sein. An anderes gewöhnte sie sich leichter, wie zum Beispiel an die Gewissheit und das Vertrauen, dass sie sich mit all ihren Sorgen an die Familie wenden konnte.

Sie war viel gereist, mit Luc, auch mit Coco, hatte ein Gespür und eine Menge Ideen dafür entwickelt, wie die Domaines der Béjarts am besten zu vermarkten wären, und noch viel mehr über das Weingeschäft als solches erfahren. Inzwischen hatte Johanna eine genauere Vorstellung davon, was für ein Leben vor ihr lag und welche Verantwortung sie zu tragen hätte. Sie war noch immer nicht sicher, ob ausgerechnet sie das alles hinbekäme, aber zum ersten Mal im Leben war sie nicht mehr allein. Sie wusste, wo sie hingehörte. Und so tat es auch nicht mehr weh, dass ihre Eltern am heutigen Tag natürlich nicht dabei sein würden und ihre Mutter sich sogar beschwert hatte, wie Johanna ausgerechnet in der Hochsaison heiraten könnte. Kein Funke Verständnis für ihr neues Leben, das der Wein und die Jahreszeiten bestimmten. Immerhin, die Eltern hatten versprochen, im November zu Besuch zu kommen.

Sie zog den Zettel aus der Tasche, den Lucie ihr am Abend zuvor im geschlossenen Umschlag gegeben hatte, jenen Zettel, auf dem sie ein Jahr zuvor ihre Vermutung über Johannas Schicksal notiert hatte, und las ihn noch einmal. Es war alles genauso eingetroffen, wie es dort stand. Unglaublich. Und auch ein bisschen unheimlich.

Der Taxifahrer hielt am Rand der Wiese. Der Helikopter von Coco war auf Hochglanz poliert und reflektierte die Sonnenstrahlen, dass es einen fast blendete. Coco selbst trug heute nicht ihre schwarze Pilotenkluft, sondern einen eleganten dunkelblauen Hosenanzug. Sie half Johanna aus dem Taxi. »Tolles Kleid«, stellte sie fest.

»O ja, es hat mich im Griff«, lachte Johanna und versuchte, die Stoffmassen hinter sich zu bringen.

Gemeinsam gingen sie zum Helikopter. »Alles okay?« Coco hielt ihr die Tür auf und half ihr hinein. »Wie fühlst du dich?«

»Sehr aufgeregt.« Johanna versuchte, die Stoffmassen zwischen ihren Beinen zu verstauen, was ein schwieriges Unterfangen war.

Coco rutschte auf den Pilotensitz, schnallte sich an und startete den Motor. »Dann wollen wir mal.«

»Sind die anderen schon da?«

Coco nickte und betätigte etliche Knöpfe. »Maman hat mich gerade angerufen und berichtet, dass alle Gäste eingetroffen sind und bereitstehen für den großen Moment, in dem du aus dem Heli steigen wirst.«

»... und hoffentlich nicht stolpere und auf der Nase lande.« Johanna kicherte.

»Das wirst du nicht, schließlich wird Luc dich in Empfang nehmen.«

Der Vogel hob ab, stieg und machte eine Kehre über Beaune.

»Unglaublich«, sprach Johanna in das Mikro vor ihrem Mund,

»hätte mir noch vor kurzem jemand prophezeit, dass ich zu meiner Hochzeit in einem Helikopter einfliege, hätte ich denjenigen für verrückt erklärt.«

Unter ihnen zogen die samtig grünschillernden Weinberge vorbei, durch die sich die *route nationale* nach Dijon zog.

»Hat etwas Prinzessinnenhaftes, oder?«

»Hm ... Dabei war es eigentlich nie mein Ding, eine Prinzessin zu sein.«

Man konnte das Château du Clos de Vougeot schon sehen. Der sandsteinfarbene Bau mit seinen roten Ziegeldächern, Türmen und Schornsteinen lag wie eine Festung inmitten der Weinlandschaft. Johanna hatte den Festsaal darin bisher nur einmal betreten, doch die Ziegelwände, die Fackeln, Kronleuchter und schweren Holztische und Stühle hatten ihr den Atem geraubt. Es war ein Traum, dort Hochzeit zu feiern, in diesem uralten, traditionsreichen Gemäuer.

»Ich schätze, dass dich Grand-mère im November bei den Chevaliers einweihen wird. Du bekommst dann bestimmt den *Chapitre des Arts*, den ersten Orden.«

»Ich?«

»Klar. Du bist jetzt eine Béjart.« Sie verloren langsam an Höhe, und Coco lenkte den Helikopter direkt auf das Clos de Vougeot zu. »Bereit für den großen Auftritt?«

Johanna nickte. Ihre Gefühle schnürten ihr die Kehle zu, sie konnte nichts mehr sagen.

Coco hielt den Helikopter in der Schwebe über der großen freien Fläche vor dem Château. Alle Gäste hatten sich dort versammelt, sahen hinauf zu ihnen, die Köpfe in den Nacken gelegt. Johanna wusste, dass auch Lucie und sogar Cornelia und Gustav Sommer unter ihnen waren. Etwas abseits stand Luc und trotzte dem Wind, den die Rotorblätter verursachten.

Es war, als fiele sie gleich vom Himmel, in eine neue Welt, ein neues Leben. Und es war richtig, fühlte sich besser an als alles, was sie je zuvor getan hatte.

»Und?« Coco sah zu ihr hinüber. »Bereit?«

»Ich denke schon. Ja.«

»Dann genieß es. Das hier gibt es nur einmal im Leben.«

Johanna blinzelte in die Sonne und wischte eine Träne weg.

Ein letztes Wort …

Es war ein langer Weg hierher, und auch kein leichter. Ich musste vieles übers Schreiben lernen – und übers Leben noch viel mehr.

Ich hatte Lehrmeisterinnen, Begleiterinnen und Unterstützerinnen. Vielleicht wäre ich ohne sie gar nicht so weit gegangen.

Mein inniger Dank gilt daher (vor allem)
Caroline Parent-Gros,
Claudia Johanna Bauer,
Ines Paliege,
Ingrid Noll,
Dr. Stefanie Sedlacek und
Patricia Cornwell.

Diktat
11

Wenn Gespenster kegeln ...

Ängstlich sitzt Max in seinem Bett. Da, schon wieder dieses seltsame Geräusch! Auf dem Dachboden kracht ein Gegenstand dumpf auf den Boden und rollt polternd mehrere Meter weit. Die Hausgespenster spielen wieder ihr Lieblingsspiel. Um Mitternacht schleichen sie herein, schrauben ihre Köpfe ab und kegeln damit um die Wette. Jetzt ist auch noch ein fürchterliches Lachen zu hören! Max flüchtet unter die Bettdecke.

Doch eine Stunde nach Mitternacht ist es plötzlich wieder still und der unheimliche Spuk ist vorbei.

Wörteranzahl: 79

Diktat
12

Ein seltsamer Freund

Ein bisschen merkwürdig war Svens neuer Freund schon. Er war andauernd blass und trug ständig schwarze Kleider. Zwei seiner Vorderzähne waren seltsam spitz und standen aus seinem Mund heraus. Am Hals konnte man zwei kleine, rote Punkte sehen. Er aß nie etwas und besuchte Sven nur abends, wenn es dunkel war und der Mond schien. Und als Sven neulich mit ihm vor einem Spiegel stand, konnte er nur sich selbst darin sehen.

Oje, wer war nur dieser seltsame Freund?

Wörteranzahl: 79

Diktat 13

Fremde Wesen

Wo ist es jetzt, das witzige Wesen aus der anderen Welt? Simon schaut zum Himmel, wo die ersten Sterne blitzen.

Gestern auf dem Heimweg wurde er durch ein komisches Knacken aufgeschreckt. Auf dem unbebauten Grundstück leuchtete etwas hinter einem Gestrüpp. Neugierig schlich Simon näher.

Schauerlich – ein grünlich glitzerndes Ding mit überlangen Armen grinste ihn an. „Toll ist es auf eurem Planeten!", sagte der Fremde.

Simon war sprachlos. „Bis bald, ich komme wieder!" Plötzlich verschwand der Eindringling mit einem Zischen.

Wörteranzahl: 80

Diktat 14

Allein in der Schule

Annika holte tapfer Luft. Energisch wischte sie die Tränen weg. Also gut, sie war einfach in der Schule eingeschlossen worden.

Wo war das nächste Telefon? Im Lehrerzimmer hatte sie einen Apparat gesehen. Doch die Tür war zugeschlossen.

Vielleicht im Raum mit den ausgestopften Tieren? Schnell rannte sie die Treppe hinauf und stieß die Türe auf. Der Mond schien gespenstisch durch das Fenster.

Annikas Blick fiel auf das Skelett*. Hatte es sich nicht gerade bewegt? Wie sollte sie hier nur herauskommen?

Wörteranzahl: 80

Diktat
15

Der Flaschengeist

Florian spazierte träumend am Fluss entlang. Was war das – da schwamm eine rote Flasche!

Flink angelte er nach ihr. In der Flasche flackerte und flimmerte es. Florian zog den leuchtend blauen Korken heraus.

Weißer Nebel quoll aus dem Gefäß und eine Gestalt wurde sichtbar. Sie sah aus wie seine Mutter. „Nichts als Flausen im Kopf. Träum nicht von Flaschengeistern. Wirf die Flasche wieder in die Fluten und steh endlich auf."

Missmutig kroch Florian unter seiner flauschigen Bettdecke hervor.

Wörteranzahl: 78

Schlecht geträumt

Julian zog schnell die Bettdecke über den Kopf. Seine Eltern wollten ihm ja nie glauben! Da – schon wieder dieses merkwürdige Geräusch.

Ängstlich lag er im Bett und hörte es stöhnen und schlurfen. Vorsichtig schaute er unter seiner Decke hervor. Schwarze, zackige Schatten tanzten an der Wand auf und ab. Sein Herz schlug ihm bis zum Hals. Wie sollte er bloß diese Nacht überstehen?

Am nächsten Morgen konnte er sich kaum noch an seinen Traum erinnern.

Wörteranzahl: 75

Diktat 17

Fußball mit Totenschädel

Es dämmerte schon, als Alex über die Brücke beim Sägewerk ging. Ärgerlich unterdrückte er ein Gähnen, als er plötzlich neben dem alten Gemäuer zwei bläuliche Schatten entdeckte.

Sie räusperten sich und kicherten. Stöhnend liefen sie vorwärts, ächzend stolperten sie rückwärts. Sie schienen mit etwas zu spielen. Aber bei dem spärlichen Licht konnte Alex nichts erkennen. Da kullerte ihm etwas vor die Füße.

Als er sich bückte, erkannte er einen bleichen Totenschädel. Die Schatten aber verschwanden unter jämmerlichem Geseufze im Fluss.

Wörteranzahl: 80

Eine geheimnisvolle Ziegelei

Da es Daniel bei seinen schwierigen Hausaufgaben langweilig wird, läuft er zur alten, verlassenen Ziegelei hinüber, um dort bei diesem windigen Wetter zu spielen. Mutig öffnet er eine kleine Seitentür. Zwei grüne Augen leuchten ihn aus dem Dunkeln an. Daniel erschrickt! Ein merkwürdiges, trauriges Geräusch ertönt und klebrige Finger fassen nach ihm. Er spürt sie an den Händen und im Gesicht. Was ist das bloß?

Als er eilig das Licht anknipst, entdeckt er staubige Spinnweben und dahinter eine schwarze Katze.

Wörteranzahl: 80

Diktat 19

Die Cellospielerin

Lena stellte Cello und Cellobogen in die Ecke und versteckte sich im Bett. „Ich kann es nicht und ich will es nicht“, bemerkte sie verbissen.

Kaum hatte sie die Augen geschlossen, hörte sie Cellomusik. Das Cello spielte alleine. „Komm, leg die Hände drauf. Zusammen ist es lustiger“, lockte es. Lena tat wie vorgeschlagen. Es klappte tatsächlich und sie wurde jeden Tag besser, aber leider nur hinter der verschlossenen Kinderzimmertür. Sie konnte niemals irgendwo vorspielen. Außer Lena verstand das kein Mensch.

Wörteranzahl: 80

Diktat 20

Wo ist das Spiegelbild?

Vor dem Spiegel im Flur verabschiedet sich Nino von seiner Nachhilfelehrerin. Vergeblich sucht er ihr Spiegelbild. Unheimlich! Aber er ist zu müde, um nachzudenken. Jeden Tag wird er schwächlicher und kränklicher. Anstatt gründlich zu lernen, hatte er hier eben schon wieder geschlafen. Das passiert ärgerlicherweise immer öfter. „Willst du nicht endlich gehen?", fragt die Frau freundlich. „Ja, natürlich", stottert Nino.

Da entdeckt er zwei winzige, blutige Flecken an seinem Hals. Er erstarrt. Er begreift. Ängstlich stürzt er davon.

Wörteranzahl: 78

Und das wird geübt (farbige Begriffe):

Diktat 1	Großschreibung bei Namenwörtern und Satzanfängen
Diktat 2	Anredefürwörter im Brief
Diktat 3	Namenwörter auf -ung, -nis, -heit und -keit
Diktat 4	Wörter mit ss oder ß
Diktat 5	das und dass
Diktat 6	Wörter mit ie
Diktat 7	Wörter mit Dehnungs-h
Diktat 8	Wörter mit d und g im Auslaut
Diktat 9	Wörter mit eu
Diktat 10	Wörter mit B/b
Diktat 11	Wörter mit ch oder cht
Diktat 12	Wörter mit D/d
Diktat 13	Wörter mit tz und ck
Diktat 14	Wörter mit doppelten Mitlauten
Diktat 15	Wörter mit Fl/fl
Diktat 16	Wörter mit Mitlautanhäufungen
Diktat 17	Wörter mit ä und äu
Diktat 18	Wörter mit -ig
Diktat 19	Wörter mit den Vorsilben be-, ge-, ver- und vor-
Diktat 20	Wörter mit -lich

Üben mit Spaß:

Diktatbände zu spannenden Themen und Geschichten machen fit in der Rechtschreibung!

Für die 3. Klasse

20 Diktate
Gruselgeschichten

Für die 4. Klasse

20 Diktate
Abenteuergeschichten

20 Diktate
Wilde Tiere

Für die 5. Klasse

20 Diktate
Rekorde

20 Diktate
Fremde Länder

Für die 6. Klasse

20 Diktate
Pferde

20 Diktate
Formel 1

20 Diktate
Rätselgeschichten